rororo

Beat Glogger, geboren 1960, war Mitglied des Schweizer Leichtathletik-Nationalkaders. Er hat Mikrobiologie studiert und war 14 Jahre lang beim Wissenschaftsmagazin des Schweizer Fernsehens als Redakteur, Moderator und Redaktionsleiter tätig. Heute arbeitet er als Journalist und ist Studienleiter für Wissenschaftsjournalismus an der Schweizer Journalistenschule. Nach populärwissenschaftlichen Sachbüchern legte Beat Glogger mit «Xenesis» (rororo 23613) seinen ersten Roman vor, der von der Akademie der Naturwissenschaften Schweiz SCNAT 2004 mit dem Medienpreis ausgezeichnet wurde und für den Descartes-Preis der EU nominiert war. Die Presse urteilte:

«Es ist die Kombination von detailreichem Faktenwissen und rasanter Handlung, die an diesem Buch fasziniert.» (Neue Zürcher Zeitung)

«Glogger kann ohne weiteres in die Bibliothek zwischen Preston und Crichton eingereiht werden.» (ETH Life)

In seinem neuen rasanten Thriller entwirft der Autor ein unheimliches Szenario von einer Welt, in der an der genetischen Verbesserung des Menschen experimentiert wird. Dabei entsprechen die medizinischen Fakten und Zusammenhänge dem aktuellen Stand der Wissenschaft.
Hintergrundinformationen und Aktuelles zum Buch unter www.lauf-um-mein-leben.ch

Beat Glogger

Lauf um mein Leben

Thriller

Rowohlt Taschenbuch Verlag

Originalausgabe
Veröffentlicht im Rowohlt Taschenbuch Verlag,
Reinbek bei Hamburg, August 2008

Umschlaggestaltung any.way, Barbara Hanke/
Cordula Schmidt
(Foto: getty © Mike Powell, John Foxx)
Satz Minion PostScript (InDesign)
bei KCS GmbH, Buchholz bei Hamburg
Druck und Bindung CPI – Clausen & Bosse, Leck
Printed in Germany
ISBN 978 3 499 24835 1

Prolog

Das ausgeblichene blaue Sportshirt war ihm ein paar Nummern zu groß, doch Jesse trug es mit offenkundigem Stolz. Schließlich besaß nicht jeder ein Originaltrikot der New York Giants. Auch seine Laufschuhe waren ziemlich abgenutzt, was den dunkelhäutigen Jungen aber nicht daran hinderte, sich selbstbewusst unter all die modisch gekleideten Jogger zu mischen, die im Central Park ihre Runden drehten.

Der warme Sonntagnachmittag hatte unzählige Menschen in den Park gelockt. Mütter mit Kinderwagen, Jugendliche, die auf Kickboards durch die Gegend flitzten oder Fußball spielten, Männer und Frauen, die unter den hohen Bäumen Tai-Chi-Übungen machten oder einfach auf einer Bank im Schatten saßen.

Jesse ließ den großen Weiher hinter sich und nahm den Weg, der langsam anstieg. Vor ihm tauchte eine Gruppe Touristen auf: ältere Damen und Herren in beigefarbener Freizeitbekleidung und Gesundheitsschuhen, alle behängt mit den bunten Taschen ihres Reiseveranstalters. Sie schossen Fotos und hantierten mit ihren Videokameras herum.

Ihnen entgegen rollte ein Skater lässig den Hügel herunter. Seine schwarzen Augen beobachteten die Touristen aufmerksam. Plötzlich beschleunigte der Junge sein Board, fuhr ein paar waghalsige Kurven und ruderte wild mit den Armen.

«Achtung!»

Die Touristen stoben auseinander.

«Aus dem Weg!», brüllte der Skater und hielt direkt auf eine füllige Dame zu, die sich hysterisch kreischend in Sicherheit zu bringen versuchte. Doch die Kollision war nicht mehr zu vermeiden. In hohem Bogen flog ihr Strohhut davon, und die Frau fiel – in die starken Armen des Skaters.

«Entschuldigung», stammelte er. «Ich bitte vielmals um Entschuldigung. Madam.»

Dann führte er die vor Schreck am ganzen Körper zitternde Frau zur nächsten Parkbank.

«Ihr Hut!», rief er plötzlich und lief los, um die zerbeulte Kopfbedeckung zu holen, die weiter unten auf dem Fußweg lag. Doch er hatte den Hut noch nicht erreicht, da kam schon Jesse herangetrabt und bückte sich im Laufen nach ihm.

«Hier!», rief Jesse und drückte Buzz den Hut in die Hand.

«Danke», grinste Buzz.

Er brachte den Hut der Frau zurück, die inzwischen von der aufgeschreckten Touristenschar umringt war. Ohne sich umzudrehen lief Jesse weiter. Dass vom Hut verdeckt auch ein Gegenstand von Buzz zu Jesse gewechselt hatte, war niemandem aufgefallen.

Jesse verließ den geteerten Weg, durchquerte den menschenleeren Conservatory Garden und lief Richtung Norden. Weiter vorne saß ein Mädchen lesend auf einer Bank. Sie trug ein weißes Kleid, Kniestrümpfe und Lackschuhe. Die große Tasche, die sie neben sich stehen hatte, war weit geöffnet.

Kaum merklich verlangsamte Jesse sein Tempo. Der Gegenstand, den er jetzt aus der Hand gleiten ließ, fiel direkt in die Tasche des Mädchens.

Lizz klappte das Buch zu, hängte sich die Tasche um und verließ den Park. Bis zum Auto war es nicht weit.

Der dunkelblaue Chrysler, den sie in der Park Avenue geparkt hatten, war ein unauffälliges Mittelklassemodell. Dass der Farbton der Motorhaube nicht exakt dem des übrigen Wagens entsprach und eine handtellergroße Stelle am linken, vorderen Kotflügel wenig fachmännisch ausgebessert worden war, fiel nicht weiter auf. Lizz ging langsam am Chrysler entlang, griff in ihre Tasche und warf die Digitalkamera durch das halboffene Seitenfenster in den Wagen.

Kurz darauf saß das Mädchen im weißen Kleid wieder lesend auf der Bank im Central Park. Der Halbwüchsige auf dem Skateboard rollte wieder lässig den Hügel hinunter. Und der Junge mit dem ausgeblichenen, viel zu großen Trikot der New York Giants joggte wieder am Weiher entlang.

«Halt!» Ein Polizist stellte sich Jesse in den Weg.

Doch Jesse reagierte blitzschnell. Er ließ sich zu Boden fallen, rollte zur Seite, sprang wieder auf und rannte in der entgegengesetzten Richtung davon.

«Stehen bleiben!», schrie der Polizist und setzte ihm nach.

Jesse lief aus dem Park und mitten in den Duke Ellington Circle. Mit ein paar riskanten Sprüngen erreichte er die andere Straßenseite. Dann sprintete er auf einen der grauen Wohnblocks zu. Hier hatte er alle möglichen Fluchtwege ausgekundschaftet. Hastig stieß er die gläserne Tür zur Eingangshalle auf, nahm die erste Tür rechts: Kellerräume. Er rannte den Korridor entlang. Dann wieder eine Tür rechts: die Waschküche. Und gelangte zu einem weiteren Korridor. Schwer atmend lief er zur Tür am Ende des Gangs. Er trat ins Freie.

Weit und breit kein Bulle mehr.

Jesse lächelte.

Es blieb ihm jetzt eine halbe Stunde, um sich mit den anderen beim Wagen in der Park Avenue zu treffen. Sie hatten gesehen, dass er in Schwierigkeiten geraten war. Kein Grund zur Panik, doch es bedeutete den Abbruch der Aktion.

Jesse hatte zwei Möglichkeiten, zum Wagen zu gelangen. Entweder er nahm die Madison Avenue nach Süden bis zur 108th Street, oder er lief schon hier oben in die Park Avenue rüber und dann Richtung Süden bis zum Treffpunkt. Für die Madison sprach, dass es zahlreiche Geschäfte und Fußgänger gab, die Schutz boten. In der Park Avenue sah man Gefahren allerdings schon von weitem und konnte im Schatten der Hochbahntrasse laufen.

Jesse entschied sich für die Park Avenue.

Über seinen Kopf hinweg donnerte ein Zug. Sieben Wagen zählte er: die Linie in die Bronx. Mit der hätte er nach Hause fahren können. Doch es war abgemacht, dass alle zusammen im Auto zurückfuhren. Abgesehen davon hatte er auch gar kein Geld für die Fahrt.

Als der Lärm des Zugs verebbte, hörte Jesse die jaulende Sirene. Bullen!

Jesse versuchte cool zu bleiben, so zu tun, als gingen sie ihm am Arsch vorbei. Aber seine Beine rannten einfach los.

Er lief auf die andere Seite der Straße. Doch er konnte die Cops nicht abschütteln; die Bullen schmierten einen U-Turn auf den heißen Asphalt.

Jesse nahm die 108th Street ostwärts. Wohnblocks, Hinterhöfe, Keller. Dort konnte er untertauchen.

Dicht hinter ihm heulte die Sirene.

Er lief, so schnell er konnte. Sein Herz raste, der Kopf dröhnte, die Lungen schmerzten. Er musste sofort weg von dieser Straße.

Plötzlich verstummte die Sirene.

Aber das war noch gefährlicher, als sie dicht hinter sich zu hören: Das bedeutetet, sie wollten mit ihm spielen. Wollten ihn hetzen. Wollten sich nicht mit ihm abmühen. Mit einem kleinen Dieb, einem kleinen schwarzen Jungen aus der Bronx, auf den niemand zu Hause wartete. Der vielleicht nicht mal ein Zuhause hatte. Warum auch sollten sie ihn verhaften, verhören, anzeigen? Nur um ihn dann wieder laufen lassen zu müssen, weil er noch ein Kind war? Und um ihn ein paar Tage später wieder aufzugreifen?

Viel lieber wollten sie etwas Spaß haben. Eine nette, kleine Jagd, dann ein Unfall. Ein bedauerlicher Unfall in einer abgelegenen Straße. Eine Kollision zwischen einem flüchtenden Kind und einem schleudernden Streifenwagen.

Das Kind würde noch am Unfallort sterben.

Panik packte Jesse.

Aber sie lähmte ihn nicht.

Sie trieb ihn an.

Er gab, was er konnte.

Er lief jetzt um sein Leben.

Doch er lief für sein Leben gern.

Rechts! Eine blaue Metalltür! Nur angelehnt! Das Tor zu einem Hinterhof. Jesse stoppte abrupt und schlüpfte hinein.

Der Streifenwagen raste vorbei.

Jesse preschte auf den Eingang eines Backsteinbaus zu.

Er drückte die rostige Türklinke.

Zugesperrt.

Er hörte, wie die Bullenkarre bremste und mit heulendem Motor zurücksetzte.

Die Metalltür schlug auf. Sie waren im Hof.

«Stehen bleiben, Polizei!»

Mit zwei, drei Sprüngen war Jesse bei der nächsten Tür.

Sie ging auf.

Ein Keller.

Jesse hastete durch die Dunkelheit, blind darauf vertrauend, dass in dieser Gegend jeder Keller zwei Türen hatte.

«Stehen bleiben, oder wir schießen!»

Er hetzte weiter, wand sich vorbei an Motorrädern, Bikes und Gartenmöbeln. Als er am Ende des Kellers die Tür aufriss und Licht in den Keller drang, krachte es.

Dicht neben seinem Kopf schlug eine Kugel in die Wand. Glas splitterte. Verputz stob ihm ins Gesicht.

Das nächste Projektil bohrte sich in das Holz der Tür.

Doch Jesse war schon draußen.

Und stand vor einem hohen Gitter.

Shit!

Aus dem Keller drang Lärm: Fahrräder fielen zu Boden. Ein Polizist fluchte laut.

Jesse sah sich im Hof um. Das Gitter war zu hoch, und

darunter kein Platz, um hindurchzuschlüpfen. Auf die Straße kam er also nicht. Aber weiter hinten gab es noch ein paar Türen.

Er lief zur nächstgelegenen. Zugesperrt.

Eine zweite: abgeschlossen.

Die dritte ging auf.

Jesse raste durch einen schummrigen Korridor, bog um eine Ecke, drückte eine schwere Stahltür auf. Fehlanzeige: Heizungsraum.

Eine weitere Tür. Er riss sie auf – und stand im gleißenden Sonnenlicht. Vor sich eine Straße, Verkehr, Fußgänger. Jesse tauchte in der Menge unter, ging ein Stück im Zickzack. Dann verschwand er in einem Hauseingang und gönnte sich endlich eine Pause.

Er stand mit dem Rücken gegen die Tür gelehnt und lauschte angestrengt. Sein Kopf wollte explodieren, seine Lungen gierten nach Luft, die Muskeln brannten wie in einem Säurebad. Keinen Meter weiter hätte er jetzt noch rennen können. Er hatte alles aus sich herausgeholt, war ausgequetscht wie ein Schwamm – und fühlte sich trotzdem großartig.

Er hatte sie abgehängt.

Er war wieder einmal seinem Ruf gerecht geworden.

Er war der Schnellste.

Etwas später, an der Stelle, an der zuvor der Chrysler gestanden hatte, starrte Jesse wütend auf das leere Parkfeld. Er wusste, dass es so abgemacht war: Wenn einer es innerhalb der halben Stunde nicht schaffte, setzten sich die anderen mit der Beute ab.

Trotzdem!

Er trat nach einer leeren Cola-Dose, die scheppernd über die Fahrbahn schlitterte. Tränen schossen in seine Augen.

Als Jesse in seine Straße einbog, war es bereits dunkel.

«Brauchst du was?», fragte ihn ein Typ mit schmutziger Rastakappe und blutunterlaufenen Augen.

Jesse ignorierte ihn.

«He, Kleiner. Für dich ganz billig!»

«Leck mich am Arsch!» Jesse verdrückte sich in einen Hauseingang, der vom Boden bis zur Decke mit Graffiti vollgeschmiert war. Im Treppenhaus stank es nach Erbrochenem und Urin – er war zu Hause.

Er stieg die ausgetretenen Stufen hoch. In der ersten Etage drang Musik und Kindergeschrei durch eine Tür. Weiter oben hörte er eine Frau weinen. Und einen Mann fluchen.

Im fünften Stock war es still. Und dunkel.

Die Wohnungstür stand offen.

«Hallo?»

Keine Antwort.

Jesse knipste das Licht an. Vom engen Korridor ging es links in die Küche, geradeaus ins Schlafzimmer, rechts zur Toilette. Jesse ging pinkeln.

Jemand hustete.

Jesse betätigte die Spülung und trat in den Korridor.

Durch die Milchglasscheibe in der Küchentür sah er ein bläulich flackerndes Licht.

Der Fernseher lief ohne Ton.

Am Küchentisch saß eine Frau. Das Haar zerzaust, den hohlen Blick starr auf die Flimmerkiste geheftet, in der eine Gameshow lief.

«Mom!»

Wie in Zeitlupe drehte die Frau ihr Gesicht zu Jesse, ließ die Plastiktüte sinken, die sie sich vor Mund und Nase gehalten hatte, und krächzte etwas. Ihre wässrigen Augen sahen durch Jesse hindurch. Sie war in einer anderen Welt. Einer Welt, die sie sich aus der Plastiktüte ins Gehirn sog.

Es hatte keinen Zweck.

Jesse wandte sich zum Kühlschrank. Er hatte den ganzen Tag nichts gegessen. Er fand vier Eier, die ganz okay aussahen. Er rückte die Bratpfanne auf den Herd, wartete, bis sie heiß war, und schlug die Eier hinein.

Er sah zu, wie das Eiklar sich langsam trübte. In der Pfanne brutzelte es leise. Über das Haus donnerte die Abendwelle vom La-Guardia-Flughafen. Dann waren auf der Treppe schwere Schritte zu hören.

«Hi, Dad», sagte Jesse erfreut, als sich die Tür öffnete.

«Hi, Jesse.» Mit seinem breiten dunklen Gesicht blickte ihn sein Dad freundlich an. Er war groß und stark, so wie Jesse auch einmal werden wollte.

Dad strich ihm übers Haar. Er roch nach Metall und Öl. Manchmal roch er nach frischem Beton oder Teer, wenn er von der Arbeit nach Hause kam. Manchmal auch nach Abfall. Er ging jeden Morgen um fünf zur Arbeitsvermittlung hinter dem alten Schlachthof. Oft auch sonntags. Und oftmals vergebens.

Dad warf einen Blick in die Bratpfanne. «Guter Junge.»

Dann sah er zu seiner Frau hinüber, die beide Ellbogen auf den Tisch gestützt und das Gesicht in den Händen verborgen hatte. Sie rührte sich nicht.

Das waren Momente, in denen Freundlichkeit und Wärme aus Dads Gesicht verschwanden. Momente, in denen Jesse wusste, sein Dad verdiente Besseres.

Jesse nahm die Pfanne vom Herd. «Möchtest du?»

«Gern», sagte Dad und strich ihm abermals über den Kopf.

«Wie viel?», stieß plötzlich die Mutter hervor, ohne die Hände vom Gesicht zu nehmen.

Dad warf einen flüchtigen Blick auf sie und stellte drei verschieden farbige Teller mit abgeschlagenen Rändern auf den Tisch. «Isst du auch?», fragte er seine Frau.

Jesse teilte das Rührei auf.

«Wie viel?», krächzte die Mutter wieder. «Wie viel du bringst, will ich wissen.»

Bevor Dad antwortete, platzierte er sorgfältig die Gabel auf den Tellerrand. «So viel ich an einem Tag verdienen kann: achtzig Dollar.»

«Achtzig!», höhnte sie.

«Immerhin.» Dad blieb beherrscht. «An-der-Tüte-Hängen bringt gar nichts.»

«Scheißkerl.»

«Immerhin ist der Scheißkerl gut genug, um die Kohle ranzuschaufeln», sagte Dad so leise, als rede er zu sich selbst.

Die Mutter spuckte auf den Tisch.

«Okay», sagte Dad ganz ruhig. «Wenn du auf mein Geld spuckst, muss ich dir ja keines mehr geben.»

«Du weißt genau», presste sie hervor, «ich bin krank.»

«Wenn das Geld nicht immer für dein Gift draufginge, hätten wir wenigstens was zu futtern, wenn ich nach Hause komme», sagte Dad. «Jesse hat für mich gekocht.»

«Scheiß-Jesse! Scheiß-Kerl! Scheiß-Geld!» Sie kotzte die Worte förmlich aus sich heraus. «Verreckt doch daran!»

«Du weißt ja nicht, was du redest», sagte Dad und drehte sich zu Jesse um.

«Und? Was hast du heute getrieben?»

Jesse druckste herum. «War im Central Park.»

«Junge!» Dad sah ihn an und schüttelte langsam den Kopf. «Ich habe dir doch gesagt, du sollst das lassen.»

«Du hast gesagt, wir brauchen Geld», erwiderte Jesse trotzig.

«Aber nicht so.»

«Jeden Dollar, hast du gesagt.»

«Ich will nicht, dass du krumme Dinger drehst.»

Jesse murrte.

«Schau mich an.»

Widerwillig wandte Jesse ihm den Kopf zu.

«Junge, ich tue alles, damit wir aus diesem Loch hier rauskommen. Aber ich will nicht, dass du kriminell wirst. Verstanden?»

«Aber …»

«Kein Aber», unterbrach Dad und lächelte Jesse aufmunternd zu. «Ich verspreche es dir: Wir schaffen es.»

Jesse erwiderte sein Lächeln tapfer.

«Fast hätte ich es vergessen», sagte Dad. «Ich habe ein frisches Brot mitgebracht.»

Er ging zu seiner schäbigen Tasche, die er beim Eintreten an den Türgriff gehängt hatte.

Als er seiner Frau den Rücken zudrehte, riss diese die Tischschublade auf. Plötzlich hielt sie eine Pistole in der Hand.

Dad blieb ruhig. «Leg das Ding weg, Jane.»

Mit dem Brot in der Hand trat er an den Tisch. «Magst du eine Scheibe?»

Jesse würgte und starrte auf die Pistole.

«Keine Bange», sagte Dad. «Die ist nicht geladen.» Er schnitt das Brot auf, wie er es immer tat. Aber Jesse sah, dass seine Hand zitterte.

«Jane, möchtest du nicht eine Scheibe Brot mit uns essen?»

Die Mutter erhob sich schwankend und zielte auf Dads Kopf. «Her mit dem Zaster!»

«Nein!» schrie Jesse.

«Die Knarre ist nicht geladen», sagte Dad. «Leg sie weg. Wir kennen das Spiel.»

Die Mutter sagte nichts, sah Dad nur mit ausdruckslosen Junkie-Augen an.

Jesse hatte Angst.

Er wollte seinem Dad helfen.

Er wollte ihm so sehr helfen. Aber er stand nur langsam auf und ging in seine Ecke mit dem alten Sofa. An einer altersblinden Chromstahlstange hing ein vergilbter Vorhang.

Diesen Vorhang zog Jesse jeden Abend zu, wenn er schlafen ging. Er zog ihn auch zu, wenn er die Welt ausschließen wollte. Er zog ihn zu, wenn Dad und Mum sich stritten.

Er zog ihn oft zu.

Eins

«Ich will ganz klar festhalten, dass ich niemals wissentlich illegale Medikamente genommen habe oder sie mir verabreicht worden sind. Ich war immer überzeugt, und bin es noch immer, dass illegale Drogen keinen Platz in unserer Gesellschaft haben.»

Ben Johnson, am 30. September 1988 vor der Kanadischen Doping-Untersuchungskommission

Er hatte zuvor den Olympiasieg über 100 Meter errungen und Weltrekord aufgestellt.
Zwei Tage danach wurde ihm Doping-Missbrauch nachgewiesen.

1

Der Schuss zerriss die Stille.

Und es setzte jener präzis koordinierte Bewegungsablauf ein, den er tausendmal trainiert hatte: Die Muskulatur des rechten Oberschenkels gab all ihre Energie frei, das Bein streckte sich, gleichzeitig fuhr der linke Oberschenkel hoch, ebenso der rechte Arm.

Jede einzelne Bewegung war so exakt abgestimmt, als wäre es nicht eine antrainierte Reaktion, sondern ein angeborener Reflex. Reflex war das Einzige, was jetzt zählte. In diesen Sekundenbruchteilen, wo es um alles ging.

Der Körper schoss nach vorne.

Als sich der rechte Fuß vom Startblock stieß, wurden rote Staubkörner aufgewirbelt. Für einen kaum wahrnehmbaren Moment war der ganze Körper in der Schwebe. Aber schon fuhr der linke Oberschenkel nach unten und rammte den Fuß auf den Boden, als wolle er ihn dort für immer verankern. Doch das Bein gab sofort wieder Schub, während gleichzeitig der rechte Oberschenkel hochschnellte. Und wieder nach unten fuhr, um den Fuß auf den Boden zu krallen, noch bevor sich die roten Staubkörner hatten setzen können.

Und wieder gab das rechte Bein Schub.

Das linke ging hoch.

Eine Sekunde war vergangen.

Schub links. Hochziehen rechts.

Schub rechts. Hochziehen links.

Die mächtigen Beine kamen auf Touren wie die Kolben eines hochgezüchteten Motors. Er stampfte alles aus sich heraus, was in ihm drin steckte.

Nichts konnte ihn jetzt stoppen.

Wo die anderen waren, sah er nicht. Doch er spürte sie.

Sie waren ihm auf den Fersen.

Er gab noch mehr Schub.

Genau dafür war er geschaffen: lange Glieder, optimale Proportionen, explosive Muskeln, die so hart gegen die Haut drückten, als wollten sie ihre Energie durch alle Poren pressen. Doch es gab nur ein Ventil dafür: Tempo.

Nach dreißig Metern war er auf Höchstgeschwindigkeit. Sein Lauf war jetzt aufrecht, stolz und leicht. Die Füße schienen den Boden nicht mehr zu berühren, es war, als ob er fliege.

Von dem, was um ihn herum geschah, nahm er nichts mehr wahr. Eine Stille umfing ihn, die so absolut war, als hätte der Schuss alle Geräusche dieser Welt ausgelöscht. Die Gesetze von Raum und Zeit schienen außer Kraft. Sein Geist trieb in einer Flut aus Cortisol und Adrenalin.

Fünf Sekunden waren jetzt vergangen, und fast so viele folgten noch. Sekunden, nach denen er süchtig war. Für die er lebte.

Dann aber würde der Filmriss kommen. Jener Moment, den er so sehr hasste und gleichzeitig so sehr liebte. Das Dahinfliegen würde ein Ende haben, aber es folgte das Schweben des Triumphes.

Noch zehn Meter.

Er blieb locker.

Das war die Kunst des Sprints: jede Faser des Körpers anzupannen und sich trotzdem nicht zu verkrampfen; alle Energie aus sich herauszupumpen und sich trotzdem nicht zu erschöpfen. Alles zu geben, um nichts zu verlieren.

Noch fünf Meter.

Er schob die Brust vor, riss die Arme nach hinten. Und sah unter sich die weiße Linie des Ziels.

Wie Donner schlug der Lärm auf sein Gehör: Gehupe, Pfiffe, Schreie. Wie Blitze zuckten Bilder in seine Augen: Fotografen, Fahnen, Fans.

Doch seine Augen wollten nur eines sehen: die Anzeigetafel. Groß wie ein Haus strahlte über das ganze Stadion ein Gesicht. Darunter sein Name: Jesse Brown.

Und eine Zahl. Sie zeigte, dass er die hundert Meter so schnell gelaufen war wie dieses Jahr noch kein anderer. Es war kein Rekord. Noch nicht. Aber es war ein weiterer präzis ausgeführter Schritt auf dem Weg dorthin.

Jesse hob die Arme, spreizte Zeige- und Mittelfinger: die Siegerpose für die Fotografen und das Siegerlachen für das Fernsehen. Er winkte und warf Kusshände. Die Menschen auf den Rängen klatschten, trampelten mit den Füßen, riefen rhythmisch seinen Namen. Sie verlangten nach dem Ritual.

Und er war bereit, ihnen zu geben, was sie wollten. Wie immer. Denn er wusste, was er ihnen schuldig war.

Mit beiden Händen griff er nach den Trägern seines Einteilers. Dann schälte er aufreizend langsam den glänzenden Stoff über die Schultern herunter, über die Brust, den Bauch, und machte erst knapp über den Lenden halt.

Die Menge tobte vor Begeisterung. Sie wollte mehr.

Jesse nahm die getönte Brille von den Augen, die ihn wie ein außerirdisches Insekt aussehen ließ, und setzte sie auf die Stirn. Er reckte die Arme nach hinten wie zwei gespreizte Flügel, legte den Kopf in den Nacken und schloss die Augen.

Das Stadion kochte.

Er spürte förmlich ihre bewundernden Blicke über seinen perfekten Körper gleiten. Er spürte die Begeisterung, die seine dunkle Haut umschmeichelte, sie streichelte und liebkoste.

Er gab sich der Menge hin. Und gleichzeitig beherrschte er sie.

Das reine Glück durchströmte ihn.

Als er die Augen wieder öffnete, stand ein junger Mann in weißer Hose und weißem Hemd vor ihm und streckte ihm einen Ausweis entgegen.

«Mein Name ist Stefan Bär, Antidoping Schweiz. Sie werden zur Dopingkontrolle erwartet.»

Ein Greifer. Ein Funktionär, der im Stadion nichts anderes zu tun hatte, als den Athleten nachzujagen, die zur Dopingkontrolle mussten.

Jesse unterschrieb ein Formular, dann wandte er den Blick wieder dem Publikum zu.

Und trabte davon.

Sofort heftete sich ein Schatten an seine Fersen: ein Mann, der ihn nun nicht mehr aus den Augen lassen würde, bis er zur Dopingkontrolle gehen würde. Genau eine Stunde Zeit blieb ihm dafür. Eine Stunde, in der er tun durfte, was er wollte – nur nicht pinkeln. Und zwei, drei weitere Dinge waren ebenfalls verboten. Zum Beispiel, Medikamente einzunehmen, welche die Analyse im Dopinglabor verfälschen könnten. Oder sich einen Plastikbeutel unter den Hodensack zu binden, aus dem man mit einem dünnen Schlauch fremden Urin ins Probegläschen füllen konnte. Der Trick war ziemlich riskant, denn dieser Urin hatte nicht Körpertemperatur, und der geübte Kontrolleur merkte das sofort, wenn er das Gläschen in Empfang nahm. Weniger verräterisch war, sich den Beutel samt Ablassschlauch in den Enddarm zu schieben. Aber Jesse fand nur schon die Vorstellung abstoßend, im After nach einem dünnen Schlauch zu fingern. Abgesehen davon hatte er solche Tricks auch gar nicht nötig.

Nach der Ehrenrunde schlüpfte er in die Hose seines Trainingsanzugs, winkte ein letztes Mal und verschwand in den Katakomben des Tribünenbaus.

«Dort drüben», wies ihm der Schatten den Weg.

KEIN ZUTRITT stand auf dem Schild über dem Eingang zur Dopingkontrolle. Ein Wachmann öffnete die Tür.

Dahinter erwartete ihn ein sportlicher Mann um die sechzig mit schlohweißem Haar, das er korrekt gescheitelt trug. «Mein Name ist Hans Berger», sagte er in einem Tonfall, der verriet, dass er die Formulierung nicht zum ersten Mal benutzte. «Ich werde Sie durch die Dopingkontrolle begleiten.»

Jesse schlug ihm die Hand auf die Schulter. «Hallo, Hans, schön, dich zu sehen!»

«Hi, Jesse!» Berger grinste und boxte den Sprinter scherzhaft auf den Oberarm. «Gehen wir zusammen Pipi machen.»

Berger war professioneller Dopingkontrolleur bei Antidoping Schweiz, der nationalen Antidopingagentur. Er trug eine weiße Hose, ein weißes Hemd, eine dunkelblaue Krawatte und ein dunkelblaues Jackett. Genau wie es das Protokoll verlangte. Und genauso begrüßte er auch jeden Athleten mit der vorschriftgemäßen Formulierung. Ansonsten war Berger aber alles andere als ein steifer Verbandsfunktionär.

«Wird ja fast langweilig, wenn immer derselbe gewinnt.»

«Tut mir leid», antwortete Jesse mit gespieltem Schuldbewusstsein. «Das nächste Mal trete ich auf die Bremse.»

«Untersteh dich, Bengel.» Berger puffte ihn in die Seite. Er konnte sich diesen Umgang mit einem der größten Stars in der Leichtathletikwelt erlauben. Bei «Weltklasse Zürich» war er schon für die Dopingkontrolle zuständig gewesen, als Jesse noch in die Windeln machte. Unter seiner strengen Überwachung hatten so ziemlich alle Großen des Sprints die Hosen heruntergelassen: Asafa Powell, Maurice Greene, Justin Gatlin, Frankie Fredericks, Linford Christie, Donovan Bailey, Tim Montgomery – Bergers Gästeliste las sich zweifellos wie ein *Who's who* der Sportgeschichte.

Im hinteren Teil des Kontrollbereiches fragte Berger: «Monsieur, welches Gläschen darf's denn sein?» Er wies auf ein Regal mit Urinbechern.

«Diese Flûte de Champagne.» Jesse griff sich grinsend einen Becher.

Berger begleitete ihn zur Toilette.

«Gemäß Reglement muss ich dich jetzt darauf aufmerksam machen, dass das T-Shirt bis zur Brust hochgerollt werden muss, die Ärmel gehören zurückgekrempelt bis zu den Ellbogen. Die Hose bitte runter bis zum Knie.»

«Danke», sagte Jesse, «dass du mir nicht noch jeden Handgriff vormachst.»

«Na dann, los.» Berger stellte sich so hin, dass ihm nichts entging.

Was hatte er bei diesen Kontrollen nicht schon alles erlebt! Jener rumänische Kugelstoßer, der eine Probe ablieferte, die bakteriell so verunreinigt war, dass der Athlet an einer schweren Blaseninfektion hätte leiden müssen und keinesfalls wettkampffähig gewesen wäre. Der Kerl hatte sich einen künstlichen Penis, gefüllt mit altem Urin, umgebunden und ihn derart geschickt in der Hand gehalten, dass Berger nichts davon bemerkt hatte. Hätte der Rumäne frischen Urin abgefüllt, wäre der Betrug wohl nie aufgeflogen.

Mittlerweile gab es diese Penisprothesen sogar im Internet zu kaufen: für Weiße, Latinos, Schwarze und Asiaten. Inklusive gefriergetrockneten «sauberen» Urins. Doch heutzutage kannten alle Fahnder diesen Trick.

«Fertig», meldete Jesse und zog die Hose hoch.

Als Jesse eine gute Stunde später gebeten wurde, sich für die Siegerehrung bereitzuhalten, war der Steeple-Lauf der Männer im Gange. Dreitausend Meter mit Hindernissen und einem Wassergraben: die härteste Disziplin der Leichtathletik. Jesse stellte sich in der Nähe des Eingangs an die Bande und verfolgte das Rennen.

Von der ersten Sekunde an war klar, wie der Sieger heißen würde: Bikila Asserate zog der Konkurrenz davon, als liefe er in einer anderen Kategorie. Seine drahtigen Beine wirbelten durch die Luft wie zwei Propeller. Er nahm die Hindernisse, als wären sie gar nicht vorhanden. Und während das Feld aus lauter Weltklasseläufern Runde um Runde verbissen kämpfte, schien dem davonstürmenden Äthiopier das Rennen richtig

Spaß zu machen. In seinem schwarzen Gesicht strahlte ein frohes Lachen mit Zähnen weiß wie Elfenbein.

«Asserate auf Weltrekordkurs!», schallte die Stimme des Stadionsprechers aus dem Lautsprecher. Das Publikum johlte, klatschte und peitschte den Läufer vorwärts.

Warum tut er das?, fragte sich Jesse. Warum verausgabt er sich derart? So kurz vor den Olympischen Spielen?

Die Glocke schellte.

Letzte Runde.

Noch vierhundert Meter, und das Feld lag weit abgeschlagen zurück. Vier Hürden und ein Wassergraben lagen zwischen dem äthiopischen Wunderläufer und dem Ziel. Und Bikila Asserate würde neuen Weltrekord laufen.

Von einem enormen Energieschub getrieben näherte er sich dem nächsten Hindernis. Das Publikum johlte ein langgezogenes «Hoo», und je näher der fliegende Äthiopier dem schwarzweißen Balken kam, desto höher stieg die Tonlage der Anfeuerungsrufe, bis ein tausendfaches «Hopp» ihn förmlich über die Hürde hob.

Asserate bedankte sich mit dem breitesten Grinsen, das die Welt jemals im Gesicht eines Langstreckenläufers gesehen hatte.

Das rhythmische Stampfen der aufgepeitschten Menge trieb ihn an. «As-se-ra-te!»

«As-se-ra-te!», schrie auch Jesse aus voller Kehle mit. Sollte er den Rekord doch holen. Er würde schon wissen, was er tat.

Der Äthiopier nahm die Gegengerade im Sturmlauf und peilte die nächste Hürde an.

Er sprang.

Ein Aufschrei des Entsetzens ging durch die Menge.

Beim Nachziehen des Sprungbeins hatte Asserate den massiven Balken touchiert. Er strauchelte nach dem Hindernis, fing sich aber wieder und zog in die letzte Kurve.

Zum letzten Mal der Wassergraben. Ein schwieriger Sprung,

besonders nach gut sieben Minuten Vollgas, wenn jede Zelle des Körpers nach Sauerstoff schreit, die Arme schwer und die Beine sauer sind. Der Läufer kann nicht einfach über das Hindernis gleiten, sondern muss sich mit einem Fuß auf dem Balken abstoßen, um den nötigen Schub zu gewinnen, der ihn über das Wasser trägt.

Asserate nahm Maß.

Noch vier Schritte.

Plötzlich drehten Asserates Augen nach oben weg, trotzdem fand sein Fuß den Balken.

Noch ahnte das Publikum nichts, doch schon im nächsten Augenblick schien der Herzschlag von zwanzigtausend Menschen gleichzeitig auszusetzen.

Der Lärm erstarb.

Die Zeit stand still.

Wie festgenagelt blieb Asserate auf dem Balken stehen, ruderte mit den Armen, kämpfte um das Gleichgewicht. Sein Blick krallte sich in den Himmel, als böte ihm dort oben jemand Halt.

Zwar hatte er tief im Innern seines Kopfes schon bei der letzten Hürde einen Blitz gespürt. Doch erst der Gerichtsmediziner würde herausfinden, dass dies der Moment gewesen sein musste, in dem ein Klumpen eingedickten Blutes in der Hirnarterie stecken blieb und so einen beträchtlichen Teil des Gehirns von der Blutversorgung abschnitt. Der Sauerstoff hatte gerade noch gereicht, ihn bis zur nächsten Hürde zu tragen. Dann war das Gehirn tot.

Noch immer balancierte der Äthiopier als bizarres Mahnmahl übertriebenen Ehrgeizes auf dem Balken. In seinen Augen war nur noch das Weiße zu sehen. Und seine vollen, purpurn angelaufenen Lippen zogen sich über die Zähne hoch, bis das ganze Glück aus dem Gesicht gewichen war.

Mit irrer Fratze kippte der Läufer seitlich weg.

Als sein hoher Schädel auf dem Balken aufschlug, war das

trockene Knacken des Schläfenbeins bis zu den Zuschauerrängen hinauf zu hören.

Und fast gleichzeitig setzten die anderen Läufer keuchend über das Hindernis und landeten laut spritzend im Wasser. Bis alle im Ziel waren, hatten zwei Sanitäter den Gestürzten auf einer Bahre aus der Arena getragen.

Das Rennen gewann Joseph Kiptanui aus Kenia.

Die Show ging weiter.

Asserate nachzutrauern hatte das Publikum keine Zeit. Der Stadionsprecher versicherte, der Unglückliche sei auf dem Weg ins Krankenhaus, und forderte die Menge auf, im Chor «Gute Besserung» zu brüllen. Was diese willig tat.

Kurz darauf stand Jesse völlig benommen auf dem Siegerpodest. Links von ihm Melvin Fagan, Trinidad, rechts T. C. Bullock, USA. Zwei mächtige Brocken – der eine Inhaber des Weltrekords, der andere amtierender Weltmeister. Sie reichten Jesse nur bis zur Brust, denn sie standen auf der Stufe für den Zweit- und Drittklassierten. Ein gewohntes Bild in diesem Jahr. Das Einzige, was sich daran gelegentlich änderte, war, dass die beiden mal die Seite tauschten oder einer durch Irvin Payne vom Podest verdrängt wurde. Zuoberst stand immer derselbe, der neue Star am Leichtathletikhimmel, dessen Aufstieg steil und nicht zu bremsen war: Jesse Brown, Schweiz.

Als aus den Lautsprechern die Nationalhymne für den Sieger ertönte, wandte er sich an Fagan. «Scheiße, das mit Asserate, was?»

Fagan hielt den Blick stur geradeaus gerichtet.

Jesse wandte sich zu Bullock.

«Arschloch», zischte dieser.

Die Hymne war zu Ende. Ohrenbetäubender Jubel brach los.

Die Fans ließen La Ola ums Stadion wandern. Sie forderten eine weitere Ehrenrunde. Jesse ließ sich treiben.

«Jesse!» Über die Bande streckte ihm ein Mann sein Programmheft entgegen. Jesse setzte seinen Namen darauf. Von weiter hinten kam ein T-Shirt geflogen. Jesse unterschrieb und warf es zurück. Ein Mädchen hielt ihm den Unterarm hin.

«Wie heißt du?» fragte Jesse.

Das Mädchen strahlte vor Glück. «Angela.»

«Für Angie», schrieb Jesse auf ihre Haut.

So liebten sie ihn: Jesse, der Star zum Anfassen. Ein Held, der es von ganz unten nach ganz oben geschafft hatte und trotzdem der nette Junge von nebenan geblieben war. Jesse war ein Kumpel und Idol.

Von irgendwoher kam eine Flagge geflogen. Jesse legte sich das rote Tuch mit dem weißen Kreuz um die Schultern wie den Umhang eines Königs. Er war sicher, die Fotografen verstanden die Symbolik. Denn schon bald würde sich Ihre Majestät auch die Krone aufsetzen. Schon bald würde er den Olymp erklimmen. Als neuer Gott des Sprints.

Plötzlich ein grelles Licht. Ein dumpfer Knall und weißer Rauch um ihn herum. Augenblicklich tränten seine Augen. Seine Kehle zog sich zusammen. Er rang nach Luft. Dann rannte er los. Instinktiv, so wie er immer losgerannt war, wenn Rauch und Gas ihm die Luft nahmen.

In welche Richtung er lief, wusste er nicht.

Einfach weg.

Doch er kam nur wenige Schritt weit.

Der Schmerz durchfuhr sein Bein wie ein Schuss.

2

Als Thierry Velan vor die Haustür trat, empfing ihn einer jener Sommermorgen, die er so sehr liebte: Der Himmel war wolkenlos, die Luft rein und klar, sodass man auf den Gipfeln der Savoyer Alpen jedes einzelne Schneefeld gestochen scharf erkennen konnte. Ein leichter Wind strich vom See her den Hang herauf, frisch und angenehm. Der Lac Léman war die beste Klimaanlage, die man sich wünschen konnte.

Thierry fuhr sich mit der Hand über das graue Haar, das er zum Bürstenschnitt gestutzt trug, atmete tief durch und ging dann mit dem elastischen Schritt eines durchtrainierten Fünfzigjährigen über den gepflasterten Hof.

Plötzlich blieb er stehen.

«Bonjour, Minou!», rief er freudig und bückte sich, um die getigerte Katze zu kraulen, die ihm um die Waden strich. «Hast du gut geschlafen?»

Seit der Geburt von Maurice und Maxim, den Zwillingen, gehörte Minou zur Familie: seit fünfzehn Jahren also. Sie war die einzige Frühaufsteherin neben Thierry. Die beiden Jungs hatten noch geschlafen, und Sylvie hatte sich im Bett bloß umgedreht, als Thierry leise aus dem Zimmer geschlichen war.

Minou ließ einen tiefen, gutturalen Laut ertönen. Erst jetzt bemerkte Thierry, dass die Katze etwas zwischen den Zähnen hielt.

«Eine Maus?», staunte er. «Ist dir das Futter nicht mehr gut genug?»

Minou verzog sich mit ihrer Beute unter einen Busch.

«Na dann, guten Appetit.»

Thierry setzte seinen Helm auf und holte das Mountainbike aus der Garage. Es gab nichts Schöneres, als an einem Prachtmorgen wie diesem durch die Weinberge nach Lausanne zu fahren. Viele dieser Rebhänge hatten einmal seinem Urgroßvater gehört. Tété, wie ihn alle nannten, hatte sich mit gutem Wein einen Namen gemacht und es zu stattlichem Reichtum gebracht. Doch weder Thierry noch seine Schwester wollten sich professionell der Winzerei widmen, also wurde der größte Teil des Grundbesitzes verkauft oder verpachtet. Thierry behielt nur einen kleinen, aber exquisiten Hang für sich. Den bewirtschaftete er, um Stress abzubauen und, wie er stets betonte, um die familiären Wurzeln nicht ganz zu verlieren.

«Seltsam», dachte Thierry, als er die erste Kurve unterhalb des Hauses ansteuerte, «fängt Minou wieder Mäuse?» Die Katzendame war doch viel zu alt dafür und leider auch zu fett. Die Tatsache, dass Minou offenbar wieder auf Wildfang umgestiegen war, beschäftigte ihn jedoch nur, bis er in den Feldweg einbog, der ihn hoch über den Weinbergen und fern des Autoverkehrs fast bis nach Lausanne brachte.

«Bonjour, Chef!», rief Catherine Beniston, eine kurzhaarige Brünette, als Thierry frisch geduscht und gut gelaunt die Tür zum Labor aufstieß. «Der Kurier war schon da», fügte sie hinzu, während sie mit einem Messer die Klebstreifen an einem sperrigen Paket aufschnitt.

«Zürich?», fragte Thierry.

«Ja.»

«Die waren aber schnell», sagte er grinsend. «Hast du ‹Weltklasse Zürich› im Fernsehen geschaut?»

Catherine lächelte indigniert. «Bei mir gab's Krimi.»

«Aber, aber …» Der Tadel in Thierrys Stimme war gespielt. Auch wenn das LAD, das Laboratoire suisse d'Analyse du Dopage, eines der renommiertesten Laboratorien der Welt war, konnte er nicht erwarten, dass sich jeder seiner dreißig Mitarbeitenden so brennend für Sport interessierte wie er. Catherine war eine hervorragende Biologin, eine zuverlässige Laborleiterin – und begeisterte Köchin, wie ihre Körpermaße offenbarten.

«Aber du», sagte Catherine, « warst sicher in Zürich.»

«Ehrensache», erwiderte Thierry grinsend. «Seit ich dort selbst einmal gelaufen bin, habe ich noch kein einziges Mal gefehlt.»

«Als Zuschauer», präzisierte Catherine.

«Natürlich als Zuschauer. Aber einmal bin ich wirklich gelaufen. Als Junior.»

«Ist also schon ein Weilchen her», neckte ihn Catherine.

«Immerhin war ich einmal dabei: über 1500 Meter. Früher durfte jeweils der beste Junior seiner Disziplin im B-Lauf starten. Als Motivationsspritze. Ein irres Gefühl! Das Licht, das Publikum; Du meinst, die jubeln alle nur dir zu.»

«Und – hat die ‹Spritze› gewirkt?» fragte Catherine.

«Ich bin kaum jemals schlechter gelaufen», winkte Thierry ab. «Ich war vollkommen überfordert als Neunzehnjähriger. Damals gab es ja noch gar nichts in Sachen psychologischer Betreuung. Die haben mich einfach auf die Bahn gestellt und hopp. Plötzlich waren da überall die Stars, die ich bloß aus dem Fernsehen kannte. Alle einen Kopf größer als ich, mit doppelt so langen Beinen. Da rutscht jedem das Herz in die Hose. Heute ist das ganz anders: Die Athleten werden psychologisch regelrecht präpariert. Heute weiß man, dass die Hälfte der Leistung aus dem Kopf kommt.»

«Und die andere Hälfte aus dem Giftschrank, meinst du?»

Thierry verzog das Gesicht. «Wie du einen wieder in die harte Realität zurückholst», knurrte er, klatschte dann aber energisch in die Hände. «Also: an die Arbeit!»

«Eigentlich wollte ich diese Proben einfrieren», sagte Catherine. «Es sind noch nicht genügend für eine ganze Serie. Selbst mit denen nicht, die schon auf Lager sind.»

«Catherine», seufzte Thierry. «Zürich ist ein guter Kunde. Und alles, was wir jetzt noch abarbeiten, kommt uns in den nächsten Wochen nicht in die Quere.»

Catherine verdrehte die Augen. Das war Thierry Velan: immer antreiben, immer fordern. Typischer Sportler, wie sie meinte. Sie klemmte sich das Paket mit den Proben unter den Arm. «Okay, ich bin schon dabei.»

«Danke», rief Thierry ihr nach und verließ das Labor.

Wie froh er doch um Catherine war, die bei ihm arbeitete,

seit er vor fünfzehn Jahren das Labor gegründet hatte. Sie war eine Pedantin, also die Idealbesetzung für eine Laborleiterin. Er war der kreative Kopf, der gängige Tests verfeinerte und neue entwickelte. Zusammen hatten sie das LAD zu dem gemacht, was es heute war. Ihre Auftragbücher waren immer voll. Doch was diesen Sommer anstand, übertraf alles bisher Dagewesene. Das Internationale Olympische Komitee hatte ihnen exklusiv alle Dopinganalysen für die Olympischen Sommerspiele zugesprochen. Wobei sie sich gegen so große Konkurrenten wie die staatlich unterstützten Labors von Köln und Paris durchgesetzt hatten. Diesen Job wollte Thierry zur höchsten Zufriedenheit des Kunden erledigen. Das würde ihnen weitere fette Aufträge und somit die Zukunft des Labors sichern.

Sein Büro bestand aus einem kleinen Raum, der bis unter die Decke mit Büchern vollgestopft war. In der einzigen freien Ecke war die Wand behängt mit bunten Wimpeln und Plakaten großer Sportevents, für die das Labor die Proben analysiert hatte.

Er schaltete den Computer ein und vertiefte sich in die Arbeit – bis die Bürotür aufging und er hochfuhr.

«Hast du keinen Hunger?»

«Hunger?»

«Ja, Hunger», sagte Catherine. «Medizinisch gesehen entspricht dies einer Kombination aus geringer Magenfüllung und tiefem Blutzuckerspiegel. Umgangssprachlich nennt man so was auch Loch im Bauch.»

Thierry warf einen Blick auf seine Armbanduhr. Tatsächlich: Mittag war schon vorbei. Und als sie die Rue du Bugnon überquerten und auf den langgestreckten Glas-Alu-Bau der Poliklinik zusteuerten, merkte Thierry, dass er tatsächlich ein Loch im Bauch hatte.

Sie holten sich in der Kantine Sandwiches und setzten sich an einen Tisch am Fenster.

Während sie ihre Brote aßen, erkundigte sich Catherine nach Thierrys Familie. Er erzählte, dass heute alle ausschliefen, die Kinder dann wohl, wie schon die ganze Woche, den Tag am Pool verbrächten und Sylvie den Urlaub im Garten genieße. «Nur ich bin am Arbeiten.»

«Du Armer.»

«Na ja. Den ganzen Tag am Pool wäre mir sowieso zu langweilig.»

«Eben.»

«Aber dich als Katzenliebhaberin dürfte etwas anderes mehr interessieren», fuhr Thierry fort. «Minou fängt wieder Mäuse.»

Catherine stieß einen spitzen Schrei aus. «Die alte Dame! Was für Mäuse kriegt die denn noch?»

«Genau genommen, war es nur eine», gab Thierry zu. «Eine weiße.»

«Eine weiße!» Catherine lachte. «Du warst aber nüchtern?»

«Morgens um sechs bin ich in der Regel stocknüchtern», erwiderte Thierry trocken.

Catherine nahm einen Bissen von ihrem Brot. «Eine weiße Maus also? So eine Art Labormaus, könnte man sagen?»

«Könnte man sagen», bestätigte Thierry.

«Eine Labormaus vor deinem Haus, weitab von jedem Labor.»

«Ja, ja», sagte Thierry kauend. «Ich werde mal meine Jungs fragen, ob jemand in der Nachbarschaft weiße Mäuse hat. Wir werden das Tier wohl ersetzen müssen.»

Er stand auf. «Espresso?»

Als er mit zwei kleinen Tassen zurückkam, saß Catherine kerzengerade auf ihrem Stuhl. «Da stimmt doch was nicht.»

«Mit dem Kaffee?»

«Nein, mit der Maus. Ausgerechnet der Chef eines Dopinganalyselabors findet vor seiner Haustür eine Labormaus.»

«Catherine» seufzte Thierry. Seine Laborleiterin war wie immer gnadenlos, wenn es um Katzen ging. Sie lebte ohne Mann und Kinder mit drei Lieblingen zusammen. Exklusive Exemplare, die viel Geld gekostet hatten und nie nach draußen durften. «Ehrlich gesagt, steht diese Mäusegeschichte momentan nicht zuoberst auf meiner Prioriätenliste. Olympia steht an. Und wir haben noch nicht einmal alle angeheuerten Teilzeitkräfte instruiert, wir haben für diverse Maschinen noch keinen Testlauf gemacht, und wir …»

«Das ist es ja gerade», unterbrach ihn Catherine. «Olympia. Diese Maus taucht nicht irgendwann auf, sondern ausgerechnet vor den Olympischen Spielen. Das ist kein Zufall.»

Thierry seufzte erneut. Jetzt kam wieder die Sache mit Zufall und Vorbestimmung. In solchen Dingen bewies seine Laborleiterin einen Hang zur Esoterik.

Auch Catherine seufzte. Ihr Chef mochte zwar ein kreativer Wissenschaftler sein, der schon manchen neuen Test zum Nachweis der immer ausgeklügelteren Dopingmethoden und -mittel entwickelt hatte, aber manchmal war er wirklich ganz schön realitätsfremd.

Sie holte tief Luft. «Da lag doch einmal vor dem Hotelzimmer eines Dopingfahnders eine gebrauchte Spritze. Darin: Spuren eines Dopingmittels. Bei der Tour de France war das, und es hat die Aufdeckung eines der größten Dopingskandale der Geschichte ausgelöst.»

Thierry starrte sie stumm an.

«Nehmen wir an», sagte Catherine charmant und gleichzeitig unbeirrbar, wie immer, wenn sie eine ganz bestimmte Absicht hatte, «nehmen wir an, die Maus sei so etwas wie jene Spritze. Wäre doch schade, wenn einer der besten Dopingfahnder einfach so daran vorbeiginge.»

Ohne ein weiteres Wort zu verlieren zückte Thierry sein Mobiltelefon und wählte. «Salut, Sylvie», sagte er. «Hast du auch gesehen, dass Minou eine Maus gefangen hat?»

Er lauschte.

«Heute Morgen, als ich losging.»

Er schüttelte den Kopf.

«Chérie, tu mir den Gefallen: Schau dich mal im Garten um. Und ruf mich zurück, falls du eine weiße Maus findest.»

3

In Jesses Kopf kreisten die ewig gleichen Gedanken: Hatte er sich vor dem Start zu wenig aufgewärmt, zu wenig gedehnt? War es unvernünftig gewesen, so nah ans Publikum heranzugehen?

Doch die Fragen waren müßig, die Antwort eindeutig.

«Adduktorenzerrung», sagte Emilio Batista, während er den Muskel mit dem Daumen abtastete. Seine buschigen Augenbrauen hatten sich über den dunklen, fast schwarzen Augen zusammengezogen. «Du bist nicht von einem Knallkörper getroffen worden. Du bist zu ruppig losgelaufen. So wie du den Schmerz beschreibst, und so wie es sich anfühlt, kann es nichts anderes sein. Eine Zerrung. Keine allzu schlimme, würde ich meinen. Aber trotzdem: Du bist verletzt.»

Obwohl Jesse es längst wusste, traf ihn der Befund wie ein Dolchstoß. Und obwohl Emilio kein Arzt war, gab es keinen Grund, an seiner Diagnose zu zweifeln. Emilio hatte Sportwissenschaften studiert, ließ sich gelegentlich auch *Dottore* nennen und war Jesses Trainer, Betreuer und Manager in Personalunion. Das war in der Leichtathletik eher außergewöhnlich – die meisten Top-Athleten hielten das Sportliche, Psychologische und Wirtschaftliche voneinander getrennt. Doch Jesse war mit Emilio immer gut gefahren.

Wieder traf Emilios Daumen zielsicher in das Epizentrum des Schmerzes, und Jesse verzog gequält das Gesicht.

Emilio seufzte. «Was machst du nur für ’n Scheiß, Junge.»

«Gar nichts habe ich gemacht», protestierte Jesse, während er sich mit schmerzverzerrtem Gesicht aufsetzte. «So ein Idiot hat mich bombardiert.»

Emilio seufzte wieder und holte ein Frottiertuch. Er wischte sich den Schweiß von den fleischigen Nackenwülsten. Von hinten sah es aus, als würde sich seine gewaltige Körpermasse am Genick stauen, weil sie nicht auch noch vom vollkommen kahlen Schädel Besitz ergreifen konnte.

«Eines, Junge, ist ganz wichtig», sagte er bestimmt. «Es hat dich niemand bombardiert.»

«Das Ding kam direkt auf mich zugeflogen.»

«Natürlich tat es das», sagte Emilio. «Aber es hat niemand damit auf dich gezielt. Da ist einer beim Abfeuern ausgerutscht, oder es hat ihn jemand gestoßen, oder weiß der Teufel was.»

«Überhaupt sind die Dinger im Stadion doch verboten.»

«Es gibt halt immer wieder Typen, die diesen Mist mit hineinschmuggeln.»

«Arschlöcher!»

Jesse glitt von der Massageliege herunter, die sie in Emilios Hotelsuite aufgestellt hatten, und schlüpfte in die Trainingshose. Dann wich mit einem Mal die Spannung aus seinem Körper, und er starrte auf seine nackten Füße.

«Es war wie damals.» Er tat einen schweren Atemzug. «Ich sah plötzlich wieder alles vor mir, ich …»

«Ist schon gut, Junge», sagte Emilio väterlich und legte Jesse die Hand auf die Schulter. «Ich weiß, es verfolgt dich. Wird es vielleicht immer tun. Aber daran arbeiten wir ja.» Er ließ die schwere Hand und seine Worte wirken.

Jesse seufzte.

Kennengelernt hatte er Emilio damals auf dem großen Sportfest. Er hatte gerade den Hundert-Meter-Lauf gewonnen, als Emilio ihn angesprochen und gefragt hatte, ob er mit ihm laufen wolle.

Natürlich hatte Jesse Lust zu laufen. Denn Laufen war so ziemlich das Einzige, was er gerne tat, das Einzige, was er tun konnte, um zwischendurch aus dieser verdammten Hillborough School rauszukommen. Fünf Jahre hatte er damals schon in diesem Loch verbracht. Fünf lange Jahre hatte sich sein ganzes Leben hinter diesen hohen Backsteinmauern abgespielt: Schlafen, Essen, Schule, Sport, alles. Selbst wenn man krank war – oder so tat, als ob –, kam man nicht raus. Es hatte da drinnen sogar eine Krankenstation gegeben.

Hellborough nannten die Jungen das Heim.

Raus kam nur, wer sich für «das Fest» qualifiziert hatte. Das Fest, wie die Heimleitung es nannte, war ein Wettkampf, zu dem die Kinderheime im Staat New York jedes Jahr ihre besten Kids schickten.

Beim Fest war alles wie im Fernsehen, wie in der richtigen Welt eben. Es gab im Stadion Musik und Cheerleader, Popcorn und Publikum. Richtiges Publikum. Und Reporter kamen. Sie waren für die Heime das Wichtigste. sie sollten darüber berichten, wie man die schweren Jungs, die man sonst hinter den hohen Mauern verwahrte, wieder auf den rechten Weg brachte.

Dass «mit mir laufen» nicht bedeuten konnte, zusammen mit Emilio zu laufen, war Jesse damals sofort klar gewesen. Denn vor ihm hatte sich der dickste Mensch aufgebaut, den er jemals gesehen hatte. «Mit mir laufen» hatte nur bedeuten können, dass Emilio ihn trainieren wollte. Vor allem aber hatte es für Jesse bedeutet, aus dem Heim wegzukommen, aus der Bronx wegzukommen und die Chance auf ein neues Leben zu erhalten.

«Ist gut, Junge», sagte Emilio wieder. Dann richtete er sich auf und markierte Tatendrang. «Aber nun ist Schluss mit Grübeln.»

Er ging zur Tür, und drehte sich noch einmal um. «Bin gleich wieder da.»

Als Emilio zurückkam, trug er einen Verbandskasten in der einen und einen schwarzen Behälter in der anderen Hand. Mit dem Absatz stieß er die Tür zu und stellte beide Behältnisse auf den Tisch neben der Massageliege. Der schwarze Behälter sah aus wie ein abgewetzter Geigenkasten, aber kleiner. Oder ein Köfferchen für eine Querflöte, nur bauchiger.

«Was ist da drin?», fragte Jesse.

Emilio lächelte verschwörerisch und holte, ohne etwas zu sagen, diverse medizinische Utensilien aus dem Verbandskasten: ein braunes Fläschchen, einen Packen Wattebäusche und einen Spannriemen, wie er bei Blutentnahmen um den Oberarm gelegt wird.

Dann zog er sich feine Latexhandschuhe über, rückte den schwarzen Behälter zurecht und ließ mit gespreizten Fingern die verchromten Schlösser aufschnappen.

Jesse reckte den Hals.

Passgenau in eine Schaumstoffform eingebettet lag ein Gerät. Mit seinem anatomisch geformten, länglichen Griff und dem glockenförmigen Aufsatz erinnerte es Jesse entfernt an das altmodische Massagegerät, mit dem sich sein Pflegevater immer selbst den Rücken massiert hatte.

«Was ist das?», wiederholte Jesse.

«Meine Wunderwaffe», erwiderte Emilio seelenruhig.

Dann hielt er unversehens eine kleine Ampulle in der Hand.

«Keine Medikamente», stieß Jesse hervor.

Emilio begann das metallene Siegel an der Ampulle zu entfernen.

«Überlass das dem Arzt», sagte Jesse. «Der weiß genau, was ich mir jetzt erlauben kann.»

Emilio lächelte gönnerhaft. «Der Arzt hat dir gestern Nacht die schmerzstillende Spritze verpasst und dann Ruhe und Physiotherapie verordnet. Viel mehr hat die Medizin in solchen Fällen nicht zu bieten.» Er hielt die Ampulle mit der farblosen Flüssigkeit gegen das Licht. «Dass es das hier gibt – davon hat der noch nicht mal was gehört.»

«Emilio, die Kontrollen werden kurz vor Olympia immer strenger.»

Emilio trat auf Jesse zu. «Dein Muskel braucht gut und gerne einen Monat, um zu verheilen. Diesen Monat haben wir aber nicht.»

«Du hast immer gesagt, ich bleibe sauber.»

«Natürlich bleiben wir sauber.»

Jesse fixierte die Ampulle. Kein Gift, hatte er sich geschworen. Er war unter Junkies aufgewachsen, hatte sie reihenweise abkratzen sehen und «verdankte» die schlimmsten Jahre seines Lebens so einem menschlichen Wrack: seiner Mutter.

Und das Wichtigste: Er hatte es seinem Dad versprochen.

«Junge. Du und ich: wir sind ein Team – ein erfolgreiches Team.» Emilio sprach betont langsam und eindringlich. «Ich will nur dein Bestes. Und ich tue genau das, was das Beste für dich ist. Und nun sag: Wollen wir die Golden-League-Million?»

«Du weißt …»

«Wollen wir die Million?»

Jesse zögerte.

«Junge. Du und ich: wir wollen zusammen diese Million holen.»

Eine Million Dollar in bar. Die absolut höchste Prämie in der Leichtathletik. Wer die Million wollte, musste in seiner Disziplin bei den sechs größten europäischen Veranstaltungen gewinnen. Das Perfide an der sogenannten Golden League war, dass man auch gegen Athleten aus anderen Disziplinen kämpfte. Man konnte also nicht taktieren und auf einen strategischen Sieg setzen. Es gab immer nur eines: Alles geben.

Vier Golden-League-Rennen hatte Jesse bereits gewonnen: Paris, Rom, Oslo – und Zürich. Fehlten noch Brüssel und Berlin. Neben ihm hatten nur noch vier Athleten Chancen auf den Jackpot: Mikki Hämäläinen, der finnische Speerwerfer, den alle nur «Koloss» nannten; die kenianische Langstreckenläuferin Airimu Ngugi, die alles gewann, was es zu gewinnen gab; Henri Wanjiku, ebenfalls aus Kenia, ebenfalls Langstreckler, und auch er ein junges Talent und praktisch nicht zu schlagen. Der Vierte war …

«Asserate ist tot», sagte Jesse.

Emilio verdrehte die Augen. «Ja, ist er. Aber das ist nicht deine Sache.»

«Er ist vor meinen Augen gestorben.»

«Er hatte zu viel Epo geladen. Der Idiot!» Emilio schnaubte verächtlich. «Junge. Mach es, wie du es schon immer getan hast. Vergiss alles um dich herum.»

Jesse schluckte trocken.

«Wer ist der schnellste Mann der Welt?»

Jesse presste die Lippen aufeinander.

«Wer war der schnellste? Wer war es schon bei den Panthern?»

Jesse ließ den Blick in die Ferne schweifen.

«Und wer ist es heute? Wer?»

Entschlossen schob Jesse den Unterkiefer vor und sah Emilio direkt in die Augen. «Ich.»

«Na, also!» Mit der flachen Hand klopfte Emilio auf die Liege. «Komm.»

Jesse zog die Hose seines Trainingsanzugs aus und legte sich bäuchlings auf die gepolsterte Unterlage.

Emilio setzte sich an den Rand der Liege, nahm einen Wattebausch und tränkte ihn mit Desinfektionsmittel. Dann reinigte er sorgfältig die Rückseite von Jesses Oberschenkel.

«Nein!», schrie Jesse, als er die mörderisch lange Injektionsnadel sah, die Emilio aus ihrem sterilen Umschlag schälte, und wollte von der Liege springen. Doch blitzschnell zog Emilio den Medizinalriemen über Jesses Beinen straff, den er zuvor unbemerkt angelegt hatte.

Dann beugte sich Emilio zu ihm herunter. «Nie würde ich etwas tun, das dir schadet. Das weißt du, Junge.»

Er krempelte einen Ärmel seines T-Shirts hoch. Früher hatte sich hier der starke Bizeps eines durchtrainierten Athleten präsentiert, der Emilio einmal gewesen war. Als Student hatte er es im Diskuswerfen immerhin zum italienischen Meister gebracht. Doch jetzt kam eine schwabbelige Keule zum Vorschein. Er setzte sich die dünne, biegsame Nadel auf die bleiche Haut und drückte sie hinein. Langsam bohrte sich die Nadel in sein Fleisch.

«Vier Zentimeter», sagte Emilio. «Und keinerlei Schmerz. Die Nadel ist so fein – und ich bin so geschickt. Jede Tussi muss mehr ertragen, wenn sie sich den Arsch tätowieren lässt.»

Mit weitaufgerissenen Augen starrte Jesse auf die Nadel, die in Emilios Arm steckte. Schwitzend und mit bebender Stimme sagte er: «Erklär mir wenigstens, was es ist.»

«Ein natürlicher Stoff, der deinem Muskel hilft, die gerissenen Fasern zu ersetzen. Nennen wir es das Unsichtbare. Nichts davon wird in deinem Blut zu finden sein. Ich injiziere es direkt in die Muskelzellen.»

Jesse ließ den Kopf ergeben sinken und schloss die Augen.

Dann hörte er, wie Emilio eine neue Injektionsnadel aus dem Papier schälte. Jesse biss die Zähne zusammen und wartete auf den Einstich.

Doch Emilio hatte recht gehabt: Es tat nicht weh.

Jesse hörte nur ein feines Surren, das er nicht deuten konnte.

Was er nicht sehen konnte: Die ultradünne Injektionsnadel durchstieß seine Haut und drang langsam in den Muskel ein. Gleichzeitig wurde um die Nadel herum ein Kranz aus ultrafeinen Nadeln ausgefahren, die wie Akupunkturnadeln etwa einen Millimeter tief in die Haut gestochen wurden.

Völlig schmerzlos.

Dann spürte Jesse tief im Muskel ein Vibrieren.

Er verkrampfte sich.

«Schön locker bleiben», sagte Emilio leise. «Das ist nur ein bisschen Strom. Der macht, dass die Muskelzellen den Stoff gut aufnehmen. Bleib einfach ganz ruhig, dann ist das absolut kein Problem. Wenn du dich bewegst, gehen die Muskelzellen kaputt – unwiderruflich. Und du hast ein Loch im Bein. Das wollen wir doch nicht. Oder?»

4

Wo war Minou?

Normalerweise galt Thierry Velans erster Blick dem Himmel, wenn er am Morgen aus dem Haus trat. Heute nicht. Er suchte den gepflasterten Hof ab, lief zur Scheune hinüber, in der Sylvies Atelier und der Musikkeller der Zwillinge untergebracht waren, und inspizierte den Platz vor der Garage. Er ging zur Ausfahrt, die auf die Landstraße führte, und dann zur alles überragenden Trauerweide.

Von der Katze keine Spur.

Thierry atmete tief ein, hob die Arme, bog die Wirbelsäule durch und ließ die Luft dann wieder geräuschvoll ausströmen. Eigentlich war es höchste Zeit, dass er ins Labor kam, doch er konnte sich nicht losreißen. Hier, auf seinem Hof, hatte gestern eine weiße Maus gelegen. Vor der blühenden violetten Glyzinie, die sich an der Fassade des Hauses hochrankte, begann er mit einer Serie von Gymnastikübungen, um seine Muskeln zu dehnen – und um Minou eine Chance zu geben, doch noch aufzutauchen.

Was sie aber nicht tat.

Als Thierry endlich im Labor eintraf, war Catherine bereits an der Arbeit. Sie prüfte die Digitalanzeige eines der vielen Gas-Chromatographen im Analyseraum.

«Letzte Probe», sagte sie, als Thierry hinzutrat.

An den Massenspektrometern standen die Statuslämpchen auf Grün: Die Analysen waren abgeschlossen. Die Geräte hatten die ganze Nacht über gearbeitet, die Proben in ihre Bestandteile getrennt und mit reinen Referenzsubstanzen verglichen. Das Resultat waren farbige Kurven auf Endlospapier.

«Schon etwas entdeckt?», fragte Thierry.

«Auf den ersten Blick nicht. Nur in den Narkotikaproben der Radfahrer die übliche Sauce.»

«Aber alles legal, nehme ich an.»

«Natürlich. Aber ich frage mich manchmal, ob da ausschließlich Migränepatienten mitfahren.»

«So sind die Radrennfahrer. Die hatten noch nie Berührungsängste mit Chemie.»

Er griff sich einen der Papierstapel und blätterte ihn durch. Normalerweise zeichnete sich in den Kurven jede getestete Substanz als klarer Ausschlag ab. Nicht so bei diesen Proben. Wie ein Nebel waren hier alle Kurven von irgendwelchen Signalen überlagert; sie ließen sich den diversen Schmerzmitteln zuordnen, die die Fahrer praktisch permanent intus hatten. Ohne diese Substanzen hätten sie die Strapazen eines professionellen Etappenrennens gar nicht durchgestanden. Viele gebrauchten diese Mittel inzwischen auch im Training, weil sie immer ans Limit gingen, oft auch darüber. Aber auch mit härterem Stoff waren die Radrennfahrer die experimentierfreudigsten unter den Sportlern. Nicht von ungefähr hatten sie den ersten Dopingtoten der Geschichte geliefert. Thierry musste an Arthur Linton denken, der 1886 beim Rennen Bordeaux–Paris tot vom Rad gefallen war. Sein Betreuer, notabene der Besitzer einer Fahrradfabrik, hatte ihm eine Überdosis Trimethyl verabreicht. Und auch das erste olympische

Dopingopfer war ein Radfahrer gewesen. Wie Thierry wusste, war Knut Enemark Jensen 1960 nach der Einnahme von Amphetaminen tot in einen Straßengraben gekippt.

«Dabei stammen diese Proben nicht mal von einer großen Tour», unterbrach Catherine kopfschüttelnd Thierrys Gedanken. «Die sind von irgendeinem Amateurrennen, und wenigstens die sollten doch eigentlich noch sauber sein.»

«Die Kleinen machen den Großen eben alles nach», meinte Thierry lakonisch. «Es beginnt mit ein paar Aspirin vor dem Start. und wenn sie sich damit im Rennen gut fühlen, werfen sie die Pillen beim nächsten Mal wieder ein – und dann wieder und wieder, bis sie sich ohne das Zeug gar nicht mehr in den Sattel trauen.»

«Na, dann wollen wir mal sehen, ob hier noch einer eine Überraschung bietet.» Catherine nahm die Computerausdrucke, und beide verließen den Analyseraum.

Unterdessen hatte der Arbeitstag auch für die Jungs vom Auswertungsteam begonnen. Sie saßen über Stapeln von Papieren gebeugt, um sie herum Berge von Akten, dazwischen Kaffeetassen mit braunen Rändern.

Die Analyse der Computerausdrucke war eine äußerst heikle Sache, die keine Maschine übernehmen konnte. Es brauchte dazu viel zu viel Interpretationsfähigkeit, Intuition und Erfahrung. Wer bei der Auswertung nicht genau hinsah, lief Gefahr, einen Dopingsünder zu übersehen oder – für das Labor weit schlimmer – einen Athleten grundlos zu beschuldigen.

«Wohin damit?», rief Catherine in die Runde, während sie ihren Papierstapel in die Höhe stemmte.

«Wie immer», erwiderte Luc, ein großgewachsener Mann mit Dreitagebart und Dreiviertelhose, und schob die Auslage auf einem Tisch zusammen. «Bis wann?»

«Bis heute Abend», sagte Thierry.

«Wie viele sind es?»

Bevor er antworten konnte, klingelte sein Handy.

«Ja?»

Thierry lauschte, dann stutzte er. «Wo?»

Er warf Catherine einen vielsagenden Blick zu.

«Rühr sie nicht an! Und halte Minou fern. Bin schon unterwegs.»

Als Thierry mit dem rot-weißen Lieferwagen des Instituts in die Einfahrt einbog, stand Sylvie neben dem bauchigen Briefkasten, den Thierry zur Erinnerung an seinen Studienaufenthalt aus Boston mitgebracht hatte.

«Da», sagte sie und zeigte auf den Boden unter dem Briefkasten. «Sie fiel heraus, als ich *Le Matin* aus dem Kasten genommen habe.»

Thierry starrte auf die Maus vor sich. «Das ist aber nicht die von gestern!» Er ging in die Hocke und drehte das Tier mit einem dürren Zweig hin und her. «Minou hat mit ihrer Maus wild herumgespielt. Die war völlig zerbissen. Diese hier ist aber unversehrt. Die sieht aus, als wäre sie eben erst gestorben.»

Sylvie schüttelte den Kopf. «Eine Maus klettert doch nicht einen Metallpfosten hoch und schlüpft in einen Briefkasten, um dort zu sterben.»

«Garantiert nicht.»

«Also hat sie jemand da hineingelegt.»

«Vielleicht die Kinder», überlegte Thierry.

«Auf keinen Fall», entgegnete Sylvie rasch. «Die sind nach dem Frühstück direkt an den Pool gegangen, und da sind sie immer noch.»

«Woher kommen dann diese verdammten Mäuse?» Thierry richtete sich auf.

«Hast du gesehen?» Sylvie deutete abermals auf den Briefkasten.

Oben auf dem Kasten war das rote Blechschildchen aufgestellt, mit dem die Postboten in den USA anzeigen, dass etwas im Kasten lag. Doch der Briefträger von Epesses tat das nie.

«Wer uns auch immer diese Tiere hinlegt, er macht uns sogar noch darauf aufmerksam», meinte Sylvie. «War das Schildchen schon oben, als du losgefahren bist?»

«Darauf habe ich nicht geachtet.» Thierry fuhr herum. «Haben wir Kühlelemente im Gefrierschrank?»

«Ja, warum?», antwortete Sylvie und sah verdutzt ihrem Mann nach, der ins Haus rannte.

Professor Marc Beuret zog die Maus am Schwanz zwischen den Kühlbeuteln hervor, hielt sie sich dicht vor seine dicken Brillengläser und murmelte dann. «Äußerst außergewöhnlich.»

Der Zoologe war mindestens einen Kopf kleiner als Thierry und von korpulenter Statur; er hatte eine vornübergebeugte Körperhaltung, was ihm, zusammen mit dem weißen Labormantel und der mächtigen Hornbrille, den Ausdruck einer riesigen Eule verlieh. Er legte die Maus in eine Plastikschale und fragte abwesend: «Woher, sagten Sie, haben Sie dieses Tier?»

«Aus meinem Briefkasten», antwortete Thierry.

Der Professor drehte die Maus auf den Rücken und murmelte wieder: «Äußerst außergewöhnlich.»

«Das finde ich eben auch», warf Thierry ein. «Die Post hat sie jedenfalls nicht gebracht.»

Professor Eule drehte die Maus wieder zurück. «Das meine ich nicht. Das Tier an sich ist außergewöhnlich.»

Thierry schluckte. «Das sehen Sie auf den ersten Blick?»

«Na, schauen Sie sich doch mal das rechte Ohr etwas genauer an.»

«Das ist ja wohl nichts Außergewöhnliches», sagte Thierry, als er sah, was Beuret meinte. «Wenn die im Käfig Stress haben, knabbern sie sich schon mal gegenseitig die Ohren an. Oder auch die Schwänze.»

«Dieses Ohr wurde nicht angeknabbert», meinte Beuret lakonisch. «Da wurde sauber ein Stück abgetrennt. Mit einem Skalpell. Aber das ist noch nicht alles.»

Mit der Plastikschale in der Hand schlurfte er davon. «Kommen Sie.»

Der Professor ging zielstrebig einen engen Korridor entlang und stieß dann eine Tür auf. Der Raum war dunkel. Beuret schaltete das Licht an. Entlang der weißgekachelten Wände standen fahrbare Metallgestelle, in denen reihenweise Plastikkäfige hingen. Der Professor stellte die Schale mit der toten Maus auf den Untersuchungstisch in der Mitte des Raumes. Dann ging er zu einem der Gestelle und zog einen Käfig zu sich heran. Aufgeregt rannten die Mäuse hin und her und ließen ein nervöses Rascheln vernehmen.

«Immer mit der Ruhe», sagte Beuret sanft und gab dann einen zischenden Laut von sich. Sofort wurde es mucksmäuschenstill im Raum.

Beuret lächelte verschmitzt.

Er öffnete den Gitterdeckel des Käfigs und griff eine Maus am Schwanz. Dann beförderte er das Tier in eine Plastikschale, die er neben diejenige mit der toten Maus stellte.

Obwohl das lebendige Tier nervös versuchte, aus der Plastikschale zu entkommen und dabei immer wieder an den glatten Wänden abrutschte, sah Thierry sofort, was der Professor gemeint hatte.

«Meine Maus ist ja ein Riesentier. Das ist mir vorher gar nicht aufgefallen.»

«Sie haben auch nicht täglich den Vergleich vor Augen», nuschelte Beuret und brachte das zappelnde Versuchstier zurück in seinen Käfig.

Dann blickte er, zum ersten Mal, seit er die tote Maus aus der Kühlbox gezogen hatte, Thierry ins Gesicht. «Ihre Maus gehört zu keinem mir bekannten Laborstamm. Es ist aber nicht nur …», er blickte wieder auf die Maus, und es war, als würde er dabei alle ihm bekannten Mäusetypen in seinem Gedächtnis abscannen, «… es ist nicht nur die Größe.»

Beuret wandte sich ab und wühlte in einer Schublade. Es klapperte und schepperte. «Wenn die Leute nur Ordnung halten könnten», schimpfte er und förderte ein Kabel zutage. Dann eine Schere, ein Skalpell und weiteren Laborkram. Schließlich zog er einen Elektrorasierer hervor, steckte das Kabel in eine Steckdose und setzte den Apparat am Hinterlauf der toten Maus an.

«Ich darf doch?»

«Ja, ja», antwortete Thierry irritiert.

Beuret scherte die Maus. «Es gibt da eine Rinderrasse, die sieht irgendwie ähnlich aus wie diese Maus. Wenn Sie verstehen, was ich meine.»

Thierry verstand nicht.

«Belgian Blue heißt die Rasse. Getrimmt auf hohe Fleischleistung», sagte Beuret. «Aber das ist wie ein Kleinwagen mit Formel-1-Motor.» Er kicherte leise. «Das Auto läuft zwar tierisch schnell, aber die Bremsen sind zu schwach, das Getriebe zu träge, und irgendwann fällt alles auseinander, weil nichts den Belastungen standhält. Sie verstehen, was ich meine?»

«Ich verstehe», antwortete Thierry. «In meinem Gebiet hat Tuning vergleichbare Auswirkungen. Bei gedopten Athleten macht irgendwann die Leber schlapp, die Jungs werden impotent oder blöd. Es gibt sogar Typen, die sich Medikamente aus der Veterinärmedizin spritzen.»

«Clenbuterol», sagte Beuret, ohne den Blick von der Maus abzuwenden. «Kommt aus der Kälbermast. Hat anabole Wirkung und ist darum auch für Bodybuilder interessant. Aber ich empfehle das Zeug nicht – weder Rindern noch Hornochsen.»

Er legte den Rasierer zur Seite. «Et voilà!»

Die Maus lag nackt in der Schale.

Ungläubig starrte Thierry auf das Tier.

«Aber wissen Sie», fuhr Beuret fort, «bei Belgian Blue wird die Fleischleistung nicht mit chemischen Substanzen aufgemotzt: Das ist Zucht, Genetik. Manche sagen, es sei Blödsinn. So oder so hat sich das Superrind auf dem Markt nicht durchgesetzt: viel Fleisch, aber auch jede Menge Probleme.»

Fasziniert blieb Thierrys Blick an der Maus hängen. «Ein Monstrum.»

Jeder Muskel war so deutlich zu sehen, als hätte man dem Tier bereits die rosafarbene Haut abgezogen. Besonders ausgeprägt war die Muskulatur an den Extremitäten. Die Oberschenkel traten vor, als seien sie geschwollen, und sie erinnerten Thierry an die Schinken, die in der Bodega Española über der Theke hingen. Die Unterschenkel waren muskulös wie Popeyes Unterarme nach einer Spinatkur.

«Wie kommt das?», fragte Thierry.

«Keine Ahnung.» Beuret zwinkerte Thierry hinter seinen dicken Brillengläsern zu. «Wollen wir es herausfinden?»

5

«Am End der Welt» hieß der Ort. Ein seltsamer Name, dachte Jesse. Glaubten die Menschen, die hier oben, hoch über dem Bielersee, auf einem Plateau der Jurakette und umgeben von dichtem Mischwald die erste Siedlung gründeten, wirklich, sie seien am Ende der Welt? Oder glaubten sie, das Ende der Welt sei nicht mehr fern, und hatten vielleicht deshalb hier oben Zuflucht oder Schutz gesucht?

Wie auch immer. Heute war Am End der Welt längst kein Ort der Abgeschiedenheit mehr. Der Bauernweiler von damals war kaum mehr auszumachen inmitten von mehrgeschossigen Athletenunterkünften, roten Laufpisten und riesigen Sporthallen, die sich zu Jesses Füßen ausbreiteten, als er aus dem Wald kam und die Talmulde überblickte.

Er blieb stehen.

Und wurde sich erst in diesem Augenblick bewusst, dass er wieder gelaufen war!

Dabei hatte er gar nicht laufen wollen. Lediglich spazieren gehen. Genau so, wie es Emilio verordnet hatte. Er sollte sich einfach auf seiner üblichen Rundstrecke bewegen, ohne Absicht und Ziel, sollte seinen Gedanken freien Lauf lassen und nur auf die Geräusche der Natur achten. Dann, so hatte Emilio prophezeit, würden seine Beine wie von selbst in den Laufschritt fallen.

Genau so war es gekommen.

Jesse hatte in keinem Moment Schmerz empfunden. Und dies drei Tage nach dem Unfall!

Er atmete tief durch und setzte sich wieder in Bewegung. Lief locker den Hang hinunter, überquerte den Rasenplatz und folgte der langgestreckten Front der Sporthalle. Im Laufen wandte er den Blick nach rechts. In der Glasfassade erschien sein Spiegelbild, katzenhaft, geschmeidig; jede Bewegung ließ erahnen, welche Kraft in diesem Körper steckte. Lautlos glitt der Modellathlet von Scheibe zu Scheibe, während dahinter, in der Halle, eine Gruppe junger Frauen Basketball spielte. Durch die Scheiben drang kein Geräusch. Wie ein Stummfilm.

Jesse verfolgte das Auf und Ab seiner Beine. Sie bewegten sich absolut gleichmäßig.

Er lächelte.

Er fühlte sich gut.

Aber durfte er sich gut fühlen?

War es richtig, was er getan hatte – was Emilio getan hatte? Gab es einen Grund, Emilio zu misstrauen? Alles, was sein Betreuer bisher gesagt und getan hatte, hatte sich schließlich als richtig erwiesen.

Ein Schrei riss Jesse aus seinen Gedanken. Blitzartig drehte er den Kopf und sah zwei riesenhafte Männer neben der Laufbahn stehen. Kugelstoßer. Einer winkte und kam auf Jesse zu: Alfons Merz, amtierender Schweizer Rekordhalter.

«Du läufst schon wieder?», fragte er.

Jesse erinnerte sich, dass Merz ebenfalls am Wettkampf in Zürich teilgenommen, im internationalen Feld jedoch keine Chance auf einen vorderen Platz gehabt hatte. Der Kugelstoßer zog eine Grimasse. «Sah übel aus an dem Abend.»

«Ist wieder okay», meinte Jesse und lächelte gequält. Plötzlich kapierte er, dass er eben womöglich zu forsch gelaufen war. Fragte Merz deshalb so maliziös? Er war ein erfahrener Athlet, wusste einiges über Verletzungen und darüber, wie schnell was heilte. Wollte er etwa andeuten, dass Jesse schon wieder viel zu fit unterwegs war?

An sich mochte Jesse diesen Mann. Er war mit über dreißig Jahren der älteste Athlet im Schweizer Nationalkader und gehörte in der Sportschule fast schon zum Inventar. Er hatte einen Job beim Bundesamt für Sport, das vorne im Hauptgebäude untergebracht war. Was Merz dort tat, wusste allerdings niemand so genau. Und wenn man ihn fragte, gab er stets grinsend dieselbe Antwort: Ich schiebe eine ruhige Kugel. Auf jeden Fall war es eine Teilzeitstelle, sodass ihm genügend Zeit fürs Training blieb. Auch ansonsten schien er immer alle Zeit der Welt zu haben.

«Du warst doch beim Arzt – ja?» Locker warf Merz die Kugel von einer Hand in die andere, als wäre sie ein Tennisball.

«War ich», meinte Jesse zögernd. Ihm schwante, worauf es jetzt hinauslaufen würde. Merz gehörte zu jener Sorte Mensch, die ohne Umschweife auf eine emotionale Ebene zusteuerte und schnell herausfand, wo einen der Schuh drückte. Deshalb suchten Athleten bei dem erfahrenen Kämpen hin und wieder auch mal persönlichen Rat oder vertrauten ihm kleinere Sorgen an – manchmal auch größere.

Aber nicht jetzt!

Demonstrativ tätschelte Jesse die Hinterseite seines Oberschenkels. «Sah wohl schlimmer aus, als es war.» Er hob die Hand zum Gruß. «Na dann …»

«Und was sagt der Arzt?»

Jesse überlegte fieberhaft, wie er sich dem Gespräch entziehen konnte, während Merz unbeirrt weiterredete.

«Der Druck für dich ist momentan gewaltig. Du bist jung, und Olympia lockt. Aber pass auf. Glaub mir, ich weiß, wovon ich rede. Ich bin schon ein paar Jährchen in diesem Metier. Wenn du dich jetzt nicht schonst, ist vielleicht nicht nur die Saison futsch, sondern du versaust dir die ganze Karriere. Wenn eine Zerrung nicht in Ruhe verheilen kann, bilden sich Narben im Muskel. Dann ist es vorbei. Die Narben melden sich jedes Mal, wenn du ans Limit gehst. Das wird dir ewig wehtun. Es ist extrem wichtig, dass du dir Zeit lässt, um gesund zu werden.» Seine Miene drückte echte Sorge aus. «Was hast du an Physio denn schon gemacht?»

«Massage, Elektrotherapie …», sagte Jesse mit trockenem Mund.

«Wäre ja wirklich schade, in deinem Alter.»

«Alfons!», meldete sich der andere Kugelstoßer. «Machen wir weiter?»

In aller Ruhe drehte Merz den Kopf zu seinem Kollegen, der ungeduldig im Abwurfring hin und her tänzelte. «Gleich!» Dann wandte er sich wieder Jesse zu. «Pass auf dich auf.»

«Mach ich», sagte Jesse aufatmend und trabte los.

Er war noch keine Runde gelaufen, als sein Name aufs Neue über den Platz gerufen wurde.

«Jesse!»

Konnte Merz ihn denn nicht endlich in Ruhe lassen?

Aber es war nicht Merz. Am Rand der Laufbahn stand ein Mann in einem roten Trainingsanzug, der ihn heranwinkte. Jesse erschrak: Hans Berger, der Fahnder.

«Da staunst du, was?» Berger streckte ihm die Hand zum Gruß entgegen. «Diesmal schickt mich die Wada.»

Geistesabwesend reichte Jesse Berger die Hand

Die Wada, die Welt-Anti-Doping-Agentur, führte weltweit den Kampf gegen Doping. Jesse erinnerte sich schwach, dass die Wada erst gegründet wurde, nachdem die Tour de France 1998 vom größten Dopingskandal der Sportgeschichte erschüttert worden war. Er wusste, dass sie keine Proforma-Kontrollen machte, sondern im Auftrag aller Sportverbände und mit dem Segen fast aller Regierungen operierte.

Berger war wie immer bestens gelaunt. «Du weißt schon: Trainingskontrolle. Reine Routine.»

Er redete weiter, doch Jesse hörte nicht hin. Seine Eingeweide zogen sich zusammen.

Die Dopingfahnder hatten das Recht, im Training aufzukreuzen. Sie konnten auch ohne weiteres plötzlich zu Hause auf der Matte stehen. Wann immer sie wollten. «Ich halte dich nicht lange auf», sagte Berger. «Kannst du gleich? Die Fläschchen stehen drüben in der Garderobe parat.»

Jesse dachte an Emilio, an den seltsamen Injektionsapparat: Er hätte es besser wissen müssen!

«Was ist denn los?», fragte Berger. «Geht es dir nicht gut?»

«Wie? Nein, nein. Ich war nur in Gedanken woanders.»

«Zum Glück habe ich dich trotzdem gefunden», lachte Berger und klopfte Jesse väterlich auf die Schulter. Er scherzte unaufhörlich, während sie zum Garderobegebäude hinübergingen, doch Jesse war mit seinen Gedanken immer noch bei der Wada. Offenbar hatten die Wada-Leute mitbekommen, was in Zürich geschehen war, und machten sich jetzt natürlich Gedanken darüber, wie es der große Favorit anstellen würde, bis zu den Olympischen Spielen wieder fit zu sein. Die wussten haargenau, wie verlockend in dieser Situation der Griff in den Giftschrank war. Die konnten eins und eins zusammenzählen.

Mit jedem Schritt verkrampfte sich Jesses Unterleib mehr. Wenn das Zeug, das ihm Emilio injiziert hatte, nun doch nicht unsichtbar war, dann hatte er soeben seine letzten Trainingsrunden absolviert.

6

Er stöhnte wohlig.

Sie machte es gut.

Sie machte es genau so, wie er es mochte.

Jesse lag auf dem Rücken, die Augen geschlossen, die Lippen leicht geöffnet. Gerne hätte er sie jetzt angeschaut. Doch er widerstand; denn er wusste, dass die sinnliche Empfindung bei geschlossenen Augen am intensivsten war. Und er gab sich ihren Händen hin. Sie kannte ihn, und sie wusste, was er brauchte.

«Loslassen», drang ihre warme Stimme an sein Ohr.

Er gab einen gurrenden Laut von sich und konzentrierte sich auf das, was ihre Hände taten.

«Locker bleiben.»

«Bin ich», murmelte Jesse.

«Bist du nicht.»

Jesse schlug die Augen auf.

Lene trug ihr langes blondes Haar sorgfältig unsorgfältig hochgesteckt. Über dem Bauch war das hellblaue T-Shirt hochgerutscht und gab den Blick auf sonnengebräunte Haut frei.

Lene Korpijaakko, gebürtige Finnin, gehörte zum Physioteam der Schweizer Sportschule und unterstützte Jesses Erholung regelmäßig mit ihrer Massage.

«Verspannt ist nicht gut», sagte sie und legte die Stirn in Falten, während ihre kräftigen Hände Jesses Oberschenkel massierten.

Jesse stöhnte. «Bis jetzt warst du mit dem Heilungsprozess zufrieden.»

«Ich meine nicht den Muskel», sagte Lene und strich seinen Oberschenkel aus. «Ich meine dein Seelenleben.»

«Ich fühle mich super.»

«Meine Hände sagen mir etwas anderes. Du bist innerlich angespannt.»

«Das ist doch wohl normal, so kurz vor den Olympischen Spielen.»

Lene erwiderte nichts. Massieren und Diskutieren, das ging nicht zusammen. Sie stellte seinen Unterschenkel auf, setzte sich auf den Rand der Massageliege, sodass sie mit ihrem Gesäß seinen Fuß am Wegrutschen hinderte.

Jesse konzentrierte sich auf ihre Hände und hoffte, Lene vergesse das Thema. Mit festem Griff umfasste sie seine Wade, schüttelte sie, ließ sie los, strich von der Ferse zur Kniekehle und begann wieder von vorne. Ein steter Rhythmus von Druck und Entlastung, von dem sich Jesse bewusst einlullen ließ.

Beide schwiegen, bis die Massage beendet war.

Dann verschwand Lene im Nebenraum und kam mit einem großen Frottiertuch zurück, das sie über Jesse ausbreitete. Die Enden schlug sie unter seine Füße und Schultern. Das Tuch war angenehm vorgewärmt, und sie tat jeden Handgriff mit einer Hingabe, die Jesse genoss.

Aber sie hatte das Thema nicht vergessen. «Also», setzte sie wieder an. «Wo drückt der Schuh?»

Jesse knirschte mit den Zähnen.

«Was ist los mit dir?», insistierte sie.

«Nichts ist los.»

«Jesse, ich fummle nicht einfach so an dir rum. Ich unterstütze dich medizinisch auf dem Weg zu deinem großen Triumph. Ich tue das gerne, weil ich an dich glaube. Um meine Arbeit gut zu machen, brauche ich aber auch etwas von dir: Offenheit und Vertrauen.»

Sie strich mit den Händen über das warme Frottiertuch. Über seine Schultern, seine Brust, seinen Bauch.

«Verdammt», stieß Jesse hervor.

Lene schwieg und wartete.

«Sie stellen mir nach.»

«Wer stellt dir nach?»

«Die Fahnder.»

«Wie kommst du darauf?»

«In Zürich musste ich zur Kontrolle, und jetzt, nur drei Tage später, platzt Berger schon wieder herein. Mitten ins Training.»

Lene lachte. «Na, das ist aber doch kein Nachstellen. Trainingsproben sind üblich. Und vielleicht haben sie nach der Verletzung von Zürich tatsächlich ein Auge auf dich. Wollen ein bisschen den mahnenden Zeigefinger heben, damit du nicht auf dumme Gedanken kommst.»

«Das gefällt mir gar nicht», sagte Jesse.

Resolut stemmte Lene ihre Hände in die Hüften. «Sag mal, leidest du unter Verfolgungswahn? Ein sauberer Athlet braucht die Fahnder nicht zu fürchten.»

Jesse schaute zur Zimmerdecke.

«Sag bloß nicht …»

Jesse lag steif auf der Liege und sah weiter trotzig zur Decke.

«Hast du etwas genommen?»

«Habe ich nicht.»

«Was ist es dann?»

«Emilio hat mir etwas gegeben.»

«Etwas gegeben?», echote Lene.

«Ja.»

«Was, um Himmels willen?»

«Ich weiß es doch nicht!» Er setzte sich mit einem Ruck auf. «Scheiße.»

Dann begann er zu erzählen. Erst stockend, dann immer

hastiger. Von Emilios Massagegerät, von der Ampulle, vom raschen Heilungserfolg.

Lene hörte mit ungläubigem Staunen zu. «Und du hast keine Ahnung, was in dieser Ampulle war?»

«Nein.»

«Bist du noch bei Trost?», fragte Lene entgeistert. «Du lässt dir irgendein Zeug verabreichen und fragst nicht mal, was es ist?»

«Ach, lass mich doch in Ruhe», blaffte Jesse zurück.

Sie sagte nichts, sondern sah ihn nur lange an.

Jesse blickte zu Boden. «Entschuldigung.»

«Ist schon gut», sagte Lene versöhnlich.

«Er hat gesagt, niemand wisse, dass es so eine Substanz überhaupt gebe. Und sie sei unsichtbar.»

«Unsichtbar? Soll wohl eher heißen, nicht analysierbar, nicht zu entdecken.» Sie schüttelte verständnislos den Kopf. «Wenn das nicht stimmt, bist du geliefert. Andererseits … warum sollte Emilio dich anlügen?»

Jesse zuckte die Schultern.

«Er betreut dich seit Jahren», meinte Lene sachlich. «Ihr habt Erfolg zusammen. Und ihm liegt an diesem Erfolg genauso viel wie dir. Denn er verdient sein Geld mit dir. Nur mit dir kann er sich seinen Lebensstil leisten: ferne Reisen, gutes Essen, teure Hotels. Er ist von dir genau so abhängig wie du von ihm. Warum also sollte er das alles kurz vor dem größten Triumph deiner Karriere fahrlässig aufs Spiel setzen?»

Suchend ließ sie ihren Blick durch den hellen Therapieraum wandern, als könnte sie irgendwo die Antwort finden. Dann straffte sich ihr Körper.

«Was weißt du über Emilio?»

«Was ich weiß?»

«Ja. Betreut er noch andere Athleten? Mit wem hat er vor dir zusammengearbeitet? War er schon einmal in eine Dopingaffäre verwickelt?»

Jesse überlegte. «Soweit ich weiß, betreut er keine anderen Athleten. Aber er arbeitet mit Betreuern zusammen, die in verschiedenen Ländern tätig sind. Darum ist Emilio ja auch so viel unterwegs. Er ist mehr der Mann im Hintergrund. Fädelt die Dinge ein und lässt mich in meinem Club dann wieder selbständig trainieren. Trotzdem hat er immer den totalen Überblick und alles unter Kontrolle. Aber über ihn persönlich weiß ich eigentlich nichts.»

«Nicht gerade viel», sagte sie und überlegte. «Aber einen konkreten Grund, ihm zu misstrauen, gab es bisher nie?»

«Nein, nie.»

«Dann hast du keine andere Wahl, als ihm weiter zu vertrauen. Also, konzentriere dich jetzt auf das wirklich Wichtige: Olympia.»

«Mach ich», erwiderte Jesse erleichtert.

In Gedanken versunken, standen beide schweigend da, bis Lene sagte: «Noch etwas.»

«Ja?»

«Hast du jemals etwas Illegales genommen?»

Jesse schwieg.

«Jesse, es geht um das Vertrauen zwischen uns.» Sie legte ihm beide Hände auf den Unterarm. «Ich muss es wissen, um weiterhin voll hinter dir stehen zu können. Um mein Bestes zu geben für dich.» Sie schenkte ihm einen Blick aus ihren tiefblauen Augen, der seine Wirkung tat.

Jesse wurde heiß und kalt.

Er räusperte sich.

«Nicht ein einziges Mal.»

7 Es klingelte. Vier Uhr morgens. Wecker falsch gestellt! Thierry hieb mit der Faust drauf und drehte sich auf die andere Seite.

Es klingelte weiter.

Das Telefon!

«Ja?», stöhnte er in den Hörer.

«Du erinnerst dich doch an diese seltsamen Muster in den Analysen, die wir nie interpretieren konnten?» Es war Luc.

«Sag mal, spinnst du? Um diese Zeit!»

«Wir haben es rausbekommen.»

In null Sekunden war Thierry hellwach. «Ihr habt was?»

«Ich wusste, dass dich das interessiert.»

«Was ist denn los?», fragte Sylvie schlaftrunken.

Doch Thierry war schon weg.

Die vier Jungs vom Auswertungsteam sahen fürchterlich aus: Augen gerötet, Haare zerzaust, T-Shirts zerknittert. Thierry ging zum Ghettoblaster und drehte den ohrenbetäubenden Hip-Hop ein paar Stufen leiser.

«Ihr erlaubt doch?»

«Morgen, Chef.» Luc nahm einen tüchtigen Schluck aus einer Red-Bull-Dose und hielt Thierry einen Computerausdruck vor die Nase. «Diese Schmiere kennst du ja.»

«Natürlich», sagte Thierry. «Die taucht seit Monaten immer wieder auf.»

«Jetzt wissen wir, was es ist.»

Thierry pfiff durch die Zähne.

«Zuerst baten wir Catherine, mit einem weiteren Aufbereitungs- oder Reinigungsschritt die Schmiere zu identifizieren. Was aber nicht gelang. Also suchten wir einen anderen Weg: keine chemische Reinigung, sondern eine mathematische. Wir wollten also nicht die Substanz aus der Probe wegkriegen, sondern nur deren Signal aus der Analyse rausfiltern, um dann zu erkennen, ob etwas darunter verborgen liegt.» Luc nahm ein Blatt Papier, zeichnete ein Schema und schrieb einige Formeln darauf. «Wir haben das ganze Datenprozessing neu aufgesetzt. Wir waren sicher, auf dem richtigen Weg zu sein. Daher wollten wir auch nicht abwarten. Also hatte die neue Methode bereits diese Nacht ihre Jungfernfahrt.»

Thierry klopfte ungeduldig auf den Tisch. «Nun sag schon.»

«Eine der Proben aus Zürich enthält eine synthetische Substanz, die vermutlich eingenommen oder gespritzt wird, um etwas anderes zu überdecken. Ein Maskierungsmittel.»

«Clever», bemerkte Thierry. «Ihr weist nicht das Dopingmittel nach, sondern die Maskiersubstanz.»

«Genau», sagte Luc. «Und es ist ja wohl logisch, dass eine Maskiersubstanz nur von denen verwendet wird, die etwas zu verbergen haben.»

«Bingo!», rief Thierry aus. «Damit können die Verbände die verdächtigen Athleten ins Gebet nehmen, bis sie gestehen, was sie damit verbergen wollen.»

«Wir müssen sofort dafür sorgen, dass diese Methode noch vor den Olympischen Spielen homologiert wird», fügte Thierry voller Tatendrang hinzu.

«Ähm, Chef», machte Luc. «Das ist ein ziemlicher Marathon, wissenschaftlich wie juristisch.»

«Natürlich», sagte Thierry entschlossen. «Aber um die Juristen kümmere ich mich. Von euch brauche ich lediglich so schnell wie möglich einen detaillierten, wissenschaftlichen Bericht.»

«Was heißt ...», Luc rieb sich die geröteten Augen, «so schnell wie möglich?»

«Bis morgen.»

«Bis morgen?!» Luc blickte auf seine Armbanduhr. «Ist morgen morgen oder heute?»

«Morgen ist heute», sagte Thierry und lächelte ihn aufmunternd an.

«Aber wir haben gerade die ganze Nacht durchgemacht.»

«Ich weiß», sagte Thierry. «Aber die Konkurrenz schläft auch nicht. Wenn wir die Homologierung bis Olympia schaffen, gibt es für jeden von euch eine Woche Urlaub extra.»

Er wandte sich zum Gehen und drehte am Ghettoblaster das Volumen tüchtig auf. «Und Musik, so laut ihr wollt.»

Als Thierry in sein Büro trat, begann es draußen zu tagen. Er stellte eine Tasse unter die Kaffeemaschine, drückte den Startknopf, ging zum Schreibtisch, schaltete den Computer ein und war wieder bei der Kaffeemaschine, als der Espresso fertig war. Er zog die Tasse hervor, nahm den ersten Schluck im Gehen und setzte sich an den Computer. Der Kaffee schmeckte hervorragend, der Computer war startbereit.

Thierry rief die Mails ab.

Beuret hatte geschrieben.

«Die Maus gab ihr Geheimnis preis», stand da nur. Übermittelt: fünf Uhr morgens! Noch ein Nachtarbeiter.

Sofort wählte Thierry Beurets Nummer.

«Ja», meldete sich dieser mit einem Tonfall, der jedem Anrufer unweigerlich klarmachte, dass er störte.

«Hier Velan. Was ist mit der Maus?» fragte Thierry.

«Ach, Sie», sagte Beuret. «Wann können Sie hier sein?»

Die zweihundert Meter die Rue du Bugnon hinauf zum Anatomischen Institut nahm Thierry im Laufschritt, ebenso die Treppenstufen in den ersten Stock. Außer Atem klopfte er an Beurets Tür und trat ein.

Im Büro war es stockdunkel.

«Bonjour», sagte Thierry. «Professor Beuret?»

«Ich habe es ja geahnt», hörte er Beurets Stimme.

Allmählich gewöhnten sich Thierrys Augen an das Dunkel. Zuhinterst im Raum sah er jetzt ein bläuliches Licht. Fahl beschienen davon das Gesicht des Professors.

«Was haben Sie geahnt?» Thierry trat zu Beuret.

«Die Maus ist eine genetische Mutante.» Beuret tippte mit dem Finger auf eine Folie, die auf dem Leuchtpult vor ihm lag.

Thierry erkannte das typische Muster einer DNA-Analyse.

«Eine markante Bande fehlt hier oben», sagte Beuret. «Dafür taucht hier unten eine auf, die nicht hierher gehört.»

«Und was bedeutet das?»

«Das Myostatin-Gen», sagte Beuret. «Es ist in Ihrer Maus offenbar ausgeschaltet.»

«Und was tut dieses … Myostatin-Gen?»

«Es reguliert das Muskelwachstum.»

«Das Muskelwachstum», wiederholte Thierry und starrte auf das Leuchtpult. Plötzlich schlug sein Herz wieder so schnell wie nach dem Spurt die Rue du Bugnon hinauf.

«Professor, hat auch der Mensch dieses Myostatin-Gen?»

«Ja», antwortete Beuret knapp.

«Halten Sie es für möglich, dass man mit diesem Gen auch das Muskelwachstum eines Menschen beeinflussen kann?»

Beuret wiegte langsam seinen Eulenkopf. «Wollen Sie etwa in den Handel mit Menschenfleisch einsteigen? Ich habe Ihnen doch gesagt, was dabei herauskommt, wenn man am Myostatin-Gen rumpfuscht. Diese Belgian-Blue-Rinder sind Fleischmasse produzierende Krüppel.»

«Ja, ja, ich weiß.» Nervös begann Thierry im Labor auf und ab zu gehen. «Betrachten wir die Sache einmal ganz nüchtern: Wäre es möglich, dass die genetische Veränderung dieser Maus auf natürliche Weise zustande kam?»

«Könnte sein.» Beuret ließ den Blick über die DNA-Analyse wandern, als könne er darin lesen wie in einer Zeitung. «Aber Ihre Maus ist ja weiß.»

«Was wollen Sie damit sagen?»

«Haben Sie schon mal eine weiße Maus in freier Wildbahn gesehen?»

«Nein. Das gibt es nicht», sagte Thierry.

«Nun, ganz auszuschließen ist es nicht», meinte Beuret. «Aber lange würde sie nicht überleben, weil jeder Feind sie von weitem sieht.»

Thierry trommelte mit den Fingern auf den Tisch. «Das heißt also, dass eine Maus mit gleich zwei seltenen Gendefekten in freier Wildbahn doch unmöglich ist?»

«Ach, wissen Sie», seufzte Beuret und rückte die Brille zurecht. «Unmöglich ist in der Biologie gar nichts. Na ja, fast gar nichts. Lassen Sie es mich so ausdrücken: Die Wahrscheinlichkeit, dass Sie am selben Tag einen Sechser im Lotto haben und dann mit dem Flugzeug abstürzen, ist größer.»

Thierry musste sich erst noch an diesen Humor gewöhnen. «Also: Woher kommt die weiße Myostatin-Maus?»

«Weiß ich nicht», erwiderte Beuret trocken. «Aber ich weiß von jemandem, der welche hat.»

8

Labor C22

Die Frau war kerngesund und hatte einen makellosen Körper, um den sie Tausende bewunderten und ebenso viele beneideten. Auch ihr Gesicht war von ausgesprochener Schönheit, aber das sah man nicht. Es war bedeckt von einer schwarzen Atemmaske.

Die Narkose war nicht sehr stark. Denn sie sollte der Probandin weniger unnötige Schmerzen ersparen, als vielmehr dazu dienen, sie nicht an dem teilhaben zu lassen, was in diesem Moment mit ihr geschah.

Der Anästhesist nickte.

Das Zeichen, dass er den zweiten Hahn geöffnet hatte.

In das Narkotikum mischte sich jetzt ein weiterer Wirkstoff, eine Substanz, die sonst nicht im Operationssaal Verwendung fand, sondern in der Psychiatrie. Sie half Menschen, über traumatische Erlebnisse hinwegzukommen. In großem Stil war sie daher amerikanischen Soldaten, die aus dem Irak-Krieg heimkehrten, verabreicht worden – eine Droge fürs Vergessen, wie es in der Presse hieß, die den Betroffenen helfen sollte, sich wieder im normalen Leben zurechtzufinden.

Die Frau auf dem Operationstisch würde sich, wenn überhaupt, nur ganz vage an ihren Aufenthalt in der Klinik erinnern. Schlimmstenfalls würde sie glauben, bei einer Routineuntersuchung gewesen zu sein. Solche hatte sie davor schon unzählige erlebt, und ebenso viele würden im Verlauf ihres weiteren Lebens noch dazukommen. Dass bei einer davon etwas Besonderes geschehen war, würde sie nie erfahren – was der Versuchsleiter eigentlich schade fand.

Denn was er hier vollzog, würde in die Geschichte eingehen.

Auch wenn zum jetzigen Zeitpunkt die wenigsten Menschen eine solche Behandlung gutgeheißen hätten – bei sich selbst oder bei anderen –, in nicht allzu ferner Zukunft würde man sich ein Leben ohne solche Eingriffe nicht mehr vorstellen können. War es nicht mit allen Errungenschaften der modernen Zivilisation so gewesen? Am Anfang stießen sie auf Skepsis oder sogar brüske Ablehnung, dann starb die Generation der Kritiker aus, und für deren Kinder wurde das Neue zum Alltäglichen.

So würde es auch diesmal sein.

Nur würde diese Errungenschaft den Menschen selbst mehr verändern als alles, was je zuvor aus dessen Erfindergeist hervorgegangen war.

Der Versuchsleiter zog den Inhalt einer Ampulle in eine Spritze auf, hob sie vor seine Augen und drückte einen winzigen Tropfen der farblosen Flüssigkeit aus. Es war so einfach.

Um diese Substanz herzustellen, reichten das Wissen eines Biologiestudenten und Zutaten, die im Handel frei erhältlich waren. Trotzdem würde der Stoff ihn reich machen. Er bedeutete die Erfüllung des ältesten Menschheitstraums.

Der Versuchsleiter stieß die Nadel in die Vene der Probandin.

Wenn die Frau erwachte, würde sie eine andere sein.

9

«Ich werde ihnen allen in den Hintern treten: Bullock, Payne – und Fagan sowieso. Damit sie ins Ziel kommen, bevor die Kameras abgeschaltet werden.» Selbstbewusst blickte Jesse in die Runde.

Die Medienleute lachten.

Emilio, der neben Jesse auf dem Podium saß, machte ein zufriedenes Gesicht.

Der große Saal des olympischen Medienzentrums von Barcelona war bis auf den letzten Platz gefüllt. Die Journalisten waren so zahlreich erschienen, dass viele nur noch entlang den Wänden stehend Platz gefunden hatten.

Die Wettkämpfe waren seit fast zwei Woche im Gange, viele Medaillen schon vergeben, einige Weltrekorde gebrochen; Olympia hatte neue Stars hervorgebracht, solche des Triumphs und solche der Tragödie. Doch kein Athlet hatte bisher derartiges Aufsehen erregt wie Jesse Brown. Und dies, noch bevor er einen Wettkampf bestritten hatte.

Schon beim Einmarsch der Nationen während der Eröffnungsfeier, wo er die Schweizer Delegation als Fahnenträger anführte, war er frenetisch gefeiert worden. Nicht nur von den Schweizer Fans; das gesamte Publikum war in Begeisterungsstürme ausgebrochen, als verkörpere er allein den olympischen Gedanken. Auf seinen Spaziergängen durch Barcelona

– auf den Ramblas, im Park Güell, im zoologischen Garten –, überall waren ihm Trauben von Presseleuten auf Schritt und Tritt gefolgt. Und wenn er auf einer Sportanlage vor den Toren der Stadt sein Training absolvierte, mussten Sicherheitskräfte die Zuschauer in Schach halten. Es war, als fieberte die ganze Sportwelt dem Auftritt ihres neuen Superstars entgegen.

Jesse ließ den Blick über die versammelte Presse schweifen und rückte die Sonnenbrille auf dem Haaransatz zurecht.

«Noch Fragen?»

Ein Journalist im dunkelblauen Anzug erhob sich. «Sie nehmen den Mund ganz schön voll. Immerhin ist T. C. Bullock der Inhaber des Weltrekords. Mit Melvin Fagan treten Sie gegen den amtierenden Weltmeister an. Und Irvin Payne wird seinen Titel als Olympiasieger nicht kampflos hergeben.»

«Das will ich doch hoffen, dass die ihre Titel und Medaillen nicht kampflos hergeben», entgegnete Jesse locker. «Es soll ja ein Rennen sein. Aber die drei Herren sind Geschichte. Es ist Zeit für frischen Wind. Und ich bin bereit, diese Aufgabe zu übernehmen.» Er blickte auffordernd ins Publikum. «Nächste Frage.»

«Richard Meier, *Neue Zürcher Zeitung*», meldete sich ein spröde wirkender Typ in der Mitte des Saals zu Wort. «Seit dem Zwischenfall in Zürich sind Sie kein Rennen mehr gelaufen. Was haben Sie getan, um wieder fit zu werden?»

«Nichts», sagte Jesse und machte ein Pokergesicht. «Ruhe ist die beste Medizin. Aber verbreiten Sie bloß nicht das Gerücht, in Zürich sei etwas Ernstes passiert. Sonst machen sich die drei noch Hoffnungen. Und das wäre doch reine Energieverschwendung.»

Gelächter.

Zuhinterst im Saal erhob sich ein bulliger Mann, der das offenbar nicht lustig gefunden hatte und sich in autoritärem Ton als Korrespondent der *Chicago Tribune* vorstellte. «Zwei Wochen lang kein einziges Rennen mehr laufen. Sie glauben doch nicht ernsthaft, dass das die richtige Vorbereitung für Olympia ist?», fragte er spöttisch.

«Ich glaube nicht …» Jesse ließ sich Zeit. «Ich weiß.»

Bis auf den Mann von der *Chicago Tribune* lachten alle.

Emilio ergriff das Wort: «Wir haben unsere Saisonplanung exakt auf drei große Ziele ausgerichtet. Und die dulden es eben nicht, dass wir an jedem Dorffest teilnehmen.»

«Drei Ziele?», rief eine dunkelhaarige Frau im Hosenanzug. «Also ist Olympia nur eines davon?»

«So ist es», bestätigte Emilio in bedeutungsschwangerem Ton. «Olympia, die Golden League und …» Er wandte den Kopf zu Jesse, wie ein Regisseur, der einem Hollywoodstar das Top für die Szene gibt.

Jesse kostete den Moment der gespannten Stille aus, ehe er das eine Wort aussprach, auf das alle gierig warteten. «Weltrekord.»

Ein Raunen ging durch die Menge.

Emilio sah wohlgefällig in die Runde. So liebte er seinen Jungen: locker, frech, siegessicher. Das hatte er ihm beigebracht. Zusammen hatten sie Interviews des einstigen Boxers Muhammad Ali studiert. Hatten analysiert, wie er die Gegner klein machte und trotzdem die Menschen für sich gewann; wie er Ungeheuerlichkeiten von sich gab und ihn trotzdem alle liebten. Großmaul hatten sie ihn genannt und doch so sehr verehrt. Und das Internationale Olympische Komitee hatte ihn nach Abschluss seiner Karriere sogar zum Sportler des Jahrhunderts gekürt.

Viele hatten versucht, Ali nachzuahmen – Boxer, Footballer, Sprinter –, aber keiner war so perfekt wie er. Doch jetzt kam der neue Ali. Und er, Emilio Batista, hatte ihn entdeckt. Er hatte von Anfang an erkannt, dass Jesse alles besaß, was es neben dem sportlichen Talent zum Superstar brauchte. Der Junge war gleichermaßen abgebrüht wie unverbraucht; er war ebenso unverschämt wie bescheiden. Auf die Mischung kam es an. Genau wie bei einem guten Espresso – wie Emilio zu sagen pflegte.

In der vordersten Reihe erhob sich ein älterer Herr mit grauem Haar. «Diese Ankündigung kommt etwas vollmundig daher», rief er mit hartem spanischem Akzent in den Saal. «Meinen Sie nicht auch? Nach der Verletzung in Zürich!»

Einige Journalisten hatten untereinander zu tuscheln begonnen, andere saßen nur kopfschüttelnd da, einige verließen den Saal. Das untrügliche Zeichen, dass die überhebliche Tour nun ausgereizt war. Der Newcomer, der die altgedienten Stars runterputzte, und ohne mit der Wimper zu zucken seinen Olympiasieg und Weltrekord ankündigte: das reichte. Jetzt war etwas Abwechslung fällig. Etwas, das die Journalisten wieder auf Jesses Seite zog. Es war Zeit für die weiche Tour.

Noch während Jesse den alten Spanier mit einer Antwort abfertigte, ging Emilio dazwischen. «Hören Sie endlich auf, von Verletzung zu reden. Das war vor allem ein großer Schreck.» Er lehnte sich zurück in dem Wissen, dass Jesse den Ball aufnehmen würde.

«Ja», sagte Jesse, der jetzt plötzlich eine Leidensmiene aufsetzte. «Ein Schreck war es. Ein Schock geradezu. Der Knall, der Rauch, das Brennen in den Augen.» Er machte eine Pause, damit die Presseleute den Wechsel der Tonart auch ja mitbekamen. «Es war wie damals in der Bronx, wo die Bandenkriege tobten, wo sich Dealer und Polizei Straßenschlachten lieferten und wir als Kids dazwischengerieten.» Er machte eine Kunstpause. «Wissen sie: Tote Fixer oder Dealer in den Straßen waren Alltag. Aber wenn es dann deinen Freund erwischt hat …»

Er schluckte trocken und fuhr sich mit der Hand über die Augen.

«Plötzlich war das alles wieder da, als ich dort im Rauch stand. Ich hatte panische Angst.»

Schweigen im Saal.

Damit hatte niemand gerechnet.

Große Sprüche, Imponiergehabe, Psychokrieg, ja. Aber dass der Favorit plötzlich so viel Persönliches preisgab!

Natürlich wusste man aufgrund der offiziellen Biographie, dass Jesse Brown ursprünglich aus New York stammte und dass er in der Schweiz bei einer Pflegefamilie aufgewachsen war. Aber über seine Kindheit hatte er noch nie öffentlich geredet. Und schon gar nicht über die Verletzungen seiner Seele.

Als Erste fand eine Dame mit blondierter Löwenmähne die Sprache wieder. «Ich arbeite für *People*, die Zeitschrift, bei der der Mensch im Mittelpunkt steht», sagte sie mit bewegter Stimme. «Es tut mir so leid, Jesse, hier von ihrer schweren Jugend zu erfahren. Haben Sie die Kraft, mehr darüber zu erzählen?»

«Es ist nicht einfach», sagte Jesse leise.

Emilio sah in die Runde und wusste, dass sie die Presseleute dort hatten, wo sie sie haben wollten.

Jesse fort fuhr. «Ich glaubte, das alles verarbeitet zu haben. Aber ich brauche wohl noch mehr Zeit …» Er sah zu Emilio. Dieser nickte. «Aber im ganzen Tumult von Zürich habe ich mich auch wieder daran erinnert, was schon damals meine stärkste Waffe war: meine Geschwindigkeit. Und plötzlich erinnerte mich das Ganze nicht mehr an die Angst, sondern an den Triumph, den ich empfand, wenn ich den Bullen entkam.»

Die *People*-Dame schien gerührt.

«Das zeigt», übernahm Emilio wieder in sachlicherem Ton, «athletische Überlegenheit ist eine Kombination aus physischer und psychischer Stärke. Wenn es nur darum ginge, einfach schnell zu laufen … Das könnten viele.»

Die Dame hob noch einmal die Hand. «Jesse, wie waren die Verhältnisse genau, in denen Sie in der Bronx aufgewachsen sind?»

Dann hagelte es Frage um Frage. «Haben Sie in der Bronx noch mehr Erfahrungen gemacht, die Ihnen heute als Athlet helfen?» – «Wer waren Ihre leiblichen Eltern?» – «Haben Sie Geschwister, und was tun die heute?» – «Was denkt Ihre Familie über ihren Erfolg?»

Doch Jesse kam nicht dazu, die Fragen zu beantworten. Schon klatschte Emilio geschäftig in die Hände. «Damen, Herren, die Zeit ist um. Es hat uns gefreut, dass Sie unsere Medienkonferenz mit Ihrem Besuch beehrt haben.»

«Eine Frage noch, bitte!», rief die *People*-Reporterin mit artig in die Höhe gestreckter Hand.

«Tut mir leid», winkte Emilio ab. Es gab nichts mehr hinzuzufügen. Für den Moment wenigstens. Fürs Erste hatten die Damen und Herren von der Presse den Köder geschluckt und würden die Geschichte bringen. Dass daraus eine Fortsetzungsgeschichte würde, dafür hatte dann er wieder zu sorgen. «Wir haben weitere Verpflichtungen», sagte er. «Jesse gibt jetzt gleich ein Training für gesellschaftlich benachteiligte Kinder. Sie entschuldigen uns.»

Stunden später setzte Emilio Jesse am Eingang des Olympischen Dorfs ab. Als Betreuer und Manager war Emilio kein offizielles Mitglied der Olympiadelegation und wohnte deshalb außerhalb. Was ihm aber auch ganz recht war. *Karnickelställe* nannte er die Unterkünfte der Athleten verächtlich.

«Erhol dich gut», rief Emilio durch das offene Wagenfenster, bevor sein Taxi davonfuhr.

Das Olympische Dorf lag unweit des Hafens am Fuße des Montjuïc. Als Unterkünfte der Athleten waren Wohnblocks errichtet worden, die nach den Spielen mit wenig Aufwand in Familienwohnungen umgebaut werden konnten. Denn diese nachhaltige Nutzung, nicht nur der eigentlichen Sportstätten, sondern auch der Infrastrukturanlagen, war mittlerweile Bedingung für die Vergabe der Olympischen Spiele. Die Sonne war bereits hinter dem Montjuïc verschwunden. Am Himmel waren die ersten Sterne zu sehen, doch noch wehrte sich der Tag mit schwerem Violett gegen das aufziehende Schwarz der Nacht. Die Luft war angenehm warm und roch nach Meer.

Jesse mochte noch nicht zu Bett gehen, obgleich es morgen ernst werden würde. Doch was hieß schon ernst? Vorläufe und Viertelfinale waren nun wirklich keine Sache.

Der Adduktor war verheilt.

Die Geschwindigkeit war da.

Die Lockerheit auch.

Er war in Form.

Jetzt war alles nur noch eine Frage des Kopfes. Sein Geist musste frei sein. Frei von Sorgen, frei von Überlegungen, frei von allem.

Jesse ging den von Palmen gesäumten Weg zwischen den modernen, zweigeschossigen Wohnbauten entlang. Straßenlaternen verströmten ein warmes Licht. Eine Gruppe zierlicher Chinesinnen tippelte kichernd an ihm vorbei. Zwei kahlköpfige Männer in farbigen Trainingsanzügen saßen auf einer Bank und unterhielten sich dröhnend in einer Sprache, die vielleicht Russisch war. Weiter hinten alberten ein paar baumlange Typen in breitestem L. A.-Slang herum. Aus einem offenen Fenster drang Salsa-Musik.

Auf dem zentralen Platz, der im traditionellen spanischen Stil gestaltet war, kam ihm eine Gruppe von Athleten im Laufschritt entgegen. Die kleinen drahtigen Männer mit ihren dünnen Beinen und den eckigen Schultern waren selbst im Halbdunkeln leicht als Ostafrikaner zu erkennen.

«Hallo und guten Abend», rief einer von ihnen fröhlich.

Jesse erkannte den kenianischen Langstreckenstar Henri Wanjiku. Einer von Jesses Mitstreitern, wenn es um die Golden League ging. Doch er empfand ihn nicht wirklich als Konkurrenten, schließlich hatte er gar keine Möglichkeit, sich im direkten Kampf mit dem Langstreckenläufer zu messen.

Das waren die Regeln der Golden League. Und Jesse mochte Wanjiku. Er war eine Frohnatur und verbreitete immer gute Laune.

«Hallo!», rief Jesse ihm zu.

Wanjiku drehte im Laufen den Kopf und lachte: «Erkälte dich nicht allein im Dunkeln.»

Jesse musste schmunzeln.

Wie anders diese Langstreckler doch waren. Wie Gazellen: flink, agil, Herdentiere, die immer in Bewegung waren. Am auffälligsten war Wanjiku, den die Presse *Quicksilver* nannte.

Jesse hingegen war ruhig, beobachtend, lauernd. Wie eine Raubkatze. Abseits der Laufbahn hätte er sich nie unnötig schnell bewegt. Nachdenklich blickte er den Langstrecklern nach, die in die Dunkelheit entschwanden.

Plötzlich waren andere Männer da. Keine Sportler.

Vier von ihnen kamen zielstrebig auf Jesse zu. Sie wirkten entschlossen, unnachgiebig. Als sie in den Lichtkegel einer Laterne traten, erkannte Jesse, dass es Fahnder waren. Einer von ihnen: Hans Berger, unterwegs im Auftrag der Welt-Anti-Doping-Agentur.

«Ich sag's ja», knurrte Berger beim Nähertreten, «früher oder später kriegen wir jeden, der dopt.»

Fassungslos sah ihn Jesse an. Sie hatten ihn hereingelegt. Diese Schweine! Hatten ihn getestet und im Glauben gelassen, sie hätten nichts gefunden. Sie hatten gewartet, bis er sich in Sicherheit wähnte. Einer falschen Sicherheit. Jetzt ließen sie die Falle zuschnappen. Zu einem Zeitpunkt, der brutaler nicht hätte sein können.

Sie hatten ihn seine große Pressekonferenz abhalten lassen, den Triumph auf der Bahn gönnten sie ihm aber nicht – auch nicht zum Schein. Morgen würden die Zeitungen voll sein mit seinen siegesbewussten Sprüchen und seiner herzergreifenden Kindheitsgeschichte. Und gleichzeitig würden die Radio- und Fernsehsender seinen Untergang verkünden. Gab es eine grausamere Art, ihn als hohlen Sprücheklopfer und fiesen Betrüger vorzuführen?

Bevor Jesse auch nur einmal Atem geholt hatte, zuckte rhythmisch blaues Licht über die Fassaden der umliegenden Häuser. Eine Wagenkolonne der Guardia Civil hielt mitten auf dem Dorfplatz. Schlagartig waren überall Polizisten in Uniform und in Zivil. Sie fuchtelten mit Taschenlampen herum. Befehle gellten aus einem Megaphon, und die Männer schwärmten gezielt in verschiedene Richtungen aus. Der Einsatz war minuziös geplant.

Eine Razzia.

Sie hatten gewartet, bis sie einen prominenten Sünder hochgehen lassen konnten. Dann entschieden sie sich zuzuschlagen. Der Zeitpunkt hierfür konnte idealer nicht sein. Die gewieften Doper, die professionell von Ärzten präpariert wurden, ließen sich nicht im Wettkampf erwischen. Ihr Chemie-Fahrplan war so ausgeklügelt, dass sie im Rennen immer sauber waren. Aber jetzt war der perfekte Moment für einen Frontalangriff. Jetzt lagen die Chemie-Athleten in ihren Zimmern an den Schläuchen, setzten sich die Nadeln, schluckten ihre Pillen.

Kleine Dosen. Solche, die die Erholung unterstützten, solche die zum Aufrechterhalten des Leistungsniveaus reichten, solche, die man schon am nächsten Morgen nicht mehr nachweisen konnte.

Aber er, Jesse? Er war keiner von denen.

Er war sauber.

Und das eine Mal … Emilio hatte doch gesagt, es sei kein Problem.

«Scheiße», entfuhr es ihm.

«Ja, wirklich Scheiße», sagte Berger.

10

Thierry Velan streckte dem Taxifahrer einen Geldschein hin und stieg aus. Vor ihm lag ein altehrwürdiger Backsteinbau. Die Nachmittagssonne stand schon tief am wolkenlosen Himmel und ließ an der roten Fassade die Sandsteinverzierungen um Fenster und Erker hell aufleuchten. Das runde Türmchen mit dem schwarzen Schieferdach verlieh dem Gebäude einen Hauch von Märchenschloss, der jedoch sogleich zunichtegemacht wurde durch den hässlichen, mehr als zwanzig Stockwerke hohen Klotz dahinter. Zuoberst auf dem Plattenbau verriet eine große Leuchtschrift, dass es sich um eine der weltweit angesehensten medizinischen Institutionen handelte: die Berliner Charité.

Am Empfang fragte Thierry nach Doktor Steffen Brenn. Der Pförtner wählte eine Telefonnummer und meldete Doktor Velans Ankunft.

Brenn, so viel hatte Thierry im Internet erfahren, war der weltweit renommierteste Experte für degenerative Myopathien – Krankheiten, bei denen sich die Muskeln allmählich auflösen. Viele dieser Erkrankungen waren erblich bedingt, daher arbeitete Brenn daran, eine genetische Therapie zu entwickeln.

«Der Herr Doktor wird gleich hier sein», sagte der Concierge, als er aufgelegt hatte.

Thierry setzte sich in einen der ausladenden Ledersessel und ließ den Blick durch die Eingangshalle wandern. Stilvoll modernes Interieur und traditionelle Architektur waren zu einer gelungenen Einheit kombiniert, die vom Selbstbewusstsein dieser Institution zeugte.

Die Reise nach Berlin hatte Thierrys Terminkalender vollkommen durcheinandergebracht: Zu Hause warteten im Labor die Vorbereitungen für die Olympischen Spiele, die Einarbeitung der Teilzeitarbeitskräfte, das Homologierungsverfahren für die neue Nachweismethode … Eigentlich war diese Reise überhaupt nicht drin. Aber wenn diese weiße

Myostatin-Maus tatsächlich ein Hinweis auf eine neue Art von Doping war, dann konnte er nur von dem Mann mehr erfahren, der mit solchen Mäusen arbeitete. Doch Doktor Brenn war am Telefon nicht bereit gewesen, über seine Forschung Auskunft zu geben. Er wollte Thierry persönlich kennenlernen, um zu sehen, wer sich so detailliert für seine Arbeit interessierte und vor allem für die vielen Details, die noch nicht publiziert worden waren.

Thierry seufzte. Diese Reise war also nicht zu vermeiden gewesen.

Sein Handy vibrierte in der Hosentasche.

Catherine war dran.

«Eben erhielten wir den Obduktionsbericht dieses Läufers, der in Zürich zusammengebrochen ist», sagte sie. «Embolus in einer Hirnarterie, Thrombus in der Halsarterie. Tod durch Hirnschlag.»

«Genau so hat das Gezappel ausgesehen», sagte Thierry. «Ich nehme an, erhöhter Hämatokrit-Wert?»

«Der hatte kein Blut mehr in den Adern, sondern unverdünnten Sirup.»

«Fremdes Epo?»

«Negativ.»

«Dann hat er es wohl rechtzeitig abgesetzt.»

«Bei Todesfolge von rechtzeitig zu sprechen ... na, ich weiß nicht.»

«Auf jeden Fall hatte er den falschen Arzt. Eigentlich ist ja bekannt, wie man einen Sportler mit Epo präpariert.»

Thierry beendete das Telefongespräch. Catherine hatte den Laden in Lausanne im Griff. Das war beruhigend.

«Sie müssen Thierry Velan sein.»

Thierry schreckte auf.

Der Mann, der vor ihm stand, sah genau so aus, wie man sich einen renommierten Experten, der den Schlüssel zur Heilung einer heimtückischen Erbkrankheit in den Händen hielt, eben nicht vorstellte: sandfarbenes T-Shirt, olivgrüne Worker-Hose mit ausgebeulten Taschen. Dunkles, von grauen Strähnen durchzogenes Haar, das in alle Himmelsrichtungen vom Kopf abstand. Er war groß und hatte breite Schultern.

«Ich bin Steffen Brenn», sagte er. «Schön, Sie bei uns zu haben.»

Thierry drückte ihm die Hand und wunderte sich, wie weich sie war.

Die Sympathie, die Thierry für diesen Arzt empfand, schien auf Gegenseitigkeit zu beruhen. Die beiden Männer waren sofort in ein angeregtes Gespräch vertieft, während Brenn Thierry zum Aufzug führte.

«Wie ich Ihnen am Telefon gesagt habe, möchte ich Ihnen unsere Arbeit mit dem Myostatin-Gen an einem ganz besonderen Patient erklären», bemerkte Brenn. «Aber leider ist dieser Patient noch nicht eingetroffen. Eben hat seine Mutter angerufen. Sie stecken im Stau. Was aber nicht weiter schlimm ist, so kann ich Ihnen zuerst noch ein paar andere Patienten vorstellen. Dadurch sehen Sie nicht nur, was wir erforschen, sondern auch für wen.»

Natürlich war Thierry einverstanden, auf die Maus konnte er den Arzt ja später noch ansprechen.

Sie fuhren in die zweite Etage, wo Brenn ihn durch ein Labyrinth von Krankenhauskorridoren in das Hochhaus hinüberführte.

«Aus einem Umkreis von mehreren hundert Kilometern kommen alle Kinder, die an einer degenerativen Muskelerkrankung leiden, zu uns», erklärte Brenn im Gehen.

Vor einer Tür blieb er stehen. «Da sind wir.»

REHABILITATION las Thierry auf dem Türschild.

«Hier drinnen werden Sie das zu sehen bekommen, was die Medizin Patienten mit Muskelschwund derzeit zu bieten hat: Diagnose des Krankheitstyps, Erhaltung der Mobilität durch Training und schließlich Linderung des Leidens.»

«Heilung ist nicht möglich?», fragte Thierry.

«Nein, noch nicht», sagte Brenn. «Aber wir arbeiten daran.»

Auf den ersten Blick sah der Raum überhaupt nicht nach Krankenhaus aus. Er hatte die Dimension einer kleinen Turnhalle; von der Decke hingen bunte Ballone, Bälle lagen herum, Keulen, Ringe in allen Größen und Farben. Erst dann bemerkte Thierry Haltegriffe, Gehgestelle, Krücken, Patientenlifte.

In der Mitte der Halle stand eine Ärztin. Vor ihr ging ein Junge von etwa drei Jahren eine Linie entlang, die auf dem Boden aufgemalt war. Immer wieder knickte er in der Hüfte ein. Als der Junge Brenn kommen sah, rief er hallo und winkte ungelenk.

«Hallo, Thorsten», grüßte Brenn den Jungen und wechselte dann ein paar Worte mit der Ärztin. Wieder zurück bei Thierry, sagte er mit gesenkter Stimme: «Vermutlich hat der Junge Duchenne. Die häufigste dieser degenerativen Muskelkrankheiten», fuhr Brenn fort. «Sie ist angeboren, bei einem von dreieinhalbtausend Jungen. Mädchen trifft es praktisch nicht, da der Defekt auf dem X-Chromosom sitzt. Und davon haben Mädchen ja deren zwei. Sie müssten also je ein defektes Gen von der Mutter *und* dem Vater bekommen. Das ist extrem selten der Fall.»

Thierry beobachtete, wie der Junge unter Anleitung der Ärztin weitere Übungen machte: hüpfen, rückwärtsgehen, auf einem Bein stehen. Dann versuchte er wieder, auf der Linie am Boden entlangzugehen. Er hielt sich tapfer und freute sich, wenn es ihm über ein paar Meter hin gelang. Plötzlich versagten die Muskeln, und er sackte weg.

«Bravo!» Die Ärztin eilte dem Jungen zu Hilfe.

Weiter hinten versuchte ein anderer Junge, im Rollstuhl über eine niedrige Holzschwelle zu fahren. Eine Therapeutin gab ihm dabei Anweisungen. Ein ums andere Mal steuerte der

Junge in seinem Rollstuhl das Hindernis an und versuchte, es zu überwinden. Ohne Erfolg.

«Kai ist erst seit einem Monat im Rollstuhl», meinte Steffen Brenn leise. «Die Beine versagen in der Regel als Erstes. Bis zum fünfzehnten Geburtstag kann keiner mehr gehen», sagte Brenn. «Neben Duchenne gibt es eine Reihe weiterer Muskeldegenerationen. Einige kommen auch bei Mädchen vor. Aber Duchenne ist die radikalste. Die Muskulatur löst sich regelrecht auf, überall im Körper. Bei anderen Muskeldegenerationen sind nur begrenzte Bereiche befallen: die Extremitäten etwa, der Rumpf oder lediglich die Augenmuskulatur. Manche der Krankheiten brechen erst in fortgeschrittenem Alter aus. Der Verlauf ist bei einigen langsam, bei anderen schnell.»

Brenn führte Thierry zu einem Paravent, der eine Ecke der Halle abtrennte. Dahinter saß in einem schweren elektrischen Rollstuhl ein junger Mann. Sein massiger Körper quoll wie ein nasser Sack auf beiden Seiten über das Gefährt heraus. Die Schultern gingen ohne erkennbaren Hals in einen aufgedunsenen Kopf über, der von einem gepolsterten Bügel in aufrechter Position gehalten wurde.

Gerade war eine Therapeutin dabei, vorsichtig die Riemen zu lösen, mit denen die Unterarme auf den Seitenlehnen fixiert waren. «Das tut gut, nicht wahr», sagte sie zu dem Jungen und begann, mit langsamen Kreisbewegungen seine kraftlosen Hände zu massieren. Auf dem Gesicht des Jungen erschien der Anflug eines Lächelns, zu dem seine Muskulatur gerade noch imstande war.

Brenn trat in das Blickfeld des Jungen.

«Hallo, Paul.»

Der Junge bewegte den Kopf einen knappen Zentimeter vor und suchte mit der Zunge auf einer Steuerkonsole nach dem Joystick.

«Guten Tag, Doktor», ertönte eine synthetische Stimme. «Wie geht es Ihnen?»

«Danke, gut.» Brenn drückte dem jungen Mann aufmunternd den Unterarm. «Und dir?»

«Heute etwas müde» schepperte es aus dem Lautsprecher. «Aber sonst okay.» Der Kopf sank erschöpft in die Halterung zurück.

Thierry sah den Jungen an, und vor seinem geistigen Auge tauchten durchtrainierte Athleten auf. Perfekt proportionierte, gestählte, hochgezüchtete Exemplare, die nichts Besseres zu tun wussten, als mit illegalen Mitteln noch mehr Leistung aus sich herauszuholen. Und sich auf diese Weise zu zerstören.

Es war zum Kotzen.

Der Espresso aus der Maschine in Brenns Büro war genau so, wie Thierry ihn liebte: stark, aromatisch, mit einem zarten Schaumkrönchen. Dankbar ließ er den Duft in die Nase steigen, bevor er den ersten Schluck nahm: schwarz, ohne Zucker.

Endlich fühlte er sich etwas besser.

«Wie alt ist der Junge?», fragte er.

«Zweiundzwanzig.»

«Und wie lange …»

«Duchenne-Jungen werden kaum älter als fünfundzwanzig.» Brenn biss sich auf die Unterlippe. «Aber eines Tages werden wir ihnen helfen können.» Seine Stimme klang plötzlich trotzig.

Thierry räusperte sich. «Ich habe den Eindruck … diese Jungen lieben Sie.»

Brenn trank einen Schluck. «Ja … sie mögen mich.»

«Und Sie mögen diese Jungen auch.»

Brenn dachte lange nach, bevor er antwortete. «Es gibt Dreijährige, die fragen mich, ob sie sterben werden. Und wie es dann sein wird.» Er überlegte. «Diese Knirpse befassen sich mit etwas, das viele Menschen selbst im hohen Alter noch verdrängen: den eigenen Tod. Diese Jungs winken mir zu, bis sie nicht mehr winken können.»

Beide schwiegen und tranken Kaffee.

Dann sagte Thierry: «Und Sie werden diesen Jungen helfen können. Mit Gentherapie.»

«Ich hoffe es», sagte Brenn. «Momentan kämpfen wir immer noch mit dem Problem, die gesundmachenden Gene mit der nötigen Präzision an ihren Wirkungsort bringen zu können. Man kann einem Patienten nicht einfach eine Ladung DNA injizieren. Zur Heilung einer Muskelkrankheit müssen die Gene in die Muskelzellen – und nur dorthin. Die richtigen Gene an der falschen Stelle können tödlich sein.»

«Und wie erreichen sie diese Genauigkeit beim Gentransfer?»

«Mit Viren. Sie sind ein ideales Transport-Vehikel für Gene, da sie als Parasiten ja von Natur aus darauf spezialisiert sind, fremde Zellen mit ihrem Erbmaterial zu infizieren. Wenn wir nun aber Viren gentechnisch dahingehend verändern, dass sie anstelle ihres eigenen Erbmaterials welches vom Menschen mitführen, dann machen diese Viren eben nicht mehr krank, sondern gesund. Wir verpacken also genau jene Gene, die bei unseren Patienten fehlen oder defekt sind, in solche Viren, die ausschließlich Muskelzellen befallen. So gelangen die heilenden Gene an den richtigen Ort.»

«Clever», sagte Thierry.

«Na ja», meinte Brenn nicht mehr ganz so enthusiastisch. «So weit die Theorie. In der Praxis funktioniert es leider noch nicht.»

In diesem Moment ging sein Beeper los.

«Unser nächster Patient», sagte Brenn mit einem Blick auf das Display.

Als sie erneut den Therapiesaal betraten, schallte ihnen Geschrei wie auf einem Kindergeburtstag entgegen. In der Mitte des Saals stand dieselbe Ärztin wie zuvor, um sie herum hüpfte aber ein kleiner Junge barfuß auf einem Bein und heulte dabei wie ein Indianer.

«Das soll ein Patient sein?», fragte Thierry irritiert.

«Das ist Michel, unser ganz besonderer Patient.»

Sobald der kleine Junge die beiden Männer bemerkt hatte, kam er herbeigerannt und tanzte jubelnd um sie herum. Brenn begrüßte ihn mit einem kräftigen Gimmie-Five.

«Wer ist das?», fragte der Junge und zeigte auf Thierry.

«Das ist mein Freund Thierry, ein Arzt aus der Schweiz», gab Brenn zur Antwort. «Zeigen wir ihm ein paar von deinen tollen Tricks?»

Michel verzog sein sommersprossiges Gesicht zu einem Lausbubengrinsen.

«Also, mach dich startklar», forderte Brenn ihn auf. «Ich zeige meinem Freund nur noch ein paar Fotos von dir.»

«Fang mich doch, fang mich doch!», brüllte Michel, der bereits wieder wie ein Wirbelwind in der Mitte der Halle um die Ärztin herumsauste. Thierry konnte seinen Blick kaum von dem Jungen lösen. Nicht dass ihn dessen ungestüme Art irritiert hätte. Er selbst hatte schließlich auch zwei solche Wildfänge großgezogen, um nicht zu sagen, gebändigt. Was ihn vielmehr faszinierte, war der Körperbau des Jungen. So etwas hatte Thierry noch nie gesehen.

Als sie am großen Plasmabildschirm an der hinteren Wand standen, fragte er Brenn: «Ich dachte, Sie wollen mir noch einen muskelkranken Patienten zeigen?»

«Michel ist eine Sensation!», erwiderte Brenn. «Wir haben herausgefunden, dass er an einer erblich bedingten Veränderung der Muskulatur leidet. Diese ist zuvor noch nie an einem Menschen diagnostiziert worden. Unsere Arbeit wird nächsten Monat in *Nature* publiziert.»

«Leidend sieht der Junge aber nicht gerade aus», meinte Thierry.

«Nein, im Moment nicht. Aber über die Langzeitfolgen können wir noch keine Aussage machen. Michel kam zu uns, nachdem eine ganze Reihe von Ärzten nicht wusste, was das sein könnte.»

Brenn gab einen Befehl auf dem Keyboard ein und zeigte auf den Bildschirm. «Schauen Sie: hier die Interferenzbilder der Muskulatur. Vor gut einem Jahr. Und hier ein aktuelles Bild.»

«Völlig normal», sagte Thierry.

«Kommst du, Doktor?», brüllte Michel durch die Halle.

«Sofort!», rief Brenn zurück und wies auf ein weiteres Diagramm. «Auch im Elektromyelogramm keine Auffälligkeiten. Aber man braucht den Jungen bloß anzusehen, um festzustellen, dass da etwas nicht stimmt.»

Sie gingen zu Michel hinüber, der in einer großen Kiste herumwühlte. Er warf einen Fußball in hohem Bogen über seinen Kopf. Es folgten Jonglierkeulen, Bauklötze, eine russische Babuschka, deren kleine Schwestern beim Aufprall auf den Boden in alle Richtungen davonflogen. Schließlich förderte der Junge zwei Gegenstände zutage, die Thierry nicht in einer Spielkiste erwartet hätte.

Michel stellte sich damit vor die beiden Wissenschaftler, suchte einen festen Stand und vollführte sein Kunststück.

Thierry war sprachlos.

Der Kleine stand mit ausgestreckten Armen da wie die Figur in Leonardo da Vincis berühmter Proportionenstudie. Nur dass die Proportionen bei ihm absolut nicht stimmten.

Dann begann Michel zu zittern, doch er biss auf die Zähne und hielt durch.

«Super, Michel», rief Brenn. «Du darfst sie jetzt runterlassen.»

Erschöpft ließ Michel die Arme sinken, und die beiden Drei-Kilogramm-Hanteln, die er die ganze Zeit mit ausgestreckten Armen gehalten hatte, fielen rumpelnd zu Boden.

Der Dreikäsehoch schüttelte Arme und Beine aus, die mit derart gewaltigen Muskelpaketen bepackt waren, als hätte der Junge schon Jahre lang trainiert wie ein Bodybuilder.

«Was ist das?», wollte Thierry wissen, als sie wieder draußen auf dem Korridor standen.

«Ein Gendefekt.»

«Aber er zeigt keinerlei Anzeichen einer Krankheit.»

«Nein, eine Genveränderung kann auch fit machen. Oder besonders stark, wie bei Michel. Er hat mit drei Jahren Kraft wie ein Zwölf- oder Dreizehnjähriger.»

«Und wie kommt das?»

«Durch ein verändertes Myostatin-Gen. Schon Vater und Mutter hatten das. Auch sie waren übermäßig stark. Er war Ringer, sie Siebenkämpferin. Beide ziemlich erfolgreich – dank ihres Gendefekts nota bene. Michel hat von beiden das veränderte Gen geerbt. Das Resultat sind diese Supermuskeln.»

Wie bei meiner Maus, dachte Thierry.

«Das hat mich auf die Idee zu einem völlig neuen Therapieansatz für Muskelschwund gebracht: Gentherapie. Wenn wir Michels Genveränderung, welche die Muskeln stark macht, auf unsere Patienten übertragen könnten, würden deren Muskeln auch wieder stark werden.»

Thierry überlegte fieberhaft: War es das, was die Muskelmaus vor seinem Haus ihm sagen sollte? War sie ein Hinweis darauf, dass bereits Athleten mit diesem Gen gedopt wurden? Myostatin statt Anabolika?

«Funktioniert das schon?», fragte er zögernd.

«Wir sind leider erst beim Tierversuch.»

Brenn führte ihn in das Untergeschoss. In dem Versuchslabor zog er aus einem der Gestelle einen Käfig, in dem ein halbes Dutzend Mäuse apathisch lag.

«Diese Mäuse leiden an einer angeborenen Muskelkrankheit, ähnlich der Duchenne-Dystrophie des Menschen. Das ist aber nur die Hälfte des Wurfs», sagte er und zog einen anderen Käfig heraus. «Und das hier sind die Geschwister.»

Er packte eine Maus am Schwanz und hielt sie in die Höhe, sodass das zappelnde Tier zwischen seinem und Thierrys Gesicht in der Luft baumelte.

«Geheilt!», sagte er. «Nach einer einmaligen Verabreichung des veränderten Myostatin-Gens kurz nach der Geburt.»

«Das ist …» Thierry suchte nach Worten.

«… beeindruckend, nicht wahr? Oder stört es Sie, dass diese Tiere noch etwas zu kräftig ausgefallen sind? Das kriegen wir sicher noch besser hin. Davon bin ich überzeugt.»

Noch immer starrte Thierry auf die Maus. «Doktor, ich muss Ihnen etwas sagen, das mir vor lauter Betroffenheit über diesen Jungen beinahe entfallen ist: Mir wurde so eine Maus zugespielt.»

«Unmöglich», erwiderte Brenn lächelnd und legte die Maus zurück in ihren Käfig.

«Doch», beharrte Thierry. «Ich habe vor meinem Haus eine Labormaus gefunden, deren Myostatin-Gen ausgeschaltet ist.»

Brenn starrte ihn an. «Und das erzählen Sie mir erst jetzt?», sagte er gepresst. «Tauchen unter einem Vorwand hier auf, horchen mich aus, stehlen mir die Zeit und verheimlichen mir das Wichtigste!»

«Ich wollte es Ihnen …»

Doch Brenn ließ ihn nicht ausreden, sondern beschuldigte Thierry, sein Vertrauen missbraucht zu haben, beschimpfte ihn als Spion, als Betrüger.

«Raus!», schrie er schließlich. «Raus mit Ihnen!»

«Nein», brüllte Thierry zurück. «Hören Sie mir doch einfach mal zu!»

Das wirkte.

Brenn verstummte.

Dann starrten die beiden Männer einander an.

Brenn mit vor Zorn gerötetem Gesicht.

Thierry mit zitternder Unterlippe.

Thierry atmete tief durch, dann erzählte er, wie er die beiden Mäuse bei sich im Hof gefunden hatte, wie er eine davon genetisch analysieren ließ und was dabei herausgekommen war.

Je länger er redete, desto aufmerksamer hörte Brenn ihm zu. Und als Thierry schließlich die Vermutung äußerte, diese Mäuse könnten ein Hinweis auf genetisches Doping sein, lachte Brenn.

«Vergessen Sie's. Diese Methode heute schon am Menschen anzuwenden, wäre Russisches Roulette. Wir wissen nicht, wo das Gen beim Menschen eingebaut würde, wir wissen nicht, wie es reguliert würde, und wir wissen nicht, welche Nebenwirkungen ein solcher Gentransfer hätte. Das alles wollen wir ja gerade mit den Tierversuchen herausfinden.»

Er hielt inne, als hätte ihn die Erwähnung der Tierversuche wieder zurück zu Thierrys Maus gebracht.

Erschrocken sah er Thierry an.

Und fuhr dann herum.

«Kommen Sie!»

Brenn stürmte aus dem Labor und hetzte zum Aufzug. In der zweiten Etage lief er einen endlosen Korridor entlang, bog erst links ab, dann rechts, wich Krankenbetten aus, die Schwestern vor sich her schoben, rempelte Patienten an, die im Weg standen. Thierry immer hinterher. Erst jetzt fiel ihm auf, dass Brenn den linken Fuß beim Laufen etwas nachzog.

In seinem Büro stürzte er zum Computer. «Komm schon, blöde Kiste.»

Er hämmerte Befehle in die Tastatur.

Eine lange Tabelle baute sich auf dem Bildschirm auf.

«Wusste ich es doch!», seufzte Brenn erleichtert. «In dieser Datenbank sind sämtliche Tiere verzeichnet, die je im Versuch waren und es noch sind. Keines fehlt.»

11

Der Vorlauf war reine Pflichtübung. Jesse lief exakt so schnell, dass er seine Serie gewann. Die erzielte Zeit spielte keine Rolle, wichtig war die Qualifikation für das Viertelfinale – und dass der Muskel hielt.

Jesse verließ die Bahn auf dem vorgeschriebenen Weg, durch die Medienzone. Hier war nach Vorläufen normalerweise nichts los. Höchstens lungerte mal ein Reporter eines unbedeutenden Lokalblattes herum, der im großen Medienpulk sonst nicht an die Stars herankam. Doch heute traten sich die Journalisten gegenseitig auf die Füße, drängelten und rempelten, um Jesse mit ihren Fragen zu bombardieren.

Alle hatten sie Jesses Bekenntnis zur Story gemacht. «Vom Straßenkind zum Champion», hatte *L'Équipe* ihren Artikel übertitelt. «Aus der Gosse in den Olymp», schrieb die *Gazetta dello Sport*. Die Geschichte hatte den Nerv des Publikums getroffen und wollte weitergeschrieben werden.

Jesse wusste, was er zu tun hatte. Emilio hatte ihn genau instruiert, wie weit er gehen durfte. So erzählte er die immer gleiche Geschichte in immer anderen Worten. Und die Journalisten waren zufrieden.

Als Jesse endlich das Stadion verließ, wartete draußen schon Emilio, an ein Taxi gelehnt. Mit theatralischer Geste riss er die Tür der schwarzen Limousine auf.

«Bitte schön, der Herr.»

Jesse ließ sich in die Lederpolster fallen. Die Luft im Wagen war angenehm klimatisiert.

Emilio stieg ächzend auf der anderen Seite ein und wischte sich den Schweiß von der Stirn. «Schönes Rennen.»

«Danke.»

«Wie lief es mit der Presse?»

«Perfekt.»

Emilio lächelte selbstgefällig. «Aber nun ist damit vorerst Schluss. Wichtig ist jetzt das nächste Rennen.»

«Ich weiß …», sagte Jesse.

«… aber?» fragte Emilio.

Jesse sah durch das Wagenfenster auf die Palmen, die draußen vorbeiglitten. Die Straßen wurden enger, der Verkehr dichter, sie näherten sich dem Stadtzentrum. Der Fahrer hupte und fuchtelte wild mit den Armen.

Schließlich fragte Emilio noch einmal: «Aber?»

Jesse riss seinen Blick von der bunten, mediterran pulsierenden Straßenszenerie los. «Ich muss mit dir reden.»

Emilio hob seine buschigen Augenbrauen. «Ich höre.»

«Da war eine Razzia.»

«Ich weiß», erwiderte Emilio beiläufig. «Und?»

«Die Guardia Civil fiel geradezu über das Olympiadorf her. Berger kam direkt auf mich zugeschossen. Ich dachte, jetzt holen sie mich. Er klopfte mir auf die Schultern und sagte, einen Verdacht hätten sie schon lange, aber jetzt erst die Beweise.»

«Und holten Bullock aus den Federn», unterbrach ihn Emilio. «Sag ich's nicht schon lange? Bullock ist ein aufgepumpter Bulle.» Er tätschelte Jesses Oberschenkel. «Aber das ist jetzt alles nicht wichtig.»

«Ich hatte Angst.»

«Angst?» Emilio gab sich Mühe, fürsorglich zu klingen. «Wovor denn?»

Jesse druckste herum. «Angst davor, du hättest dich geirrt.»

«Geirrt? Ich?» Emilio bedachte Jesse mit einem tadelnden Blick.

«Ja. Mit dem, was du mir gegeben hast.»

«Pscht …» Emilio legte einen feisten Finger auf seine Lippen. «Da war nichts, Junge. Sie haben dich getestet. Du läufst immer noch frei herum und wirst es auch weiterhin tun. Wir sind sauber.»

An der Plaza Espanya stiegen sie aus. Vor ihnen das

Catalonia Barcelona Plaza, dessen Glasfassade die schnell über den Himmel ziehenden Wolkenfetzen widerspiegelte. In der Eingangshalle begrüßte sie der Rezeptionist.

«Nachrichten?», frage Emilio, als er den Schlüssel entgegennahm.

«Nein, Dottore.»

Sie fuhren mit dem Aufzug in die oberste Etage, wo Emilio durch den Korridor vorausging und vor einer Tür, die keine Zimmernummer trug, stehen blieb.

«Hereinspaziert», sagte er.

Jesse trat ein und ließ den Blick umherschweifen. Der Wohnraum der Suite war so groß wie eine Squashhalle, links und rechts führten Türen in Nebenzimmer. Jesse stellte sich ans Fenster, das die ganze Front des Wohnraums einnahm. Er war fasziniert von der Aussicht. Das Dächermeer schien sich unendlich auszudehnen, und in der Ferne ragten die Türme von Gaudís Sagrada Familia wie prähistorische Skelette in den Himmel. Weiter hinten glitzerte in der Sonne ein Gebäude, das aussah wie eine silberne Gurke oder ein mitten in der Stadt gelandetes Ufo.

Plötzlich versperrte Emilio Jesse die Sicht und sagte: «Jetzt geht es um das nächste Rennen.»

Mit einer energischen Bewegung zog er den schweren Vorhang zu.

12

Im warmen Licht der Abenddämmerung sah Lene umwerfend aus: mit ihrer zartgebräunten Haut an Armen und Schultern; dem blonden Haar, mit dem der Wind spielte; ihrem offenen Lachen, dem Schalk in ihren Augen. Jesse drückte auf den Auslöser.

«Das verkauf ich an *People*», foppte er sie.

«Untersteh dich!» Lene hüpfte von der Mauer herunter.

Zusammen an den Hafen zu gehen war ihr Vorschlag gewesen, als Jesse für eine regenerierende Massage bei ihr war.

Zuvor war er das Viertelfinale gelaufen. So locker, als hole er Croissants beim Bäcker um die Ecke. Er hatte sich auf seine Sache konzentriert, wie es Emilio gefordert hatte. Der Sieg war reine Formsache gewesen. Danach sollte er, ebenfalls auf Anordnung von Emilio, sich ausruhen, den Kopf freihalten, möglichst nicht ans nächste Rennen denken. Also hatte er ja gesagt, als Lene den Spaziergang vorschlug.

«Bist du damit schon mal gefahren?» Lene zeigte zur Mitte des Hafenbeckens, wo eine turmhohe Eisenkonstruktion in den Abendhimmel ragte. Zuoberst thronte eine Kuppel, in die eben zwei Gondeln einfuhren.

«Nein, bin ich noch nicht», sagte Jesse.

«Dann wird's höchste Zeit.» Lene hakte sich bei ihm unter und zog ihn Richtung Pier. Über das träge wogende Wasser trug der Wind das dumpfe Stampfen von Bässen. In dem hellerleuchtete Komplex am anderen Ende des Hafenbeckens musste eine Diskothek sein.

Lene zeigte übers Wasser zur Seilbahn. «Diese Gondeln fahren schon seit 1931 hin und her. Wusstest du, dass es so etwas Ähnliches auch mal in der Schweiz gab?»

Jesse verneinte.

«In Zürich, im Jahre 1939, wurde für die Landesausstellung eine ähnliche Bahn quer über den See gebaut und danach wieder abgerissen. Stell dir vor!», rief sie. «Wieder abgerissen. In Paris ließen sie den Eiffelturm stehen. Der war ja auch nur für die Weltausstellung 1889 gebaut worden.»

Sie plauderte munter weiter über technische und historische Details von Bahnen, Türmen, Brücken und anderen Eisenkonstruktionen überall auf der Welt.

«Da staunt der Laie», sagte Jesse. «Ich wusste gar nicht, dass sich die Masseurin des Nationalteams für altes Eisen interessiert.»

«Habe ich alles von meinem Vater. Der hat solche Dinger gebaut.»

Plötzlich rief sie: «Schnell!» Und rannte los.

Unten am Turm dirigierte ein Schaffner eine Gruppe von Passagieren für die nächste Fahrt in den Aufzug. Jesse lief zum Schalter, kaufte zwei Tickets, holte Lene ein, und kurz bevor das Gitter vor der Tür scheppernd ins Schloss fiel, zwängten sie sich flugs in die Kabine. Sie war bis auf den letzten Platz besetzt. Lauter Japaner, die nach allen Seiten fotografierten, während sich der Aufzug rumpelnd in Bewegung setzte. Keiner erkannte den prominenten Fahrgast, der im letzten Moment zugestiegen war.

«Das war aber knapp!», keuchte Lene dicht an Jesse gedrängt.

«In ein paar Minuten wäre ja wieder eine gegangen.»

«Stimmt», meinte sie verschmitzt. Und beide lachten.

Lene war vom Laufen außer Atem, und ihr Brustkorb hob und senkte sich heftig.

Jesse spürte ihren Körper dicht an seinem. Er versuchte sich aufs Reden zu konzentrieren. «Dein Vater», sagte er, «hat also diese Dinger gebaut?»

«Nicht alle natürlich», lachte Lene. «Aber zwei, drei davon schon.»

«Mein Vater hat auch manchmal auf dem Bau gearbeitet», sagte Jesse und schaute auf den Pier hinunter, während der Aufzug langsam in die Höhe schwebte. Noch immer fotografierten die Japaner wie wild in die Abenddämmerung hinaus.

«Es muss toll sein, einen Ingenieur zum Vater zu haben», fuhr Jesse fort. «Einer, der solche Bauwerke erschafft, die Hunderte von Jahren stehen bleiben und die jeder kennt.»

«Toll?», meinte Lene. «Ich weiß nicht.» Sie schaute rasch zum Fenster hinaus. «Wir haben keinen Kontakt mehr.»

Jesse sah sie fragend an.

«Meine Eltern haben sich schon vor langer Zeit getrennt.»

«Das tut mir leid.»

«Muss es nicht. Es ist besser so. Er war nicht der Richtige für meine Mutter, ein Langweiler. Sie ist Künstlerin, lebenslustig, experimentierfreudig, und sie war in Finnland schon als junge Frau ziemlich bekannt.»

«Warum haben sie denn überhaupt geheiratet?»

«Wenn ich das wüsste. Mein Vater ist Schweizer. Kennengelernt haben sie sich, als er in Finnland an einer Brücke arbeitete. Meine Mutter war fasziniert von ihm. Vielleicht aus demselben Grund, wie du vorhin gemeint hast, es müsse toll seinen, einen Ingenieur zum Vater zu haben. Ja, das war's: ein Mann, der Eisenbrücken über Meeresbuchten baut, Türme in den Himmel, Werke für die Ewigkeit. Das hat bei meiner Mutter Eindruck gemacht. Geheiratet haben sie, weil dann ich unterwegs war.»

Jesse schwieg einen Moment. «Wie war dein Verhältnis zu ihm?»

Lene überlegte. «Er war mir immer fremd. Nur wenn er von Brücken und Türmen erzählte, mochte ich ihn. Das waren die einzigen Momente, in denen er Gefühle gezeigt hat. Nicht für mich; es war die Begeisterung für seine Konstruktionen. Aber immerhin.»

Der Aufzug hielt mit einem Ruck.

Die Passagiere drängten hinaus, um in die wartende Gondel umzusteigen. Lene und Jesse traten auf die Plattform hinaus. Sie stützten sich auf das Geländer und sahen über den Hafen zur Stadt hinüber.

«Als sie sich scheiden ließen, war ich siebzehn. Meine Mutter ging zurück nach Finnland. Ich wollte meine Ausbildung in Zürich abschließen. Um ihr trotzdem irgendwie nahe zu sein, nahm ich ihren Mädchennamen an. Das geht nach finnischem Recht.»

«Korpijaakko», sagte Jesse.

Lene lachte. «So wie du das aussprichst, klingt es viel zu hart. Sag: Korpija-a-kko.» Sie betonte ihren Namen weich und langgedehnt.

«Korpija-a-kko», sagte Jesse zärtlich. «Ein schöner Name.»

«Ja.» Lene neigte den Kopf zur Seite, wie Jesse es noch nie bei ihr beobachtet hatte.

«Für eine schöne Frau», sagte er.

Lene schlug die Augen nieder.

Plötzlich liefen ihr Tränen über die Wangen.

Wortlos legte Jesse den Arm um sie.

Sie standen da und schwiegen.

Hinter dem Hafenbecken breitete sich das unendliche Lichtermeer von Barcelona aus. Ein lauer Wind trug den Lärm der Stadt zu ihnen herüber.

Als wieder eine Gondel rumpelnd an der Plattform hielt, stiegen sie ein.

Der Schaffner machte ein Gesicht, als trügen sie die Schuld daran, dass er nicht hatte Feierabend machen können. Er kehrte ihnen den Rücken zu. Es war die letzte Fahrt. Und wieder waren lauter Japaner an Bord.

Tief unten lag das pechschwarze Wasser, in dem sich die farbigen Lichter des Hafens spiegelten.

«Warum läufst du?», fragte Lene unvermittelt.

«Was für eine Frage.»

Lene sah ihn ernst an. «Was treibt dich an?»

«Da gibt es viele Gründe», antwortete Jesse jetzt, ohne zu zögern. «Vor allem liebe ich die Herausforderung. Ich messe mich gerne mit anderen. Und wenn man dabei auch noch vorneweg läuft, ist das schon ein verdammt gutes Gefühl.»

Er grinste. «Ich meine, wer ist nicht gerne der Beste?»

«Verstehe», sagte Lene; es klang aber nicht danach.

«Ich biete dem Publikum gerne etwas, schließlich bekomme ich einiges zurück. Die Fans geben mir Kraft. Sie treiben mich an.» Er ließ den Blick über das Hafenbecken schweifen, als überblicke er sein Publikum.

«Ich glaube dir kein Wort», entgegnete Lene schroff. «Das ist nur die bekannte Show für Presse und Fernsehen. Standardantworten, die ihr Stars alle draufhabt, um nichts Persönliches preisgeben zu müssen.» Sie fixierte ihn mit ihren klugen blauen Augen. «Reicht das, um sich täglich im Training zu quälen, um ans Limit der eigenen Leistungsfähigkeit zu gehen – oder manchmal auch darüber hinaus? Ist es nicht einfach das große Geld, das lockt? Oder steckt doch noch etwas Tieferes dahinter?»

Jesse war sprachlos. Zuerst ärgerte es ihn, dass Lene seine Erklärungen einfach so abtat: «Ich glaub dir kein Wort», hörte er seine innere Stimme sie nachäffen. Dann wurde er nachdenklich. Noch nie hatte jemand so direkt gefragt, was er wirklich fühlte und dachte.

Betreten sah er aus dem Fenster.

Die Bahn fuhr in die Bergstation ein. Der Schaffner brummte etwas. Sie stiegen aus.

Ein von üppigen Azaleen und Rhododendronsträuchern gesäumter Weg führte in engen Kurven durch den Park bergan. Vereinzelt standen auf den Rasenflächen Statuen, deren weiße Marmorkörper im Mondschein schimmerten.

Noch immer wusste Jesse nicht, was er sagen sollte.

Bis er sich selbst reden hörte. «Ich laufe, weil ich muss.»

«Weil du musst?»

«Ich bin schon immer gelaufen. Schon als Kind.»

Dann erzählte er von Emilio, wie er ihm beim Sportfest angeboten hatte, ihn zu fördern, ihm ein neues Leben zu ermöglichen. Jesse erzählte, wie er, ohne nachzudenken, zugesagt hatte. Laufen war die einzige Chance gewesen, aus dem Heim zu kommen. Und wie dann alles rasend schnell gegangen war. Wie Emilio ihm eine Pflegefamilie organisiert und er nur zwei Monate später irgendwo in der Schweiz vor einem kleinen Haus gestanden hatte. «Hier bist du jetzt daheim», hatte Emilio gesagt.

Das Haus war hübsch und hatte einen Garten. Jesse bekam ein eigenes Zimmer und ein Fahrrad. Auch die Stadt war schön gelegen, an einem See, in dem man baden konnte.

«Das Ganze kam mir vor wie im Fernsehen. Es war perfekt. Es war … grauenhaft.»

Er kickte einen Pinienzapfen vom Weg.

«So sauber, so rein. Aber ich war schwarz. Ich war der Neger, der Bimbo, der Mohrenkopf.»

«Und die Familie? Die hat dich doch aufgenommen. Die wollten ja ein dunkelhäutiges Kind. Haben sie dir nicht geholfen?»

«Die waren komplett überfordert. Geholfen hat mir als Einziger Emilio. Er brachte mich in den Sportclub. Dort lief keiner so schnell wie ich. Ich gewann ein Rennen nach dem anderen. Kantonalmeister, Regionalmeister, Schweizer Meister – Nationalteam. Und dann spielte es plötzlich keine Rolle mehr, dass ich Schwarzer bin. Im Gegenteil. Ich war der Beweis, dass sie keine Rassisten sind.»

Jesse lachte freudlos.

«Je bekannter ich aber wurde, desto schlechter ging's mit der Familie. Ich war in der Zeitung, im Fernsehen; aber sie kamen nicht ein einziges Mal zu einem Rennen. Schauten zu Hause Fußball.»

«Warum haben sie dich denn überhaupt aufgenommen?»

«Wenn ich das wüsste. Meine Pflegemutter hat immer gesagt, wir müssten dem Herrn Batista dankbar sein.»

«Dankbar wofür?»

«Dass Emilio der Familie alles ermöglichte.»

«Was hat er ihr denn ermöglicht?»

«Ich habe nie danach gefragt. Aber sie haben jedes Mal den Bückling gemacht, wenn Emilio vorbeikam.»

«Kam er oft?», fragte Lene.

«Einmal pro Monat, manchmal auch häufiger. Er hat die Trainingspläne gebracht, hat mit den Trainern im Club geredet, mich zu wichtigen Rennen begleitet. Und dann hat er begonnen, meine Starts zu koordinieren, für mich die Preisgelder zu verwalten und mir regelmäßig etwas davon zu geben.»

«Er war also dein Entdecker, Förderer, Betreuer und Manager in einem. Dank ihm bist du zum erfolgreichen Sportler geworden.»

«Nein.» Jesse blieb stehen. Sie hatten die Anhöhe erreicht. Im Schein des Mondes spannte sich der Ozean wie flüssiges Silber bis zum Horizont. Die Luft war lau und salzig.

«Dank Emilio bin ich überhaupt jemand geworden.»

Jesse sog die Luft tief in sich hinein. Er schloss die Augen, breitete die Arme aus, als höbe er ab zum Flug.

Plötzlich lief ihm ein wohliger Schauer über den Rücken: heiß und kalt zugleich. Er merkte, wie sich von hinten Lenes Arme um ihn schlangen. Er spürte ihre Lippen an seinem Ohr, fühlte ihren Atem, der sich mit der lauen Brise mischte.

Langsam drehte er sich zu ihr um und zog sie an sich.

Sie war warm.

Sie war weich.

Sie roch nach Zimt.

13

Labor B1

Charlie lief so schnell wie nie zuvor.

Das Laufband unter seinen Füßen raste nur so dahin. Der Geschwindigkeitsmesser zeigte einen Wert an, der eigentlich nicht möglich war.

Doch Charlie zeigte, wozu ein Individuum fähig war, wenn

es über das nötige Rüstzeug verfügte – beziehungsweise damit versehen worden war.

Der Experimentator drückte eine Taste, und die Zahl an der Digitalanzeige sprang um eine Einheit höher. Das Laufband lief jetzt noch schneller. Durch die Glasscheibe der Versuchskammer beobachtete der Experimentator die Reaktion des Probanden. Ein Ruck ging durch Charlies Körper, er legte noch einen Zacken zu, sodass der gerippte Gummischlauch, der von seiner Gesichtsmaske zum Atemkontrollgerät führte, noch wilder hin und her schlug.

Er ging auch dieses Tempo mit.

Bei seiner Geburt war Charlie noch ein ganz normales Individuum gewesen. Die Natur hatte ihn mit einem soliden genetischen Grundgerüst versehen; aber das Labor hatte ihn zu etwas Besonderem gemacht.

Ihm und seinesgleichen gehörte die Zukunft.

Der Experimentator warf einen Blick auf die Stoppuhr: Seit bald dreißig Sekunden lief Charlie dieses horrende Tempo. Und noch immer lagen Temperaturabstrahlung und Feuchtigkeitsabgabe des Probanden im zu erwartenden Bereich.

Auch wenn die mikroskopische Analyse des Muskelaufbaus noch ausstand, ließ sich jetzt schon sagen: Das Experiment war ein voller Erfolg.

Schließlich ertönte ein Piepton, und die Geschwindigkeit des Laufbandes verringerte sich automatisch. Charlie passte sich der Geschwindigkeit an und fiel in einen lockeren Trab, bis das Band zum Stillstand kam. Dann blieb er schwer atmend stehen.

Der Experimentator öffnete die Tür zur Versuchskammer und nahm Charlie die Atemmaske ab.

«Bravo!»

Ohne ein weiteres Wort holte er eine Biopsienadel hervor, fixierte mit einer Hand Charlies Oberschenkel und stieß die Nadel hinein.

Charlie zuckte zusammen und gab einen wimmernden Laut von sich.

«Ganz ruhig», sagte der Experimentator mit sanfter Stimme und kraulte Charlie hinter den Ohren. Dann tat er ihn zurück in den Käfig, zu den anderen Mäusen.

14

Pünktlich um zehn Uhr morgens war Jesse auf dem Trainingsplatz. Die Sonne brannte bereits heiß vom wolkenlosen Himmel. Emilio saß Zeitung lesend im Schatten des Zeltdachs, das für die Betreuer neben der roten Laufpiste aufgestellt worden war. Er trug Gucci-Sandalen, eine wadenlange Sporthose von Puma, und das dazu passende T-Shirt hatte er über seinen Buddha-Bauch hochgekrempelt. Als er Jesse kommen sah, steckte er die Zeitung in seine Sporttasche.

«Buongiorno.» Ächzend stand er auf und gab Jesse den üblichen Klaps auf die Schulter. «Wie war der Abend?»

«Ganz okay.»

«Was hast du denn getrieben?»

«War oben auf dem Montjuïc.»

«Ah! Alleine?»

«…»

«Ai, ai, ai.» Emilios feuchtes Gesicht verzog sich zu einem anzüglichen Grinsen. «Sag bloß, du hast dich körperlich betätigt?»

Jesse warf seine Tasche neben die von Emilio. «Fangen wir an?»

«Nicht dass so ein bisschen Sex deinen Sieg heute verhindern könnte; ich müsste es einfach nur wissen, um die Vorbereitung entsprechend anzupassen.»

«Du denkst immer nur an das eine.»

«Das tun wir doch alle.»

Jesse wandte sich ab und begann sich in gemächlichem Tempo einzulaufen. Er war solch rüde Sprüche von Emilio gewohnt, doch heute störten sie ihn mehr als sonst.

Nach ein paar Runden hatte Jesse sich beruhigt.

Er machte Lockerungsübungen, Stretching, Steigerungsläufe. Emilio korrigierte zwei, drei technische Details der Armarbeit. Nicht, um jetzt noch am Laufstil zu feilen, sondern um Jesses Bewusstsein für den Bewegungsablauf zu schärfen. Er sollte, wie Emilio es ausdrückte, seinen Motor spüren.

«Junge, du bist sensationell», rief Emilio, und sein Bauch wabbelte heftig. «Ich weiß gar nicht, wozu du mich hier noch brauchst. Ich muss mal kurz. Nachher tun wir noch etwas für die Konzentration.»

Er verschwand im Garderobengebäude.

Jesse schlenderte unter das Zeltdach in den Schatten. Er setzte sich auf den wackligen Klappstuhl, streckte die Beine aus und verschränkte die Hände hinter dem Kopf. Unter den halbgesenkten Lidern hindurch sah er den Athleten nach, die auf der Bahn ihre Runden drehten. Andere absolvierten ihre Übungen einzeln oder in kleinen Gruppen.

Jesse wandte sich ab.

Sein Blick fiel auf die Zeitung, die aus Emilios Sporttasche schaute. Er zog sie heraus.

Fette Lettern sprangen ihn an: *Aus für Olympia-Favorit!* Darunter das Bild. Riesengroß, in Farbe, mit grimmigem Blick: T. C. Bullock.

Die Razzia!

Jesse hatte sie schon aus seinem Gedächtnis gestrichen gehabt. Wie immer, wenn er gewisse Dinge nicht wahrhaben wollte.

Doch jetzt verschlang er den Zeitungsbericht.

Und die Fakten durchschlugen seinen Seelenvorhang wie Geschosse ein Stück Papier: Ein riesiger Dopingskandal war aufgeflogen. Neben T. C. Bullock stand ein weiteres Dutzend Athleten unter Verdacht. Bullock war zwar nicht positiv getestet worden, man hatte in seiner Probe jedoch einen Stoff gefunden, der offensichtlich Dopingsubstanzen verdecken sollte. Bullock stritt alles ab. Aber der Berg von Indizien war erdrückend. Der neue Test war nur das Ende einer monatelangen, internationalen Ermittlungsaktion. Bullock sollte ein bisher unbekanntes, synthetisches Anabolikum gespritzt haben. Geliefert hätte es ihm ein spanischer Arzt, bei dem man auch die Daten der anderen Athleten gefunden hatte. Der Arzt gehörte offenbar einem internationalen Netzwerk an, das Athleten verschiedenster Länder und Disziplinen beliefert haben sollte. Nicht nur Leichtathleten, auch Radfahrer, Basketballer, Boxer, Ruderer. Männer wie Frauen.

In der Leichtathletik hatte man noch nicht alle Verdächtigten von den Wettkämpfen ausgeschlossen, weil ihre Namen in der Datenbank des Arztes verschlüsselt waren. Aber verschiedene Laboratorien waren daran, die Codewörter und medizinischen Daten den realen Personen zuzuordnen.

«Was soll der Scheiß?!»

Emilio riss ihm die Zeitung aus den Händen. «Du sollst dich nicht um diesen Dreck kümmern. Es gibt nur zwei Dinge, die dich heute zu interessieren haben: das Halbfinale und das Finale.» Wutschnaubend zerriss er die Zeitung in Fetzen und schmiss sie auf den Boden. «Verdammter Dreck!», schrie er und trampelte auf den Papierfetzen herum.

Dann – von einer Sekunde auf die andere – war er wieder die Ruhe selbst. Sein vor Wut gerötetes Gesicht nahm den treuherzigen Ausdruck eines Bernhardiners an, seine Stimme wurde väterlich. «Junge, die sollen doch Mist bauen, so viel sie wollen. Aber wir lassen uns von denen die Party nicht versauen. Heute feiern wir den Triumph unseres Lebens.»

Die Konzentrationsübungen mit Emilio wirkten Wunder. Am Abend lief Jesse das Halbfinale so sehr auf sich selbst fokussiert, dass er danach nicht einmal sagen konnte, wer hinter ihm noch gelaufen war. Und es interessierte ihn auch nicht. Wichtig war nur noch das nächste Rennen. Das Finale. Sein Finale.

Jesse ging zum Trainingsplatz, kramte den iPod aus der Tasche, drückte sich die Hörer in die Ohren und trabte los. Er gab sich dem Sound von Enya hin. Ihre entrückte Stimme und die sphärischen Klänge führten ihn zurück zu sich selbst. Sie versenkten ihn ins Hier und Jetzt.

Er lief so lange, bis es im Hier und Jetzt nur noch eines gab: die hundert Meter.

Dann tauschte er die Turnschuhe gegen die goldenen Nagelschuhe, setzte die getönte Brille auf und schlenderte entspannt zur Startmarke auf der Trainingsbahn.

Er stellte sich breitbeinig hin, drehte das Volumenrad an den Anschlag, wählte einen neuen Titel und drückte PLAY: Hart krachte das Schlagzeug gegen sein Trommelfell, aggressiv bombardierte der Bass sein Gehör, erbarmungslos schossen die Gitarren in sein Gehirn.

Er lief los.

Voller Schub.

Vierzig Meter.

Und entspannte sich.

Er schlenderte zurück zur Startlinie und stellte sich mit geschlossenen Augen hin. Sein Herz schlug lauter als die Drums, die Lungen pumpten heftiger als der Bass, der ganze Körper vibrierte wie unter Strom.

Und los.

Dreißig Meter.

Entspannen.

Zurückschlendern.

Zwanzig Meter.

Wie eine Explosion.

Und wieder locker lassen.

Zurück.

Augen schließen.

In sich hinein hören.

Sich spüren.

Hart, schnell, aggressiv. Und erbarmungslos.

«Hundert Meter und ich.»

Jesse zog die Ohrstöpsel heraus und warf den iPod in die Sporttasche. Elektronische Geräte waren im Stadion nicht erlaubt, damit sich kein Athlet vom Betreuer via Funk oder Handy Anweisungen ins Ohr flüstern lassen konnte.

Jesse brauchte jetzt niemanden und nichts mehr.

Er war bereit.

Er ging zum Call Room.

Ob die anderen schon da waren, interessierte ihn nicht.

Er war da.

Ein Mann in Weiß gab ein Zeichen. Jesse folgte ihm durch den Tunnel, der in den Innenraum des Stadions führte. Stolz und aufrecht, als würde er seine meditative Konzentration auf dem Kopf balancieren. Er nahm weder die blendende Helle der Flutscheinwerfer noch das Blitzlichtgewitter der Fotografen wahr, hörte keine Lautsprecherstimmen und keine Zuschauerrufe.

Er ging zum Startblock mit der Nummer vier: die Bahn des Favoriten, die Bahn des Siegers, die Bahn des schnellsten Mannes der Welt.

Er stellte sich mit gespreizten Beinen über den Startblock, fixierte mit den Augen das Ende der Bahn.

Der Starter gab das Zeichen.

Jesse zog die Trainingshose aus.

«Auf die Plätze!»

Er stellte den linken Fuß in den Startblock. Dann den rechten. Positionierte die Finger exakt hinter der Linie. Stieß die Luft aus den Lungen und sog sie wieder voll.

«Fertig!»

Ein Schweißtropfen löste sich von Jesses Stirn, schwebte vor seinen Augen zu Boden und zerspritzte beim Aufprall in alle Richtungen.

Der Schuss.

Sekunden später war die Sportgeschichte umzuschreiben.

Der jüngste Olympiasieger aller Zeiten hatte die Ziellinie überflogen in einer Zeit, die den aktuellen Weltrekord pulverisierte, mit einem Vorsprung, der die Gegner deklassierte.

Alles, was in Jesses Erinnerung blieb, war die kurze Ewigkeit glückseligen Dahinfliegens.

Zwei

«Ich habe nie leistungssteigernde Drogen benutzt. Ich habe alles, was ich erreicht habe, aufgrund meiner gottgegebenen Fähigkeiten und harter Arbeit erreicht. Die Wahrheit ist mein Freund.»

Marion Jones, am 16. Juni 2004 auf CNN World Sport

Am 5. Oktober 2007 bekannte sie sich vor einem Gericht in New York schuldig, verbotene Steroide eingenommen zu haben.

15

Die Sterne funkelten am Firmament. Die Luft war erfüllt vom Duft exotischer Pflanzen, von Vogelstimmen und vom Rauschen eines Wasserfalls. Dann mischte sich Musik in die tropische Geräuschkulisse. Zuerst kaum wahrnehmbar, dann immer deutlicher und schließlich ohrenbetäubend laut. Die Hymne aller Sieger: *We are the Champions!*

Ein Spot flammte auf. Im Lichtkegel stand Jesse, mit nichts als einer knappen Badehose bekleidet. Seine dunkle Haut schimmerte wie Samt, und der muskulöse Körper wirkte wie von Künstlerhand geschaffen. Reglos stand er da, in der Siegerpose, die sein persönliches Markenzeichen war: Augen geschlossen, Kopf ins Genick gelegt, Arme wie zwei Flügel ausgebreitet. Wie eine Statuette aus Ebenholz; die neue Ikone des Sports.

Die Fotografen waren begeistert.

Applaus brandete auf.

Und die Statue erwachte zum Leben. Jesse setzte sich in Bewegung, schritt majestätisch die schwarze Felsentreppe herab, ging zwischen großblättrigen Tropenpflanzen hindurch zu einem Wasserfall, betrat einen Steg, der sich über einen Pool spannte, in dem das Wasser leuchtete wie ein Jadesee.

Unablässig klickten die Auslöser der Kameras, während die Fotografen den Star umschwirrten wie die Motten das Licht.

Der Applaus wollte kein Ende nehmen.

Rund herum standen Sportler, alle nur in Badekleidung. Es waren Schwarze, Weiße, Große, Kleine, Muskulöse und Zierliche, Männer, Frauen. Sie hätten unterschiedlicher nicht sein können. Doch eines war ihnen allen gemeinsam: Sie waren alle Olympiasieger, und sie waren alle der Einladung zu Jesses Siegesfeier gefolgt.

We are the Champions, lobpreiste es ein letztes Mal aus allen Lautsprechern, bevor die Musik verstummte und der zweite Akt begann.

Aus den Kulissen trat in Sandalen, weißer Baumwollhose und weitem Hemd, das um den wohlgenährten Bauch wallte, Emilio Batista: Buddha und Messias in einem.

Es war seine Idee gewesen, in der luxuriösen Indoor-Badelandschaft des *Metropol* zu feiern. Gewisse Dinge gehörten zum Leben eines wahren Stars, hatte er gesagt. Außerdem wollte er eine wichtige Neuigkeit verkünden.

«Avanti, avanti», rief er und klatschte in die Hände.

Die Musik wechselte auf *Lounge*, Kellner erschienen, dutzendfach und trotz der tropischen Wärme in voller Montur: schwarze Hose, weißes Jackett, Glacé-Handschuhe. Sie reichten den Gästen und der Presse Silbertabletts mit Champagner und Snacks.

«Tolle Idee, diese Fete!», prostete Anita Sundkvist Jesse zu. Die schwedische Hochsprung-Olympiasiegerin überragte ihn um einen halben Kopf und schenkte ihm ein bezauberndes Lächeln.

«Black and White», rief ein Fotograf, nahm die beiden in den Fokus und drückte ab.

Von hinten legte sich eine schwere Hand auf Jesses Schulter. Er drehte sich um. Mikki Hämäläinen, ein Koloss von einem Mann, der den Speer so weit geschleudert hatte wie kein Mensch zuvor. An seinem mit vielen Tattoos geschmückten Körper war jeder einzelne Muskel deutlicher zu erkennen als an einem Anatomiemodell. «Danke für die Einladung», sagte Mikki mit dröhnendem Bass und stieß mit Jesse an.

Einer nach dem anderen kamen sie, um zu gratulieren und zu danken. Jesse plauderte mit Ewgeni Janajew, dem Diskuswerfer, schäkerte mit Ángela María Castro, der kubanischen Weitspringerin, und flirtete mit Airimu Ngugi, der Wunderläuferin aus Kenia. Er vergaß niemanden, und die Gäste dankten es ihm mit Herzlichkeit und ausgelassener Stimmung. Nur einer saß abseits auf einem Felsen und starrte vor sich hin.

«Hey, Quicksilver!», neckte Jesse ihn. «Was starrst du Löcher in die Luft?»

Henri Wanjiku reagierte nicht.

«Feierst du nicht mit?»

Wanjiku schüttelte bloß den Kopf.

Jesse trat näher zu ihm.

«Was ist denn los mit dir?»

«Los?», fragte der Kenianer. «Nichts.»

«Komm schon.» Jesse versetzte ihm einen Klaps.

«Ich hasse Partys.»

«Du bist doch sonst immer so gut drauf.»

«Die Herumhockerei macht mich krank.»

Bevor Jesse etwas erwidern konnte, dröhnte Emilios Stimme durch die Halle.

«Alle mal herhören!»

Er stand am Rand des großen Schwimmbeckens und hielt die Arme weit ausgebreitet. «Zeit für eine Überraschung. Alle zum Whirlpool!»

Im hinteren Teil der Badelandschaft leuchtete im dunklen Stein ein perlmuttfarbener Whirlpool in der Form einer geöffneten Austernschale.

Unaufgefordert stellte sich der Finne Hämäläinen an den Pool, zog das Gummiband um seinen blonden Pferdeschwanz straff und ließ sich so effektvoll ins Wasser plumpsen, dass er alle Umstehenden klatschnass spritzte. Der russische Diskuswerfer setzte ihm nach – nicht weniger effektvoll. Die Frauen kreischten, die Männer grölten; einer nach dem anderen sprang in den Pool.

Neben Jesse tauchte prustend ein Mann aus dem schäumenden Wasser auf und verschwand gleich wieder. Jesse spürte, wie er ihn unter Wasser an den Beinen packte. Er trat nach dem Angreifer.

«Mach mit», johlte Hämäläinen beim erneuten Auftauchen. «Fangen unter Wasser!»

Und schon versank er wieder.

Ein anderer tauchte auf, schlug mit den Händen auf seinen Brustkorb und brüllte wie King Kong.

Jesse konnte dem nicht viel abgewinnen und schwamm an den Rand des Pools. Kaum hatte er die Arme auf den Rand des Bassins gelegt, begann es zu regnen. Zumindest dachte Jesse, es würde regnen. Doch als er sich mit der Zunge über die Lippen fuhr, schmeckte er Champagner.

«Lasst es schäumen mit Kimm!», rief Emilio, der am Rand des Whirlpools stand und den Inhalt einer Magnumflasche über die Badenden verspritzte.

Dann kündigte er mit ruhegebietender Geste eine wichtige Bekanntmachung an. «Nicht von ungefähr feiern wir mit Kimm», rief er in die Runde. «Wie Sie wissen, ist Kimm Sponsor der Formel 1 und einiger der größten Segelregatten der Welt. Nur die wirklich großen Events genießen die Unterstützung der renommierten Marke. Jetzt aber hat Kimm beschlossen, auch einen Einzelsportler zu unterstützen.» Er wartete, bis alle Objektive auf Jesse im Pool gerichtet waren. «Meine Damen und Herren: Der erste Einzelathlet, der von einem der größten Sportsponsoren der Welt unterstützt wird, ist der frischgebackene Olympiasieger, der neue Weltrekordhalter, der schnellste Mann der Welt: Jesse Brown!»

Die Athleten ließen Jesse hochleben und applaudierten. Kellner eilten herbei und reichten jedem ein Glas Champagner.

«Zusammenrücken», befahl Emilio. «Gruppenbild.»

Die Fotografen und Kameraleute balgten sich um die besten Plätze am Pool. Die Athleten hoben ihr Glas, ein Blitzlichtgewitter ging über sie nieder.

Irgendwer begann aus unerfindlichen Gründen «Happy Birthday» zu singen, und sofort fielen alle ein, bis es vielstimmig durch das Schwimmbad dröhnte.

Jesse war gerührt und bedankte sich klatschend, als der Gesang verstummt war.

«Du Sau!», kreischte Airimu und schlug im Wasser um sich.

Anita Sundkvist stieß einen spitzen Schrei aus. «Einer greift mir zwischen die Beine!»

Alles blickte auf die beiden Frauen, die wild um sich schlugen, dass das Wasser nur so spritzte.

Emilio trat an den Whirlpool. Im Bestreben, aus jeder Situation das Beste zu machen, winkte er eilig die Medienleute hinzu, auf dass sie den Moment einfingen, in dem er dem auftauchenden Athleten den Champagner reichte. So eine Schaumgeburt mit Kimm ließ sich bestimmt vermarkten.

Doch plötzlich blieb seine winkende Hand in der Luft hängen. Emilio starrte auf das schäumende Wasser im Pool.

Es verfärbte sich.

Zuerst rosa, dann rot. Blutrot.

Emilio sprang zum Notschalter an der Wand und hieb darauf.

Die Wasserstrudel ebbten ab. Ein Paar Füße tauchte auf; dann mächtige Beine, ein breiter Rücken: unverkennbar der Finne Hämäläinen. Schließlich kam der kahle, blutige Hinterkopf zum Vorschein. Das Gesicht blieb jedoch unter Wasser, als könne der Mann den Blick nicht vom Bassinboden lösen. An einer Saugdüse flatterte dort unten sein blonder Skalp.

Wie versteinert starrten alle auf den leblosen Körper.

Keiner sagte einen Ton.

Nur ein Plätschern war zu hören.

Und Vogelstimmen zwitscherten vom Band.

Dann zuckte ein erstes Blitzlicht durch den Raum.

Der Bann war gebrochen.

«Ein Arzt!», schrie jemand.

Und plötzlich versuchten alle gleichzeitig aus dem Pool zu kommen. Sie rempelten und schubsten sich gegenseitig, bis unter dem Getrampel und Gerangel die rote Brühe wieder zu schäumen begann.

Jesse schaffte es aus dem Wasser und geriet geradewegs vor eine laufende Kamera.

«Was ist passiert?», rief ihm der Reporter entgegen, «Wie konnte das geschehen?», ein anderer. «Eine persönliche Erklärung», forderte ein dritter.

Jesse sah sich umzingelt von Objektiven, Mikrophonen und weitaufgerissenen Reportermäulern. Als ob er der Schuldige wäre.

«Ich bin … das ist … schrecklich.»

Mehr fiel ihm nicht ein.

Dann schob sich zwischen ihn und die gierigen Objektive Emilios massige Gestalt

«Keine Fotos», donnerte er und verdeckte mit der Hand die Linse. «Ein Arzt ist unterwegs.»

Tatsächlich ließen ein paar Fotografen ihre Apparate sinken.

Ruhig und autoritär befahl Emilio, es sei verboten, den Toten zu fotografieren und die Athleten zu befragen. Dann drückte er im Namen aller seine tiefe Betroffenheit über den Vorfall aus und versicherte, dass man alles daran setzen werde, um die Hintergründe dieses tragischen Unfalls aufzuklären. «Und jetzt darf ich Sie bitten, den Raum zu verlassen.»

Beim Weggehen sah sich ein Reporter um und bekam mit, dass die Athleten sich verdrücken wollten. Er hob die Kamera und eilte ihnen nach.

Jesse rannte los, die anderen ebenfalls. Womit sie jedoch vollends die Aufmerksamkeit der Medienleute auf sich zogen.

Die Journalisten kehrten um und jagten den Athleten hinterher.

Als Erster war Jesse in der Garderobe; doch schon quoll auch die Medienmeute herein.

«Raus mit euch!»

Er packte einen Wasserschlauch und drehte den Hahn bis zum Anschlag auf. Der Strahl traf voll auf eine Kamera. Der Reporter fluchte, versuchte auszuweichen, stieß mit den anderen zusammen. Die Kamera fiel zu Boden. Glas splitterte, die Leuchte explodierte.

«Verdammtes Pack, haut ab!» Noch immer hielt Jesse mit dem Wasserstrahl auf die Presseleute.

Endlich wich die Meute.

Jesse warf die Tür ins Schloss.

Als er sich umdrehte, war ein Dutzend Augenpaare auf ihn gerichtet. Tropfnass und stumm starrten die Athleten ihn an.

Jesse wollte etwas sagen.

Dann zuckte er bloß hilflos mit den Schultern und ging langsam zu den Duschen. Er drehte das Wasser auf und blickte an sich hinunter: auf seiner Haut überall Blut, das jetzt in den Abfluss lief.

Hastig nahm er die Seife. Rieb sich von Kopf bis Fuß ein, rieb den Schaum zwischen jede einzelne Zehe. Nahm noch mehr Seife und massierte sie sich ins Kopfhaar, ins Achselhaar, ins Schamhaar; stieß sie mit dem Finger in die Ohren, in die Nase – und füllte schließlich noch den Mund mit Schaum.

16

Thierry Velan trank Kaffee, als wollte er sein Blut damit ersetzen. Er versuchte sich zu konzentrieren. Noch nicht ein Dokument hatte er durcharbeiten können, ohne gestört zu werden. Andauernd klingelte das

Telefon, oder irgendjemand platzte mit etwas vermeintlich Dringendem herein. Daher hatte er seiner Assistentin die Anweisung gegeben, er sei nun für niemanden und nichts mehr zu sprechen.

Thierry stellte die Tasse ab und griff zum nächsten Dossier.

Es klopfte an der Tür.

«Nein!»

Die Tür ging auf.

«Monique, ich hatte doch gesagt ...»

«Er lässt sich nicht abwimmeln», flüsterte die Assistentin, die in der Tür stand. «Es sei sehr, sehr wichtig.»

Schon drängte sich der Besucher umständlich an der jungen Frau vorbei.

«Professor», seufzte Thierry. «Was führt Sie denn hierher?»

«Ich will nicht stören», sagte Marc Beuret und tat es trotzdem.

«Ich bin mächtig im Stress», gab Thierry zurück und warf einen vielsagenden Blick auf den Papierstapel vor sich.

Unbeeindruckt ließ sich Beuret auf dem Stuhl vor dem Schreibtisch nieder. «Ich habe Feierabend und wollte nur mal fragen, wie es bei Ihnen so läuft.»

«Oh, wie nett von Ihnen», log Thierry. «Hier läuft es wie geschmiert. Wir haben den Jahresdurchsatz an Proben innerhalb nur eines Monats verdoppelt; dasselbe erreichte ich mit meinem Meilenguthaben; daneben hatte ich siebzehn Interviews mit ausländischen Ermittlungsbehörden, sitze jetzt vor einem Berg Arbeit – und da platzen Sie herein.»

Beuret begann umständlich in seiner ausgebeulten Ledermappe zu kramen und förderte strahlend eine Seite aus der *Tribune de Genève* zutage. «Ich hab's gelesen: Sie sind ein Star!»

Thierry hob nicht mal den Blick. Es war die Geschichte seines bisher größten Erfolgs: der Fall Bullock. Die Enttarnung des Dopingsünders hatte rund um den Globus eine Kettenreaktion ausgelöst. Von überallher meldeten sich plötzlich Kollegen aus der Dopingbekämpfung mit Hinweisen, die sich wie Steinchen eines Mosaiks zu einem Ganzen fügten. Es entstand das Bild eines professionell organisierten Netzwerks, das Athleten aus der ganzen Welt und den verschiedensten Disziplinen mit dem vom LAD entdeckten synthetischen Anabolikum versorgte, samt dazu passender Maskiersubstanz. Eine Mafia, deren Wirkungskreis weit über den Sport hinausging. Rausschmeißer und Zuhälter, Discjockeys und Rapper, Streetgangs und Gefängnisinsassen: alle bezogen den Stoff, der sie auf Touren brachte.

Wie Thierry inzwischen wusste, war dieses Netzwerk offenbar schon seit längerem unter Observation. Wobei die Fahnder nach dem Prinzip «follow the money» vorgegangen waren. Wie war es möglich, hatten sie sich beispielsweise gefragt, dass eine Apotheke in einem kleinen Nest in South Dakota ihren Umsatz von einem Jahr aufs andere verzehnfachte? Dopinghandel via Internet, lautete die Antwort. Gewaschen wurde das schmutzige Geld anschließend in Pizzerias, Dancings und Casinos.

Das alles hatten die Ermittler schon vor geraumer Zeit entdeckt. Was ihnen noch gefehlt hatte, war die Spur zu den Endverbrauchern und der Dopingtest, mit dem sie diese überführen konnten.

Mit Thierrys neuem Test und der Enttarnung Bullocks hatte man jetzt endlich die Möglichkeit, Athleten zu überführen, in deren Blut oder Urin nicht das Doping selbst, sondern nur die Maskiersubstanz nachzuweisen war.

«Das ist doch wirklich eine tolle Geschichte», sagte Beuret und strich die Zeitung glatt. «Ein Riesenerfolg für Ihr Labor.»

«Und für mich ein Albtraum.»

«Albtraum?»

Thierry sah ein, dass er Beuret nicht so leicht wieder loswerden würde. «Ich war und bin ein Hauptzeuge in der Sache», begann er und erzählte weiter, während er Dokumente überflog, unterzeichnete, lochte, ablegte oder auf den Altpapierstapel warf.

«Die Mafia hat ihren Kunden nicht nur den Stoff besorgt, sondern auch juristischen Beistand. So hat Bullock einen Anwalt namens James P. Hardy engagiert, ein scharfer Hund und Erzfeind aller Dopingbekämpfer. Hardy verwedelt die Spuren, verschleiert die Sachverhalte und verschleppt das Verfahren mit Beschwerden, Gutachten und juristischen Haarspaltereien. Wissen Sie: In den verschiedenen Ländern gibt es die unterschiedlichsten Gesetze. In den wenigsten ist Dopen an sich verboten. Das bedeutet, dass man gegen die Athleten nicht juristisch vorgehen kann. Und die von den Sportverbänden ausgesprochenen Bußen und Sperren haben keinerlei strafrechtliche Relevanz. Von Gesetzes wegen kann man nur gegen die Ärzte, Betreuer oder Lieferanten vorgehen, weil die Betäubungsmittelgesetze Handel und Beschaffung von Dopingsubstanzen verbieten.»

«Immerhin.»

«Ja, aber auch hier gibt es riesige Unterschiede zwischen den nationalen Gesetzen. In einigen Ländern ist Erwerb oder Weitergabe von Doping strafbar, in anderen erst dessen Verabreichung. Wie aber wollen Sie einem Betreuer beweisen, dass er den Stoff nicht nur besorgt, sondern dem Athleten auch eigenhändig verabreicht hat? In gewissen Ländern können die Doping-Ärzte oder Betreuer wegen Körperverletzung belangt werden. Was aber, wenn zwar die Verabreichung des Stoffs erwiesen, die zu erwartende körperliche Schädigung aber noch nicht eingetreten – also juristisch gesehen nicht zu belegen ist?» Thierry ereiferte sich. «Und in diesem Rechtsdschungel war ich nun also Zeuge. Bei sämtlichen Strafverfolgungsbehörden musste ich Auskunft geben. Wobei die Anständigeren immerhin einen Ermittler hierher schickten. Aber die Amis,

Russen und Chinesen haben mich zur Anhörung vorgeladen, also bin ich mit einem Koffer voller Testresultate, Proberöhrchen und sonstigem Beweismaterial dreimal um die Welt geflogen. Als ob ich nichts Besseres zu tun hätte. Und das», Thierry schlug mit der Hand auf den Papierberg, «ist dann die Quittung für das Engagement. Können Sie verstehen, Professor, dass es angesichts dieser Berge von Arbeit etwas schwierig ist, sich der Freude über einen Erfolg hinzugeben?»

«Sogar der Präsident des Internationalen Olympischen Komitees lobt Ihr Labor öffentlich; was wollen Sie noch mehr?»

Thierry setzte seine Unterschrift auf ein Dokument, steckte dann sorgfältig die Kappe auf seinen Füller und sah Beuret an. «Möchten Sie das wirklich wissen?»

«Wenn Sie es mir verraten.» Beuret zwinkerte ihm hinter seinen dicken Brillengläsern verschwörerisch zu und ließ keinen Zweifel daran, dass er dieses Büro erst wieder verlassen würde, wenn er alles erfahren hatte.

Thierry seufzte. «Ich werde das Gefühl nicht los, dass wir auf der falschen Hochzeit tanzen.»

Beuret hob die Brauen. «Will heißen?»

«… dass wir hier Erfolge im Kampf gegen chemisches und hormonelles Doping feiern, während die Szene bereits an etwas ganz anderem bastelt.»

«Gendoping.»

«Erraten, Professor.»

«War nicht so schwierig nach der Geschichte mit der Maus von neulich», meinte Beuret lakonisch. «Was ist dabei übrigens herausgekommen?»

«Nun wollen Sie auch das noch wissen!»

«Ehrlich gesagt, bin ich deswegen hergekommen.»

«Hätte ich mir denken können.» Thierry stand auf. Was war das für ein seltsamer Kauz, dieser Professor. Selbst jetzt, wo er keinen Labormantel trug, sah er aus wie eine Eule, wie er da mit seiner dicken Brille und dem unförmigen Körper auf dem Stuhl vor ihm saß. Thierry wurde nicht schlau aus ihm; wusste nicht, was er dachte. Andererseits: musste er ihn überhaupt verstehen? Oder sollte er vielleicht einfach das von ihm nehmen, was ihm diente? Rein opportunistisch?

Thierry gab sich einen Ruck. «Kaffee?»

«Wenn Sie ihn mir derart aufdrängen … Ohne Koffein, mit viel Milch und zwei Stück Zucker, bitte.»

«Zwei Stück Zucker. Selbstverständlich.»

Für sich bereitete Thierry einen doppelten Espresso zu, den er in einem einzigen Zug austrank. «Professor: wissen Sie, was Gendoping bedeuten würde?»

Beuret blinzelte. «Die Athleten produzierten das Doping in ihrem eigenen Körper, nachzuweisen gäbe es nichts: keine Anabolika, keine Hormone, keine Stimulanzien, keine Betablocker, Narkotika, Diuretika, nichts.» Beuret blies sachte in seinen Kaffee und nahm dann einen kleinen Schluck. «Schmeckt vorzüglich.» Er leckte sich den Kaffeeschaum von den Lippen. «Gendoping wäre das perfekte Doping.»

«Ich meinte eigentlich, was Gendoping für mich, für unser Labor bedeuten würde.»

Beuret rührte weiter in seiner Tasse.

«Wir könnten unseren Laden hier dichtmachen.»

«So schnell geben wir doch nicht auf», sagte Beuret mitleidig.

«Sie haben gut reden, mit Ihrer Staatsstelle samt gesicherter Rente. Wir funktionieren hier rein marktwirtschaftlich: keine Nachweismethoden – das bedeutet, keine Aufträge, keine Einkünfte. So einfach ist das. Verstehen Sie?»

Beuret tat, als müsse er sich überlegen, worauf Thierry abzielte. «Ich glaube, ich verstehe, was Sie meinen. Aber darum geht es jetzt ja nicht.»

«Und worum geht es dann, wenn ich fragen darf?»

«Eigentlich wollte ich wissen, was Sie im Zusammenhang mit dieser Maus herausgefunden haben.»

«Nichts!»

Beuret blieb ungerührt. «Und warum nicht?»

«Weil a: ich keine Zeit mehr hatte, mich darum zu kümmern. Weil b: bei Brenn im Labor keine solche Maus fehlt. Und weil c: es nach seiner Einschätzung absolut undenkbar sei, dass Gendoping bereits am Menschen angewandt wird.»

«Wenig überzeugend.»

«So?»

«Zu c: Sie selbst haben gesagt, dass gewisse Athleten zu allem bereit sind. Zu b: Sie selbst wissen, dass man die Kontrollen in einem Tierversuchslabor umgehen kann.» Er blickte Thierry durch seine dicken Brillengläser eindringlich an. «Und zu a: da müssen Sie sich selbst anders organisieren.»

Thierry sagte nichts. Er wusste: Die Eule hatte recht. In allen drei Punkten.

17

Valérie Thiébaud trug ihr glänzendes schwarzes Haar zu einem dicken Zopf geflochten. Sie war groß, schlank und sportlich; nach ihr drehten sich die Männer auf der Straße um – sie wusste das und genoss es. Als überzeugter Single war sie dem Sammeln von Erfahrungen mit dem anderen Geschlecht in keiner Weise abgeneigt. Doch ein solches Prachtexemplar, wie es jetzt vor ihr lag, war ihr noch nie untergekommen: die Beine, mit Muskeln bepackt; der Hintern, hoch sitzend, rund und fest; der Oberkörper, bis zu den Schultern zu einem Trapez gewaltigen Ausmaßes auslaufend. Die extrem muskulösen Arme waren hart wie Stahl, was allerdings weniger auf den exzellenten Trainingszustand dieses Mannes zurückzuführen war als vielmehr auf dessen Totenstarre.

Die Leiterin der Abteilung Forensische Medizin an der Universitätsklinik Brüssel war von der schieren Mächtigkeit dieses Mannes beeindruckt, aber geradezu fasziniert war sie von seinem Körperschmuck. Kunstvolle Tattoos in Form von Amuletten, Vogelfedern, Tomahawks und anderen indianischen Symbolen zierten seine bleiche Haut. Valérie liebte alles Indianische.

Dass diesen Mann aber auch noch ein ausgesprochen indianischer Tod ereilt hatte, wäre wirklich nicht nötig gewesen.

«Fertig», durchdrang plötzlich eine monotone Stimme ihre Phantasien.

«Was … wie?», stammelte sie.

«Ich bin fertig mit Fotografieren», sagte Bertrand Vléminckx unter seiner hellblauen Atemmaske. Der gerichtsmedizinische Assistent trug wie Valérie und der Präparator auf der anderen Seite des Chromstahltisches grüne Operationskleidung und Latexhandschuhe.

«Natürlich», beeilte sich Valérie zu antworten und fand zu ihrem sachlichen Ton zurück. «Notieren Sie: Corpus skalpiert. Als Todesursache aber auszuschließen.»

«Warum?», fragte der Assistent. «Der Blutverlust durch eine so große Wunde hätte doch zum Tod führen können.»

Valérie zog die Augenbrauen zusammen. «Schauen Sie genau hin.» Sie reichte Vléminckx die Lupe.

Der Assistent beugte sich zum Toten hinunter, bis sein Gesicht so dicht am skalpierten Kopf war, dass er die Wundränder scharf durch die Lupe sah.

«Diese Wunde ist avital», belehrte ihn Valérie. «Keinerlei Schwellung, Entstehung post mortem. Wir bleiben bei der nächstliegenden Hypothese: Tod durch Ertrinken.»

Valérie gab dem Präparator das Zeichen für die Eröffnung der Leiche.

Mit dem Skalpell zog der Kollege einen routinierten

Schnitt vom Brustbein bis zum Schambein. Dunkelrotes Blut trat aus.

«Für einen Tod durch Ertrinken fehlt aber ein wichtiges Indiz», verteidigte sich Vléminckx.

Valérie seufzte. Immer diese neunmalklugen Assistenten. «Und das wäre?»

«Schaum vor dem Mund.»

«Und was ist», fragte sie, «wenn er ohnmächtig geworden ist, bevor er sich wehren konnte, also nur wenig Wasser eingeatmet hat?»

Der Assistent zögerte. «Dann ... reicht es nicht zur Bildung von Schaum.»

«Obschon er ertrunken ist», bestätigte Valérie, um gleich wieder versöhnlich zu werden. «Aber Sie haben recht: Ganz einfach ist dieser Fall nicht. Sonst hätte man ja auch nicht uns bemüht.»

Tatsächlich hatte sich der ins Hallenbad gerufene Notarzt außerstande gesehen, eine eindeutige Todesursache zu diagnostizieren. Woran war einer gestorben, der skalpiert in einem Whirlpool lag und zuvor womöglich große Mengen Alkohol getrunken hatte? Als Erstes konnte Valérie Alkohol von der Liste der möglichen Todesursachen streichen. Der Bluttest, den der Notarzt sofort angeordnet hatte und der in der Gerichtsmedizin analysiert worden war, hatte nämlich gezeigt, dass der Sportler kaum etwas getrunken hatte: 0,1 Promille. Dann war das Gerücht aufgekommen, der Finne hätte Beziehungen zur russischen Drogenmafia gehabt und sei an Kokain gestorben. Doch auch sämtliche Drogentests zeigten negative Resultate. Ebenso die Dopingtests.

Die genaue Todesursache musste nicht nur aus juristischen Gründen geklärt werden, sondern auch die Welt-Anti-Doping-Agentur wollte Klarheit. Der medizinische Direktor der Wada hatte gleich am Morgen nach dem Unfall im Gerichtsmedizinischen Institut angerufen und Druck gemacht:

«Wir haben genug Probleme mit Athleten, die dopen», hatte er erklärt. «Aber dieser Finne war nie verdächtig. Er galt als Vorzeigeathlet: integer und sauber. Und stirbt uns einfach so weg. Ich will ganz genau wissen, woran.»

Kein allzu großes Problem für Valérie Thiébaud. Zu viele Wasserleichen hatten schon auf ihrem Obduktionstisch gelegen.

Mit einem dumpfen Knacken gaben die Rippen nach.

Der Präparator legte die Knochenschere zur Seite und hob dann das Rechteck, das er aus dem Brustkorb herausgeschnitten hatte, wie einen Deckel ab.

«Die Lungen», sagte der Assistent leise, als traute er sich nicht, noch ein Indiz anzuführen, das gegen den Tod durch Ertrinken sprach.

Tatsächlich lagen beide Lungenflügel grau und schlaff im Brustkorb, wofür ziemlich alle Todesursachen in Frage kamen – nur nicht Ertrinken.

Valérie zögerte. Plötzlich war sie sich ihrer Sache nicht mehr ganz so sicher. Selbst wenn ein Mensch nur wenig Wasser einatmete, bildete sich doch in den feinen Verästelungen der Luftwege Schaum, der die Lungen aufblähte. Das war hier eindeutig nicht der Fall.

«Magen öffnen», befahl sie rasch.

Der Präparator nahm ein Skalpell und schnitt den Magen auf.

«Kein Wasser», staunte Valérie. Bei einem Ertrunkenen hätte sie eine stattliche Menge Wasser erwartet. Doch dieser Magen war praktisch leer. Das letzte Mahl des Mannes hatte aus zwei Lachscanapés und höchstens einem halben Glas Champagner bestanden.

Unschlüssig betrachtete sie die eröffnete Leiche, drückte mit der behandschuhten Rechten auf den Darm, ließ den Blick zur dunkelbraunen Leber gleiten, zu den zusammengesackten Lungenflügeln hinauf, zum …

«Das Herz!» rief sie. «Schaut euch dieses Herz an!» Sie hielt ihre geballte Faust neben das Herz der Leiche. «Kleiner als meine Faust. Bei so einem Koloss von Mann!»

Ohne auf weitere Instruktionen zu warten, hob der Präparator das Herz an und durchtrennte alle Gefäße mit einer Schere. Er presste das Herz mit beiden Händen aus, bis kein Blut mehr austrat.

«Keinerlei Thrombus.»

Er legte das Herz auf die Waage, die auf dem Instrumententisch stand.

«280 Gramm.»

Valérie schimpfte hinter ihrer Atemmaske.

«Normal wäre für einen Mann von eins neunzig …» Der Assistent griff nach einer Tabelle. «450 Gramm!»

Valérie atmete deutlich hörbar ein. «Da besteht der Kerl praktisch nur aus Muskeln, und ausgerechnet der wichtigste Muskel, das Herz, macht schlapp.»

«Wie das?», fragte der Assistent.

«Ein ganzer Katalog von Erbkrankheiten.» Valérie schüttelte mitleidig den Kopf. «Er hätte besser Schach gespielt.»

Sie wandte sich an den Präparator. «Nehmen Sie die Proben für Histologie und Labor. Ich meine, nur für den Fall, dass die Verwandtschaft den Grund für die Herzkrankheit wissen will. Die genaue Ursache herauszufinden ist nicht mehr unsere Sache.»

Sie wandte sich an den Assistenten. «Wir haben wohl beide recht. Weder Skalpierung noch Ertrinken. Schreiben Sie im Protokoll: Todesursache natürlich, Sekundenherztod aufgrund von Herzinsuffizienz, strafrechtlich keine Relevanz.»

Sie wandte den Blick wieder zur eröffneten Leiche und fügte hinzu: «Dann können Sie gehen.»

Vléminckx hob verwundert die Augenbrauen. Leichen zunähen war sonst das Letzte, was die Chefs selbst machten. Das war die Aufgabe der untersten Kaste im Obduktionssaal.

«Sie meinen …»

«Genau. Ich mache das hier fertig», erwiderte Valérie.

Der Assistent ließ sich das nicht zweimal sagen. Hastig zerrte er sich die Latexhandschuhe von den Händen, warf sie in einen Eimer und verließ den Saal.

Nachdem der Präparator die Proben entnommen hatte und ebenfalls gegangen war, begann Valérie, die Leiche zuzunähen. Sie hatte so etwas tatsächlich schon lange nicht mehr gemacht. Doch bei diesem Toten hatte sie plötzlich das Bedürfnis verspürt, es selbst zu tun. Auch den Skalp würden sie ihm wieder annähen, damit der Indianer in Würde auf seine letzte Reise gehen konnte.

Ihr Blick glitt noch einmal über die Tätowierungen. Jede von ihnen hatte sie zu Beginn der Obduktion mit einem Lappen sauber gerieben und fotografiert. Sie würde sich diese Bilder gleich nachher auf eine CD brennen, auf eine private, auch wenn das verboten war. Aber solch prächtige Vorlagen bekam man nicht alle Tage zu Gesicht.

Die Sujets sahen nicht neu aus, trotzdem waren sie gestochen scharf. An keiner Stelle war die Farbe in obere Hautschichten eingebracht worden, wo sie durch die permanente Erneuerung der Epidermis mit der Zeit verblassen würde. Nicht ein Stich war zu tief gesetzt worden, sodass die Konturen dadurch zerlaufen wären. Perfekte Arbeit.

Valéries Blick glitt über den Oberarm. Unwillkürlich strich sie mit der Hand über ein Federtattoo auf dem rechten *Bizeps brachii.* Wie echt die Feder wirkte! Fast mochte Valérie meinen, mit den Fingern den Kiel zu spüren.

Tattoo! Wie lautmalerisch! Tattoo, tattoo, tattoo. Valérie hörte förmlich wieder den Tätowierkamm hoch- und niederfahren. Rhythmisch hatte der polynesische Tätowierer den Kamm aus Knochen auf ihren Oberarm geschlagen. Tattoo, tattoo, tattoo. Und die Asche-Tinte unter die Haut gebracht. Schlag um Schlag war ein Stammeszeichen entstanden, auf das sie heute noch stolz war. Gab es eine schönere Art des Körperschmucks? Eine natürlichere und unvergänglichere?

Auch den linken Bizeps des Athleten schmückte eine Feder. Verträumt strich Valérie mit einem Finger darüber.

Sie stutzte.

Sie zog die Latexhandschuhe aus, befühlte noch einmal die Feder. Der Kiel war tatsächlich erhöht! Sie untersuchte die Schulter genauer und tastete die Sonne auf dem *Musculus deltoides* ab. Eine ihrer Strahlen war erhöht! Ihr Blick wanderte zum Oberschenkel. Auf dem *Rectus femoris* prangte ein Tomahawk. Im Griff der Kriegsaxt war eine längliche Erhöhung in der Haut zu spüren.

Plötzlich erkannte sie eine Ordnung. Die Tätowierungen waren systematisch angebracht: an Schultern, Oberarmen, Oberschenkeln, Waden, exakt auf jenen Muskeln, die zum Speerwerfen wichtig waren. Ein symbolischer Schutz, vermutete Valérie.

Dann ertasteten ihre Finger unter jedem Tattoo eine Narbe. Ihr Herzschlag beschleunigte sich. Jede Narbe in Längsrichtung des Muskels, jede einen Zentimeter lang, jede eine perfekte ästhetisch-chirurgische Arbeit.

18

Für Ende August war es viel zu kalt. Nieselwetter ohne Ende. Und der Mann, der in übertrieben devoter Haltung unablässig redend neben Jesse herging, trug ebenfalls nicht dazu bei, dass sich seine Stimmung hob. Doch der Bürgermeister hatte darauf bestanden, Jesse diesen Rundgang durch die Innenstadt von Brüssel höchstpersönlich anzutun. Mit dabei, eine Hand voll Repräsentanten der Stadt, Sicherheitsbeamte, Reporter und Emilio.

«Manneken Pis», sagte der Bürgermeister mit stolzgeschwellter Brust vor einem Brunnen, auf dem die Statue eines kleinen Buben thronte, der ins Becken hinunterpinkelte. «Unser Wahrzeichen.»

Die Offiziellen nickten dienstbeflissen.

Jesse nahm den Pinkelknaben zur Kenntnis.

Zu viele solcher Führungen hatte er in den letzten Wochen mitmachen – nein: durchmachen müssen. Wo auch immer ihn seine Promotour hingebracht hatte, meinte man, ihm auch noch die Besonderheiten der jeweiligen Stadt in aller Ausführlichkeit zeigen zu müssen. Er hatte Interviews in unzähligen Radio- und Fernsehstudios gegeben, sich bei zahllosen Fotoshootings in Pose gesetzt und mit einigen der prestigeträchtigsten Firmen lukrative Verträge abgeschlossen.

Sein Ausrüster hatte in aller Eile die Kollektion *Jesse* lanciert, die MP3-Special-Edition *Sprint* ging weg wie frische Semmeln, und das Parfum mit den Initialen *JB* für Jesse Brown auf dem Flakon war zum Duft des Sommers erkoren worden.

Auf Einladung des UNO-Sondergesandten für Sport hatte er zwischendurch auch noch ein Trainingszentrum für Kinder aus den Slums von Kapstadt eingeweiht. Das gehöre schließlich dazu, hatte Emilio gesagt. «Ein wahrer Superstar beweist auch Herz.» Gerade er, Jesse, der den Aufstieg geschafft habe, sei ein glaubwürdiger Botschafter für Fairness und Chancengleichheit im Sport. Und die Reportagen aus den Slums waren von Zeitungen und Zeitschriften rund um die Welt gedruckt worden.

Der Tross bewegte sich durch eine schmale Gasse, die gesäumt war von Geschäften mit dem üblichen Souvenirkitsch in den Auslagen. Zudem Waffeln und Schokolade ohne Ende.

Jesse warf einen Blick auf die Armbanduhr. In neun Stunden würde das Meeting beginnen, das zweitletzte im Zuge der Golden League. In neun Stunden durfte er endlich wieder das tun, was er am liebsten tat: laufen. Wenn er hier nicht noch vor lauter Langeweile starb.

«Reiß dich zusammen», zischte Emilio.

Jesse schrak auf.

Emilio deutete mit dem Kinn zum Bürgermeister.

«Interessant», sagte Jesse und schloss sich dem allgemeinen Kopfnicken an.

Aus einem Geschäft trat eine Frau in traditioneller Tracht und reichte Jesse zwei Waffeln in Form von Sprintschuhen. Er biss hinein und grinste in die Kameras.

Im Schaufenster des nächsten Lokals floss wie bei einer römischen Fontäne Schokolade über mehrere Becken in eine silberne Schale. Eine füllige Frau übergab Jesse einen Schokoladentaler, der geprägt war wie die Olympiamedaille. Er biss hinein und posierte für die Fotografen.

«Auch Pommes frites und Bier stammen aus Belgien», dozierte der Bürgermeister. Ein kleiner Dicker reichte Jesse eine Tüte Pommes und ein Glas Bier, von dem der Schaum zu Boden tropfte.

Das war Jesse nun doch zu viel.

Er lehnte dankend ab. «So kurz vor dem Wettkampf. Sie verstehen.»

«Aber natürlich», sagte der Bürgermeister eilfertig. «Gesunde Ernährung, seriöser Lebenswandel. Was für ein Vorbild für die Jugend!»

Später, vor einem übergroßen Graffiti an einer Häuserzeile, erklärte der Magistrat: «Brüssel ist die Hauptstadt des Comics. Lucky Luke, Tim und Struppi, Gaston und das Marsupilami erblickten hier das Licht Welt.»

Ein Teenager mit schräg aufgesetzter Baseballmütze und auf Kniehöhe hängendem Hosenboden trat zu Jesse. «Steigst du mal da rauf?» Er zeigte auf eine Holzkiste, die vor einer weißgetünchten Hauswand stand.

«Darf ich vorstellen: Serge», meinte der Bürgermeister etwas verlegen. «Er hat dieses Jahr den Kulturpreis der Stadt in der Kategorie Nachwuchs erhalten.»

Das Grinsen des Nachwuchskünstlers – so überheblich wie unsicher – erinnerte Jesse an die Kids in der Bronx.

Er sprang auf die Kiste.

Schon hatte der Junge zu sprayen begonnen. Mit flinken Bewegungen zauberte er einen Sprinter an die Hauswand. Unverkennbar Jesse. Auf die Muskeln legte er hyperrealistische Glanzeffekte, als wäre die Figur aus Metall. Wie ein Cyborg, halb Mensch, halb Maschine. Präzise, zuverlässig, unbesiegbar. Jesse mochte das Bild.

«Super Piece», rief er. «Cool, die Highlights an den Muskeln.»

Der Junge grinste schief und zog aus einer der ausgebeulten Hosentaschen einen extra breiten Marker hervor. «Signierst du?»

Jesse nahm den Stift, doch anstatt zu unterschreiben, zeichnete er mit Schwung ein Symbol auf die Wand.

«Mann, geiles Tag», staunte der staatlich geförderte Graffitikünstler.

«Gelernt ist gelernt», grinste Jesse. «Jetzt du.»

«Mann, wirklich?»

«Klar, mach schon.»

Der Junge setzte seine Marke neben Jesses. «Cool, Mann», sagte er.

Blitzschnell zog Jesse dem Jungen die Mütze vom Kopf, unterschrieb darauf und setzte sie ihm wieder auf. Dann hielt er ihm auffordernd seine Handflächen hin.

Der Junge begriff sofort. Er schlug mit beiden Händen drauf, und Jesse revanchierte sich. Blitzschnell trafen sich ihre Fäuste, zum Schluss ein Handshake über Kreuz. Als hätten sie es Jahre lang geübt.

«Wow!»

«Übrigens», raunte Jesse dem Jungen zu. «Das Tag bedeutet Panther. Meine Gang hieß so.»

«Echt geil, Mann.»

Der Bürgermeister komplimentierte den Tross weiter.

Unter dem Arc de Triomphe erwartete sie ein Fernsehteam.

Jesse ging unter dem Monument hindurch, die Arme zur Siegerpose erhoben. Die Fernsehleute filmten ihn von vorne, von hinten und von der Seite. Unvermittelt fragte der Reporter: «Muss ein schwerer Schock gewesen sein, der Tod von Mikki Hämäläinen auf Ihrer Party: Wie gehen Sie damit um?»

Jesse blickte ihn verdattert an.

Der Bürgermeister verkrampfte sich.

Emilio hob die Hand. «Diese Frage ist beantwortet.»

«Das war auf der Pressekonferenz. Viel zu formell.» Der Journalist hielt Jesse das Mikrophon vors Gesicht. «Ich möchte etwas Persönliches hören.»

«Ich habe gesagt, das Thema ist erledigt», fauchte Emilio,

Die Augen des Reporters verengten sich. «Haben Sie etwas zu verbergen?»

Röte schoss Emilio ins Gesicht. «Zum Teufel! Der Finne geht uns nichts mehr an!» Er wischte sich den Schweiß von der Stirn, beschimpfte dann den Reporter auf Italienisch, gestikulierte wild mit den Armen und stampfte auf den Boden. Plötzlich hielt er inne. Ließ die Arme sinken und blickte schwer atmend in die Runde.

Keiner sagte etwas.

Nur die Kamera surrte leise.

Mit einem Mal begannen Emilios Lippen zu zittern.

«Scusi», stammelte er. «Scusi.»

«Scusi», stieß er immer wieder hervor. «Meine Nerven, Sie verstehen.»

«Dio mio, verstehen Sie doch: Vor uns liegt die größte Aufgabe, die ein Sprinter je zu bewältigen hatte. Da ist der Druck enorm. Und da kommen immer wieder Fragen nach unserem lieben Freund. Armer Mikki. Gott hab ihn selig.»

Das Lockerungstraining am Nachmittag verlief ohne Probleme. Als letzte Vorbereitung auf den Wettkampf folgte eine Massage.

Bei Lene.

Jesse klopfte an die Tür des Therapiezimmers.

Es dauerte.

Länger als sonst.

Er hatte Lene seit den Olympischen Spielen nicht mehr gesehen.

«Wohin gehst du?», hatte er sie nach der Heimreise am Flughafen Zürich gefragt.

«Nach Hause, dann in die Ferien. Ich muss nachdenken.»

«Nachdenken?»

«Über mich. Mein Leben. Und …» Sie hatte zu Boden geschaut.

Das hatte in Jesses Ohren nicht gut geklungen.

Aber es war nicht der Moment gewesen, um zu reden. Hinter der Zollkontrolle hatte eine Traube von Fans und Reportern gewartet. Und mitten im Gewühl hatte sich der Sportminister auf einem Podest in Stellung gebracht, um dem «Schweizer Olympiahelden die Willkommensgrüsse der ganzen Nation» zu überbringen. Nein, es war wirklich nicht der richtige Moment zum Reden gewesen.

Endlich ging die Tür auf.

Lene, in der weißen Therapeutenkleidung, hatte das Haar hochgesteckt – wie immer. Sie war schön wie nie zuvor.

Jesse legte sich bäuchlings auf die Massageliege, bettete das Gesicht in die dafür vorgesehene Öffnung und schloss die Augen.

«Ich muss mit dir reden», sagte er.

«Ich mit dir auch.»

«Ich meine – nicht über uns.»

«Sondern?»

Er zögerte. «Emilio wird nervös.»

«Emilio? Nervös?»

«Ja, wegen Mikkis Tod.»

«Okay, wir reden. Aber jetzt musst du dich zuerst entspannen.» Sie hatte mit einer Fußreflexzonenmassage begonnen, knetete die Basis der großen Zehe. Dann ließ sie ihre Finger entlang der Zehengrundgelenke nach außen gleiten.

Jesses Atem begann sich zu beruhigen.

Ihre Finger wanderten langsam zum Fußballen.

Sein Herzschlag verlangsamte sich.

Sie bearbeitete die Zone des Sonnengeflechts.

Wohlige Wärme durchströmte ihn.

Dann wandte sich Lene den Muskeln zu. Zentimeter um Zentimeter arbeitete sie die Wade durch, walkte die Rückseite des Oberschenkels, strich den Adduktor aus, von der Kniekehle bis unter das Gesäß. Ihre Hände glitten auf die Innenseite des Oberschenkels.

Waren diese Hände wärmer als sonst? Strichen sie nicht ein wenig sanfter über seine Haut? Glitten sie beim Ausstreichen heute nicht etwas höher den Schenkel hinauf? Berührten sie ihn nicht an Orten, wo sie ihn sonst nie berührten? Oder wünschte sich das Jesse nur?

«Umdrehen», sagte Lene.

Er rührte sich nicht.

«Schläfst du?», fragte sie leise.

Jesse seufzte.

«Hey, du sollst dich umdrehen.»

«Ich kann nicht.»

«Du musst aber.»

Er seufzte abermals. «Ich kann nicht.»

«Nun mach schon», flüsterte sie.

«Wie du meinst.»

Langsam drehte Jesse sich auf den Rücken, während er die Reaktion auf Lenes Gesicht verfolgte.

Sie lächelte, als sie seine Erektion sah.

Wortlos erhob sich Jesse von der Liege, fasste Lene um die Hüften und hob sie hoch. Sie schlang ihre Beine um seine Taille und drückte sich mit aller Kraft an ihn. Er trug sie zu den Gymnastikmatten in der Ecke, wo ein Stapel frischer Frottiertücher lag. Sie sanken nieder. Ihre Lippen suchten und fanden sich.

Dann löste Lene sich aus seiner Umarmung, setzte sich rittlings auf seinen Schoß und zog sich rasch das weiße T-Shirt aus. Darunter trug sie nichts als ihre nackte Haut. Voller Sehnsucht schlang Jesse seine Arme um sie.

Es regnete. Die Eingangshalle des *Stade Roi Baudouin* war ein moderner, fensterloser Bau mit ziegelroter Fassade. Davor die weißgetünchten Kuben, in denen die Kassen untergebracht waren, und die Vorfahrt für Busse und Taxis.

Der Wagen hielt an.

Jesse stieg aus, während Emilio dem Fahrer einen Geldschein hinstreckte. «Der Rest ist für Sie.»

Am Eingang des Stadions erinnerte eine Gedenktafel an eine der größten Katastrophen der Sportgeschichte. Neununddreißig Menschen starben hier 1985, als beim Europacup-Endspiel zwischen Juventus Turin und dem FC Liverpool britische Hooligans italienische Fans angriffen. Über 400 Personen wurden zum Teil schwer verletzt. Der Name des alten Stadions – Heysel – war zum Symbol für Gewalt im Fußball geworden und das Stadion daraufhin mehrere Jahre unbenutzt geblieben, bis sich Brüssel entschlossen hatte, es abzureißen und an derselben Stelle eine neue Arena zu bauen.

Nach der Sicherheitskontrolle verschwand Emilio in der VIP-Loge. Jesse ging zum Trainingsplatz, um sich einzulaufen.

Schon bei der ersten Runde spürte er: er war locker wie noch nie. Er fühlte sich beschwingt und leicht; die Beine flogen, die Gedanken ebenso.

Sie flogen zu Lene.

Er sah sie. Er roch sie. Er spürte sie.

Doch dann fragte er sich plötzlich: «Was ist das eigentlich mit Lene?» Er, der Star, ließ sich mit der Therapeutin ein. Er, der Favorit, hatte vor dem Rennen Sex.

War das Abenteuer?

Leichtsinn?

Dummheit?

Je länger er seine Runden drehte, desto klarer wurde ihm: Es war nichts von alldem.

«Es ist mehr.»

Viel mehr.

Es war ein Gefühl, das er nie zuvor empfunden hatte und das er nicht aufhören wollte zu spüren.

«Lene, geh nicht fort von mir», hatte er geflüstert, als sie erschöpft und eng umschlungen in dem Gewühl aus Tüchern lagen.

«Ich gehe nicht fort», hatte sie gesagt. «Aber ich möchte, dass du dich auf das konzentrierst, was wichtig ist.»

«Das bist du», sagte Jesse.

«Jetzt ist es das Rennen.»

Als Jesse auf die Gegengerade einbog, traf ihn der Nieselregen frontal. Doch das Außen spielte keine Rolle mehr. Das Innen übernahm jetzt das Kommando. Der Körper stellte sich aufs Rennen ein, und Jesse versank in jene tiefe Konzentration, aus der ihn nichts mehr herausreißen konnte.

Nicht der Appell im Call Room; nicht der Speaker, der den Namen jedes Sprinters verkündete, als beträten Gladiatoren die Arena; nicht die fünfzigtausend Zuschauer, die den Einzug der Athleten frenetisch feierten. Nichts von alledem drang jetzt noch in sein Inneres.

In ihm war es still.

Die Gedanken waren frei.

Jesse war bereit.

Dann drang jäh etwas in sein Bewusstsein: die dunkelrote Spur, die sich entlang der Bande zog. Wie im Pool! Ein Trauerrand aus geronnenem Blut.

Jesse riss sich die Sonnenbrille von den Augen.

Es waren Blumen!

Tausende von Nelken: dunkelrot, geflochten zu einem langen Trauerflor, vierhundert Meter rund ums Stadion, mit schwarzen Bändern daran, auf denen in goldenen Lettern stand: In memoriam Mikki Hämäläinen.

Jesse wollte wegsehen.

Doch er konnte nicht. Sein Blick klebte fest an diesen Nelken. An diesem Blut.

Jesse wankte.

Dann hörte er Lenes Stimme wieder beschwörend sagen: «Jetzt ist es das Rennen.»

Mit einer schnellen Bewegung schob Jesse die getönte Brille wieder zwischen sich und die Welt. Dann ging er wie in Trance auf den Startblock zu.

Sein Ziel war klar. Und er fixierte es.

«Hundert Meter und ich.»

«Auf die Plätze!»

Es war tiefe Nacht, als Jesse das Stadion durch den Ausgang für Athleten verließ. Trotz des miesen Wetters warteten draußen viele Fans. Jesse verteilte Autogramme, scherzte mit den Mädchen, lachte in die vielen Handy-Kameras, bis alle zufrieden waren. Dann ging er zu dem großen bunten Regenschirm, der die ganze Zeit hinter den Fans geleuchtet hatte.

Jesse schlüpfte unter den Schirm und küsste Lene.

«Noch ein Groupie?»

«Nein, meine Frau.»

Er hielt sie fest umarmt und schloss die Augen. Sie standen stumm da und lauschten nur dem Regen, der auf den Schirm trommelte.

Als Jesse wieder aufsah, sah er vorne an der Straße eine massige Gestalt.

Jesse holte Luft. «Er erwartet mich.»

«Sag ihm, du fährst jetzt mit mir ins Hotel.»

«Junge!», dröhnte eine Stimme durch die Nacht.

Jesse löste sich aus Lenes Umarmung.

«Du kannst jetzt doch nicht einfach …», sagte sie.

«Nach dem Rennen muss ich immer zu ihm», sagte Jesse. «Analyse und Nachbesprechung – du verstehst.»

Er küsste sie flüchtig auf die Wange, schwang seine Tasche über die Schulter und ging.

Auf halbem Weg warf er einen kurzen Blick zurück.

Dann stieg er ins Taxi und fuhr mit Emilio davon.

19

Wieder sah Thierry Velan auf die Uhr – 0.45 Uhr. Bald waren drei Stunden seit dem Ende des Leichtathletik-Meetings vergangen, bald ging die Aktion los. Es war kalt im Wagen. Auf dem Nebensitz rieb sich Hans Berger die klammen Hände und starrte stumm zum Hotel hinüber.

Durch die verglaste Front der mondänen Eingangshalle strahlte das Licht der mächtigen Kronleuchter und spiegelte sich im nassen Asphalt. Eine schwarze Limousine fuhr vor. Sogleich eilte ein Page in roter Livree hinzu und hielt einen Schirm über die sich öffnende Wagentür. Ein distinguiert wirkender Herr mit weißem, wallendem Haar stieg aus, gefolgt von einer blonden Frau im kleinen Schwarzen.

«Die war ja wohl eher nicht im Stadion», brummte Berger und rieb sich wieder die kalten Hände.

Kaum hatte er es gesagt, stürzten Fotografen hinter den Pfeilern des Vordachs hervor, Blitzlichter zuckten auf. Der vornehme Herr machte eine Handbewegung, als wollte er einen Schwarm lästiger Fliegen verscheuchen. Die Blondine hakte sich bei ihm unter, lachte schrill und versuchte auf ihren Highheels stöckelnd den Regenpfützen auszuweichen. Sie verschwanden im Hotel. Der routinierte Page stellte sich den Paparazzi in den Weg.

«Hier steigt offenbar die gesamte Schickeria ab», sagte Thierry. «Hast du die Dame erkannt?»

Berger schüttelte den Kopf. «Wahrscheinlich irgendein Filmsternchen.»

«Vielleicht war er der Promi.»

«Vielleicht.»

Es wurde wieder ruhig vor dem Hotel.

«Glaubst du das mit der Herzinsuffizienz bei diesem Finnen?», fragte Berger.

«Ich weiß nicht», sinnierte Thierry. «Ich weiß nur, dass zwei tote Top-Athleten in einer Saison etwas viel sind.»

«Darum sind wir jetzt ja hier.»

«Was kommt da wohl noch alles zum Vorschein?» Thierrys Blick wanderte die Fassade hoch. Nur vereinzelt brannte noch Licht hinter einem der Fenster. «Wie ein Adventskalender», bemerkte er. «Hinter welchem Fensterchen wohl die große Überraschung versteckt sein mag?»

«Hinter der vierundzwanzig», meinte Berger trocken.

Thierrys Blick glitt von Fenster zu Fenster. Es war vollkommen klar, dass sich da oben der eine oder die andere jetzt gerade mit Testosteronpflastern vollklebte. Einige hatten wohl auch eine Infusion mit irgendeinem Zaubermittel im Arm stecken. Und trotzdem würden morgen alle wieder sauber sein. Denn die beherrschten ihr Handwerk, wussten, wann man was und wie viel in sich hineinpumpen durfte, ohne dass es in einem Test nachzuweisen war.

Und wenn einer tatsächlich schon genetisch gedopt war? Wie würde er bei der Razzia reagieren?

Nervös, wie viele Doper?

Oder cool, weil er wusste, dass ihm nichts nachzuweisen war?

So oder so: Jetzt war der beste Moment für einen erfolgreichen Jagdzug. Kurz nach dem Wettkampf rechneten sie nicht damit.

Es klopfte am Seitenfenster.

Neben ihrem Wagen stand ein Polizist. Ein untersetzter Mittfünfziger in zu eng sitzender Uniform. Berger ließ die Scheibe herunter.

«Willem Claerhout, Einsatzleiter», stellte sich der Polizist stramm vor. «Es geht los.»

Thierry und Berger stiegen aus. «Sie sind allein?», fragte Berger und schaute sich irritiert um.

«Natürlich nicht», erwiderte ein zweiter Mann, der plötzlich hinter ihnen stand. «Wir sind nur sehr diskret.» Sein Gesicht war so zerknittert wie sein heller Regenmantel, die Augen saßen tief in ihren Höhlen, und die Zigarette hing qualmend an der Unterlippe.

Der Mann stellte sich als Edouard Martens vor, Staatsanwalt. «Reicht das aus?», fragte er mit einem Blick auf das Probenköfferchen in Bergers Hand.

Berger zeigte auf den Wagen. «Wir gehen mit unserem Gepäck sehr diskret um.»

«Okay», sagte Claerhout.

Dann tauchten aus der Dunkelheit zwei Dutzend Polizisten mit Spürhunden auf und stürmten sofort in die Hotelhalle.

Martens ging zielstrebig zum Empfang. «Ist der Direktor zu sprechen?»

«Um diese Zeit?», fragte die Dame zurück, nachdem sie sich vom ersten Schreck erholt hatte. «Ich fürchte nein.»

«Sind Sie sicher?» Martens legte den Hausdurchsuchungsbefehl auf den Tresen.

Sofort griff die Dame zum Telefon.

Nach schier endlosem Klingeln entschuldigte sie sich wortreich und unterwürfig. «Ein Herr Staatsanwalt möchte Sie sprechen, Herr Direktor. In Begleitung von einem Heer von Polizisten.»

Es dauerte eine geschlagene Viertelstunde, bis ein korpulenter Mann in tadellos gebügeltem Anzug und mit zerzaustem Haar auftauchte. Er war sichtlich um Fassung bemüht. «Sie wünschen?»

«Die Zimmernummern dieser Personen.» Martens hielt dem Hoteldirektor eine Liste vors Gesicht. «Martens, Staatsanwalt.» Er stellte dem Hoteldirektor auch Willem Claerhout, Einsatzleiter vom Drogendezernat, und die Kollegen von der Schweizer Antidoping-Agentur vor. «Wir ermitteln wegen Besitzes, Handels und Verabreichung illegaler Substanzen und wegen Körperverletzung fahrlässiger, grobfahrlässiger und …»

«Schon gut, schon gut», sagte der Direktor, der bleich geworden war. Dann wies er die Empfangsdame an, die Zimmernummern im Computersystem abzufragen.

Sie druckte ein Dokument aus und gab es Martens.

«Bitteschön.» Sie quälte sich ein Lächeln auf das Gesicht.

«Dankeschön», erwiderte Martens maliziös. Er reichte das Papier an Claerhout weiter. «Sie wissen, wie so was läuft. Und wenn es irgendwo Probleme gibt, bin ich zuständig.» Martens tippte mit dem Finger an den Knopf in seinem rechten Ohr.

Der Einsatzleiter instruierte seine Leute, die sofort zu den Aufzügen eilten. Hans Berger heftete sich an ihre Fersen.

«Wir warten dort drüben», sagte Martens zu Thierry und zeigte auf die Sitzgruppe in der Lobby.

«Kaffee?», frage er.

Thierry nickte.

«Sind sowieso alle gedopt», sagte Martens aus dem Mundwinkel, während er sich die nächste Zigarette ansteckte. Er stieß geräuschvoll den Rauch aus. «Warum gebt ihr das Zeug nicht einfach frei?»

Thierry wedelte Martens' Rauch von sich weg. «Nicht alle sind gedopt.»

«Freigeben!», wiederholte Martens. «Das schadet dem Sport nicht. Im Gegenteil: Jedes Showbiz braucht seine Stimulanzien. Die Stones waren komplett *stoned*, als sie ihre besten Songs schrieben. Hendrix war Junkie und ein Gott auf der Gitarre, Janis Joplin fixte sich zu Tode und bleibt trotzdem die größte Rockröhre aller Zeiten.»

«Sport ist doch nicht Rock 'n' Roll», protestierte Thierry.

«Sie glauben doch nicht im Ernst, dass ein Politiker ohne Dope am Vormittag in Jerusalem eine Sitzung abhält, am Nachmittag in Brüssel vor dem Europarat spricht und am Abend aus dem Weißen Haus über das Ergebnis seiner Reise berichtet, ohne Chemie.»

«Sport ist anders.»

Martens blieb ungerührt. «Schon die Gladiatoren hatten ihre Pilze, Wurzeln und Essenzen. Das Publikum will das. Und es bezahlt fürs Spektakel. Also gebt ihm, was es will.»

«Sport ist nicht Brot und Spiele.»

«So, so.» Martens steckte sich an der Glut der runtergebrannten Zigarette gleich die nächste an. «Was ist Sport denn?»

«Warum, meinen Sie, gibt der Staat Millionen für Dopingbekämpfung aus?» fragte Thierry.

«Damit Sie einen Job haben», sagte Martens.

«Der Staat hat ein Interesse daran, dass die Bürger Sport treiben. Sport ist gut für die Volksgesundheit.»

«Ach, darum sind sie alle dauernd verletzt, die Spitzensportler», höhnte Martens hinter einer Rauchwolke.

«Ich rede nicht von extremem Spitzensport, sondern von Breitensport. Es ist eine medizinische Tatsache, dass Sport in Maßen gesund ist. Außerdem können junge Menschen im Sport ihre Persönlichkeit schulen. Sie lernen Teamgeist, Fairness, Durchhaltevermögen, aber auch den Umgang mit

Niederlagen. Das sind Kompetenzen, an denen der Staat ein Interesse hat. Aber um sie heranzubilden, muss der Sport sauber sein.»

«Oder man tut so, als ob.»

«Nein, er muss sauber bleiben, und zwar bis zu oberst hin. Schon der Kollektivverdacht, alle seien gedopt, schadet enorm. Sponsoren springen ab. Das bedeutet auch kein Geld mehr für Veranstaltungen im Breitensport. Als Erstes leiden unsere Kids darunter.»

Martens machte eine verächtliche Handbewegung. «Ach was. Lassen Sie diese vollgepumpten Idioten doch laufen. Mir ist ein fitter Fixer in der Arena allemal lieber als ein kaputter Junkie auf der Straße.»

Plötzlich drückte er den Funkknopf fester in sein Ohr.

«Bin schon da.»

Beim Aufspringen drückte er die Zigarette aus. «Eine Dame mag offenbar nicht aufmachen. Wir müssen wohl nachhelfen.»

Martens eilte mit flatterndem Regenmantel davon. Thierry hinterher.

Der Aufzug brachte sie in die vierundzwanzigste Etage.

Auf dem Korridor herrschte hektisches Treiben. Polizisten eilten umher. Nervöse Betreuer beschwerten sich lautstark über die Störung ihrer Schützlinge. Sportlerinnen und Sportler standen in den offenen Zimmertüren, so, wie man sie aus dem Bett geholt hatte: in schlabbrigen T-Shirts oder nur in Boxershorts. Die einen gestikulierten und protestierten. Die anderen starrten verschlafen auf das Getümmel, während die Polizisten ihre Zimmer durchsuchten.

Hinten im Korridor stand ein Beamter vor einer verschlossenen Tür.

«Die macht nicht auf», meinte er, als Martens und Thierry bei ihm ankamen.

Martens klopfte gebieterisch. «Hallo!»

Keine Antwort.

«Aufmachen, Polizei!»

Im Zimmer blieb es still.

Martens holte eine Plastikkarte aus der Manteltasche. «Die hilft immer», sagte er und steckte die Karte in die Türverriegelung. Klick.

Er öffnete die Tür einen Spaltbreit.

Im Zimmer war es dunkel.

«Madame!»

Nichts.

Martens zog nochmals die Zimmerliste zu Rate. «Airimu Ngugi», las er laut.

«Die Olympiasiegerin», raunte Thierry. «Momentan die Beste weltweit. Mit allen Chancen auf die Golden-League-Million.»

«Na, dann wecken wir das Million-Dollar-Baby.» Martens stieß die Tür ganz auf.

Ein Streifen Licht fiel ins Zimmer. Vom Bett her hörte Thierry regelmäßige Atemgeräusche. Die Athletin schlief wie ein Stein.

Thierry tat einen Schritt in Richtung Bett. «Hallo?»

Er sah, dass über das Bett eine große Plastikplane gespannt war, in der sich das schwache Licht von der Tür her verfing. Die Plane überdeckte das ganze Bett in der Art eines Moskitonetzes. Erst jetzt realisierte Thierry, dass die Atemgeräusche nicht von der Frau herrührten, sondern von einer Luftpumpe. Die Sportlerin schlief in einem Hypoxie-Zelt, das die Atemluft künstlich sauerstoffarm hielt. Auf den Organismus der Frau hatte das denselben Effekt wie Höhentraining: Die Produktion der roten Blutkörperchen wurde angekurbelt, die Ausdauerleistung gesteigert. In ihrem Zelt hatte sie den ganzen Trubel der Hausdurchsuchung wohl nicht bemerkt.

Thierry trat näher an das Hypoxie-Zelt. Es war kein verbotenes Hilfsmittel, darum störte es ihn auch nicht, dass Airimu

Ngugi eines benutzte. Bei genauerem Hinsehen störte ihn etwas ganz anderes: Die Frau im Zelt war tot.

20

Labor C21

Er rückte den Mundschutz zurecht, zog sich sterile Latexhandschuhe über und öffnete den Inkubationsschrank. Feuchte, körperwarme Luft wallte ihm entgegen. Er griff nach einem der Plastikbehälter, die wie flachgedrückte Flaschen aussahen, und identifizierte den Code auf dem Etikett. Dann hielt er den Behälter mit prüfendem Blick gegen das Licht – die hellrote Nährlösung schwappte träge hin und her.

Er schob den Behälter unter das Mikroskop und drehte die Einstellung scharf. Die Zellen wurden sichtbar. Einzeln und in kleineren Verbänden schmiegten sie sich an den Boden des Gefäßes. Keine zeigte Einbuchtungen oder Dellen, die auf ungenügende Versorgung oder verringerte Vitalität hingewiesen hätte. Es waren Prachtexemplare.

Er legte das Gefäß auf die Sterilbank, schraubte den Deckel ab und zog eine erste Injektionsspritze auf. Er arbeitete rasch und konzentriert. Die Instrumente, mit denen er hantierte, klimperten ab und zu leise, ansonsten war es still im Raum.

Natürlich hätte diese Arbeit jede medizinische Assistentin ausführen können. Doch der Versuchsleiter ließ es sich nicht nehmen, es selbst zu tun.

Schließlich hatte er eine ganze Batterie von Injektionsspritzen gefüllt und diese in Reih und Glied auf ein Chromstahltablett gelegt.

Er ging damit zum Operationstisch, wo das Team wartete.

Sofort begann die Assistentin, Injektionsnadeln auf die

Spritzen zu setzen. Es waren auffallend lange und ungewöhnlich dicke Nadeln, wie sie gebraucht wurden, um lebende Zellen zu injizieren.

Der Proband unter der Narkosemaske atmete ruhig.

Der Versuchsleiter schlug das grüne OP-Tuch zurück und entblößte einen hellhäutigen, äußerst kräftigen Körper.

Er setzte sich die Lupenbrille auf und begann, den Körper des Probanden abzusuchen. Er fand kleinste Narben in der Haut, die mit bloßem Auge oder ohne die helle OP-Lampe kaum zu sehen waren. Der Chirurg wurde immer besser!

Auf jede Narbe setzte der Versuchsleiter mit einem blauen Filzstift eine Marke, damit er die Stellen nachher bei der Injektion schneller finden würde. Als er den Filzstift zur Seite legte, sah der bleiche Körper auf dem Operationstisch aus wie das Schnittmuster für den idealen Kraftathleten.

Der Versuchsleiter lächelte.

Bald würde der junge Mann sich wundern, wie schnell er sich nach härtestem Training erholte und wie viel mehr Muskeln er produzierte. Er würde über Kräfte verfügen, die man nicht für möglich gehalten hatte. Er würde Erfolge feiern, von denen er nicht einmal zu träumen gewagt hatte. Er würde dankbar sein. Und nicht nur er.

21

Ein Haufen von Gläschen, Döschen, Plastiksäckchen, Pillenblister, Wegwerfspritzen und weiteres medizinisches Material lag auf dem Labortisch. Thierry, Luc und Catherine ordneten die Ausbeute der Brüsseler Razzia. Gefunden hatte man den ganzen Kram im Keller des Hotels in einem Sammelbehälter für schmutzige Wäsche. Es hatte nicht viel Kombinationsgabe gebraucht, um darauf zu kommen, dass sich die Athleten über den Schacht für den Wäscheabwurf sämtlicher verdächtiger Utensilien entledigt hatten. Darum hatten wohl auch die Dame am Empfang und der Direktor derart Zeit geschunden, bis sie die Zimmerliste rausgerückt hatten.

Nach der Razzia hatte die Brüsseler Staatsanwaltschaft Thierrys Labor beauftragt, das ganze Sammelsurium zu sortieren, zu analysieren und den verschiedenen Athleten zuzuordnen. Einiges war original verpackt, anderes in neutrale Behältnisse abgefüllt und jetzt feinsäuberlich mit den Resultaten der chemischen Analyse beschriftet, die Catherine bereits durchgeführt hatte.

Thierry griff nach einer Packung aus dem Stapel.

«Levothyroxin», las er, und ein Schauer jagte über seinen Rücken.

Die Substanz war ein lebenswichtiges Medikament für Patienten, denen die Schilddrüse hatte entfernt werden müssen. Das synthetische Schilddrüsenhormon kurbelte den Abbau von Kohlenhydraten, Fetten und Eiweißen an, steigerte also die Leistungsfähigkeit des Organismus insgesamt. Was es auch als Dopingmittel hochpotent machte.

Und extrem gefährlich.

Denn das künstliche Hormon schaltete bei gesunden Menschen die Produktion des körpereigenen aus. Und zwar endgültig.

«Wer damit dopte, hat sich selbst zum Hormonkrüppel gemacht», bemerkte Thierry und warf die Packung auf den Haufen zurück.

«Vielleicht finden wir damit heraus, wer es war», sagte Luc und schob Thierry ein Papier hin. In einer Tabelle waren handschriftlich, akribisch genau, Daten, Substanzen und farbige Markierungen eingetragen. Das Dokument war eine Kopie. Das Original hatte Brüssel konfisziert. Die Jagd nach dem Urheber war angelaufen.

«Ein Dopingkalender», stellte Luc fest. «Die betreffende

Person erhielt in den letzten acht Monaten an über hundert Tagen irgendein Medikament. Angefangen hatte das Jahr mit Epo. Ende Januar gab es Anabolika, im Februar eine Blutentnahme, anschließend Anabolika und Epo kombiniert. Man sieht ganz genau, wann die Person Rennen gelaufen ist.» Luc tippte auf eine bestimmte Stelle im Kalender. «Die Zufuhr von Anabolika und Epo wurde kurz zuvor immer ausgesetzt. Dafür gab es dann Eigenblut-Infusionen und Wachstumshormone.»

«Was kaum zu entdecken ist», warf Thierry ein.

«Ab Sommer wird's dann immer waghalsiger», fuhr Luc fort. «Alles kommt jetzt gleichzeitig: Wachstumshormone, Insulin, Epo. Und dazu das Schilddrüsenhormon.»

«Absolut ausgeklügelt», meinte Thierry. «Für wen ist das wohl?»

«Meine Analyse ergibt Folgendes», sagte Luc. «Ausdauersportler. Wenige Rennen, dafür harte.»

«Mann oder Frau?», fragte Thierry.

«Mann», sagte Catherine bestimmt.

«Wie kommst du darauf?»

Sie zeigte auf die oberste Zeile der Tabelle.

«Pheidippides», las Luc. «Nie gehört.»

Catherine bedachte ihn mit einem mitleidigen Blick. «Geschichtsunterricht, erste Klasse Gymnasium. Das war der Meldeläufer, den die Athener nach der Schlacht gegen die Perser losschickten, um zu Hause ihren Sieg zu melden. 490 vor Christus, in der Nähe von …»

«… Marathon!», dämmerte es Luc.

«Bingo!» rief Thierry. «Das macht die Sache einfach. Das ist ein Codename für einen Marathonläufer. Such sofort alle Läufer heraus, die an den aufgeführten Tagen Rennen gelaufen sind. Dürften ja nicht allzu viele sein. Das ist der Kreis der Verdächtigen.» Er hielt inne, weil Catherine ihn nur stumm anstarrte. «Oder hast du eine bessere Idee?»

«Wisst ihr, wie der Läufer von Marathon endete?», fragte sie mit ernster Miene.

«In Geschichte hatte ich, wie du vorhin schon festgestellt hast, einen Fensterplatz», foppte sie Luc.

«Pheidippides überbringt die Nachricht», fuhr Catherine fort, «und stirbt mitten auf dem Areopag in Athen.»

«Vergiss es! Der hatte wohl Blätter vom falschen Busch gekaut. Aber das hier …» Er klopfte auf den Dopingkalender, «ist modernste Medizin. Daran krepiert niemand.»

«Höchstens an den Spätfolgen», warf Thierry ein. «In ein paar Jahren vielleicht, wenn keiner mehr weiß, wer wann was von wem gekriegt hat.»

«Moment mal», unterbrach Catherine. «Immerhin hatten wir dieses Jahr schon zwei tote Langstreckler: Asserate und Ngugi. Und bei beiden hat man als Todesursache eine Überdosis Epo diagnostiziert.»

Thierry starrte Catherine an. «Das ist doch Quatsch! An Epo stirbt doch heute keiner mehr! Die Epo-Toten waren in den neunziger Jahren – die Radfahrer, die Orientierungsläufer –, die hatten damals einfach keine Ahnung von dem Zeugs. Aber heute haben sie das Epo voll im Griff. Tote gibt es nur, wenn etwas Neues ausprobiert wird.» Er hielt inne, als merke er selbst erst jetzt, worauf seine Überlegungen hinausliefen. «Natürlich!», rief er dann. «Etwas Neues! Gendoping! Asserate und Ngugi waren genetisch gedopt!»

Thierry sprang vom Stuhl auf.

«Wo sind die Leichen? Wir brauchen sofort die Leichen!»

«Und da war doch noch dieser ertrunkene Speerwerfer», rief Luc.

«Auch den! Ich will alles. Jeden Obduktionsbericht, jedes Analyseergebnis von jedem toten Athleten in den letzten fünf Jahren. Auch wenn sein Tod scheinbar nichts mit Sport zu tun hatte.»

Luc lief los.

Und Thierry ließ sich wieder erschöpft auf den Stuhl fallen.

«Das darf doch nicht wahr sein! Da jage ich irgendwelchen Muskelmäusen hinterher, und dabei tanzen mir die genetisch präparierten Sportler vor der Nase herum. Was sag ich, tanzen? Sie krepieren. Vor meinen Augen krepieren sie!»

Er schob einen Blutbeutel beiseite und stützte missmutig den Kopf in beide Hände.

Sein Blick fiel auf einen weiteren Gegenstand.

«Was ist das eigentlich?» Er griff nach einem großen durchsichtigen Plastikbeutel. Darin eingepackt war ein seltsames Objekt, offenbar aus Kunststoff gefertigt, mit einem anatomisch geformten Griff und einem glockenförmigen Fortsatz daran.

«Sieht aus wie das Massagegerät, mit dem sich mein Vater abends selbst den Rücken massierte.»

«Wir haben es untersucht», sagte Catherine. «Aber wir haben keine Ahnung, was es sein könnte.» Sie zeigte auf den Fortsatz am Gerät. «Da vorne in dieser Art Glocke gibt es eine Halterung für eine Injektionsnadel, aber eine Nadel steckte nicht drin. Hinten gibt es einen Schacht, wo Ampullen eingeführt werden können. Und im Gang, zwischen diesem Ampullenschacht und der Injektionsspritze fanden wir einen Tropfen Flüssigkeit.

«Und?», fragte Thierry gespannt.

«Leider ist die Analyse absolut negativ: keinerlei Dopingsubstanzen.»

«Was dann?»

Catherine nahm Thierry das Gerät aus der Hand. Sie drehte es so, dass Thierry von unten in den glockenförmigen Fortsatz sehen konnte. «Wenn du ganz genau hinschaust, kannst du um die Halterung für die Injektionsnadel herum einen Kranz aus weiteren, sehr feinen Nadeln erkennen.»

«Für was ist das?» fragte Thierry.

«Unter der Lupe konnten wir es erkennen. Es sind keine Hohlnadeln, dienen also nicht zur Injektion. Vielmehr sehen sie aus wie Nadeln, die man zur Akupunktur verwendet. Sehr fein und auch elastisch. Jemand aus meinem Team, der mal auf der Neurologie gearbeitet hat, meinte, so sähen Elektroden aus, mit denen man bei Tierexperimenten mit Affen in situ Gehirnströme ableitet. Tatsächlich ist dieser Nadelkranz verkabelt, und wenn man hier hinten auf den Knopf drückt, fließt ein schwacher Strom.»

«Das wird ja immer mysteriöser», sagte Thierry. «Gib das Ding sofort an den Wissenschaftlichen Dienst der Polizei weiter. Ich will wissen, was für eine Flüssigkeit das war. Vielleicht gibt es auch Fingerabdrücke am Gerät. Und eine technische Analyse will ich auch. Wofür kann man ein Gerät gebrauchen, das einen Kranz aus Hirnelektroden unter Strom setzt?»

22

Bereits die Haarsträhne, die der Moderatorin immer wieder in die Stirn fiel, hätte Warnung genug sein müssen: sie glänzte platinblond und hatte die Form eines Stiletts. Doch wenn Mariet Gezelle beim Zuhören den Kopf zur Seite neigte und beim Sprechen ihre vollen Lippen schürzte, schmolzen die Herzen der Männer nur so dahin. Und schon manch einer hatte bei *Mariet's Punt*, der beliebtesten Talkshow im Belgischen Fernsehen, ein Geheimnis ausgeplaudert, das er besser für sich behalten hätte.

Jesse war auf der Hut.

Mariet Gezelle: «Woran denken Sie vor dem Start.»

Jesse: «An nichts.»

Mariet lachte und wartete mit neugierigem Gesichtsausdruck.

Jesse merkte, dass er den richtigen Ton getroffen hatte.

«Flirte mir ihr», hatte Emilio ihm eingebläut, nachdem er mehrere Ausgaben der Sendung analysiert hatte. «Die Frau ist immer sehr gut vorbereitet, sie hat die Fakten über ihre Gäste genauso präsent wie den Klatsch. Und je nach dem, wie du dich verhältst, gibt sie dir Zuckerbrot oder Peitsche. Also: liebst du sie, dann liebt sie dich.»

«Ich denke nichts», fuhr Jesse scherzend fort. «Ich höre auch nichts und sehen tu ich nur knapp über meine Nasenspitze hinaus. So … circa hundert Meter … schätze ich.»

Mariet lachte wieder. «Wenn Sie mit der Nasenspitze schon ein kleines bisschen auf Ihren Körper zu sprechen kommen. Was für ein Verhältnis haben Sie zu ihm?»

Jesse räkelte sich auf dem Designersofa, während im Halbdunkel des Studios eine Kamera lautlos auf ihn zuglitt.

«Ich liebe meinen Body.»

«Dieser Body», sagte Mariet mit einem schmachtenden Blick, «lässt jede Frau träumen. Gibt es eine, für die der Traum wahr geworden ist?»

«Ja … die gibt es», sagte Jesse geheimnisvoll.

«Und – wer ist die Glückliche?»

«Sie ist mir so lieb, dass ich ihren Namen gern für mich behalten möchte.»

«Ach, kommen Sie. Stellen Sie sich die Freude vor, wenn Sie ihr hier Ihre Liebe erklären.»

Jesse wollte zuerst nicht darauf eingehen, überlegte es sich dann aber anders. «Lene heißt sie.»

«Lene», frohlockte Mariet, als würde sie sie kennen. «Und was tut Lene außer Jesse lieben?»

«Sie massiert ihn», sagte Jesse mit deutlichem Unterton.

«Jetzt wird es interessant.»

Jesse wurde im Ton wieder sachlich und erklärte, dass Lene Korpijaakko zum Physioteam der Schweizer Mannschaft gehöre und seit kurzem seine große Liebe sei.

«Wie schön.» Mariet wandte den Blick in die Kamera. «Eine

romantische Love-Story, zum ersten Mal gehört bei *Mariet's Punt*. Wir machen eine kurze Werbepause. Danach verrät uns Jesse bestimmt noch mehr. Also bleiben Sie dran.»

«Reden wir nun über Sport», begann Mariet nach dem Werbeblock. «Sie begeistern und verblüffen Publikum und Fachwelt gleichermaßen. Sie sind der jüngste Weltrekordhalter und der jüngste Olympiasieger über die hundert Meter. Sie gelten als Phänomen. Verraten Sie uns Ihr Erfolgsrezept?»

Jesse beugte sich vor. «Ihnen verrate ich es.» Kunstpause, tiefer Blick in Mariets blaue Augen. «Wenn Sie es für sich behalten.»

«Aber klar doch», gurrte sie.

«Ich bin zum Sprinter geboren.»

«Nun, das sagen alle.» Sie klang enttäuscht.

«Ich laufe, seit ich denken kann. Und ich war immer der Schnellste. Mit zehn lief ich in der Schule schon allen großen Jungs davon.»

«Im Heim», ergänzte Mariet. «Von Ihrer schweren Jugend hat die Öffentlichkeit ja erst kürzlich erfahren. Es ist beeindruckend, wie Sie zu Ihrer Vergangenheit stehen und was Sie aus Ihrem Leben gemacht haben. Denken Sie, dass gerade diese schwierige Jugend dafür verantwortlich war, dass sie zu dem Star wurden, der Sie heute sind?»

«Nein, ich wäre in jeder Umgebung Sprinter geworden.»

«Im Heim waren Sie aber besonders motiviert, besonders ehrgeizig, weil Sport Ihre einzige Möglichkeit war, dort herauszukommen.»

«Nein, das glaube ich nicht. Das ist die alte Ghetto-Theorie. Die ist längst überholt. Wenn die Geschichte vom schlechten Milieu und dem großen Ehrgeiz stimmen würde, dann kämen ja alle großen Sportler aus der Gosse. Das ist aber nicht so. Es gibt Top-Athleten aus weniger guten und solche aus besseren Verhältnissen. Und andere kennen beides, so wie ich.

Ich wuchs in der Bronx auf, tat den entscheidenden Karriereschritt aber in der Schweiz. Und die ist ja nun kein Ghetto.»

«Wahrlich nicht», bestätigte Mariet. «Also nicht das Ghetto, sondern …?»

«Meine Abstammung. Ich bin schwarz», sagte Jesse selbstbewusst und sachlich.

«Sind wir aber auch über diese Theorie nicht schon längst hinweg?», fragte Mariet kritisch. «Schon im Nationalsozialismus wurde versucht, dunkelhäutige Menschen auf die Stufe des Tieres hinunterzudrücken, wobei man ihnen immerhin die besondere Fähigkeit des Schnelllaufens zugestand. Aber das geschah aus üblem Rassismus heraus.»

«Das ist kein Rassismus. Ich als Afroamerikaner sage das», entgegnete Jesse. «Heute weiß die Wissenschaft, dass gewisse Menschentypen – man muss ja nicht Rasse sagen – tatsächlich aufgrund ihrer physischen Eignung für gewisse Tätigkeiten besser taugen als für andere. Ostafrikaner werden Langstreckler, Kaukasier Kugelstoßer oder Diskuswerfer, und Menschen mit westafrikanischen Wurzeln, so wie ich, werden eben Sprinter.»

«Nun sind Sie persönlich nochmals einiges schneller als all Ihre Kollegen. Woher kommt das?»

«Das ist dann eben das Talent, die persönliche Begabung, die einem in die Wiege gelegt wird.»

«Von wem?»

Jesse stutzte. Wenn er von etwas in der Öffentlichkeit nicht reden wollte, dann von seinen Eltern. «Von der Natur», sagte er.

«Welche Rolle spielt Gott dabei?»

«Wissen Sie.» Jesse holte tief Luft, um Zeit zu gewinnen. Denn die Frage war heikel. Er wollte seine Meinung zwar offen sagen, aber niemanden damit verletzen. «Ich glaube, der spielt da keine Rolle.»

«Sie glauben nicht an Gott?»

«So absolut würde ich das nicht sagen. Aber ich glaube nicht an den Schöpfer, der alles erschaffen hat. Nein. Auch nicht an den Lenker, der alles unter Kontrolle hat.»

«Sondern?»

«Ich empfinde Ehrfurcht vor dem Leben; bewundere, was die Natur alles hervorbringt; staune darüber, wie alles funktioniert, zusammenspielt, und wie perfekt das alles ist.»

«So perfekt wie der Sprinter Jesse.»

«Ach, niemand ist perfekt. Ich kann auch noch besser werden.»

«Noch nie ist ein Athlet so schnell an die Spitze vorgestoßen wie Sie. Macht Ihnen dieser rasante Aufstieg keine Angst?»

«Angst?»

«Was schnell kommt, kann schnell vergehen.»

«Da habe ich keine Bedenken. Ich trainiere hart, übertreibe aber nicht; ich plane die Saison seriös, aber nicht verbissen. Ich bin sicher, dass ich noch schneller laufen kann. Und noch viele Erfolge feiern darf.»

«Nun, für einige hoffnungsvolle Talente ging dieser Traum in den letzten Wochen in die Brüche. Einige Athleten um Sie herum sind gestorben. Macht Ihnen das vielleicht Angst?»

«Es ist schrecklich», sagte Jesse. «Wirklich schrecklich. Glauben Sie mir, so was lässt niemanden kalt. Es beschäftigt mich sehr. Aber Angst? Ich sehe nicht, warum ich deswegen Angst haben sollte.»

«Weil es zwischen Ihnen und den Verstorbenen Parallelen gibt. Alle waren sehr jung, sehr rasch an die Spitze vorgestoßen und haben sich für das Olympia-Jahr sehr viel vorgenommen.»

«Das ist einfach die neue Generation von Athleten. Früh entdeckt, gut trainiert, gut betreut. Trotzdem: sie waren völlig anders als ich. Eigentlich sind Langstreckler andere Menschen als Sprinter; sie sind anders gebaut, sie trainieren anders, sie denken sogar anders. Und Mikkis Tod war ein Unfall.»

«Vielleicht gibt es ja doch einen Zusammenhang», insistierte Mariet. «Und in einem gewissen Sinn sind wir damit wieder bei dieser, wie Sie sagen, Ghetto-Theorie, die Sie so vehement ablehnen.»

Jesse stutzte. Zum ersten Mal in diesem Gespräch wusste er nicht, worauf die Moderatorin hinauswollte. Erst als er ihre Strähne bemerkte, die wieder wie eine Klinge zwischen ihren stahlblauen Augen glänzte, merkte er, dass sie etwas im Schilde führte. Doch es war zu spät.

«So verschieden Sie alle sind: in einem gewissen Sinn haben Sie doch alle dieselben Wurzeln.»

«Ich verstehe nicht, worauf Sie hinauswollen.»

«Sie alle», sagte Mariet und taxierte Jesse mit einem triumphierenden Blick, «Sie alle stammen aus einem Kinderheim oder Internat.»

Jesse war, als zöge ihm jemand den Teppich unter den Füßen weg. Als täte sich der Boden auf. Als stürze er in ein dunkles Loch.

Das hatte er nicht gewusst. Und es warf ein anderes Licht auf vieles, was geschehen war.

23

Den ganzen Tag über hatten die Regenwolken bleischwer über der Stadt gehangen. Jetzt, zur Abendzeit, war es so dunkel wie in tiefster Nacht und goss aus Kübeln.

Steffen Brenn schaltete den Scheibenwischer eine Stufe höher. Er hasste dieses Wetter.

Die Lichter eines entgegenkommenden Wagens spiegelten sich grell im nassen Asphalt. Brenn kniff die Augen zusammen. Normalerweise war die Straße zum Wannsee hinaus stark befahren, doch jetzt war hier kaum jemand unterwegs.

Wer nichts wirklich Dringendes vorhatte, blieb bei dem Sauwetter zu Hause. Aber: Diese Leiche auszubuddeln, war etwas sehr Dringendes.

Steglitz-Zehlendorf. Die Straße führte unter zwei Eisenbahnlinien durch, dann nahm Brenn die Ausfahrt und erreichte bald die Potsdamer Chaussee.

Vor zwei Tagen hatte ihn Thierry Velan überraschend angerufen. Er war aufgebracht gewesen. Zwei Spitzenathleten seien gestorben, als Todesursache habe man den Missbrauch des Blutbildungshormons Epo diagnostiziert. Doch er, Velan, hätte nun Hinweise, dass die beiden Sportler genetisch gedopt gewesen seien. Und er hätte die Exhumierung der Leichen erwirkt, um eine genetische Untersuchung durchzuführen. Die Graböffnung müsste von einem Zeugen begleitet werden, und ob nicht Brenn diese Aufgabe übernehmen könnte, während Thierry gleichzeitig bei der Exhumierung in Kenia dabei sein wollte.

Brenn wollte dem Schweizer Kollegen gerne den Gefallen tun, obwohl die Sache nichts mit seinem Forschungsgebiet zu tun hatte. Dass Exhumierungen prinzipiell bei jeder Witterung und, um die Friedhofsbesucher nicht zu stören, immer nachts durchgeführt wurden, hatte er erst hinterher erfahren.

Waldfriedhof Zehlendorf.

Er sah das Schild im letzten Moment, trat auf die Bremse, riss das Steuer herum – und schaffte die Kurve gerade noch.

Auf dem Parkplatz vor dem schlichten Eingangstor standen drei Wagen mit eingeschalteten Scheinwerfern. Ein Leichenwagen, ein grüner Toyota mit Ladefläche und ein schwarzer Lexus.

Brenn parkte neben ihnen. Aus dem Pick-up stieg ein Mann und trat an Brenns Auto.

«Peter Drilling», stellte er sich vor und verzog sein Gesicht unter dem Regenhut zu einem schiefen Lächeln. «Friedhofsgärtner.»

Brenn reichte ihm die Hand durch das heruntergelassene Seitenfenster.

«Doktor Knechtenhuber», sagte der Gärtner und deutete mit dem Kopf zum Lexus. «Der zuständige Staatsanwalt, der das Rechtshilfebegehren der Schweiz behandelt.»

Brenn hob die Hand zum Gruß.

Knechtenhuber nickte ihm zu, ohne die Scheibe herunterzulassen.

Der Gärtner kletterte in seinen Pick-up. «Fahren wir.»

Thierry wischte sich mit dem Taschentuch den Schweiß von der Stirn. Das Hemd klebte ihm am Leib. Die zerschlissene Sitzbank des alten Taxis fühlte sich schmierig an. Draußen: Steppe in flirrender Hitze, kein Baum, so weit das Auge reichte, nur dürres Buschwerk auf schrundiger Erde.

Kurz zuvor hatte Thierry noch in der angenehm klimatisierten, ultramodernen Empfangshalle des International Airport von Eldoret, Kenia, gestanden. Der überdimensionierte Flughafen, eine futuristische Stahlkonstruktion mit gigantischem Glasdach, war ein Geschenk des Präsidenten Daniel arap Moi an die viertgrößte Stadt des Landes gewesen.

«Papa Moi wollte uns eine gute Zukunft sichern», sagte der Taxifahrer, dessen Haut so schwarz war wie die Ledersitze seines ramponierten Mercedes. Über die Schulter schaute er grinsend nach hinten zu Thierry. «Doch bis heute geht von unserem schönen Flughafen nur ein Passagierflugzeug pro Tag nach Nairobi. Dafür viele Transportmaschinen: Früchte, Gewürze, Fleisch, sogar lebendes Vieh.»

«Immerhin», sagte Thierry und sah dann wieder zum Fenster hinaus.

Die Straße führte in einer einzigen Geraden von gut sechzehn Kilometern nach Eldoret, dem Geburtsort der verstorbenen Läuferin Airimu Ngugi.

Sie war in der Tradition ihres Stammes, der Kikuyu, bestattet worden. Wie Thierry vor seiner Abreise nachgelesen hatte, dominierten die Kikuyu, ursprünglich Bauern im kargen Hochland, heute das politische und wirtschaftliche Leben im modernen Kenia. Sie hatten mit Jomo Kenyatta auch den ersten Präsidenten des unabhängigen Kenias gestellt. Und obgleich sie heute fast alle dem christlichen Glauben angehörten, pflegten sie noch viele traditionelle Bräuche. So auch den Umgang mit ihren Verstorbenen. Die Kikuyu verehrten ihre Ahnen; denn diese waren für Wohlstand und Glück der Nachfahren verantwortlich. Wer die Verstorbenen vernachlässigte, dem brachten sie Unglück und Leid. Darum wollten die Kikuyu sie möglichst nahe bei sich haben, um sie immer zu ehren: Sie begruben die Toten auf dem eigenen Land, im Garten oder sogar im Hinterhof.

Vor dem Fenster zogen jetzt lange Häuserreihen an Thierry vorbei. Einstöckige Gebäude mit hellbraunem, abbröckelndem Verputz und zerbeulten Wellblechdächern. Auf dem Zettel in seiner Hand las er noch einmal die Adresse der Familie Ngugi. «Finden Sie das?»

«No problem», lachte der Fahrer. «Ich kenne hier jeden.» Er bog von der Hauptstraße ab – und krachte in ein Schlagloch. Thierry knallte mit dem Kopf hart gegen das Autodach.

«Sorry, Mister», sagte der Fahrer lachend. «Eine Abkürzung. Wird billiger so.»

Nach unzähligen weiteren, für Thierry nicht nachvollziehbaren Abbiegmanövern trat der Fahrer abrupt auf die Bremse und hielt an.

«Was hab ich gesagt?», meinte er wieder grinsend.

«Hier?», fragte Thierry ungläubig.

Sie standen vor einer hohen, weißgetünchten Mauer, die mit Stacheldraht bewehrt war. Ein Schlagbaum versperrte die Einfahrt.

«Ja, hier», sagte der Fahrer und drückte auf die Hupe.

Ein Wachmann mit umgehängter Maschinenpistole trat ans Taxi. «Ja?»

«Zu Ngugi», sagte der Fahrer.

«Sind Sie angemeldet?»

Thierry reckte sich nach vorne und streckte dem Wachmann das internationale Rechtshilfegesuch entgegen.

Der Wachmann knurrte: «Avenue three, Boulevard H.»

Der Schlagbaum hob sich.

Der Fahrer fuhr an und grinste. «So wohnen hier die Reichen.»

In der Tat: Es war eine andere Welt hinter der Mauer der Wohnanlage. Englische Landhäuser reihten sich hier aneinander. Eine wohl nicht reflektierte Hommage an die Kolonialherren von damals.

Vor einem der Häuser standen mehrere Fahrzeuge. Polizei, ein zerbeulter Leichenwagen, ein Jeep mit einem offiziell wirkenden Emblem auf der Tür.

Thierry bezahlte das Taxi.

Noch bevor er das Haus erreichte, öffnete sich die Tür.

Eine ausgemergelte Frau erschien. Sie war verwachsen und reichte Thierry knapp bis zur Brust. Sie trug ein hellblaues Kleid, darüber eine weiße Schürze: die Uniform einer Hausangestellten. Die Frau sah ihn an – mit einem Auge. Das andere blickte starr zum Himmel.

«Ich komme wegen Airimu», sagte Thierry.

Wortlos wandte sich die Angestellte um. Thierry folgte ihr ins Haus.

Ihm war, als ginge er durch die Musterräume eines Einrichtungsgeschäfts. Sämtliche Klischees «Wohnen wie die Reichen» waren hier vereint. Jeder Teppich, jeder Sessel, jeder Tisch sah auf den ersten Blick teuer aus. Doch beim nochmaligen Hinsehen war ihm klar: alles imitierter Ramsch. Dazwischen kenianisches Kunsthandwerk, Masken, Elefantenzähne, Tierfelle, Speere, Trommeln – und Fetischfiguren, wohin man blickte: Statuen mit prallen Hintern und riesengroßen Brüsten. Andere mit gigantischen, erigierten Penissen.

Mindestens sechs Kinder und Jugendliche, alles Mädchen, zählte Thierry, während er der verkrüppelten Hausangestellten durch mehrere Zimmer folgte, bis sie ihn durch eine Tür auf einen umfriedeten Hof führte. Im Halbschatten eines kargen Baumes standen Männer – jeder mit einer Flasche Bier in der Hand. «Willkommen, Mister Velan», begrüßte ihn ein korpulenter Typ in ausgebeulter Uniform. «Josep Koech, Polizeichef von Eldoret.»

Er stellte Thierry die anderen Männer vor: den Gerichtspräsidenten, einen Arzt, den Bürgermeister, Freunde und Verwandte. Ehe er sich versah, hatte auch Thierry ein Bier in der Hand.

Nach der langen Reise einer Erfrischung nicht abgeneigt, prostete er der Runde zu und setzte die Flasche an.

«Stopp!», schrie der Polizist entsetzt und hob beschwörend die Hand. «Zuerst Airimu.»

Die Männer formierten sich zu einem Kreis und schütteten gleichzeitig etwas von ihrem Bier auf den sandigen Boden. Einer rief rhythmisch «Ai-ri-mu!», und sogleich setzte sich der Kreis in Bewegung. Die Männer stampften und scharrten mit den Füßen im roten Sand, als wollten sie die Bierlachen in den Untergrund massieren. Alle murmelten im Chor: «Ai-ri-mu, Ai-ri-mu.»

Nach einiger Zeit kam der Reigen zum Stillstand. Die Männer standen mit rot-staubigen Schuhen und Hosen da und warteten, bis Koech sein Bier hob und einen Spruch in Kikuyu-Dialekt zum Besten gab.

Jetzt hoben alle ihre Flaschen, machten ernste Gesichter und sagten im Chor andächtig ein erhaben klingendes Wort, das Thierry nicht verstand.

Sie tranken und sahen Thierry auffordernd an.

Er sagte: «Amen.»

Der Waldfriedhof Zehlendorf galt als eine der schönsten Ruhestätten Berlins, er erstreckte sich über eine Fläche von fast vierzig Hektar mit vorwiegend altem Kiefernbestand. Die meisten Gräber hatten nur schlichte Grabsteine.

Tagsüber hielten sich hier viele Menschen auf – nicht nur, um der Verstorbenen zu gedenken, sondern auch um zu lesen, zu malen oder zu meditieren. Doch jetzt in der Nacht, wo trübe Nebelfetzen zwischen den Bäumen waberten, ein weißer Marmorengel im Licht der Scheinwerfer zu flattern schien und regennasse Äste wie Schlingpflanzen gierig nach Brenns Wagen griffen, war der berühmte Waldfriedhof nichts als ein schauriger Totenacker.

Brenn lief es kalt über den Rücken. Er schaltete die Heizung ein und hielt sich dicht an die Rücklichter des Pick-up. Hinter ihm fuhren der Lexus und der Leichenwagen. Gärtner Drilling bog ab, und sie rollten an einer großen, baumlosen Wiesenfläche vorbei. Unzählige kleine Steinplatten reihten sich aneinander. Der Ehrenfriedhof der in Berlin gefallenen italienischen Soldaten.

Danach fuhren sie im Schritttempo an einer langen Reihe frischer Gräber entlang. Bei einem stand ein kleiner Bagger. Die Wagen hielten an.

Die Tür des Lexus öffnete sich, und Knechtenhuber stieg aus. Er war ein Schrank von einem Mann und der Einzige, der sich einen Schirm über den Kopf hielt.

«Können Sie sich ausweisen?», fragte er und richtete seine Taschenlampe auf Brenns Gesicht.

Dieser kniff die Augen zusammen und holte seinen Personalausweis und das Rechtshilfebegehren der Schweiz hervor.

Knechtenhuber verglich die Dokumente mit einem Formular, das er in einer Klarsichtfolie in der Hand hielt.

«Bikila Asserate», las er von seinem Formular ab. «Äthiopischer Staatsbürger, wohnhaft gewesen in Berlin.» Der Strahl seiner Lampe wanderte zu einem der frischen Holzkreuze.

Staatsanwalt Knechtenhuber nickte dem Gärtner zu, der daraufhin ein benzingetriebenes Stromaggregat anwarf. Augenblicklich wurde die Stelle von vier Scheinwerfern erhellt, die auf Stativen um das Grab standen. Das Licht stanzte ein Loch in die Nacht. Brenn war geblendet.

Er zog seine tropfnasse Baseballmütze tiefer in die Stirn und trat vor, um in die Grube zu sehen. Augenscheinlich öffnete der Gärtner nicht zum ersten Mal ein Grab. Nach wenigen präzise geführten Bewegungen mit der Baggerschaufel kam der Deckel eines Sarges zum Vorschein: karg, ohne jeden Schmuck. Brenn erinnerte sich, über Asserate gelesen zu haben, dass dieser als Laufwunder gegolten hatte, seine Karriere aber zu kurz gewesen sei, als dass er bereits viel Geld hätte verdienen können. Doch die Fachwelt war sich einig gewesen, dass sich dies schon sehr bald ändern würde. Denn der junge Äthiopier war in äußerst kurzer Zeit aus dem Nichts an die Weltspitze vorgestoßen. So schnell, dass seinem Manager, der ihn entdeckt, nach Berlin geholt, ihm einen Studienplatz verschafft und ihn in einen Leichtathletikclub gebracht hatte, die Zeit fehlte, lukrative Sponsoringverträge abzuschließen. Doch mit dem Olympiasieg, der als so gut wie sicher gegolten hatte, wären ihm die Verträge nur so zugeflogen. Asserate, so hatten die Zeitungen noch am Morgen seines Todestages prophezeit, gehörte die Zukunft.

Staubtrockene, rote Erde wirbelte auf, als einer der Männer den Spaten in den Boden hieb, und augenblicklich ertönte ein Mark und Bein durchdringender Schrei. Aus dem Schatten des Vordachs kam eine dicke alte Frau hervor. Sie reckte die Arme himmelwärts, wimmerte und wehklagte, während sie auf den Mann mit dem Spaten zuwankte. Dann umklammerte sie ihn, sodass er nicht mehr weitergraben konnte.

«Airimus Mutter», sagte Polizeichef Koech zu Thierry. «Es bringt Unglück, wenn wir ihre Tochter ausgraben.»

«Haben Sie ihr denn nicht gesagt, weshalb wir das tun müssen?»

«Natürlich», sagte Koech. «Aber die Tradition …»

«Dann sagen Sie es ihr nochmal.»

Koech ging zu der Frau und redete auf sie ein.

Plötzlich hielt sie inne und sah zu Thierry herüber. Sie löste sich von dem Mann mit dem Spaten und kam mit überraschender Geschwindigkeit auf Thierry zugerannt, um sich heulend an dessen Brust zu werfen.

Thierry wusste nicht, wie ihm geschah, und brauchte einen Moment, um sich wieder zu fangen. Dann sagte er sanft: «Ist schon gut, Madam. Wir tun Airimu nichts. Wir müssen sie nur noch einmal kurz ins Krankenhaus bringen, um sie zu untersuchen. Sie bekommen Ihre Tochter bestimmt zurück.»

Die alte Frau blickte ihn verständnislos an.

«Sie spricht kein Englisch», sagte Koech.

Die Frau drückte Thierry mit beiden Armen fest an ihren großen Busen und begann aufs Neue zu heulen. «Mumbi», stieß sie hervor, und Tränen liefen ihr über das Gesicht. «Mumbi!», immer wieder «Mumbi!»

Thierry rang nach Luft und entwand sich ihrem Klammergriff, während Koech eindringlich auf die Frau einredete und sie schließlich zurück unter das Vordach führte.

Der Mann mit der Schaufel setzte seine Arbeit fort.

Krachend splitterte das Holz, als Drilling das Brecheisen zwischen Sarg und Deckel trieb. Brenn beugte sich so weit wie möglich über das Grab und sah zu, wie der Friedhofsgärtner den Deckel hob.

Als Erstes roch er es.

Brechreiz befiel ihn.

Der faulige Leichengeruch, der aus der Grube stieg, stank schlimmer als alles, was seine Nase jemals zuvor gerochen hatte. Kein Vergleich zu jenen Leichen, die er im ersten Jahr des Medizinstudiums sezieren musste. Die hatten zwar auch gestunken, und einige Mitstudenten hatten sich deswegen sogar übergeben müssen; aber damals war das nur der vom Formaldehyd übertünchte Geruch einer klinisch sauberen Leiche. Hier aber stach ihm der wahre Gestank des Todes in die Nase.

Brenn würgte.

Er hob den Ellenbogen und drückte Mund und Nase in den Mantelstoff, um nicht augenblicklich in das Grab zu kotzen.

Der Tote im Sarg war aufgedunsen wie eine aufgepumpte Plastikpuppe. An einem Arm hatte der Druck sogar das Totenhemd gesprengt. Die Haut drückte schmierig grün durch die Risse im Stoff. Sie war durchzogen von einem Netz aus schwarzen Adern. Und am Gesicht hatte bereits die Fäulnis eingesetzt. Die Lippen hatten sich über das blendend weiße Gebiss zurückgezogen, sodass es aussah, als lachte die Leiche aus dem Sarg herauf. Aus den Augenhöhlen starrte fauliger Matsch.

«Das reicht!», stieß Knechtenhuber hervor.

Drilling ließ den Deckel fallen.

«Ich brauche noch Ihre Unterschrift, Herr Brenn», sagte Knechtenhuber gepresst.

Brenn trat zu ihm unter den Schirm und unterschrieb.

Als er Knechtenhuber das Klemmbrett mit dem Formular zurückgab, blickte er in ein fahlgrünes Gesicht und tat instinktiv einen Schritt seitwärts.

Der Schwall traf nur Knechtenhubers Lexus.

Airimus Sarg stand auf zwei Holzböcken im Halbschatten des dürren Baumes. Das helle Holz des Sarges war über und über verziert mit floralen Schnitzereien. Darauf ruhte das schwarze Gesicht der Mutter. Sie streichelte das Holz, liebkoste die geschnitzten Blumen, und ihre Tränen zogen dunkle Spuren durch den roten Staub.

Darum herum standen die Leute in andächtiger Betroffenheit. Niemand sagte ein Wort. Nur das Wimmern der Mutter war zu vernehmen.

Thierry räusperte sich. «Wir sollten.»

Koech nickte und bedeutete einem Mann, die Mutter wegzuführen. Was dieser sanft, aber bestimmt tat. Wie von magischer Hand getrieben, wichen auch die Leute zurück und bildeten in respektvollem Abstand einen Kreis um den Sarg, bei dem nur der Arzt und ein kräftiger Bursche blieben.

Der Bursche setzte das Eisen an. Mit dürrem Knacken brach der Deckel auf.

Der Arzt blickte in den Sarg.

Stierte wie versteinert hinein. Als läge in dem Kasten anstelle von Airimu der Leibhaftige.

Keiner der Umstehenden rührte sich.

Nur die Mutter schritt in steifem Gang und wie in Trance zum Sarg, wo sie verharrte.

Dann riss sie beide Arme in die Höhe, richtete den verklärten Blick zum Himmel und schrie schriller als je zuvor.

«Ngai!»

Sie fuchtelte wild mit den Armen und begann dann, sich mit ihrem fülligen Leib um die eigene Achse zur drehen.

«Großer Gott», schrie der Arzt. «Ein Wunder! Ein Wunder ist geschehen! Ngai hat sie heimgeholt!»

Sofort stürzten Airimus Schwestern zum Sarg, um hineinzuschauen.

«Mumbi», riefen sie und begannen, sich wie ihre Mutter im Kreis zu drehen.

«Mumbi, Mumbi!» Sie stampften auf den Boden, schlugen sich mit den flachen Händen an die Brust.

Dann wurden die Klagelaute rhythmisch, gipfelten in einen Gesang.

Eine Bassstimme setzte ein.

«Gikuyu», dröhnte sie. «Gikuyu!»

Einer nach dem anderen fielen nun auch die Männer in den Gesang der Frauen ein.

«Gikuyu», sangen sie dumpf.

«Mumbi», antworteten die Frauen schrill.

Und mit einem Mal war nichts mehr von der Trauer zu spüren, aus der der Chor entstanden war. Keine Angst mehr um Ahnen, keine Furcht mehr vor Dämonen. Nur Gesang erfüllte jetzt den Hof. Die Frauen reckten ihre Arme in die Höhe, drehten sich in Trance im Kreis, während die Männer wie Elefanten stampfend um sie herumgingen. Die tanzenden Leiber stießen aneinander, drehten sich miteinander, umschlangen einander, bis das Ganze eine einzige brodelnde Masse war. Den Hof erfüllte eine vibrierende Wolke aus Rhythmus, Staub und Schweißgeruch.

Thierry drängte sich durch die Menge vor zum Sarg.

Der Sarg war leer.

Stunden später lag Thierry schweißgebadet im Hotelzimmer auf dem Bett. Der Ventilator an der Decke drehte sich träge und gab bei jeder Runde ein leises Klacken von sich. An Schlaf war nicht zu denken.

«Airimu heimgeholt!», schimpfte Thierry vor sich hin.

Nicht nur die Frauen, auch der Polizeichef, der Richter, der Arzt – sie alle waren davon überzeugt, dass der große Ngai sie geholt hatte. Airimu war im Himmel. Eine andere Erklärung für das Fehlen der Leiche gab es nicht.

«So ein Schwachsinn!»

Thierry sprang vom Bett auf und tigerte durch das Zimmer. Drei Schritte hin, drei Schritte her.

Er trat ans Fenster. Unten auf der Straße schien der Strom aus dröhnenden Lastern, hupenden Autos und knatternden Motorrädern nicht abreißen zu wollen. An Schlaf war wirklich nicht zu denken.

Wo war die Leiche?

Und überhaupt gab es da noch einige Ungereimtheiten: In Airimus Biographie stand, sie sei als eines von neun Kindern einer armen Familie im kenianischen Hochland aufgewachsen. Sie hätte täglich einen Schulweg von fast zehn Kilometern im Laufschritt zurückgelegt. Sie hätte also gewissermaßen von Kindesbeinen an trainiert, zwanzig Kilometer, jeden Tag. Barfuß. Das sei die Grundlage für ihre Läuferkarriere gewesen.

Thierry schüttelte den Kopf. «Das arme Kind aus dem Hochland!»

Die Familie Ngugi, die er heute kennengelernt hatte, lebte mitten in der Stadt, und keineswegs in ärmlichen Verhältnissen.

Und die Mutter: Sie spreche kein Englisch. Die Frau wohnte in einer der größten Städte des Landes, wo jeder Taxifahrer Englisch sprach. Die Mutter, deren Tochter in der ganzen Welt Erfolge feierte, sollte dermaßen traditionell, um nicht zu sagen, rückständig geblieben sein, dass sie den Toten wie zu alten Zeiten huldigte?

Ein Polizeichef, ein Arzt, ein Richter, die einer rationalen Beschäftigung nachgingen, glaubten an das Wunder der Auferstehung?

«Halten die mich alle zusammen zum Narren?»

Abermals ging Thierry im Zimmer auf und ab.

Er blickte aus dem Fenster. Am östlichen Himmel zog ein zarter Schimmer auf. Rosarot und frisch.

Er blickte auf die Uhr. In gut sechs Stunden ging sein Flug. Wollte er noch eine Antwort auf all diese Fragen, dann musste er handeln.

Jetzt sofort.

Fünf Minuten später stand Thierry auf der Straße und hielt ein Taxi an.

«Ngugi», strahlte der Fahrer übers ganze Gesicht, als er hörte, wohin die Fahrt gehen sollte. «Airimu, ein großes Wunder ist mit ihr geschehen. Ich habe davon gehört. Oh, Sir, wir sind so glücklich, dass dieses Wunder bei uns in Eldoret geschah.»

«Ja ja, ein Wunder», sagte Thierry. «Fahren wir»

Am Schlagbaum der Wohnanlage stand der Wachmann vom Vortag. «Papiere!»

Thierry strich sich nervös über seinen Bürstenschnitt. «Ich habe Ihnen die Dokumente doch schon gestern gezeigt. Ich muss nochmals zur Familie Ngugi.»

«Dokumente?» Der Wachmann tat erstaunt. «Sie haben mir Dokumente gezeigt?»

«Natürlich», erwiderte Thierry und streckte sein Gesicht durch das offene Wagenfenster. «Gestern, kurz vor Mittag. Erinnern Sie sich nicht?»

«Das muss bei meinem Kollegen gewesen sein», antwortete der Wachmann, ohne eine Miene zu verziehen.

«Ich habe meine Papiere im Hotel liegengelassen», sagte Thierry wahrheitsgemäß.

«Ach, wissen Sie. Eigentlich interessieren mich Ihre Papiere nicht wirklich», sagte der Wachmann betont nachlässig. «Es sind andere Papierchen, die diesen Schlagbaum hochgehen lassen. Sie verstehen, was ich meine?»

Thierry verzog missmutig das Gesicht und griff nach seiner Brieftasche. Er streckte dem Wachmann ein paar Hundert-Schilling-Noten entgegen.

Dieser wandte sich missbilligend ab und ging zu seinem Häuschen.

«Moment!», rief Thierry. «Ich muss hier wirklich dringend rein.»

«So, so», brummte der Wachmann, ohne Thierry anzusehen. «Übrigens: Wir nehmen nur Euro.»

«Hier.»

Thierry streckte dem Wachmann einen Hunderter hin.

Der Wachmann ließ die Note in der Brusttasche seines

Hemds verschwinden. Er stand stramm und legte die Hand an die Mütze. «Sie kennen ja den Weg.»

Thierry ließ sich vom Taxifahrer hundert Meter vor dem Haus der Ngugis absetzen und klopfte bei den Nachbarn.

Es dauerte eine Weile, bis sich die Tür einen Spaltbreit öffnete und hinter der vorgehängten Kette lauernd das Gesicht einer Frau auftauchte.

«Was wollen Sie?»

«Ich möchte Sie etwas fragen. Es geht um Airimu Ngugi.»

«Die wohnt da drüben.»

«Ich weiß, aber …»

«Warum klopfen Sie denn bei mir?», fuhr die Frau ihn an. «Sie wissen ja, dass die Kleine jetzt da oben hockt.» Sie machte mit dem Kopf eine abschätzige Bewegung zum Himmel hinauf. «Ich habe gesehen, dass Sie beim großen Wunder mit dabei waren.»

«Ja, ein großes Wunder», pflichtete ihr Thierry bei.

Sie schnaubte verächtlich.

Thierry blickte sie eindringlich an. «Oder glauben Sie etwa nicht daran?»

«Was ich glaube, geht Sie einen Dreck an. Und jetzt machen Sie, dass Sie wegkommen.»

«Okay, okay», sagte Thierry. «Also, ich kann das Wunder auch nicht so recht glauben. Aber ich wollte Ihnen nicht zu nahe treten.»

Er wandte sich zum Gehen.

Hinter sich hörte er die Tür knarren.

«Kommen Sie herein.»

Kaum war er im Haus, legte sie los.

Airimu sei die zweite der Töchter von Ngugi. Die Erstgeborene heiße Achera.

«Aber die ist …» Die Frau bewegte die flache Hand vor der Stirn hin und her. «Sie verstehen, was ich meine?»

Dann erzählte sie, dass es den Vater derart in seiner Ehre

verletzt habe, seine Erstgeborene nicht ganz bei Trost zu sehen, dass er sich geschworen habe, es Gikuyu, dem Urvater der Kikuyu, gleichzutun. Der habe mit seinem Weib Mumbi neun Töchter gezeugt, von denen jede einen Clan gegründet habe.

«Der Alte wollte sich dann vermehren, was das Zeug hielt. Wollte beweisen, dass er zu mehr fähig sei als nur zu dieser Krüppel-Tochter. Sicher haben Sie sie gesehen, tut so, als sei sie die Haushälterin. Die neun Weiber hat er gekriegt, der Alte. Weiß der Teufel, wie! Achera, Agachiku, Airimu», begann sie eine nach der anderen aufzuzählen, wobei sie die Namen ausspuckte, als wären es Flüche. «Ambui, Angare, Anjiru, Angui, Aithaga, Aitherandu. Ich sag ja: Wie er das hingekriegt hat, weiß kein Mensch; doch es war zu viel für ihn. Kaum war die letzte da, traf ihn die Strafe Gottes. Irgendeine Seuche. Mein Gott! Verschone mich und mein Haus.» Die Frau hob flehend den Blick zum Himmel. «Und dann ging's abwärts mit der Familie. In Lumpen gingen sie, bettelten, stahlen. Das wissen hier alle. Und plötzlich hatten sie Geld – viel Geld. Kauften das Haus da drüben. Aber, wissen Sie was?» Sie starrte Thierry eindringlich an. «Wissen Sie was?»

Thierry schüttelte den Kopf. Hatte er etwas Wichtiges überhört?

Die Frau atmete erregt aus. «Die kamen nur mit acht der Töchter hierher. Die Airimu kam nicht mit. Sie hätten sie ins Ausland geschickt. Zum Studieren, sagten sie.» Die Frau lachte höhnisch. «Studieren! Eine Ngugi. Wissen Sie, was die tat?» Wieder fixierte sie Thierry eindringlich und bohrte ihm den gestreckten Zeigefinger in die Brust.

«Keine Ahnung», log er.

«Klarer Fall.» Die Frau spreizte Zeige- und Mittelfinger der einen Hand und fuhr mit dem gestreckten Zeigefinger der anderen mehrmals dazwischen. «Verstehen Sie?»

Thierry schwieg.

«Die Beine hat sie breitgemacht, ist doch klar. Von da an kam immer mehr Geld. Die ganze Familie hat sie finanziert. Jetzt sind sie noch immer da. Und haben ein größeres Haus als wir.» Wieder machte die Frau die eindeutige Bewegung mit den gespreizten Fingern und rief erregt: «Ist doch klar. Wie sonst sollte die dumme Kuh denn so viel Geld verdienen?»

Thierry hatte genug gehört. Dass Airimu ihrer Familie Geld geschickt hatte, schien ihm logisch. Sie hatte im Sport gut verdient. Doch dass offenbar auch schon Geld geflossen war, bevor sie Kenia verlassen hatte, gab ihm Rätsel auf. Thierry klopfte bei den Ngugis.

Niemand öffnete.

Er klopfte abermals und rief: «Mrs. Ngugi!»

Endlich öffnete die behinderte Tochter.

«Kann ich bitte Ihre Mutter sprechen?»

Die Frau verschwand.

Nach einigem Warten erschien Mutter Ngugi in der Tür. Als sie Thierry sah, brach sie sofort in Tränen aus.

«Airimu!», rief sie und warf die Hände in die Luft

«Darf ich hereinkommen?», fragte Thierry ungerührt.

«Airimu bei den Göttern», radebrechte die Mutter, die offenbar doch etwas Englisch sprach. «Airimu tapfer. Airimu gut für Ngugi. Airimu gut für Kikuyu.»

«Mrs. Ngugi», sagte Thierry mit unüberhörbarem Ärger in der Stimme, entschlossen, aufs Ganze zu gehen. «Ich weiß, dass Sie viel Geld dafür bekommen haben, als Sie Airimu weggegeben haben. Haben Sie auch Geld gekriegt, damit Sie sie nicht begraben?»

Augenblicklich versiegten die Tränen.

Wortlos bat sie ihn herein und schloss die Tür leise hinter Thierry.

«Airimu hat immer gesagt, sie mache Sport», begann die Mutter plötzlich in lupenreinem Englisch.

«Das tat sie auch», sagte Thierry. «Sie können stolz auf Ihre

Tochter sein.» Er war bemüht, trotz des Ärgers so etwas wie Mitgefühl in seine Stimme zu legen. Dann fragte er: «Wie kam es überhaupt dazu, dass sie fortging?»

«Er hat sie auf einem Sportfest der Schule gesehen.» Die Mutter schniefte. «Und gefragt, ob sie mit ihm kommen wolle. Er versprach ihr ein gutes Leben. Und uns auch.»

«Sie hatte ein gutes Leben. Da können Sie ganz sicher sein. Wissen Sie, wer das war, der ihr das versprochen hat?»

Die Frau überlegte lange. Dann sagte sie leise: «Der große weiße Mann.»

«Der große weiße Mann», wiederholte Thierry langsam. «Und sein Name?»

«Weiß ich nicht.»

«Aber Sie wissen, woher er kam?»

«Von weit weg.»

«Von weit weg. Hat er Ihnen etwas mitgebracht? Ich meine, hat er Ihnen etwas geschenkt? Vielleicht Geld?»

«Ja!», brach es aus der Mutter heraus.

Thierry schwieg.

Die Mutter schluchzte abermals laut auf und brachte dann hervor: «Ich wusste doch nicht mehr weiter, nachdem mein Mann gestorben war. Wir mussten doch überleben.» Sie blickte Thierry Verständnis heischend an.

Er nickte stumm.

«Er hat gesagt, es werde ihr gutgehen.» Sie rang mit den Händen. «Und jetzt ist sie tot. Airimu!»

«Es ging ihr auch gut», versuchte Thierry sie zu beruhigen. «Und es ist nicht Ihre Schuld, dass sie sterben musste. Aber wo ist Ihre Tochter jetzt?»

«Ich weiß es nicht», schluchzte die Mutter.

«Mrs. Ngugi. Es ist sehr wichtig. Wir müssen sie finden. Vielleicht können wir so verhindern, dass es anderen jungen Menschen ebenso ergeht. Junge Kenianerinnen. Kikuyus vielleicht. Sie können das verhindern, wenn Sie mir helfen.»

Die Mutter schwieg lange und schluchzte immer wieder.

Thierry legte ihr die Hand auf den Unterarm.

Sie atmete tief durch. «Er war wieder hier.»

«Der große weiße Mann?»

«Ja.»

«Und er hat Ihnen wieder Geld gegeben?»

«Jaaa!», stieß die Frau von Weinkrämpfen geschüttelt hervor. «Ja, er gab mir Geld. Für den Sarg. Für das Fest. Für die ganze Familie.»

«Dafür, dass Sie ihm Airimu überlassen?»

«Airimu ist im Himmel!», rief die Frau und hieb sich mit den Händen an den Kopf. «Oh, Mumbi im Himmel», zeterte sie. «Oh, Gikuyu im Himmel!»

Die Verkrüppelte hinkte herein, legte den Arm um die Mutter und versuchte krächzend etwas zu sagen.

Thierry zog sich diskret zurück und ging.

24

Die blau-weiße Straßenbahn klingelte nervös. Der Fahrer fluchte. Die Zürcher Bahnhofstraße war noch nie eine angenehme Strecke gewesen. Dauernd latschten hier mit Tüten und Paketen beladene Fußgänger über die Gleise, oder rücksichtslos geparkte Luxuslimousinen behinderten die Weiterfahrt. Doch was sich an diesem Nachmittag unter der Lindenallee der noblen Einkaufsmeile abspielte, sprengte jeden Rahmen. Wieder ließ der Fahrer die Klingel schrillen und trat energisch auf die Bremse. Als die Tram zum Stillstand gekommen war, funkte er in die Zentrale. «Haltestelle Rennweg, Weiterfahrt unmöglich.»

Vor dem *Elite*, dem exklusivsten Sportartikelgeschäft der Schweiz, hatte sich eine Menschentraube versammelt, die bis weit über die Gleise der Straßenbahn hinausreichte. Alle wollten in das Geschäft. Alle wollten zur Autorgrammstunde des Schweizer Olympia-Stars und Weltrekordlers Jesse Brown.

Jesse signierte Kappen, T-Shirts, Taschen und alles, was ihm sonst noch gereicht wurde. Viele Fans hatten die neuste Ausgabe der *Schweizer Illustrierten* dabei, die nach Jesses Liebesgeständnis im Belgischen Fernsehen sofort eine Homestory mit ihm und Lene produziert hatte. Auf dem Titelbild: das Traumpaar Jesse und Lene in der untergehenden Sonne am Ufer des Zürichsees. Jesse signierte quer über das Bild und reichte die Illustrierte einem Mädchen zurück. Jemand schob ihm ein Paar Laufschuhe hin. Hinterher noch eine große Tasche. Das Geschäft lief wie geschmiert.

«Wunderbar», raunte ihm die Geschäftsführerin ins Ohr. «Sie machen das einfach wunderbar!»

Jesse grinste und lockerte sein Handgelenk, das ihn vom Unterschreiben schmerzte. Dann ließ er seinen Blick über die Menge schweifen, die unaufhörlich ins Geschäft hereindrängte.

Sein Herz tat einen Sprung: Am Eingang stand Lene.

Sie hatte einen Einkaufsbummel in der Stadt gemacht und erst wieder zurück sein wollen, wenn der Auftritt hier vorüber war. Doch offenbar hatte sie schon früher genug gehabt.

Lene wirkte nervös.

Eine ältere Dame verlangte fünf Autogrammkarten. «Für jeden Enkel eine», sagte sie.

Jesse signierte, die Dame wurde weggeschubst, und ein teures Shirt landete auf dem Tisch. Jesse schrieb seinen Namen quer über die Vorderseite. Die nächste Illustrierte. Jesse unterschrieb und winkte Lene heran, sie solle auch signieren.

Lene schüttelte den Kopf.

Ein Junge streckte ihm einen Plüschbären entgegen. «Da kann ich doch nicht draufschreiben», sagte Jesse. «Das hat Teddy nicht gern.» Er reichte dem Jungen eine Mütze mit Unterschrift.

Als endlich ein Angestellter die letzten Fans aus dem Geschäft komplimentierte und die Türen hinter ihnen geschlossen hatte, kam Lene nach vorne zum Tisch.

Jesse küsste sie.

«Ich muss dich sprechen», sagte Lene.

Doch noch bevor Jesse etwas sagen konnte, fiel ihm die Geschäftsführerin um den Hals. «Danke, danke. Das war ein toller Nachmittag.»

Um Jesse angemessen zu danken, verkündete sie feierlich, hätte man etwas Kleines vorbereitet. Gleich um die Ecke, im Luxushotel *Baur au Lac*, erwarte ihn der Firmenbesitzer mit seiner Gattin. Auch einige der besten Kunden und Partner des *Elite* seien mit dabei. «Eine nette Feier im intimen Rahmen. Wenn ich bitten darf.» Sie wies galant den Weg.

«Jesse!», drängte Lene.

Jetzt erkannte die Geschäftsführerin sie. «Lene! Wie nett! Sie sind natürlich ebenfalls herzlich eingeladen.»

«Jesse», zischte Lene und zog ihn zur Seite.

«Das kann ich doch nicht ausschlagen», raunte er ihr zu.

«Du musst aber», sagte Lene mit zittriger Stimme und raunte ihm etwas ins Ohr.

«Stimmt etwas nicht?» fragte die Geschäftsführerin.

«Tut mir leid», sagte Jesse bestimmt. «Es ist etwas dazwischengekommen.»

Die Geschäftsführerin blickte ihn ungläubig an.

«Wir müssen sofort weg», sagte Jesse.

«Sie können doch nicht …»

«Todesfall in der Familie», sagte Lene und zog Jesse aus dem Geschäft.

Sie liefen eine kopfsteingepflasterte Gasse bergan, dann durch verwinkelte Gassen an die Limmat hinunter. Direkt am Ufer setzten sie sich unter einen schattigen Arkadebogen zuhinterst in ein Restaurant, wo sie ungestört reden konnten.

«Was ist passiert?», fragte Jesse.

«Ich werde bedroht.» Lene sah sich um, als erwarte sie jeden Moment, ein Angreifer stürze hinter einer der Säulen hervor. «Jemand hat mich auf dem Handy angerufen. Es reiche jetzt, ich solle sofort die Hände von dir lassen. Sonst …»

«Sonst was?»

«… würde ich es bereuen.» Sie schluckte trocken. «Und du auch.»

«Nun beruhige dich doch. So was passiert doch immer wieder. Das ist sicher wegen der Lovestory. Das hat wohl irgendeiner Tussi nicht gepasst.»

«Es war ein Mann.»

«Ein Mann?»

Lene presste die Lippen zusammen und nickte.

«Die Stimme hast du nicht erkannt?»

Lene schüttelte den Kopf.

«Klang er jung oder alt?»

«Ich weiß nicht.» Nervös strich sich Lene eine Haarsträhne aus dem Gesicht. «Woher hatte der überhaupt meine Mobilnummer?»

«Das ist das geringste Problem. Gib bei Google den Namen und die Vorwahl aller möglichen Mobilfunkanbieter ein. Garantiert gibt es irgendwo ein Dokument, auf dem deine Nummer steht: ein Aufgebot von Swiss Olympic, das Protokoll irgendeiner Sitzung, was weiß ich.»

«Ach, hör auf!» Lenes Unterlippe begann zu zucken.

Jesse nahm ihre Hand. «Also gut. Wir melden es der Polizei. Ist wenigstens seine Nummer auf deinem Handy gespeichert?»

Lene schüttelte den Kopf. «Unterdrückt.»

«Ist ja klar. Aber ich bin sicher, das war nur ein Spinner.» Er streichelte Lenes Hand. «Die ist ja ganz kalt.»

«Ich habe Angst.»

«Brauchst du nicht zu haben.» Er strich ihr sanft über die Wange. «Ich beschütze dich.»

Lene lächelte tapfer.

Schließlich sagte sie: «Da ist noch was.»

«Was denn?»

«Wo ist Emilio?»

«In Parma.»

«Er lügt!»

Jesse sah sie verwirrt an. «Wie bitte?»

«Emilio lügt dich an.»

«Wie kommst du darauf?»

«Ich habe mich erkundigt: Er ist nicht in Parma, und …»

«Mein Gott, dieser Telefonanruf hat dich ja komplett durcheinandergebracht. Vielleicht habe ich nicht richtig hingehört und er ist irgendwo anders. Spielt doch keine Rolle.» Er gab sich Mühe, unbekümmert zu wirken. «Könnte es sein, dass du ein bisschen eifersüchtig bist? Was ich ja verstehen würde. Denn umgekehrt, glaube ich, ist er auch etwas eifersüchtig auf dich. Ihm aber deswegen gleich zu misstrauen und nachzuspionieren, finde ich doch etwas übertrieben. Er hat immer viel zu tun, ist mal da, mal dort.»

Doch je länger Jesse sprach, desto ärgerlicher wurde Lene.

«Jetzt hör mir einfach zu», schnaubte sie schließlich.

Jesse verstummte.

«Ich habe mich genauestens über Emilio informiert», sagte Lene bestimmt. «Alles, was er dir über sich erzählt, ist gelogen. Er ist nicht nur jetzt nicht in Parma, sondern war es überhaupt nie. Er hat dort keinen Job. An der Uni nicht und auch sonst nirgendwo. Dein Dottore Emilio Batista hat auch nie einen Abschluss gemacht. Genau vier Semester lang war er eingeschrieben. Aber in dieser Zeit hat er den Mann kennengelernt, der für sein Leben prägend war: Michele Ferrari. Den Namen kennst du ja wohl.»

Lenes Stimme klang jetzt eindringlich, fast bedrohlich.

Jesse sah sie fassungslos an.

«Doktor Ferrari, Sportwissenschaftler, Spezialist für Ausdauerleistung und Meister des Dopings in allen Klassen. Ferrari betreute Radrennfahrer wie Moser, Armstrong, Landis, Rominger, Winokurow. Alle unter Dopingverdacht, einige überführt. Ferrari hat die Fahrer mit Stoff versorgt und sich seine Dienste mit bis zu zwanzig Prozent ihres Einkommens entschädigen lassen. Da hat Emilio gelernt, wie das Geschäft läuft.»

«Das ist doch nicht wahr.»

«Doch, ist es. Und es kommt noch dicker. Nach seiner Zeit bei Ferrari arbeitete Emilio bei Balco. Auch diesen Namen kennst du. Vordergründig eine Firma, die harmlose Nahrungsmittelzusätze produzierte, hinter den Kulissen aber in einem der größten Dopingskandale der Geschichte die Strippen gezogen hat. Balco entwickelte ein künstliches Steroid-Hormon und versorgte damit Sportstars rund um den Globus. Auch einige deiner Idole wurden von Balco gedopt: Tim Montgomery, Dwain Chambers und so weiter. Der Firmenbesitzer Victor Conte wurde verurteilt. Sein Mitarbeiter Emilio Batista schaffte es auch hier irgendwie, ungeschoren davonzukommen. Danach verliert sich seine Spur, bis er als dein Betreuer wiederaufgetaucht ist.»

Jesse saß da, als hätte ihm jemand die Haut bei lebendigem Leib abgezogen.

Lene griff behutsam nach seiner Hand.

25

Thierry Velan riss die Augen auf, so weit er konnte, und formte die Lippen wie zum Kuss. Er rollte die Augen, runzelte die Stirn, fletschte die Zähne … und gab auf.

Der Mann, der ihm vom Bildschirm entgegenblickte, sah schrecklich aus: schwere Tränensäcke unter den Augen, tiefe

Gräben furchten sein Gesicht. Und das lag nicht daran, dass die auf Thierry gerichtete Webcam schlecht eingestellt gewesen wäre. Schuld war auch nicht das Licht der Schreibtischlampe, das schräg von oben auf sein Gesicht fiel. Nein, es war die Anstrengung der letzten Tage und Nächte, die ihn älter aussehen ließ, als er jemals werden wollte.

Seit seiner Reise nach Kenia, bei der er nichts gefunden, aber viel erfahren hatte, war er kaum aus dem Labor herausgekommen. So sehr hatte ihn die Analyse einer Reihe von Blut- und Gewebeproben in Beschlag genommen. Das heißt, eigentlich war es weder Blut noch Gewebe, sondern nur noch Matsch gewesen. Halbverwestes Material, das ihm Steffen Brenn von der exhumierten Leiche Asserates zur Untersuchung geschickt hatte.

Thierry sollte daran die biochemischen Analysen durchführen. Brenn selbst hatte angeboten, die genetischen Untersuchungen zu übernehmen.

Aber alle Tests, die Thierry machte, lieferten nur negative Resultate – wie schon damals am frischverstorbenen Läufer. Keine Spur irgendeines Dopingmittels.

Trotzdem war da etwas faul.

Die hochauflösende Gel-Elektrophorese zeigte zwei verschiedene Epo-Signale. Die Unterschiede waren nur gering, aber sie waren da: Das Molekulargewicht und die molekulare Ladung waren nicht ganz identisch. Das konnte nur eines bedeuten: In Asserates Körper gab es zwei verschiedene Arten von Epo. Aber zu Thierrys großer Überraschung ergaben weitere Tests, dass beide Epo-Arten in Asserates Körper gebildet worden waren. Es war kein fremdes Epo zugeführt worden. So etwas hatte Thierry noch nie gesehen. Der Mann war mit Epo gedopt – und war es doch nicht.

Auf dem Bildschirm tat sich etwas. In einem zweiten Fenster erschien ein Flimmern, die Videoverbindung via Internet kam also zustande. Aus dem Flimmern tauchte das Gesicht von Steffen Brenn auf. Auch er sah ziemlich übernächtigt aus. Doch als er zu reden begann, sprühte er vor Energie.

«Wir haben es geschafft!», platzte er heraus. «Wir wissen, warum es da zwei Arten von Epo gibt.»

«Sagen Sie schon!»

«Wir haben im ganzen Körper nach Stellen gesucht, wo das Epo-Gen sonst noch aktiv sein könnte», fuhr Brenn fort. «Wir fanden welche an Orten, wo sonst keine sind: in den Muskeln.»

«Das erklärt einiges», wurde Thierry sofort klar. «Das normale Epo stammt aus der Niere, das andere also aus den Muskeln.»

«Und wir können beweisen, dass die Epo-Gene in den Muskeln künstlich eingebaut wurden.»

Thierry stieß einen Pfiff aus. «Der Mann war genetisch manipuliert.»

«So ist es», bestätigte Brenn.

Thierry schnellte von seinem Stuhl hoch.

«Das ist aber noch nicht alles», fuhr Brenn fort. «Asserate hatte noch ein Geheimnis.»

«Wie bitte?»

«Ist Ihnen nie aufgefallen, dass der Mann beim Laufen immer lachte?»

«Das tun alle Langstreckler», entgegnete Thierry, während er sich wieder setzte. «Nur fällt es bei den Afrikanern besonders auf, weil in den dunkeln Gesichtern die weißen Zähne so leuchten. Aber mehr oder weniger lächeln tun alle. Denn Laufen macht glücklich. Körperliche Anstrengung führt zur Ausschüttung eines Glückshormons: Endorphin. Bei Läufern spricht man vom *Runner's High*. Ich kenne das aus eigener Erfahrung. Man fühlt sich irgendwie abgehoben.»

«Von Sport verstehen Sie sicher mehr als ich. Aber manchmal entdeckt der Laie Überraschendes. Gehen Sie doch mal auf die Website des Schweizer Fernsehens.»

Thierry tat es.

Brenn dirigierte ihn zum Videoarchiv und dort zur Aufzeichnung von «Weltklasse Zürich».

«Gehen Sie zu Minute einunddreißig. Dort schauen Sie genau auf Asserates Gesicht.»

Thierry fuhr an die angegebene Stelle.

«Der Start. Asserate ist entspannt, ernst, kein Lachen», kommentierte Brenn. «Und jetzt fahren Sie eine Minute vor.»

Thierry spulte vor.

«Die Läufer sind jetzt in der zweiten Runde: Asserates Miene hellt sich auf. Und nun wieder eine Minute vor.»

Sofort sah Thierry, was Brenn meinte: Asserates Lächeln wurde zum Lachen.

Dann Asserate nach drei Runden, nach vier, nach fünf: Von Runde zu Runde steigerte sich das Lachen des Läufers, bis nicht mehr nur der Mund, die Augen, das Gesicht, sondern der ganze Körper vor Glück zu strahlen schien.

«Jetzt zur Schlussrunde», befahl Brenn.

Asserate auf dem Weg zum Weltrekord. Wie besessen trommelten die Füße des Läufers ihr Stakkato auf die Bahn.

«Schwachsinn», hatte Thierry schon damals im Stadion gerufen, und sagte es jetzt wieder. «Schwachsinn! Man verausgabt sich doch nicht derart, so kurz vor Olympia. Warum tut er das?»

«Das habe ich mich auch gefragt», sagte Brenn. «Achtung: Jetzt kommt das, was ich Ihnen eigentlich zeigen wollte.»

Asserate setzte über eine Hürde, sein Lachen steigerte sich weiter, nahm krankhafte Züge an.

Das nächste Hindernis.

Der Läufer sprang.

Er schlug mit dem Bein gegen den Balken.

«Das tut weh» sagte Brenn. «Aber sehen Sie, das Lachen des Mannes steigert sich noch weiter.»

Asserate strauchelte, stolperte, fing sich wieder und zog mit einer kaum zu glaubenden Kraft in die letzte Kurve. Noch immer war das übertriebene Lachen auf seinem Gesicht. Nein, kein Lachen mehr, ein irres Grinsen war es.

Der Wassergraben.

Asserate verdrehte die Augen, er nahm das Hindernis – und grinste.

«Stopp!», rief Brenn.

Thierry hielt das Video an.

«Was ist in diesem Moment passiert?», fragte Brenn.

«Hirnschlag durch Embolus.»

«Ich meine das, was sich auf seinem Gesicht abspielt. Das Lachen. Es ist immer stärker geworden, bis der Mann geradezu überschnappte vor Glück.»

Thierry schaute das Videobild erneut an. Asserate auf dem Balken eingefroren, die Augen zum Himmel verdreht, das Gesicht zur lachenden Grimasse entstellt.

«Ich habe mir das Video schon vor der Exhumierung angeschaut und bin zu einer Hypothese gekommen», sagte Brenn. «Und aufgrund meiner Vermutung habe ich mir erlaubt, auch Proben aus dem Gehirn mitzunehmen.»

«Aus dem Gehirn?»

«Ja. Und auch hier wurde etwas manipuliert. Es gibt dort gut doppelt so viele Rezeptoren für Endorphin wie normalerweise.»

«Um Gottes willen», entfuhr es Thierry, dem schlagartig klargeworden war, was eine Vermehrung der Endorphin-Rezeptoren im Gehirn bedeutete. «Dann war der Mann im Drogenrausch, quasi auf einem selbstproduzierten Trip.»

Plötzlich sah Thierry die Biochemie in Asserates Kopf so deutlich vor sich, als hätte er sie selbst entworfen. Endorphin hatte denselben Effekt wie Opium: In geringen Mengen machte es glücklich, in höheren Dosen high. Nur dass der Körper das Glückshormon Endorphin bei Anstrengung selbst produzierte.

Seine Wirkung entfaltete dieser körpereigene Glücklichmacher, wenn er im Gehirn ganz bestimmte Andockstellen fand, sogenannte Rezeptoren. Diese fingen dann die Hormonmoleküle im Blutstrom auf, so wie Antennen ein Funksignal.

Wenn man die Reaktion auf ein Funksignal verstärken wollte, überlegte Thierry, konnte man das auf zwei Arten tun: Entweder man verstärkte das Signal oder stellte mehr Antennen auf. Übertragen auf die Biochemie des Gehirns bedeutete das: Um bei einem Athleten das Glücksgefühl zu steigern und damit den Leistungswillen, konnte man entweder den Hormonspiegel erhöhen oder die Zahl der Rezeptoren vergrößern.

Tatsächlich hatte man in den Anfängen des modernen Spitzensports versucht, Athleten mit Opium zu dopen. Was aber nicht gutgegangen war. Das Rauschgift hatte schwere Nebenwirkungen und war in der Dopingkontrolle leicht nachzuweisen.

Nun hatte offenbar jemand bei Asserate den zweiten Weg gewählt und in seinem Gehirn die Zahl der Endorphin-Rezeptoren erhöht.

«Verdammt raffiniert!», entfuhr es Thierry.

Auf diese Weise ließ sich im Dopingtest kein Fremdstoff nachweisen und auch keine erhöhte Hormonkonzentration. Trotzdem lief der Athlet wie gedopt, denn schon die normale Endorphin-Dosis machte den Läufer high, sobald er zu laufen beginnt.

Asserate war süchtig nach Endorphin. Und wie jeder Junkie hatte er ohne Stoff Entzugserscheinungen. Seine Insichgekehrtheit vor dem Rennen war keine Konzentration, sondern eine Depression, weil er auf Entzug war. Aber mit dem Laufen kam der Stoff und damit die gute Laune.

«So stelle ich es mir vor», bestätigte Brenn. «Wo ich aber noch nicht klar sehe: Was ging in Zürich schief?»

«Das war auch der Thrombus!», rief Thierry.

«Das verstehe ich nicht.»

«Das hängt alles zusammen. Ein Blutgerinnsel, als Folge des überhöhten Epos, setzt sich in der Hirnarterie fest. Das reduziert die Sauerstoffversorgung zum Gehirn …»

«Natürlich!», rief Brenn. «Sauerstoffmangel im Gehirn kann ebenfalls Glücksgefühle auslösen. Menschen, die fast ertrinken, Bergsteiger, kurz vor dem Kollaps, erleben das, oder Leute, die sich beim Sex eine Plastiktüte über den Kopf stülpen.»

«Und bei Asserate hat das den Endorphin-Flash verstärkt. Darum hat er nicht gemerkt, was mit ihm geschah. Er lief in den Wahnsinn.»

«Und in den Tod.»

«Teufel!»

«Wer hat ihm das bloß angetan?»

Eine lange Minute starrten die beiden Männer einander über ihre Webcams ratlos an. Dann begann Thierry hektisch mit der Maus im Fernseharchiv herumzuklicken. Als er fand, was er suchte, befahl er:

«Timecode 40 Minuten!»

Sofort fuhr auch Brenn an die Stelle.

«Das ist vielleicht das nächste Opfer», sagte Thierry. «Der Mann, der da vor dem Start zum 10 000-Meter-Lauf so nervös herumtänzelt, ist Henri Wanjiku. Man nennt ihn *Quicksilver*, weil er nie stillstehen kann. Ich frage mich in diesem Moment, warum der immer in Bewegung ist – oder sein muss.»

«Sie meinen: ebenfalls endorphinsüchtig? Und sorgt mit seinem dauernden Tänzeln dafür, dass ihm der Stoff nie ausgeht?»

«Könnte zumindest sein. Ich erinnere mich auch an Bilder von einer Party, wo alle Athleten ganz ausgelassen waren, nur Quicksilver saß deprimiert in einer Ecke.»

«Können wir den Mann testen?», fragte Brenn hastig.

«Urinprobe ja, jederzeit. Blutprobe auf Verdacht hin.»

«Das bringt nichts. Wir müssten in sein Gehirn hineinschauen können. Mit einer Magnetresonanz-Tomographie zum Beispiel, oder noch besser mit einem PET. Wir müssten ihm einen radioaktiven Marker injizieren können und dann körperliche Arbeit ausführen lassen, zum Beispiel auf einem Fahrradergometer. und dabei permanent Bilder von seinem Gehirn machen. Nur so könnten wir die erhöhte Rezeptor-Aktivität an bestimmten Stellen im Gehirn erkennen.»

«Ausgeschlossen!», unterbrach Thierry Brenns Eifer. «So etwas ist in keinem Dopingreglement vorgesehen. Und dafür eine Sonderbewilligung zu erhalten: Vergessen Sie's.»

«Mist!» Brenn war frustriert. «Also warten wir, bis der Nächste abkratzt und sezieren dann sein Gehirn, um herauszufinden, dass wir mit unserer Vermutung richtig liegen?»

«Nein», sagte Thierry und wiegte den Kopf hin und her. «Ich habe eine bessere Idee.»

26

Emilio stand einfach da. Die Arme weit ausgebreitet. Barfuß. Das lange weiße Hemd und die weite Hose flatterten im Wind. Um seine Gestalt herum erstrahlte gleißend helles Licht.

Emilio verströmte Zuversicht.

Sie glaube ihm kein Wort, schrie Lene in das große schwarze Telefon, das sie sich verzweifelt an ihr Ohr presste. Sie wisse alles über ihn, kreischte sie hysterisch. Er solle verdammt nochmal dorthin zurückkehren, woher er, das fiese fette Schwein, gekommen sei. Und elendig verrecken in der Hölle.

Doch Lenes Schimpftirade perlte an Emilio ab wie Regen von einem Lotosblatt. Er lächelte großmütig und entgegnete, an den Ort, an den sie ihn wünsche, führe sie schon bald selber. Er sei immer da, wo ihn der Beste brauche, aber niemals dort, wo ihn die Bösen suchten.

Lene hob eine Lupe vors Gesicht, und eines ihrer strahlend blauen Augen wurde riesengroß. Sie sehe alles klar, sagte sie. Und ihre Hände fühlten die Wahrheit wie zwei Wünschelruten, denen nichts entgehe. Dann begann sie sich im Kreis zu drehen, worauf sich der Knoten in ihrem Haar löste und es golden vom Himmel floss und Jesse bedeckte.

Ihm wurde warm, dann heiß. Überall um ihn herum taten sich im Boden kleine Löcher auf, aus denen schwarze Kakerlaken krochen. Jesse trat nach ihnen. Zerquetschte eine um die andere. Doch es wurden immer mehr.

Er solle schneller treten, rief Emilio. Dann würde er es schaffen. Und das Publikum brüllte: «Ja!»

Alles Stampfen helfe nichts, schrie Lene. Die Wahrheit lasse sich niemals zertreten. Das Publikum brüllte wieder: «Ja!»

Jesse trat wild nach allen Seiten, doch er sah bald, dass es nichts half. Die Viecher formierten sich zu einem Schwarm und flogen um ihn herum, kreisten ihn ein.

Er solle bloß nicht hinsehen, schrie Emilio. Doch Jesse konnte seinen Blick nicht von dem Ungeziefer abwenden. Es schwirrte wild um ihn herum, bis es in seinem Kopf brummte, bis sich aus den Viechern Gestalten formten: Männer, Frauen, tausendfach, alle nackt.

Jesse erkannte den Leiter des Kinderheims. Er trieb die Schar mit einem Stecken an. Eine seltsam formlose Gestalt raste durch die Luft wie ein Wirbelwind. Als Jesse sie fragte, was das solle, zischte sie bloss: «Nichts.»

Jesse sah, dass das Wesen aus nichts bestand als aus langen Beinen. Dahinter flog ein Mann mit kahlem Schädel. Er hob Hanteln groß wie Berge, hatte Muskeln wie Goliath – und keine Haut. Ihm folgte eine kleine Frau. Sie breitete schwebend ihre Flügel aus. Und als sie damit Jesses Wange streifte, spürte er, es waren ihre Lungen.

Immer wilder gebärdeten sich die merkwürdigen Gestalten wie auf einem Ball der Monster, ein Pandämonium des Spitzensports. Und mittendrin stand Jesse wie im Zentrum eines schwarzen Lochs, das ihn zu verschlucken drohte.

Er solle kommen, riefen ihm die Tanzenden zu.

Er gehöre auch dazu.

«Nein!», schrie Jesse.

«Nein!»

Er schnellte hoch.

Schweißgebadet fand er sich auf der Kante seines Bettes sitzend wieder.

Sein Herz raste. Seine Lungen keuchten.

Er wartete.

Dann erhob er sich langsam und taumelte erschöpft durch das dunkle Zimmer.

Ein helles Rechteck zeichnete sich ab. Er fand zum Fenster. Die Nachtluft streifte sein Gesicht. Sie war mild und frisch. Jesse sog die Luft tief ein. Und ließ sie erst nach einer langen Pause wieder entströmen.

Er atmete ein.

Atmete aus.

Füllte die Lungen.

Stieß die Luft aus.

Sein Puls normalisierte sich.

Durch die Jalousie drang das Licht des Mondes. In schmalen Streifen fiel es auf Jesses nackten Körper. Wie ein Laser, der seine Maße scannte.

Jesse schaute auf seinen Brustkorb. Das Streifenmuster dehnte sich, wenn er die Lungen füllte, und schrumpfte wieder, wenn er sie entleerte.

Sein Geist beruhigte sich.

Als Jesse am Morgen seinen Fruchtsaft und einen Espresso zubereitete, deutete nichts mehr auf den Albtraum der vergangenen Nacht hin. Die Schatten hatten sich verzogen, warmes Sonnenlicht durchflutete seine Wohnung.

Er liebte diese Wohnung. Sie war die erste große Anschaffung, die er sich von seinen Siegerprämien geleistet hatte. Schade nur, dass er so selten hier war. Vor allem dieses Jahr hatte er mehr Zeit in Hotels verbracht als bei sich zu Hause.

Die offene Küche mit einer Glastür hinaus auf die große Terrasse war das Zentrum. Der hohe Wohnraum hatte helle Balken bis ins Dach hinauf. Oben auf der Galerie ging es zum Schlafzimmer und zu einem weiteren Zimmer, das er *das Büro* nannte. In Wirklichkeit war es eine Abstellkammer für alles Mögliche und Unmögliche.

Was Jesse am allermeisten schätzte: Rundherum hatte es Fenster, die von außen nicht einsehbar waren. Er hatte keinen einzigen Vorhang montieren müssen. Vorhänge waren ihm ein Gräuel, eine Bedrohung geradezu. Zu oft hatte er damals den vergilbten Stoff um seine Ecke in der Küche gezogen. Zu oft hatte er sich versteckt – und sich dabei selbst den Blick versperrt.

Doch das war Vergangenheit.

Heute wollte er Überblick. Den freien Blick auf alles.

Auf einem Chromstahltablett trug Jesse Espresso und Saft auf die Terrasse hinaus. Von hier aus konnte man in die eine Richtung über die Dächer der Altstadt blicken, in die andere zum See mit den Alpen im Hintergrund.

Er stellte das Tablett auf den kleinen Bistrotisch.

«Grazie mille», sagte Emilio, der mit ausgestreckten Beinen auf einem Gartenstuhl saß. Er stürzte den Espresso hinunter.

«Wie war's in Parma?», fragte Jesse beiläufig und trank stehend seinen Saft.

«Ach, das Übliche.»

«Und was ist das, das Übliche?»

«Was halt so anfällt: Projektberichte, Administration und viele, viele Sitzungen.»

«In Parma?»

«Ja, in ...» Emilio stutzte, als hätte er aus Jesses Ton etwas Ungewöhnliches herausgehört. «Seit wann interessiert dich das?»

Jesse holte Luft. «Seit ich weiß, dass du nicht in Parma warst.»

Für einen kurzen Moment blieb Emilio der Mund offenstehen, was ihm den Ausdruck einer Kröte verlieh, die erfolglos nach einer Fliege geschnappt hatte. Doch sofort fing er sich wieder. «Ach, das meinst du! Natürlich, dieses Mal war ich an ein paar anderen Orten.»

«So ...»

«Manchmal habe ich wirklich zu viel um die Ohren und vergesse bisweilen, wo ich überall war.» Emilio stand auf und demonstrierte Tatendrang. «Aber jetzt bin ich hier. Voll und ganz. Und wir sollten los.»

Jesse verharrte an die Brüstung gelehnt und machte keinerlei Anstalten, seinem Betreuer zu folgen. «Du hast dich verändert.»

Emilio blieb stehen, sein Blick war fragend, verständnislos.

«Du bist anders als früher», wiederholte Jesse.

«Komm, Junge. Wir haben viel zu tun.» Emilios Blick war jetzt mitleidig, als redete er mit einem Kind über Dinge, die es nicht verstand.

«Ich möchte wissen, warum dich die Todesfälle der letzten Wochen derart nervös machen», beharrte Jesse. «Die gehen uns doch eigentlich am Arsch vorbei, wie du immer sagst.»

«Junge. Das sagst gerade du. Du hast in seinem Blut gebadet. Du hattest den großen Schrecken. Du zuckst bei jeder Razzia zusammen, bei jedem Dopingfall. *Du* bist derjenige, der nervös ist. Was ich ja durchaus verstehe. Also verzeih mir bitte, wenn ich mich davon zwischendurch auch mal anstecken lasse.»

Er wischte sich den Schweiß von der Stirn, und setzte eine

Miene auf, als käme jetzt das große Bekenntnis. «Ja, Junge, tatsächlich macht mich das alles ein bisschen nervös. Aber, ehrlich gesagt, mache ich mir um *dich* Sorgen. Manchmal bete ich abends darum, dass du stark genug bist, das alles durchzustehen. Und dann bin ich aber wieder voller Zuversicht, dass unser Traum bald in Erfüllung geht, dass wir die Früchte der Arbeit ernten, für die ich mich die letzten Jahre aufgeopfert habe. Ich bin sicher, dass du es schaffst; denn du bist der schnellste Mann der Welt.»

«Warum hast du mir vorgegaukelt, du würdest an der Uni in Parma arbeiten?»

«Oh, darum geht es also! Na gut, jetzt kann ich es dir ja sagen. Ich bin nicht mehr an der Uni. Aber das spielt überhaupt keine Rolle. Ich wollte dich mit meinen Angelegenheiten nicht belasten. Du sollst dich auf deine Aufgabe konzentrieren, alles andere halte ich fern von dir.» Er überlegte. «Okay, das war vielleicht ein Fehler. Soll nicht wieder vorkommen, bene?»

«Warum hast du mir nichts von deiner Dopingvergangenheit erzählt?»

«Doping?»

«Du warst bei Ferrari und bei Balco.»

Ein Schatten huschte über Emilios feistes Gesicht. «Wo hast du das denn her?»

«Ich hab's vernommen.»

«So, so, vernommen.» Emilios Gesicht verfinsterte sich.

«Ferrari hat Menschen auf dem Gewissen. Junge Radfahrer, der jüngste war erst sechzehn. Ferrari ließ sie an Epo verrecken wie Versuchskaninchen.»

«Jetzt wird es aber heftig», lachte Emilio etwas zu laut.

«Ferrari ist ein Killer. Und du hast für ihn gearbeitet.»

Einen Moment lang schien es, als würde Emilio explodieren; doch dann nahm sein Gesicht einen belustigten Ausdruck an. Als sei sich der Italiener in diesem Moment bewusstgeworden, dass zu einer Vater-Sohn-Beziehung auch mal Streit gehöre; dass auch mal heftige Worte fallen dürften; und dass die Beziehung nach dem reinigenden Gewitter nur noch besser sein würde.

Leichthin sagte er: «Was vorbei ist, ist vorbei.»

«Was soll das heißen?»

«Was willst du eigentlich hören? Ferrari war Ferrari. Balco war Balco. Damals ist nicht heute.»

«Warum soll ich das glauben?»

«Ganz einfach, weil ich es dir sage.»

«Weil du es mir sagst», höhnte Jesse.

Emilio wischte sich den Schweiß von der Stirn. «Ich hab's geahnt», sagte er finster. «Sie will dich gegen mich aufbringen, diese … deine …»

«Lass sie aus dem Spiel. Du hast mein Vertrauen missbraucht!»

Stumm starrte Emilio Jesse an.

Jesse starrte feindselig zurück.

Reglos standen sich die beiden Männer auf der Dachterrasse gegenüber. Von unten drang der tagtägliche Lärm der Stadt herauf. Die Sonne strahlte vom wolkenlosen Himmel.

Keiner der beiden Männer rührte sich.

«Und?», stieß Emilio endlich hervor.

Jesse wartete lange ab.

Er hatte in den letzten Tagen hart mit sich gerungen. In der letzten Nacht hatte er sich entschieden. «Wir trennen uns.»

Emilio zeigte keinerlei Regung.

«Ich mache allein weiter», bekräftigte Jesse.

«So.»

«Ja.»

«Dürfte nicht so einfach sein», sagte Emilio mit ausdrucksloser Stimme.

«Ich laufe das letzte Rennen allein, danach sehe ich weiter. Du bist nicht der einzige Coach. Und die Verträge habe ich.»

«Mein Gott.» Emilio schüttelte den Kopf. «Was bist du

vielleicht naiv. Du brauchst wirklich dringend einen Betreuer. Die Verträge, ja, die hast du; aber die sind nichts als ein Fetzen Papier. Hast du sie nicht gelesen? Das gehört auch dazu, wenn man Verträge abschließt. Hättest du sie gelesen, wüsstest du, dass jede Art von Werbung und Sponsoring, dass alles über uns beide läuft. Ohne mich bist du nichts. Absolut nichts.»

Emilios Blick zeigte eine Mischung aus Mitleid und Abscheu. «Ein Meister ohne Wert!», höhnte er.

Dann nahm seine Stimme einen gefährlich freundlichen Ton an. «Aber bitte: Ich wünsche dir viel Erfolg.»

27

Thierry Velan stand vor dem St. James Hospital in London. Roter Backstein, weiße Fensterstürze. Im 19. Jahrhundert, wo es als Hospiz mit dem Segen ihrer königlichen Hoheit erbaut worden war, musste das Krankenhaus ein Prunkbau gewesen sein. Heute sah es ziemlich heruntergekommen aus.

An Thierrys Seite war Hans Berger, wie immer gut gelaunt und mit dem obligatorischen Probenköfferchen ausgerüstet.

«Und denk daran», betonte Thierry. «Wir sind zu Forschungszwecken hier.»

Berger nickte grimmig.

«Es war schwierig genug, diese Spezialbewilligung für eine Probenahme zu bekommen. Eine normale Dopingprobe hätten die nie erlaubt. *Das können wir selber*, hätten sie gesagt. Mit Recht. Aber *Probenahme zu Forschungszwecken* klingt eben gut.»

«Ich nehme einfach meine Proben und halte die Klappe.» Berger las das Schild an der Eingangstür des Krankenhauses. «St. James, St. James …», sinnierte er. «War da nicht mal was?»

«Üble Sache!», wusste Thierry. «Vor ein paar Jahren. Bei Patienten, denen eine Schweineniere eingesetzt worden war, brach plötzlich die Vogelgrippe aus. Die krepierten, glaube ich, auf ganz fürchterliche Weise.»

«Ein geschichtsträchtiger Ort also.»

«Kann man wohl sagen. Mal schauen, ob auch wir hier Geschichte schreiben.»

Sie betraten die Eingangshalle und meldeten sich am Empfang.

«Thierry Velan, and Hans Berger. Antidoping Schweiz.»

«Willkommen in St. James», sagte der Mann am Empfang. «Es ist für Sie ein Untersuchungszimmer reserviert.»

Er drückte ihnen einen Lageplan in die Hand, mit dem sie das Zimmer rasch fanden. Eine füllige, dunkelhäutige Krankenschwester mit mütterlicher Ausstrahlung, die sich als Rose vorstellte, erwartete sie dort. Rose hatte auf einem fahrbaren Chromstahltischchen alles Nötige fein säuberlich vorbereitet: Desinfektionsmittel, Heftpflaster, Abbindriemen, Proberöhrchen, Spritzen, und was es sonst noch brauchte.

Berger reihte seine Gläschen und Fläschchen daneben auf.

Um 14.02 Uhr klopfte es an die Tür.

«Entschuldigen Sie die Verspätung», sagte Henri Wanjiku noch beim Eintreten. Er trug Jeans und ein grelloranges Hemd, das um seinen dürren Körper flatterte. Über die Schulter gehängt schleppte der kleine Afrikaner eine große Tasche mit sich. In seinem Lächeln lag eine Zurückhaltung, die ihn sofort sympathisch machte. «Ich komme direkt vom Training. Der Verkehr um diese Zeit ist grauenhaft.»

«Kein Problem», meinte Thierry. «Zwei Minuten Verspätung gilt sogar in der Schweiz noch als pünktlich.»

Der Sportler lachte und zeigte eine Reihe makelloser weißer Zähne. Henri Wanjiku, genannt Quicksilver, gehörte zu jenen afrikanischen Naturtalenten, die in Europa an einer Uni eingeschrieben waren, sich aber praktisch ausschließlich dem

Sport widmeten. Er lebte in einem Vorort von London, lief für einen hiesigen Club und startete für die kenianische Nationalmannschaft.

«Wir wissen, wie beschäftigt Sie sind», sagte Thierry. «Umso mehr schätzen wir es, dass Sie bereit sind, sich an unserem Forschungsprojekt zu beteiligen.»

«Ist mir ein Vergnügen, Sie zu unterstützen», erwiderte Wanjiku lächelnd.

«Wir haben das Procedere ja bereits mit Ihrem Management besprochen», sagte Thierry und erläuterte dem Läufer nochmals kurz, dass sie gern zwei Proben nehmen und ein paar Fragen stellen wollten.

«Ist mir eine Ehre», sagte Wanjiku.

«Dann darf ich also bitten.» Berger wies auf die Behälter für die Urinprobe.

Als der zierliche Afrikaner mit dem fast zwei Meter großen Kontrolleur in der Toilette verschwand, tat er Thierry fast leid.

Ein paar Minuten später kamen die beiden zurück. Berger trug den versiegelten Styroporbehälter mit der Urinprobe. Wanjiku wirkte ernster als zuvor.

«Alles gutgegangen?», fragte Thierry und merkte selbst, wie blöd seine Frage war. Aber Wanjikus veränderter Gesichtsausdruck hatte ihn dazu verleitet.

«Alles klar», antwortete Wanjiku mit einem Nicken.

«Dann nehme ich Ihnen noch etwas Blut ab», sagte Rose und bat Wanjiku, auf einem Stuhl am Fenster Platz zu nehmen.

Sie desinfizierte seine rechte Armbeuge und legte ihm den Riemen um den Oberarm.

Wanjiku lächelte tapfer und drehte den Kopf zur Seite.

«Schon vorbei», sagte die Schwester und wischte mit einem Gazestück einen Tropfen Blut von Wanjikus Haut. «Pressen Sie das noch ein Weilchen darauf.»

Thierry sah der Schwester zu, wie sie die Blutprobe beschriftete, und hatte plötzlich den starken Verdacht, dass deren Analyse nichts bringen würde. Auch in der Urinprobe würden sie nichts finden. Aber wegen dieser Proben waren sie ja auch gar nicht hier.

Er rückte seinen Stuhl an den Tisch und klappte den Laptop auf. «Sind Sie bereit für ein paar Fragen?»

Wanjiku nickte etwas steif.

«Wie schon gesagt: Wir erforschen das Glücksgefühl, das Läufer empfinden können. Kennen Sie dieses Gefühl auch?»

Die Frage zauberte wieder Glanz auf Wanjikus Gesicht. «O ja, das kenne ich.»

«Können Sie es mir beschreiben?»

«Wissen Sie, ich habe beim Laufen gar nicht das Gefühl, ich würde laufen; vielmehr ist es wie fliegen. Ich spüre keinen Boden mehr unter meinen Füßen», begann Wanjiku und schilderte dann die Farben, die er während des Laufens sah, das Licht, das ihn umgab, und die Gerüche, die er wahrnahm.

Während Wanjiku sprach, waren seine Hände ständig in Bewegung, und er strahlte über das ganze Gesicht, als ob er dieses Glücksgefühl in diesem Augenblick erlebte. Der Afrikaner legte eine solche Natürlichkeit an den Tag, völlig frei von jeglichen Starallüren, dass Thierry staunte. Denn immerhin war dieser kleine Mann der momentan größte Langstreckenläufer, dem eine glorreiche Zukunft vorausgesagt wurde.

Wanjiku erzählte von der Lust zu fliegen, von der Empfindung, nicht selbst zu laufen, sondern von einer fremden Macht getrieben zu werden. Er beschrieb einen Zustand, in dem er nicht mehr in seinem eigenen Körper steckte, sondern sich selbst beim Laufen zuschaute.

Thierry fragte nach, ließ sich alles noch genauer beschreiben. Wanjikus Antworten wurden kürzer, blieben aber präzis. Doch je länger der Sportler sprach, desto neutraler wurde sein Gesichtsausdruck. Seine quirlige Lebendigkeit schwand förmlich dahin, seine Hände lagen nun ruhig auf den Oberschenkeln.

«Wann stellt sich dieses Glücksgefühl bei Ihnen ein?»

Wanjiku überlegte, als hätte er die Frage nicht verstanden. «Beim Laufen.»

«Natürlich beim Laufen. Ich meine aber, ab welchem Moment», präzisierte Thierry. «Beim Einlaufen, vor dem Start oder erst während eines Rennens?»

«Sobald ich laufe.»

«Verändert sich das Gefühl des Glücks während des Rennens, oder bleibt es permanent gleich?»

«Das kann ich nicht sagen.»

Thierry fragte, ob das Glück nach dem Laufen anhalte, wie lange es allenfalls darüber hinaus andauere. Doch je mehr Fragen er stellte, desto unkonzentrierter wurde Wanjiku und desto kürzer waren seine Antworten.

«Gibt es etwas anderes als Laufen, das bei Ihnen diese Glücksgefühle auslöst?»

«Laufen ist Glück.»

«Gibt es keine andere Situation oder Tätigkeit, die Sie ähnlich beglückt?»

«Nein.»

«Laufen ist also das Einzige, was Sie glücklich macht?»

«Ja.»

«Gab es früher andere Dinge, die Sie glücklich machten?»

Wanjiku senkte den Blick und schwieg.

Thierry fragte nochmals.

«Weiß nicht.»

«In ihrer Jugend vielleicht?»

«Ja. Ich war ein glückliches Kind.»

«In Afrika?»

«Zu Hause.»

«Und wie ist es, wenn Sie in London nach Hause gehen?»

«Traurig.»

«Haben Sie Heimweh?»

Thierry musste lange auf die Antwort warten.

«Weiß nicht.»

«Gefällt es Ihnen nicht in Europa?»

Wanjiku schien etwas sagen zu wollen, ließ es dann jedoch bleiben.

Thierry versuchte alles, um das Gespräch in Gang zu halten. Doch plötzlich hatte er selbst das Gefühl, sich von außen zuzusehen, wie er diesen kleinen, dünnen Afrikaner mit Fragen quälte. Fragen, die dieser nicht beantworten konnte – oder wollte.

Thierry warf Berger einen ratlosen Blick zu. Sollte er das Gespräch abbrechen? Würde er eine weitere Gelegenheit bekommen, mit Wanjiku zu reden, um mehr über dessen Innenleben zu erfahren?

Er entschloss sich, nicht mehr länger um den heißen Brei herumzureden.

«Wie fühlen Sie sich jetzt, ganz genau in diesem Moment?»

In Wanjikus Augen blitzte etwas auf, das Thierry nicht interpretieren konnte.

«Geht es Ihnen gut? Ich bin keine Psychiater, aber ich habe den Eindruck, es geht Ihnen nicht gut.» Er fixierte Wanjiku.

Wieder dieser Ausdruck in den Augen.

«Henri, Sie brauchen Hilfe.»

Keine Reaktion.

«Wir möchten herausfinden, warum das so ist. Wir möchten Ihnen helfen. Aber Sie müssen uns dabei unterstützen.»

Keine Reaktion.

«Wir haben einen sehr schlimmen Verdacht, Henri. Wir glauben, dass irgendjemand mit Sportlern ein gefährliches Experiment durchführt.»

Schweigen.

«Wurden Sie jemals einer größeren medizinischen Behandlung unterzogen? Einer Therapie mit irgendwelchen Substanzen? Bluttransfusionen? Eine Operation? Haben Ihnen die Ärzte immer gesagt, was sie mit Ihnen tun, was sie Ihnen verabreichen?»

Das war zu viel. Wanjikus Augen flackerten verzweifelt auf, wie bei einem Tier, das sich in die Enge getrieben fühlt. Er suchte einen Ausweg – und fand ihn in der Flucht in sich hinein. Mit einem Mal sackte er in sich zusammen und rührte sich nicht mehr.

Thierry blickte fragend zu Berger.

Dieser räusperte sich. «Mr. Wanjiku», sagte er mit seiner tiefen Stimme. «Wir danken Ihnen, dass Sie zu uns gekommen sind. Sie haben uns sehr geholfen.»

Thierry bestellte ein Taxi, das Wanjiuku nach Hause bringen sollte. Als wäre sie nun eine Zentnerlast, schulterte der kleine Mann seine große Tasche und ging.

«Scheiße!», bemerkte Thierry.

«Hast du so was schon mal gesehen?»

Thierry schüttelte den Kopf. «Der ist förmlich kollabiert. Kommt als strahlender Mister Quicksilver hier an und verfällt innerhalb von Minuten in Depressionen.»

«Daran waren aber nicht die Fragen schuld, oder?».

«Ich hoffe nicht.»

«Was nun?»

Wie immer, wenn er nicht weiterwusste, strich sich Thierry über seinen Bürstenhaarschnitt.

«Wir müssen ihm helfen.»

«Aber wie?»

«Wenn ich das nur wüsste.»

«Moment.» Thierry zog das Mobiltelefon hervor und rief Steffen Brenn an. Ausführlich erklärte er ihm, was sie soeben mit Henri Wanjiku erlebt hatten.

«Das passt alles zusammen», meinte Brenn. «Der Mann ist hochgradig endorphinsüchtig. Als er bei Ihnen im St. James ankam, muss er durch das Training noch einen gewissen Endorphin-Spiegel im Blut gehabt haben. Als dann die körperliche Anstrengung während des Interviews ausblieb, ist ihm wohl der Stoff ausgegangen.»

«Eins verstehe ich noch nicht», sagte Thierry. «Wenn, wie wir annehmen, in seinem Gehirn die Anzahl der Endorphin-Rezeptoren erhöht wurde, müsste doch jedes Signal viel stärker wirken. Warum ist er dann nicht permanent gut drauf?»

«Ich tippe auf Selbstregulierung des Systems. Der Mensch kann gar nicht immer toll drauf sein. Zu viele Rezeptoren im Gehirn bereiten ihm auf Dauer zu viel Glück. Das will der Organismus gar nicht. Er braucht Ruhepausen, Entspannung. Also reduziert der Körper die Produktion des Glückshormons, um wieder auf ein – wie soll ich sagen – erträgliches Maß an Glück zu kommen.»

«Sie glauben also, dass diese Manipulation zwar am Anfang leistungssteigernd wirkt, aber das System irgendwann auf ‹normal› zurückkehrt.»

«Ja. Oder es kippt ins Gegenteil.»

28

Labor B24

Als er auf der Checkliste den nächsten Punkt abhakte, zitterte der Kugelschreiber in der Hand des Experimentators. Der kritische Blick des *Dottore* machte ihn nervös. Der Chef war nicht oft im Labor, aber wenn er da war, hatte er seine Augen überall. Und wehe, wenn dann etwas schiefging.

«Okay», sagte der Experimentator und kritzelte ein Häkchen auf die Liste. Die EKG-Elektroden saßen fest auf dem mageren, glattrasierten Brustkorb. Die Kabel, die zur Kontrolleinheit führten, waren sauber verlegt. Die metallene Klemme am linken Ohrläppchen war korrekt angebracht. Die Atemmaske saß perfekt. Die Sonde im rechten Unterarm war mit Klebeband fixiert. Der dünne Silikonschlauch, der über Armbeuge und Oberarm zur Schulter lief, war richtig verlegt. Der Verbindungsschlauch zum Blutanalysator hing locker genug, sodass er sich bei den zu erwartenden Bewegungen nicht verheddern konnte.

«Alles okay», stellte der Experimentator erneut fest, setzte das letzte Häkchen auf die Checkliste und legte das Klemmbrett zur Seite.

Das Heikelste stand noch bevor.

Er zog sich sterile Latexhandschuhe über, während eine Assistentin dem Probanden die Haut am Nacken desinfizierte und eine oberflächliche Anästhesie setzte. Langsam zählte sie die Sekunden.

«Fertig.»

Der Proband beugte sich vornüber und legte das Kinn auf die Brust, woraufhin der Experimentator die Halswirbel abtaste.

«... sechs, sieben», zählte er.

Dann atmete er tief durch und setzte an der Stelle zwischen dem siebten Hals- und dem ersten Brustwirbel eine Hohlnadel auf die Haut.

Nur nicht zittern, jetzt nicht.

Jeder Millimeter daneben wäre fatal.

Normalerweise wurden solche Punktionen aus Sicherheitsgründen zwischen den Lendenwirbeln durchgeführt. Dort gab es im Wirbelkanal kein Rückenmark mehr. Schließlich verliefen hier oben – am Genick – sämtliche Nervenbahnen, die das Gehirn mit dem Körper verbanden. Der kleinste Ausrutscher hätte katastrophale Folgen für den Probanden: komplette Lähmung, Gefühllosigkeit, Tetraplegie.

Der Experimentator stach die Hohlnadel in die Haut und

schob sie tiefer. Millimeter um Millimeter. Dann spürte er einen Widerstand, als hätte er die Nadel in einen Radiergummi gestoßen. Er war auf die Dura gestoßen, die harte Hirnhaut, die den gesamten Rückenmarkkanal auskleidete.

Er hielt den Atem an.

Dann drückte er fester.

Hinten am Schaft der Hohlnadel trat ein Tropfen klarer Flüssigkeit aus.

Der Experimentator atmete aus.

Er hatte die Nadelspitze präzise in den schmalen Raum zwischen der Spinngewebehaut und der weichen Hirnhaut platziert. Hier zirkulierte der Liquor, die Hirn-Rückenmark-Flüssigkeit. Diesen Saft wollte er anzapfen.

Mit einem passgenauen Kunststoffblock brachte er die Nadel in senkrechte Position, fixierte sie mit Klebeband, schloss den Silikonschlauch an – und entspannte sich.

«Bis vor kurzem haben wir im Blut gemessen», sagte er zum Dottore. «Doch das ergab ein falsches Bild, weil die Hormone ja vor allem auf das Gehirn einwirken. Die Messungen im Liquor sind viel genauer.»

«Direkt im Gehirn wäre noch präziser.»

Der Experimentator wandte sich zum Probanden. «Fertig.»

Vorsichtig richtete sich der Mann auf. Mit all den Kabeln, Schläuchen und den glänzenden Reflektorpunkten, die überall auf seiner kaffeebraunen Haut klebten, sah er aus wie ein Roboter. Doch die Augen des jungen Afrikaners strahlten unbekümmerte Zuversicht aus.

«Also.» Der Experimentator nickte ihm zu und drückte den Startknopf. Das Laufband setzte sich in Bewegung.

Dann positionierte der Experimentator die Steuerung des Laufbandes an einem Schwenkarm so, dass der Proband sie nun selbständig bedienen konnte.

Er fiel in einen leichten Laufschritt, während der Experimentator und der Dottore das Versuchslabor verließen. Vom verdunkelten Kontrollraum aus konnten sie den Läufer durch eine Glasscheibe beobachten und gleichzeitig die unzähligen Monitore der Überwachungsgeräte im Auge behalten.

Der Experimentator zeigte auf einen der Bildschirme. *Beta-Endorphin, Enkephalin, Dynorphin* stand darunter. «Alles im Normalbereich. Wir machen den ersten Sensibilitätstest.»

Der Dottore beugte sich vor. «Darf ich?»

Der Experimentator war erstaunt angesichts dieser Bitte, doch er sagte nur: «Wie Sie wünschen.» Und wies auf eine Taste.

Der Dottore warf einen Blick auf den Läufer, der in zügigem Tempo, aber locker trabte. «Tut mir leid, Junge», sagte er beiläufig und drückte die Taste.

Im selben Moment zuckte der Läufer zusammen und griff sich an das Ohr mit der Elektrode.

«Zehn!», gellte seine Stimme aus der Gegensprechanlage in den Kontrollraum. Das bedeutete, dass er den elektrischen Schlag als sehr schmerzhaft empfunden hatte.

«Bald tut's nicht mehr weh», sagte der Dottore leise.

Der Läufer hieb auf einen Knopf, um das Laufband zu beschleunigen. Unmittelbar darauf waren seine körperlichen Reaktionen an den Anzeigegeräten abzulesen: Puls- und Atemfrequenz stiegen, die Laktatkonzentration im Blut ebenfalls und schließlich auch die drei Kurven, die den Dottore am meisten interessierten.

«Na, dann. Schönen Flug.»

Immer wieder drückte der Dottore auf den Auslöser für die Elektroschläge.

«Sieben», quäkte es aus dem Lautsprecher.

Dann nach weiteren Temposteigerungen: «Vier.»

«Schon tut's nicht mehr weh.» Über das Gesicht des Dottore huschte ein Hauch von Befriedigung. Der Elektroschlag war gleich stark gewesen wie zu Beginn des Experiments, aber die Schmerzempfindung des Läufers war jetzt reduziert. Und das gänzlich ohne Drogen. Das *Runner's High* ließ jeden Läufer seine Qualen vergessen und glücklich Höchstleistungen erbringen. Doch dieser Proband würde zu mehr fähig sein. Es würde weiter laufen und schneller. Die Lippen des Dottore verzogen sich zu einem Lächeln. Dieses Exemplar war etwas Besonderes. Es war seine Kreation.

Draußen hatte es leider einige Probleme gegeben. Aus diesem Grund hatte der Dottore das Labor besucht. Er wollte dieses Exemplar noch einmal persönlich testen, bevor er es dann in den Einsatz schickte.

«Brauchen Sie den Gegentest?», fragte der Experimentator.

«Natürlich. Wer injiziert?»

«Wir injizieren nicht mehr. Wir geben das Naloxon heute direkt über die Liquorsonde ein.»

«Raffiniert», sagte der Dottore. «Sie sind besser, als ich dachte. Dann lassen Sie sehen.»

Der Experimentator drückte eine Taste.

Die Wirkung war dramatisch.

Der Läufer sackte sofort in sich zusammen, sein Schritt wurde schwer, die Bewegungen unkontrolliert, der Atem keuchend. Und der nächste Stromstoß traf ihn wie ein Blitz.

Er schrie laut auf.

Er taumelte.

«Aufhören!»

Verzweifelt griff er nach der Steuerkonsole.

«Aufhören!»

Entsetzt blickte der Experimentator zum Dottore.

«Ist sie nicht wunderbar», sagte dieser. «Die Chemie des menschlichen Körpers?»

Sie hatten dem Läufer knapp einen Mikroliter Naloxon verabreicht. Das hatte gereicht, um die Wirkung des Endorphins zu neutralisieren. Schon war die radikale Wirkung wieder am Verebben. Nach diesem Stromschlag hatte der Proband nur noch ein Bedürfnis: so schnell wie möglich wieder den Rausch der Hormone zu verspüren. Und er würde dafür alles geben.

Vehement steigerte er die Geschwindigkeit. Seine Augen funkelten wild entschlossen. Sein Schritt wurde wieder leicht. Und alsbald lächelte er trunken vor Glück.

Auch der Dottore lächelte.

Vor seinen Augen sah er die nächste Generation von Langstreckenläufern. Nein: die nächste Generation Mensch. Es war die Generation der Glücklichen. Und er, der Dottore, hatte den Schlüssel dazu in der Hand. Den Schlüssel zum Glück.

«Mehr», verlangte die Stimme aus dem Lautsprecher.

«Ja», flüsterte der Dottore. «Hol dir mehr. Hol es dir.»

«Mehr», keuchte der Proband und hämmerte ein ums andere Mal auf die Steuerung, um das Tempo hochzutreiben.

Die Beine trommelten ein irres Stakkato auf das Band, trugen ihn, als wollten sie nie ermüden. Seine Augen weiteten sich euphorisch.

Ebenso die des Dottore. Sein Mund stand offen, als er gebannt den Lauf verfolgte. Das Ganze war noch besser, als er es sich vorgestellt hatte. Es war perfekt!

Dann ging alles rasend schnell.

Der Läufer auf dem Band tat einen Fehltritt.

Er strauchelte, griff nach der Haltestange, verhedderte sich im Atemschlauch, griff daneben, stolperte, versuchte sich wieder zu fangen. Eine Reihe unkontrollierter, verzweifelter Bewegungen. Er trat auf den Atemschlauch und riss sich die Maske vom Gesicht. Dann fiel er der Länge nach hin. Das Band, noch immer auf Maximalgeschwindigkeit, schleuderte ihn nach hinten durch den Raum.

Die Assistentin schrie wie von Sinnen und rührte sich nicht von der Stelle. Hinter der Glasscheibe starrten die beiden Männer wie gelähmt in das Testlabor. Es dauerte eine Ewigkeit, bis endlich einer eingriff. Der Experimentator schlug auf den Notstopp. Dann stürzten beide gleichzeitig aus dem Kontrollraum und eilten zu dem Läufer, der zusammengekrümmt in einer Ecke lag.

«Hören Sie auf zu schreien», herrschte der Dottore die Assistentin an.

«Bekele!», rief der Experimentator.

Unter dem Läufer bildete sich eine Blutlache. In seinem Unterarm klaffte ein langer Riss. Die blutige Nadel baumelte am Schlauch über dem Laufband.

«Sofort hoch mit diesem Arm!», brüllte der Experimentator.

Bekele reagierte nicht.

«So halt doch den verdammten Arm in die Höhe!» Dann zum Dottore: «Schnell! Ein Druckverband!»

Der Dottore lief, so rasch die Beine ihn trugen.

«Blut?», fragte Bekele erstaunt und drehte mühsam den Kopf. «Tut nicht weh.»

«Scheißegal, ob es wehtut oder nicht!» Der Experimentator packte Bekeles Arm und riss ihn in die Höhe. «Hoch mit diesem Arm, sonst verblutest du!»

«Welcher Arm?», fragte Bekele benommen.

Erst jetzt wurde dem Experimentator bewusst, dass dem Läufer beim Sturz sämtliche Elektroden und Sonden vom Körper gerissen worden waren. Auch die Liquorsonde in der Wirbelsäule. Entsetzt starrte er auf den Afrikaner, der schlaff am Boden lag.

«Ich bin so schnell», lächelte Bekele. «Und glücklich.»

29

Thierry entfaltete das Papier, las und war elektrisiert.

Der Brief war ihm in der täglichen Post, die ihm seine Assistentin vorsortierte, sofort aufgefallen. Handgeschriebenes war eine Seltenheit. Höchstens mal noch ein Kärtchen fand sich darin, mit dem eine ältere Person ihm in zittriger Schrift und umständlichen Worten für sein Engagement im Kampf gegen Doping dankte.

Doch die Botschaft, die Thierry jetzt in der Hand hielt, war schwungvoll aufgesetzt, kurz und bündig: «*El ratón viene de GeneTica.*»

Das war Spanisch. So viel war klar. Aber was mochte die Mitteilung bedeuten?

Thierry trat unter die Bürotür und rief den Korridor hinunter: «Luc, kommst du mal!»

Als der hellste Kopf des Auswertungsteams – wie immer mit Dreiviertelhose und Dreitagebart – auftauchte, hielt Thierry ihm das Papier hin. «Wie verstehst du das?»

Luc las und runzelte die Stirn. «Italienisch, nein Spanisch.»

«So weit bin ich auch schon», meinte Thierry. «Aber welchen Sinn ergibt das: *Die Maus kommt aus Genetik* – oder so ähnlich?»

«Meinst du, das bezieht sich auf deine Gen-Maus?»

«Das war zumindest mein erster Gedanke.»

Luc überlegte und fragte dann: «Woher hast du das?»

«War eben in der Post.»

«Absender?»

«Keiner, natürlich.»

«Wer weiß denn alles von deinen seltsamen Mäusen?», fragte Luc.

«Du, Catherine, Beuret und Doktor Brenn in Berlin.»

«Plus derjenige, der sie dir hingelegt hat.»

«Ja», sagte Thierry. «Und der uns jetzt vielleicht einen Tipp geben will. Aber die Botschaft ist ziemlich banal: *Die Maus kommt aus Genetik.* Das haben ja wir längst herausgefunden.»

Luc überlegte. «Genetica klingt ein bisschen wie Gattaca.»

«Wie was?»

«Gattaca. Ein Science-Fiction-Streifen über eine genetisch perfektionierte Welt. Der Titel ist ein Kunstwort, zusammengesetzt aus A, T, G, C, den Abkürzungen für die vier chemischen Grundbausteine, aus denen das Erbmaterial aufgebaut ist. Uma Thurman in einer der Hauptrollen ist übrigens umwerfend. Ethan Hawke ebenfalls. Sag bloß, du kennst den Film nicht?»

«Ach.» Thierry wusste, dass Luc Science-Fiction-Fan und ein wandelndes Filmlexikon war, aber das half ihm jetzt auch nicht weiter.

«Catherine spricht gut Spanisch», meinte Luc und verschwand aus dem Büro. Kurz darauf kam er mit der Laborchefin zurück.

«Was heißt das?», fragte Thierry. «*Die Maus kommt aus Genetik?* Oder besser: *Der Grund für diese Maus liegt in der Genetik.*»

Sie las den Brief.

«Das wäre ziemlich krudes Spanisch», sagte Catherine stirnrunzelnd. «Wenn es das wirklich bedeuten sollte, müsste es heißen: *El ratón viene de la genética.* Mit Artikel und Akzent.»

Sie überlegte.

«Na klar!», rief sie dann und nahm Luc das Papier aus der Hand. «Das *de* ist es. Das kann man auf mehrere Arten übersetzen. Mit *aus* oder mit *von.* Und was soll übrigens das große T mitten im Wort?»

Thierry ging ein Licht auf. «Die Maus kommt von Genetica! Wenn man das so liest, bedeutet Genetica nicht Genetik und ist auch kein Land wie Gattaca, sondern …»

«… eine Firma!», rief Luc.

Schon saß Thierry am Computer und recherchierte im Internet. Er starrte gebannt auf den Bildschirm, klickte zwei, drei Links an und las dann hastig. «GeneTica … aufstrebende Firma … lokalisiert in Alajuela, Costa Rica … innovativ, zuverlässig … moderne Laboreinrichtungen … internationale Forschungsteams … große Erfahrung … übernimmt für Firmen aus der Pharmabranche, Universitäten und andere Forschungsinstitutionen die Durchführung sämtlicher Versuche mit Mikroorganismen, Zellkulturen und …»

«Lass mich raten», unterbrach Luc. «… Tieren.»

«Exakt», nickte Thierry.

30

Thierry warf einen nervösen Blick auf seine Armbanduhr. In knapp einer Stunde ging der Anschlussflug, und die Schlange, in der er stand, quälte sich mit unerträglicher Langsamkeit vorwärts. Als die Dame vor ihm einen halben Schritt tat, schob er mit dem Fuß seinen Koffer nach. Weit vorne saß ein korpulenter Beamter der *Immigration* hinter einem Schalter und erfüllte seine Pflicht mit gnadenloser Gewissenhaftigkeit. Nicht einen der ankommenden Passagiere winkte er durch, jeden unterzog er einer eingehenden Befragung.

An der gegenüberliegenden Wand prangte ein mannshoher Slogan: *Welcome to the Sunshine State. Welcome to Miami.*

«Von wegen *Willkommen*», knurrte Thierry und schob geistesabwesend den Koffer vor sich her.

Als er in Berlin angerufen und Steffen Brenn von dem anonymen Brief erzählt hatte, war dieser völlig perplex gewesen.

«Natürlich haben wir Tiere bei GeneTica», hatte er sofort

bestätigt. «Wir lassen dort viele Versuche durchführen. Aber ich sehe jedes einzelne Tier online in der Datenbank.»

Er habe diese Datenbank schon aufgerufen, als Thierry bei ihm in der Charité gewesen war. Dass er dabei nicht erwähnt hätte, wo genau sich die Tiere befanden, sei nicht aus böser Absicht geschehen. «Sondern weil für mich die Tiere in Costa Rica genauso nah sind wie jene in unserem eigenen Stall. Ich habe jederzeit die volle Kontrolle über deren Gesundheitszustand und den Verlauf der Versuche. Und wie gesagt, es ist kein Verlust vermerkt.»

«Alles andere hätte mich auch erstaunt», hatte Thierry nur gemeint. «Aber sind Sie sicher, dass diese Tiere wirklich existieren?»

Darauf hatte Brenn keine Antwort.

«Ich glaube, dieser anonyme Brief stellt Ihr Vertrauen in die Firma etwas in Frage», hatte Thierry gesagt und Brenn das Schreiben vorgelesen: *«Die Maus kommt von GeneTica.»*

Brenn war sofort klar gewesen, dass sie gemeinsam nach Costa Rica fliegen und der Firma einen Besuch abstatten mussten.

«Hören Sie schlecht?», blaffte der Immigration-Officer.

Thierry schrak auf.

«Ich habe Sie gefragt, wo Sie untergebracht sind.»

«Ich bin», stammelte Thierry, «auf Durchreise.» Erst jetzt bemerkte er, dass er bis an den Schalter vorgerückt war.

«Hier.» Der Beamte tippte mit einem wurstigen Finger auf das Formular. «Da muss was stehen.»

«Wie gesagt, ich bin im *Transit.*»

«Drücke ich mich nicht deutlich genug aus?», bellte der Beamte. «Sie sind eben im Begriff, in die Vereinigten Staaten von Amerika einzureisen. Dazu haben Sie ihren Aufenthaltsort anzugeben. Keine Angabe – keine Einreise. Verstanden?»

Der Beamte kritzelte eigenhändig *Hilton Miami Beach* auf das Formular und knallte einen Stempel darauf.

«Nächster!»

Als Thierry die Abflughalle betrat, fand er sich in einem Meer von Menschen wieder. Alle wollten dringend einen Flug erreichen. Sie drängelten, schubsten und stießen sich gegenseitig. Thierry fragte sich, ob er Steffen Brenn hier noch rechtzeitig finden würde.

Doch dann sah er mitten in der Menge ein gelbes Blinklicht, eine Gasse tat sich auf, und ein Elektrofahrzeug rollte auf ihn zu. Am Steuer eine Flughafenassistentin. Neben ihr Steffen Brenn. Das Fahrzeug kam vor Thierry zum Stehen.

«Gut, Sie zu sehen», rief Brenn. «Wir hatten etwas Stau. Aber nun rauf mit Ihnen, dann schaffen wir es noch.»

Mit Schwung warf Thierry sein Gepäck auf die Ladefläche.

Und erstarrte.

Dann rasten in Zeitlupe tausend Gedankensplitter wie eine lautlose Explosion durch seinen Kopf: Brenns überaus engagierter Kampf gegen Muskelkrankheiten, seine liebevolle Zuneigung zu den kranken Kindern, sein kräftiger Oberkörper, sein schwacher Händedruck, das Hinken, wenn er rannte.

Auf der Ladefläche lag neben Brenns Reisekoffer ein zusammengeklappter Rollstuhl.

Was dann geschah, nahm Thierry nur noch durch einen Nebel wahr: Wie sie mit dem Elektrofahrzeug durch die Menschenmenge glitten; wie Steffen Brenn von einem Stewart gestützt in den Rollstuhl wechselte; wie ihn eine Hebebühne zur Einstiegsluke hievte; wie er den Rollstuhl in die Kabine lenkte; wie der Stewart ihm beim Aufstehen half und ihn zu seinem Platz führte.

Mechanisch ging Thierry hinter ihnen her, den Blick fortwährend auf Brenn geheftet: auf seinen Oberkörper, seinen Rumpf, Becken, Oberschenkel. Und den Fuß. Diesen absurd herumbaumelnden Fuß.

Erst als die Maschine abgehoben hatte, kam Thierry langsam wieder zu sich.

«Was ist mit Ihrem Bein?»

Brenn blickte auf seine Beine, als gehörten sie nicht zu ihm, «An manchen Tagen geht's besser, an anderen schlechter. Lange bleibt alles stabil, dann kommt wieder ein Schub.»

«Aber …», fragte Thierry vorsichtig. «Was ist das?»

Brenn blickte ihn erstaunt an. «Sie wissen es nicht?»

«Nein.»

«Entschuldigung», sagte Brenn schnell. «Ich dachte, alle, die sich mit Muskelkrankheiten befassen, kennen meinen Fall.»

Thierry schüttelte den Kopf.

«ADMT, autosomal-dominante *Myopathia tarda.*»

«So was wie Duchenne?»

«Ähnlich», sagte Brenn und leierte die folgenden Sätze herunter, als hätte er sie auswendig gelernt. «ADMT tritt im Alter zwischen vierzig und sechzig auf und befällt vor allem die Extremitäten. Sterben tut man daran nicht.»

Aber man wird zum Krüppel, hörte Thierry aus Brenns bitterem Ton heraus.

Brenn sagte: «Ich war darauf gefasst.»

«Gefasst?»

«Seit ich fünfzehn war, wusste ich, dass ich es kriegen werde. Damals erkrankte mein Vater. Es ging rasch. Mein Bruder und ich ließen einen Gentest machen. Die Chancen standen fifty-fifty. Für jeden von uns.» Er sah zum Fenster hinaus. «Erwischt hat es nur mich.»

Thierry unterdrückte ein *Scheiße*: «Hat ihr Vater denn nicht gewusst, dass er es hat? Ich meine, wenn die Krankheit dominant vererbt wird, hätte doch schon sein Vater oder seine Mutter krank sein müssen.»

«Mein Großvater war nie krank. Also war's meine Großmutter», sagte Brenn. «Sie starb bei einem Autounfall. Bevor es ausbrechen konnte.»

Mit dem leeren Champagnerglas gab Brenn der Stewardess ein Zeichen. «Noch einen, bitte!»

«Zwei!», rief Thierry.

Die Stewardess brachte zwei neue Gläser. Thierry nahm einen Schluck und räusperte sich. «Wie gehen Sie damit um?»

Brenn nippte an seinem Glas. «Nun, ich wurde aus diesem Grund Arzt. Und ich hoffte immer, es würde erst spät ausbrechen, damit ich noch etwas erreichen könnte.»

«Sie haben schon sehr viel erreicht.»

Brenn schüttelte den Kopf. «Wenn jemand meine Methode zum Doping missbraucht, bevor ich eine Therapie für die Patienten entwickelt habe, dann habe ich mein Ziel nicht erreicht.»

Er sah wieder zum Fenster hinaus.

Sie schwiegen beide, bis sich die Wolkendecke unter ihnen aufzulösen begann und man zwischen den weißen Fetzen auf eine große Insel im blauen Ozean sah.

«Jamaika», sagte Brenn melancholisch und sah dann Thierry unmittelbar an. «Und Sie würden ihren Kampf gegen das Doping verlieren. Gendoping wäre nicht nachzuweisen.»

«Ich weiß.»

Brenn hob sein Glas. «Auf in den gemeinsamen Kampf.»

Thierry stieß an.

31

Kurz nach Sonnenaufgang wurden Thierry und Brenn vor dem *Marriott* abgeholt. «Wir Ticos sind Frühaufsteher», meinte Bernal Chavarria. Der Chefbiologe von GeneTica zeigte ein smartes Lächeln, das in seinem ovalen Gesicht so fest zu sitzen schien wie die Bügelfalten in seiner Hose.

Betont dynamisch ging er um seinen weinroten Cherokee Jeep herum und hielt ihnen die Tür auf.

Chavarria setzte sich ans Steuer, und sie ließen die Stadt rasch hinter sich. Der Weg führte durch ausgedehnte Kaffeeplantagen. Tiefrote Vulkanerde mit dunkelgrünen Sträuchern, zwischen denen immer wieder die Morgensonne golden aufblitze.

«Costa Rica ist etwas Besonderes», erklärte Chavarria. «Wir haben in Lateinamerika als Erste die Demokratie eingeführt. Wir schafften die Armee ab und wurden zu einem Garten des Fortschritts und des Friedens. Begonnen hat der Aufstieg mit dem Kaffee. Ende des 19. Jahrhunderts verordnete die Regierung, dass jede Familie in ihrem Garten, und sei er noch so klein, mindestens ein halbes Dutzend Stauden pflanzen müsse. Dafür garantierte der Staat die Abnahme der Ernte. Und unser herrliches Land wurde zu einer der erfolgreichsten Kaffeenationen.»

Er wandte sich nach hinten zu Thierry, dem es wesentlich lieber gewesen wäre, der Mann hätte sich auf die Schlaglöcher in der Straße konzentriert. Chavarria wich einem Hund aus und zog den Wagen in eine enge Rechtskurve.

Direkt vor ihnen tauchte plötzlich ein Holztransporter auf; hoch wie ein Haus und fast so breit wie die ganze Straße. Beladen mit gewaltigen Baumstämmen und im Schritttempo unterwegs. Zum Bremsen war es zu spät. Doch Chavarria verzog keine Miene.

Er riss das Steuer herum und lenkte den Jeep auf die Gegenfahrbahn, wo sie direkt auf einen entgegenkommenden Kleinwagen zuschossen. Chavarria drückte auf die Hupe.

Im letzten Moment flüchtete der Kleinwagen in den Straßengraben. Chavarria lächelte und zog den Wagen in die nächste Kurve.

Thierry löste seine verkrampfte Hand vom Türgriff.

Chavarria drückte das Gaspedal durch und jagte den

Wagen eine Steigung hoch. Auf der Kuppe hatte Thierry das Gefühl, sie höben ab.

Dahinter tat sich ein atemberaubender Ausblick auf. In einer weiten Talmulde leuchtete inmitten der rot-grün gestreiften Kaffeelandschaft ein riesiger, schneeweißer Bau. Ein gigantischer Fremdkörper und gleichzeitig ein gewaltiges Kunstwerk.

«Willkommen bei GeneTica», sagte Chavarria stolz.

Die wahren Ausmaße der Anlage zeigten sich Thierry erst beim Näherkommen. Der quadratische Monolith hatte eine Kantenlänge von mindestens hundert Metern. Darum herum war ein Streifen kurzgeschnittener Rasenfläche von nochmals gut hundert Metern angelegt. Unzählige Rasensprenger drehten sich darauf im Kreis. Um das ganze Gelände herum ragte ein Maschendrahtzaun gut vier Meter in die Höhe. Darauf befestigt: Tausende von kleinen, blanken Klingen.

«Wir zeigen Ihnen alles», versprach Raul Hidalgo, General Manager von GeneTica, der sich in einem modern eingerichteten Sitzungssaal zu ihnen gesellte. Eine Mulattin im Deux-Pièces servierte Kaffee, der so dünn war, dass man ihn für Tee halten konnte.

Hidalgo, ein gutgenährter Mittvierziger mit perfekt geknoteter Krawatte und sorgfältig gepflegtem Harvard-Englisch, erklärte ihnen noch einmal ausführlich die Geschichte des Landes, wie Costa Rica von der gebeutelten Kolonie über die unabhängige Demokratie zum blühenden Kaffeeland wurde. «Darum nennt man unser Land auch *die Schweiz Zentralamerikas*», sagte er lächelnd und redete dann über Schokolade, Schnee, Schwarzwalduhren und was er sonst noch für typisch schweizerisch hielt – nur nicht über Gentechnologie.

Er erklärte, dass «Tico» kein Schimpfwort sei, sondern

dass sich die Costaricaner selbst so nennen würden. «Wir sind stolz, Ticos zu sein», meinte er. «Das können Sie schon an unserem Firmennamen ablesen: *GeneTica, Genetik made by Ticos.* Viele Firmen zeigen auf diese Weise, woher sie kommen: *PalmaTica* ist der größte Palmölproduzent, *TeleTica* der wichtigste Fernsehsender, *TicoTimes* eine Zeitung und so weiter.»

Dann führte er aus, dass Kaffee als Haupteinnahmequelle mittlerweile vom Tourismus abgelöst worden sei, schwärmte von Vulkanen, Nationalparks, Stränden und anderen sehenswerten touristischen Attraktionen des Landes.

«Aber jetzt sind die Technologien im Kommen», sagte er dann und blickte seine Gäste erwartungsvoll an: «Wissen Sie, was in Ihren Computern steckt? Chips, meine Herren! Chips aus Costa Rica! In praktisch jedem Computer auf dieser Welt steckt Elektronik, die in diesem Land produziert wird.» Hidalgo lachte selbstgefällig. «Gleich hier um die Ecke steht eines der größten Intel-Werke. Auch die haben übrigens auf einer ehemaligen Kaffeeplantage gebaut. Mit Elektronik verdient man einiges mehr als mit Kaffee. Ein einziger Chip bringt genauso viel wie hundert Pfund Kaffee.»

Chavarria strich sich die Krawatte glatt.

«Aber jetzt kommt GeneTica!» Er beugte sich vor, als sei er im Begriff, ein Geheimnis auszuplaudern. «Unser Produkt ist ungleich wirtschaftlicher als Chips. Wir haben keinen aufwendigen Logistik-Klimbim: kein Rohstoff-Import, keine Zollformalitäten, keine Lastwagentransporte, keine Verpackung, nichts. Alles, was wir brauchen, ist Rattenfutter und …», er tippte sich an die Stirn, «… Hirn!»

Hidalgo ließ seine Worte wirken und erhob sich.

«Wir generieren Wissen. Doch, wie wir das genau machen, kann ich Ihnen leider nicht erklären. Ich war nur in Harvard. Für die Genetik ist Bernal zuständig.» Er klopfte dem Chefbiologen, der wie ein Musterschüler dasaß, auf die Schulter.

«Meine Herren, war mir ein Vergnügen.»

Ein jovialer Händedruck über den Tisch hinweg, und der General Manager empfahl sich.

Die Räder von Steffen Brenns Rollstuhl quietschen auf dem spiegelglatten Boden. Chavarrias Absätze klackerten, als er seine Gäste durch den langen Korridor zum Labortrakt führte. An einer Schiebetür hielt er den Daumen seiner rechten Hand auf den Digi-Scanner.

Lautlos glitt die Tür auf.

«Das Herz von GeneTica», sagte Chavarria.

Sie traten ein.

Thierry war sprachlos. Überwältig von dem, was er sah.

Chavarria führte sie auf eine Plattform hinaus, von der aus man eine riesige Halle überblicken konnte. Ein Stockwerk unter ihnen zogen sich Reihen unzähliger Glaspavillons hin, jeder von der Größe eines Überseecontainers. Immer vier waren zu einer Gruppe angeordnet. Dazwischen zog sich ein Gitternetz von Gassen bis ans andere Ende der gigantischen Halle.

Die meisten der Glascontainer waren hell erleuchtet, manche glommen phosphorblau, andere purpurrot. Und in allen waren Gestalten in weißen Labormänteln, mit Mundschutz und Kopfhaube an der Arbeit.

«In jeder dieser Einheiten beschäftigt sich ein speziell ausgebildetes Team mit einem ganz spezifischen Kundenprojekt», erklärte ihnen Chavarria.

Thierry schätzte die Zahl der Pavillons auf über 250 Stück. «Wer gehört außer der Berliner Charité zu Ihren Kunden?», fragte er mit einem Seitenblick auf Brenn.

Chavarria zeigte wieder sein smartes Lächeln. «Es sind Kunden, die unsere Diskretion schätzen.»

Galant wies er den Weg zu einem der gläsernen Aufzüge, mit dem sie zur Arbeitsebene hinunterschwebten.

Dort führte er sie durch eine der Gassen zwischen den Laboratorien hindurch. Überall nur die besten Geräte, überall Gestelle mit Käfigen für Versuchstiere.

Chavarria wies ihnen den Weg nach rechts. «Jedes Labor ist nicht nur mit allen nötigen Anschlüssen versehen: Wasser, Pressluft, Gas und so weiter, sondern auch mit einem Kanal, durch den das Tierfutter angeliefert wird, mit einem Warenaufzug, der sämtliches Material und alle Instrumente aus dem Untergeschoss heraufbringt und zurückschafft. Für die Kadaver gibt es einen Abwurf. Höchste Sauberkeit und Sicherheit, Sie verstehen.»

Er wies wieder um eine Ecke, diesmal nach links.

«Wo sind denn deine Tiere?», raunte Thierry Brenn zu.

«Keine Ahnung», flüsterte Brenn zurück. «Ich verliere hier immer wieder die Orientierung.»

«Wäre an sich ja nicht so schwierig, sich in einem Schachbrettmuster zu orientieren.»

«Natürlich nicht. Aber er geht jedes Mal einen anderen Weg.»

«Ich denke, es wäre an der Zeit, dass du den Auftraggeber markierst.»

«Das denke ich auch», sagte Brenn und machte mit dem Rollstuhl eine schwungvolle Drehung.

«Vorsicht!», schrie Chavarria. Er wies auf den Boden unter eines der Rollstuhlräder. «Die Sicherheitslinie.»

Erst jetzt bemerkte Thierry die gelbe Markierung, die in etwa dreißig Zentimeter Abstand um jeden Glaspavillon gezogen war. Das Rad des Rollstuhls hatte die Markierung überfahren.

«Wir haben sämtliche US-Sicherheitsnormen übernommen. Und wir halten sie auch ein», sagte Chavarria mit einer an Frechheit grenzenden Höflichkeit.

«Bernal», sagte Steffen Brenn, hörbar um Beherrschung bemüht. «Es ist schon bald Mittag und ...»

«Oh, Entschuldigung», unterbrach ihn Chavarria. «Wie konnte ich das nur vergessen! Wir Ticos essen eben etwas später. Aber wir haben selbstverständlich einen Lunch für Sie bereit. Wenn Sie mir bitte folgen ...»

«Nein», schnaubte Brenn. «Wir wollen endlich zu meinen Tieren.»

Chavarria stutzte. Dann lächelte er freundlicher denn je. «Aber selbstverständlich.»

Augenblicke später standen sie vor Brenns Labor.

«Bitte», sagte Chavarria.

Im Glascontainer war ein Mann in der üblichen Schutzkleidung gerade dabei, eine Maus auf ein gespanntes Seil zu setzen. Mit einer Stoppuhr maß er, wie lange sie sich oben halten konnte. Ein zweiter Mann verabreichte einem Tier eine Injektion. Die beiden hoben kurz den Blick, als sie die Besucher bemerkten. Die dritte Person, eine Frau, sah nicht auf. Sie füllte eine farblose Flüssigkeit in Reagenzgläser ab. Die Pipette in ihrer Hand zitterte.

«Bernal», sagte Brenn langsam, als ob er noch überlegte, wie er es genau formulieren sollte. Dann drehte er den Rollstuhl zu Chavarria hin. «Wir haben gewisse Bedenken, was die Sicherheit betrifft.»

Chavarrias Lächeln gefror. «Wie bitte?»

Brenn hakte nach: «Ich möchte von Ihnen ganz spezifisch für mein Labor wissen, wie die Sicherheitsmaßnahmen aussehen und ob sie eingehalten werden.»

Chavarria antwortete steif. «Wie ich Ihnen eben zu erklären versucht habe: Es findet keinerlei physischer Kontakt zwischen den Blöcken statt. Die Arbeitsteams halten sich immer nur in ihren eigenen Räumen auf. Wir hatten noch keinen einzigen Fall, in denen sich eine Infektion von einem Block auf einen anderen übertragen hätte. Genauso wie der Material- und der Personalfluss ist auch der Informationsfluss absolut sicher. Die Daten werden dezentral in Thinkpads eingegeben und via WLAN verschlüsselt an den Zentralrechner übermittelt. Die Versuche laufen alle doppelblind, sogar dreifach blind. Denn die Leute, die die Versuchsanordnungen entwerfen, sind nicht dieselben, die mit der Durchführung der Experimente betraut sind, und diese sind wiederum andere als diejenigen in der Datenauswertung. Wir richten uns in allen Bereichen nach strengen US-amerikanischen Vorschriften. Und wir werden regelmäßig kontrolliert: von der Veterinärbehörde, der Gesundheitsbehörde und der FDA, der Arzneimittelzulassungsbehörde der Vereinigten Staaten. Wir sind ISO-zertifiziert. Und wie Sie wissen, Herr Doktor Brenn, können alle unsere Kunden jederzeit nicht nur ihre sämtlichen Daten, sondern auch alle aufdatierten Zertifikate und Atteste einsehen.»

«Von alldem rede ich nicht», sagte Brenn bestimmt. «Könnte es sein, dass aus meinen Ställen vielleicht ein Tier verschwunden ist?»

Chavarria lächelte indigniert. «Nein.»

«Rein theoretisch?»

«Rein theoretisch? Rein theoretisch ist natürlich nichts auszuschließen, auch nicht, dass auch unseren Leuten mal ein Tier entwischt. Aber, sehen Sie sich um: Weit kommt es hier nicht.»

«Ich meine nicht *entwischen*», entgegnete Brenn, «sondern *bewusst entfernen.*»

«Sie meinen …»

«… stehlen.»

Chavarria starrte ungläubig auf Brenn in seinem Rollstuhl hinunter. Doch bevor er eine Antwort gefunden hatte, mischte sich Thierry ein, der immer noch an der Glasscheibe stand und die drei Personen bei der Arbeit beobachtete.

«Darf ich dem Personal ein paar Fragen stellen?»

Chavarria verdrehte die Augen, als hätte er nach einem Hieb in die Magengrube nun auch noch einen Schlag ins Genick erhalten. «Wozu?»

«Ich möchte gerne von den Praktikern erfahren, wie ihre tägliche Arbeit aussieht.»

Chavarria lachte humorlos. «Ich fürchte, das wird schwierig.»

«Warum?»

Chavarria deutete auf den Rollstuhl. «Der Zutritt ist nur mit sterilen Überschuhen gestattet.»

«Dann rufen Sie doch einfach jemanden heraus.»

«Die Vorschriften …»

«Wissen Sie, was mich diese Vorschriften allmählich können?», fuhr ihn Brenn an. «Als Ihr Auftraggeber verlange ich, dass Sie jetzt endlich tun, was ich verlange.»

Chavarrias Lächeln nahm einen säuerlichen Zug an. Ohne ein weiteres Wort zu verlieren, trat er an die Eingangstür des Labors, wo er mit der Hand über den Touchscreen-Monitor fuhr.

Auf den Signalton hin blickten alle drei Personen im Labor auf.

Chavarria winkte einen der Männer herbei.

«Ich würde mich gerne mit der Frau unterhalten», sagte Thierry. «Wenn Sie erlauben.»

Chavarria warf einen fragenden Blick zu Brenn.

Dieser nickte.

Chavarria winkte die Frau heraus.

«Si, Señor?», fragte sie, ohne den Mundschutz abzunehmen.

«Das ist Doktor Brenn aus Deutschland.».

«Buenos días, Señor», sagte die Frau leise und nickte Brenn zu.

«Und das ist unser Gast aus der Schweiz: Doktor Velan.»

Ihn grüßte die Frau nicht.

Doch es war Thierry nicht entgangen, wie im schmalen Schlitz zwischen Kopfhaube und Mundschutz ihre dunkeln Mandelaugen plötzlich flackerten.

«Doktor Brenn ist der Auftraggeber dieses Versuchs», fuhr Chavarria fort. «Er möchte nochmals ganz genau wissen, wie die Arbeit in unseren Ställen vor sich geht. Sie wissen schon: Handling der Geräte, Probenahme, Entsorgung. Einfach all diese Arbeitsschritte.»

Die Frau rückte ihren Mundschutz zurecht, bevor sie zu sprechen begann. «Nun, gleich nach der Geburt implantieren wir jeder Maus am rechten Ohr einen RFID-Chip unter die Haut. Dieser erlaubt es, danach kontinuierlich ihren Aufenthaltsort zu erfassen. Das geht alles drahtlos und automatisch. An jedem Käfig, jedem Labortisch, überall sind Antennen eingebaut, die den Chip der Maus erkennen. Ebenso sind alle Ampullen damit ausgerüstet. Wenn ich also einem Tier eine Spritze verabreiche, wird registriert, welche Substanz injiziert wurde. Alle Geräte und der Maus-Chip kommunizieren selbständig untereinander und funken die Daten an den Zentralcomputer. Wir haben damit überhaupt nichts zu tun.»

«Was passiert, wenn ein Tier stirbt?», mischte sich Thierry ein.

Die Augen der Frau schnellten in seine Richtung. «Wie meinen Sie das?»

«Wird der Tod ebenfalls automatisch registriert?»

«Es gibt Labore, in denen das der Fall ist», meinte die Frau. «Dort haben die Mäuse einen physiologischen Chip. Hier aber nicht, da wir ja nicht mit toxischen Substanzen arbeiten, an denen ein Tier sterben kann. Wir beobachten vor allem die Entwicklung der Muskulatur und machen Leistungs- und Verhaltenstests.»

«Aber Sie töten doch auch Tiere, um histologische oder sonstige Untersuchungen vorzunehmen?»

Die Frau zögerte. «Ja.»

«Was tun Sie mit dem toten Tier?»

«Nun.» Die Frau blickte zu Chavarria. «Wie es Vorschrift ist. Wir nehmen eben alle nötigen Proben.»

«Wohin geben Sie den Kadaver?»

«In den Fleischwolf.»

«Mitsamt dem Chip?»

Die Frau rückte nervös den Mundschutz zurecht und steckte dann die Hände tief in die Taschen ihres Labormantels. «Si, Señor», sagte sie. «Damit der Fleischwolf die Nummer des Kadavers registriert.»

Thierry blickte sie einen Moment lang schweigend an. «Danke», sagte er, reichte ihr die Hand und drückte sie lange. «Sie haben uns sehr geholfen.»

32

Alles war gut.

Jesse hielt die Augen geschlossen, genoss die weiche Wärme von Lenes Brust, die gegen seinen Arm drückte. Ihr Gesicht lag in der Mulde zwischen seiner Schulter und dem Hals. Er fühlte ihren regelmäßigen Atem auf der Haut. Sie schlief noch tief.

Still blieb Jesse liegen und lauschte ihrem Atem, fühlte ihren Herzschlag.

Nach einer Weile schlug er die Lider auf.

Der Raum war so groß, dass er ihn nicht überblicken konnte.

Die Einrichtung war prunkvoll wie in einem Märchenschloss. Die beste Suite in der obersten Etage des Ritz Carlton Berlin.

An solchen Adressen stieg er nun schon seit einiger Zeit ab. Doch bisher hatte er sich nie etwas daraus gemacht. Es gehörte einfach dazu und hatte ihn nie wirklich berührt. Erst jetzt merkte er, warum das so gewesen war: Er hatte sein Glück mit niemandem teilen können. Und es deshalb nicht als solches empfunden.

Doch jetzt war alles anders.

Jetzt war Lene bei ihm.

Vorsichtig hauchte Jesse ihr einen Kuss aufs Haar.

Es waren gerade diese kleinen, fast unbedeutenden Momente wie das Erwachen am Morgen, die durch ihre Anwesenheit Bedeutung erhielten. Lene war ganz nah. Ihr Körper, ihre Gefühle, ihre Seele – alles war ganz nah. Und trotzdem fühlte Jesse sich frei.

Emilio war weg.

Weit weg.

Es kam Jesse vor wie eine Ewigkeit. Dabei waren seitdem erst ein paar Tage vergangen. Sie hatten ihre Trennung noch nicht einmal publik gemacht. Zuerst war Jesse überrascht gewesen, dass Emilio dies so vorgeschlagen hatte. Doch war er natürlich froh darüber. Die Öffentlichkeit und die Sponsoren würden noch früh genug davon erfahren, wenn es dann um die Aushandlung der Verträge für das nächste Jahr ging. Zuvor aber wollte sich Jesse in die optimale Verhandlungsposition bringen: hier in Berlin, mit dem Gewinn der Golden League.

Dass ihm dies gelingen würde, daran zweifelte Jesse keinen Moment. Auch ohne Emilio hatte er sein tägliches Training absolviert. Er wusste, was er zu tun hatte; wusste, worauf er schauen und hören musste: auf sich, in sich hinein. Und er wusste, dass er in Spitzenform war. Überraschenderweise war er sich dessen noch viel bewusster, seit er ohne Emilio trainierte. Es tat gut.

Lene schlief noch immer an seinen Hals geschmiegt.

Er bewegte sich vorsichtig und strich sanft über ihr blondes Haar.

«Mmmmh.».

Jesse ließ seine Hand zu ihrem Ohr gleiten. Umrundete mit den Fingerkuppen die Ohrmuschel, zeichnete deren Windungen nach.

Lene lächelte.

Und begann mit geschlossenen Augen an seinem Hals zu knabbern.

«Bist du wach?», flüsterte er.

«Nein.» Sie kuschelte sich noch enger an ihn. «Und ich will auch gar nicht wach werden.»

«Ich auch nicht.»

«Machst du wirklich Urlaub nach diesem Rennen?»

«Versprochen ist versprochen.»

Lene gab einen wohligen Laut von sich.

«Wir müssen doch die Million verprassen.»

Sie kicherte leise. «Vielleicht solltest du noch etwas auf die Seite legen.»

«Okay, wir verprassen nur die Hälfte.»

Lene küsste ihn. «Meinst du, das geht, allein weiterzutrainieren?»

«Ich bin ja nicht allein.»

«Nein, bist du nicht», hauchte sie. «Aber du brauchst wieder einen Coach.»

«Darum kümmern wir uns später.» Er setzte sich auf. «Magst du einen Espresso?»

«Gerne.» Sie streckte sich unter der Decke.

Jesse ging zur Kochnische hinüber und schaltete die Kaffeemaschine ein. Er spürte, dass Lene ihm nachblickte. Ihr Blick ließ ihn ein angenehmes Kribbeln auf der Haut spüren.

Er stellte zwei Espressotassen auf ein Silbertablett, füllte ein paar Schokoladebohnen in ein kleines Schälchen und ging damit zurück zum Bett.

Lene stand am Fenster. Nackt und schön.

Mit einer galanten Geste hielt ihr Jesse das Tablett hin. «Voilà, dein Kaffee.»

«Du weißt genau, was ich mag.» Lene griff nach einer Schokobohne und führte sie zum Mund. Sie senkte die Lider und schob sich die Süßigkeit in den Mund. Die kleine Bohne verschwand zwischen ihren Lippen. Als sie das kleine, runde Ding wieder herausnahm, glänzte es feucht. In sanften Kreisen begann Lenes rosa Zunge die Bohne zu umspielen. Dann schob sie das Schokoladestückchen mit sanftem Druck in Jesses Mund.

Er schloss die Augen und ließ die zartbittere Schokolade auf seiner Zunge zergehen.

Lene nahm ihm das Tablett ab und stellte es sachte auf den Boden.

«Du weißt wirklich, was ich mag», sagte sie leise, schlang ihre Arme um ihn und zog ihn ins Bett zurück.

Das Taxi mit den getönten Scheiben wartete pünktlich um halb zwölf auf sie. Als sie aus dem Hotel traten, hatte Jesse aus lauter Gewohnheit die Sonnenbrille aufgesetzt und die Baseballmütze der New York Giants tief in die Stirn gezogen. Dabei wäre die Tarnung gar nicht nötig gewesen. In Berlin schien es niemanden zu kümmern, wenn sich die Prominenz auf den Gehsteig wagte. Das hatte Jesse schon tags zuvor bemerkt, als sie am Kurfürstendamm bei Boss, Armani und Gucci vorbeischauten. Nirgends konnte man derart unbehelligt shoppen. Hier gab es keine Autogrammjäger, keine Trauben von Reportern und keine Fernsehteams, die ihm den Weg versperrten.

Der Fahrer, ein Schnurrbartträger mit speckiger Lederjacke, palaverte auf dem ganzen Weg durch die Innenstadt über Tom Cruise, Robbie Williams, Bon Jovi und andere Stars, die schon im Ritz Carlton abgestiegen waren.

Fünfundvierzig Minuten und ein paar Kapitel aus dem Who's who des Showbiz später hielt er am Eingangsportal zum Waldfriedhof Zehlendorf. «Endstation», sagte er und lachte über seinen eigenen Spruch.

Jesse und Lene gingen zur Besucherauskunft in einem kleinen Backsteinhäuschen. «Ja?», sagte die Frau, ohne den Blick von ihrem Kreuzworträtsel zu heben.

«Ich möchte gerne wissen, wo ein Freund von mir begraben liegt», sagte Jesse.

«Name?»

«Asserate.»

«Kannste raten!», lachte die Frau laut heraus und sah zu Jesse auf. «Hat man denn so was schon gehört! Meinen Sie, ich hätte hier nichts Besseres zu tun, als mit Ihnen Rätselraten zu machen? Also, junger Mann, wen suchen Sie?»

«Eben», sagte Jesse. «Bikila Asserate.»

Erschreckt weiteten sich die Augen der Frau. Dann glitt ihr Finger hastig über eine Liste, und sie sagte: «Feld H, Reihe 3, Grab 52.»

Der Weg war gesäumt von alten Kiefern. Durch die Bäume drang das Licht der Sonne nur gedämpft, trotzdem war es warm. Es roch nach Harz. Zwischen den Kiefern gab es vereinzelt Eichen, eine Gruppe Birken. Dazwischen die Grabmale. Schlichte Steine, die nicht darauf schließen ließen, welchen Standes die Verstorbenen gewesen waren.

Lene hakte sich bei Jesse unter und lehnte ihren Kopf an seine Schulter.

«Ich finde es schön, mit dir hier zu sein.»

Sie küsste ihn.

«Hast du Bikila eigentlich gut gekannt?»

Jesse gab keine Antwort. Stattdessen begann er mit ernstem Gesicht, als erforderte dies seine volle Konzentration, einen Kiefernzapfen vor sich her zu kicken.

«Warst du schon einmal auf einem so schönen Friedhof?», fragte er.

«Nein. Aber ein Friedhof im Wald ist schön.» Sie hielt kurz inne. «Sag mal, warst du mit Bikila befreundet?»

«Bikila war großartig», erwiderte Jesse.

«Wie meinst du das?»

«Er war einfach großartig.»

«Als Athlet oder als Mensch?»

«Beides, denke ich.»

«Und den Menschen Bikila kanntest du gut?»

«Es geht.»

«Hey, was ist denn los mit dir?» Lene knuffte Jesse in die Seite. «Ich muss dir ja jeden Satz einzeln aus der Nase ziehen. Erzähl mal. Ich möchte mehr wissen über Bikila und über dich.»

Jesse verkrampfte sich. Das war genau die Frage, die er befürchtet hatte.

Er blieb stehen und umarmte Lene. «Du weißt jetzt schon mehr über mich als sonst jemand.»

Lene entwand sich ihm. «Ich frag ja nur, weil ich es schön finde, dass wir zusammen zu Bikilas Grab gehen.»

Jesse sah Lene unschlüssig an.

«Ich …» Er wandte sich ab und ging weiter.

Lene folgte ihm.

Sie kamen am Mahnmal für die in Berlin gefallenen italienischen Soldaten vorbei. Weiter hinten erreichten sie Grabfeld H, fanden rasch die Reihe drei, bogen ab und hielten Ausschau nach Bikilas Grab.

«Das sieht ja aus, als wär's ganz neu», staunte Lene und blieb stehen.

Die Erde auf dem Grab war frisch aufgeworfen. Keine Blumen, kein Stein, nur das provisorische Kreuz aus Holz mit dem Namensschild darauf.

«Seltsam», sagte Jesse mehr zu sich selbst. «Er starb in Zürich. Das war … noch vor Olympia, Ende Juni, vor fast drei Monaten.»

«Und sieh mal. Die Gräber links und rechts, die sehen doch schon viel älter aus. Das ist wirklich seltsam.»

«Sie haben ihn wieder rausgeholt», sagte plötzlich eine Stimme hinter ihnen.

Jesse und Lene fuhren herum.

Vor ihnen stand ein kleiner, dünner Mann in schwarzer Hose und schwarzem Rollkragenpullover. Auch seine Haut war schwarz wie Ebenholz. «Ich bin Rudolph», stellte er sich vor und trat auf sie zu. «Bikila war mein Bruder.»

«Ich dachte, er hätte keine Geschwister», staunte Jesse.

«In Äthiopien sind gute Freunde wie Brüder. Hier hatte Bikila nicht viele Freunde. Kannten Sie ihn näher?»

«Was haben sie mit Bikila gemacht?»

«Sind Sie ein Freund?», fragte der Mann zurück.

«Ja», sagte Jesse.

Der Mann wiegte seinen kahlen Kopf bedächtig hin und her, als müsse er zuerst Jesses Antwort abwägen, bevor er weiterredete. «Man wollte mir nicht sagen, was mit ihm geschehen ist. Weil ich nicht wirklich ein Verwandter bin. Aber ich habe es herausgefunden. Ich studiere Journalismus.» Der Mann lächelte fast entschuldigend. «Sie haben ihn wieder rausgeholt, um ihn zu untersuchen.»

«Das haben sie doch schon in Zürich getan. Und dann behauptet, er sei gedopt gewesen.»

«Sie hatten offenbar einen neuen Verdacht.»

«Was für einen Verdacht?»

«Dass jemand mit ihm irgendein Experiment durchgeführt hat.»

«Ein Experiment? Was denn für ein Experiment?»

«Das versuche ich immer noch herauszufinden. Jedenfalls haben sie Bikila in so ein Speziallabor gebracht, um ihn nochmals zu untersuchen. Und letzte Woche haben sie ihn wieder beigesetzt.» Der Mann hob bedauernd die schmächtigen Schultern.

Jesse erstarrte. Er sah den kleinen Mann entsetzt an. Als hätte der Mann ihm mitgeteilt, er sei unheilbar krank.

Lene begriff sofort: Jesse hatte Bikila Asserate sehr gut gekannt. Trotzdem konnte sie seine Reaktion nicht recht verstehen.

Jesse wandte sich ab.

Er stolperte zwischen Grabsteinen und Bäumen herum. Bleib immer wieder stehen. Lehnte sich an Stämme – mit dem Rücken, mit der Schulter, mit der Stirn. Dachte nach. Dann zog er sein Mobiltelefon hervor und wählte eine Nummer.

«Ich bin's!», sagte er, als die Verbindung stand.

«Du?», fragte der Mann am anderen Ende der Leitung.

«Es ist wichtig», sagte Jesse eindringlich. «Weißt du etwas von Bikila?»

«Er ist tot.»

«Natürlich. Aber ich bin hier auf dem Friedhof – die haben ihn wieder aus dem Grab geholt. Weißt du was darüber?»

«Nein.»

«Sie haben ihn nochmals untersucht.»

«Ah, ja.»

«Sie vermuten, dass jemand ein Experiment mit ihm durchgeführt hat.»

«Ah, ja.»

«Warum sagst du fortwährend bloß *ah ja*», brüllte Jesse ins Telefon.

«Bei mir waren sie auch», erwiderte der andere.

«Was?», stammelte Jesse.

«Sie haben mich auch untersucht.»

«Untersucht? Wer?»

«Einer, der immer wieder auftaucht.»

«Wer war das? Nun sag schon.»

«Berger, glaube ich. Und ein Forscher.»

«Was wollten sie von dir?»

«Zuerst das Übliche. Dann reden.»

«Reden? Worüber?»

«Glück.»

«Ich verstehe nicht.»

«Ich auch nicht.»

«Worüber wollten sie mit dir reden?»

«Ich bin müde.»

«Herrgott nochmal!» Jesse starrte auf sein Telefon, als könnte er den anderen so zum Reden bringen.

Es blieb stumm in der Leitung.

Schon glaubte Jesse, der andere hätte aufgelegt, als er dessen schweren Atem hörte.

«Reden worüber?», wiederholte Jesse.

«Über ein Experiment, das man mit Sportlern macht.»

«Himmel, das frag ich doch die ganze Zeit. Was ist denn los mit dir?»

«Ob ich das Experiment sei.»

«Ob du ...» Jesse verschlug es die Sprache. Er schluckte. Dann presste er hervor: «Hat man mit dir ein Experiment gemacht?»

Keine Antwort.

«Wie oft warst du im medizinischen Zentrum?»

«Weiß nicht.»

«Hat man mit dir etwas anderes als die normalen Tests gemacht?»

«Weiß nicht.»

«Hat man mit dir jemals etwas gemacht, von dem du niemandem erzählen solltest?»

«Weiß nicht.»

Verdammt! Warum sagte der nur *weiß nicht*? Warum konnte er sich nicht erinnern? Jesse konnte sich erinnern. Jesse wusste genau, was er im medizinischen Zentrum gemacht hatte. Und er wusste genau, was man mit ihm gemacht hatte. Es waren die normalen Tests. Zweimal im Jahr. Vor der Wettkampfsaison und danach. Es war das Elektrokardiogramm, das Echokardiogramm, die Myelographie, die Respirometrie. Es waren Blutuntersuchungen im Ruhezustand und unter Belastung: Laktat, Insulin, Adrenalin, Cortisol, anhand derer sie seine Form bestimmen und das weitere Trainingsprogramm festlegen konnten.

Es waren nie Experimente.

Es war einfach die beste medizinische Betreuung, die sich ein Athlet wünschen konnte. Dass sie diese Betreuung in der Öffentlichkeit nicht an die große Glocke hängen sollten, hatte rein strategische Gründe. Dass sie unter Kollegen nicht lauthals damit herumprahlen sollten, war verständlich, weil sie exklusiv einem kleinen Kreis ausgewählter Sportler vorbehalten war. Es war eine perfekte, wissenschaftlich geführte Betreuung. Nichts Außergewöhnliches, nichts Geheimes, nichts Illegales. Das wusste Jesse.

Wusste er es wirklich?

«Hallo?!», rief er ins Telefon.

Doch er hörte nur ein Windgeräusch.

Henri Wanjiku stand am offenen Fenster seines Hotelzimmers und sah seinem Mobiltelefon nach, wie es durch die Luft flog und unten auf der Straße zerschellte. Wanjikus Blick verlor sich in der Ferne. Die Sonne stand tief und warf lange Schatten im Park hinter dem Hotel. *Tiergarten* nannten sie ihn.

An den Bäumen hatten sich schon vereinzelte Blätter gelb verfärbt. Ein früher Herbstbeginn. Bald fiel das Laub.

Bald war das letzte Rennen.

Dann war das Jahr vorbei.

Henri Wanjikus Gedanken entbehrten jeder Empfindung.

Weit hinter dem Park ragte eine hohe Säule auf. In der späten Nachmittagssonne glänzte zuoberst eine Statue.

Eine Frau mit gespreizten Flügeln. Ein Engel. In Gold. Die Siegessäule.

Weit weg.

Die Autos unten auf der Straße: weit weg.

Die Welt – weit weg.

Henri Wanjiku spürte, dass diese Welt nicht mehr zu ihm gehörte. Und er nicht mehr zu ihr.

Mit beiden Händen umfasste er das Geländer.

Die Kühle des Metalls war angenehm.

33

Sitzungszimmer 1

Der Dottore tobte.

Eingeladen hatte er zu einer «Lagebesprechung».

Geworden war daraus eine Standpauke sondergleichen.

Wie abgekanzelte Schuljungen saßen sie da: der Experimentator, der Versuchsleiter, der Chefbiologe und der General Manager.

«Glaubt ihr wirklich, es gehe mir um Sport?», brüllte der Dottore und fixierte mit seinen dunklen Augen einen nach dem anderen.

Stumm starrten die vier auf die spiegelglatt polierte Platte des Mahagonitischs.

«Glaubt ihr wirklich, ich sei daran interessiert, ein paar Marionetten tanzen zu lassen? Glaubt ihr, ich wolle am Tropf ihrer Siegesprämien und Werbegelder hängen?»

Der Chefbiologe ballte die Fäuste, bis seine Knöchel weiß hervortraten. Der General Manager wischte sich Holzraspel von der Krawatte, die von einem zerbissenen Bleistift stammten.

«Nein!», schrie der Dottore ihnen ins Gesicht. «Die Sportler sind wie die Viecher in den Ställen. Testmaterial. Wir benutzen sie, weil sie für unser Projekt am besten geeignet sind: Sie sind jung, gesund, risikobereit.» Sein Gesicht verzog sich zu einem höhnischen Grinsen. «Und sie sind uns auch noch dankbar. Weil sie berühmt werden. Weil sie reich werden. Weil sie überhaupt was werden.»

Mit einer Kunstpause ließ er seine Worte wirken .

«Aber darum geht es nicht. Es geht um mehr. Um sehr viel mehr!»

Auf einmal verklärte sich der Blick des Dottore. Seine Stimme wurde leise, fast beschwörend. «Was wir entwickeln, wird für *alle* sein. Was wir erfinden, werden *alle* wollen: mehr Kraft, mehr Leistungsfähigkeit, mehr Gesundheit. Gesundheit bis ins hohe Alter. Jugend. Ewige Jugend. Und ...», er hob beide Arme, breitete sie aus wie ein Prophet, «... wir verkaufen sie ihnen. Wir verkaufen ihnen ihren Traum. Hier, meine Herren, hier liegt der Reiz der ganzen Sache. Kein Geschäft verspricht so viel Gewinn wie das Geschäft mit diesem Traum. Mit dem ältesten Traum der Menschheit überhaupt.

Wir tun nur Gutes für den Menschen. Wir verbessern ihn. Wir haben die Mittel dazu in der Hand, also sind wir auch verpflichtet, sie zu nutzen. Die Natur tut nichts anderes. Sie entwickelt die Arten weiter. Wir entwickeln den Menschen weiter. Die Menschheit wird uns dankbar sein.»

Krachend ließ er seine Hände auf die Tischplatte niedersausen.

«Darum dürfen solche Fehler einfach nicht passieren», schrie er nun wieder laut. «Warum krepieren Leute auf der Piste?»

Die vier Männer starrten ihn an.

«Ihr habt doch alles tausendmal geprüft! Mit den Mäusen, mit den Ratten, mit den Affen. Von mir aus kann auch mal ein Kerl im Labor hopsgehen. Aber doch nicht draußen! Das hat uns die ganze Scheiße eingebrockt. Die kleine Kenianerin konnten wir noch sicherstellen. Aber den Äthiopier haben sie ausgebuddelt, den Finnen konfisziert. Weiß der Teufel, was die an denen alles noch entdecken. Und dann stehen diese Schnüffler bei uns vor der Tür.»

Die vier Männer sanken noch tiefer in ihre Sessel.

Der Dottore bemerkte das sofort. Wieder fixierte er einen nach dem anderen: den Experimentator, den Versuchsleiter, den Chefbiologen, den General Manager. An ihm blieb sein Blick hängen. Der General Manager starrte noch verkrampfter als zuvor auf den glänzenden Mahagonitisch und kaute weiter auf seinem Bleistift herum.

Plötzlich schnellte die feiste Hand des Dottore vor und schnappte sich den Bleistift. «Hören Sie, verdammt nochmal, auf damit!» Er zerbrach den Bleistift und warf ihn auf den Tisch.

«Was verbergen Sie?!»

Schockiert starrten alle auf den zerkauten und zerbrochenen Bleistift vor ihnen auf dem blankpolierten Mahagonitisch.

Der Dottore schnaufte heftig.

Endlich öffnete der General Manager den Mund und presste mit trockener Kehle hervor: «Sie waren hier.»

Der Dottore schaute ungläubig. «Wie bitte?»

«Sie waren hier.»

Der Dottore öffnete den Mund und schloss ihn wieder.

«Heute Morgen.»

Der Dottore schnappte nach Luft. «Warum zum Teufel, werde ich nicht informiert?»

«Wir …» Der General Manager wischte sich verstohlen einen Speicheltropfen des Dottore von der Stirn. «Wir wussten es auch nicht.»

«Sie – wussten – es – nicht?!», stieß der Dottore Wort für Wort hervor.

«Ein Kunde war angemeldet. Zur Inspektion seiner Tiere. Er brachte einen Gast mit. Wir haben ihnen das übliche Programm geboten. Aber schließlich wollte er wissen, ob es möglich sei, dass ein Tier aus den Ställen gestohlen wird.»

«Ja, und?», herrschte ihn der Dottore an. «Ist das möglich?»

«Eigentlich nicht.»

«Eigentlich?»

«Es gibt kein Sicherheitssystem, das nicht auch …»

«Verdammt nochmal! Ich will wissen, ob aus diesen Ställen ein Tier verschwunden ist!»

«Wir wissen es nicht.»

«Also ist eines verschwunden!», schrie der Dottore. «Warum sonst tauchen die hier auf und stellen solche Fragen? Bei welchem Experiment?»

«Myostatin.»

Der Dottore wurde kreidebleich. «Wer ist der Kunde?»

«Doktor Brenn aus Berlin.

«Und sein Gast?»

«Der Leiter des Schweizer Dopinganalyselabors, Thierry Velan.»

Vor Wut schnaubend verschluckte sich der Dottore an den eigenen Worten. «Und – den lasst ihr hier einfach so – rumspazieren?»

«Er war als Wissenschaftler angemeldet.»

Die Miene des Dottore gefror zur Maske.

Stille.

Keiner rührte sich.

Als der Dottore wieder sprach, war seine Stimme kalt. «Wo wohnen sie?»

«Im *Mariott.*»

34

«Das war die reine Show. Ich glaub den Typen kein Wort», knurrte Thierry. «Wäre vielleicht doch besser gewesen, wir hätten sie mit den Fakten konfrontiert.»

«Auf keinen Fall», winkte Steffen Brenn ab. «Wir haben zu wenig in der Hand. Solange die Beweislast nicht erdrückend ist, gibt hier keiner irgendetwas zu.»

«Hm», brummte Thierry und schob sich ein Häppchen in den Mund. Es schmeckte herrlich nach Erdnuss und Zitrone.

Das kleine Restaurant, in dem sie saßen, wurde von einem jungen Paar betrieben. Er, ein rotbärtiger Holländer, sie eine zierliche Indonesierin. Die beiden lebten seit sechs Jahren in Costa Rica, wie sie beim Servieren der köstlichen Vorspeisen erzählt hatten. «Ein Geheimtipp», hatte Steffen Brenn geschwärmt, der das Restaurant von einem seiner früheren Aufenthalte kannte. Es bestand aus nicht viel mehr als einer Küche und einer aus Holz gezimmerten Veranda. Das Restaurant lag hoch oben an der steilen Flanke des Volcán Poás, so weit abgelegen von der Zivilisation, dass Thierry und Brenn im Hotel einen Geländewagen hatten mieten müssen. Mehrmals hatte Thierry auf dem Hinweg geglaubt, sie hätten sich verfahren, doch Brenn versicherte ihm immer wieder, dass in Costa Rica die besten Restaurants an Orten lägen, an denen man sie am wenigsten erwartete.

Thierry ließ den Blick über die Millionen von Lichtern im Valle Central schweifen. «Wahnsinn, diese Aussicht.»

Erst jetzt bei Nacht sah man, wie weit die Siedlungen um San José in die Landschaft der ehemaligen Kaffeeplantagen vorgedrungen waren. Glitzernde und flimmernde Punkte füllten nicht nur die Ebene des weiten Hochtals, sondern zogen sich auch die Hügel hinauf. Das Lichtermeer schien mit dem Sternenhimmel eins zu werden.

Thierry löste den Blick von der Aussicht und hob sein Glas. «Show hin oder her: Wir haben trotzdem viel erfahren.»

«Da bin ich aber gespannt», meinte Brenn.

«Ich weiß, wie die Maus aus dem Labor kam.»

Brenn runzelte die Stirn. «Ach ja? Die überwachen doch jedes Tier auf Schritt und Tritt.»

«Die überwachen Chips», sagte Thierry. «Nicht Mäuse.»

«Und all die Proben, die von jedem Tier genommen und registriert werden?»

«Lässt sich alles austricksen». Thierry schob eine Reisrolle, die mit einem Algenblatt umwickelt war, an den Tellerrand. «Das ist Maus A. Die will ich aus dem Labor schmuggeln. Dazu töte ich sie.» Er steckte einen Zahnstocher in die Reisrolle.

«Okay.» Brenn beugte sich vor.

«Dann brauche ich noch eine zweite. Maus B. Töte ich auch.» Thierry steckte einen Zahnstocher in eine weitere Reisrolle und begann sie mit Messer und Gabel zu zerteilen. «Von Maus B nehme ich, wie vorgeschrieben, alle nötigen Proben. Aber gebe nicht alles Material ins dafür vorgesehene Röhrchen. Die Hälfte lege ich beiseite. Davon merkt das System nichts, da ja das Ohr markiert ist, nicht die Gedärme, die Lunge und das Gehirn. Dann lege ich Maus A auf den Untersuchungstisch. Das wird registriert. Aber anstatt sie zu zerlegen, gebe ich das übriggelassene Material von Maus B in ihr Röhrchen. Und jetzt kommt der Trick.» Er schnitt von der Reisrolle am Tellerrand ein Stück Algenblatt ab. «Von Maus A schneide ich nur das Ohr ab.»

«Ach so, der Chip», dämmerte es Brenn. «Den wirfst du in den Fleischwolf.»

«Zusammen mit Maus B», sagte Thierry. «Das System registriert zwei Mäuse auf dem Seziertisch und zwei Mäuse, beziehungsweise Chips, im Fleischwolf.»

«Und du kannst die ganze Maus A, minus eine kleine Ohrspitze, aus dem Labor tragen. Versteckt in der Hosentasche, unter der Achselhöhle, oder wo auch immer.»

«So ist es», bestätigte Thierry. «Und genau darum fehlte der Maus vor meinem Haus ein Stück Ohr.»

Als sie zum Dessert übergingen, eine Art Pudding, den die Indonesierin *Gula Malakka* nannte, flammte über den Bergen zum Pazifik hin erstes Wetterleuchten auf. Und bald schon zuckten Blitze über den Himmel. Regen setzte ein. Schwere Tropfen klatschten auf die Bäume.

«Was, wenn hinter GeneTica mehr als nur ein Dienstleistungsbetrieb für Tierversuche steckt?», überlegte Thierry. «Chavarria hat gesagt, dass jede Laboreinheit für sich arbeite, dass nichts ausgetauscht würde, kein Material, keine Information. Mag ja sein. Aber als wir da oben auf der Plattform standen und auf all die leuchtenden Laboreinheiten hinuntersahen, musste ich unweigerlich an ein Gehirn denken. Ganz viele Zellen, und alle miteinander vernetzt. Die Daten von all diesen Laborzellen laufen doch im selben Rechner zusammen. Es wäre ein Leichtes, sie dort zu ordnen, zu kontrollieren und auszuwerten.»

Brenn blickte ihn entsetzt an. «Wenn die das tun, verfügen sie über das größte medizinische, genetische und pharmazeutische Wissen auf der Welt. Ich kenne keine namhafte Firma, kein wichtiges Institut, das nicht bei GeneTica Kunde ist.»

«Und das ist nicht Wissen aus Büchern, Wissen von gestern. Das ist Wissen, das noch nirgends publiziert wurde, Wissen von morgen.»

«Scheiße!» Brenn raufte sich die Haare.

Die beiden Männer starrten schweigend in die Nacht hinaus.

Wie aus Kübeln stürzte der Regen jetzt vom Himmel und trommelte tosend auf das Wellblechdach.

«Darf ich Ihnen einen *Cafferica* anbieten?», rief der Wirt aus der Küche. Erst jetzt fiel Thierry auf, dass sie mittlerweile die einzigen Gäste im Restaurant waren und die Wirtsleute mit Aufräumen begonnen hatten.

«Salud, der geht aufs Haus», sagte der Holländer, als er zwei Gläser mit Kaffeelikör auf den Tisch stellte. «Wir gehen dann. Aber Sie können gerne noch in Ruhe austrinken.»

«Sie bleiben nicht hier?», fragte Brenn erstaunt.

«Nein, nein», sagte der Wirt. «Hier wird es in der Nacht viel zu kalt. Warten Sie nur, bis der Regen vorüber ist und die Wolkendecke aufreißt. Dann kühlt es empfindlich ab. Wir sind auf über zweitausend Meter über dem Meer. Nein, nein, unser Häuschen steht weiter unten, wo es wärmer ist. Gute Nacht dann.»

Thierry und Brenn waren überhaupt nicht erpicht darauf, bei sintflutartigem Regen eine steile Schotterstraße hinunterzufahren, die kaum mehr als ein ausgewaschener Feldweg war – und das nach einer Flasche Rotem und einem großen *Cafferica.* Also blieben sie sitzen, schauten den silbernen Wasserfäden zu, die vom Dach herunterliefen, und redeten über Gott und die Welt. Nach einer guten halben Stunde hörte der Regen auf – so plötzlich wie er begonnen hatte.

«Dann wollen wir mal.» Brenn hievte sich vom Stuhl in den Rollstuhl und fuhr in Richtung Parkplatz los. Als er von der Veranda hinunterrollte, versanken die Räder knirschend im Kies. Sofort packte Thierry hinten die Griffe und schob ihn vor sich her.

«Siehst du», meinte Brenn mit einem bitteren Unterton. «Davor habe ich am meisten Angst: jemandem zur Last zu fallen.»

«Kein Problem», sagte Thierry und schob kräftiger.

Der Parkplatz lag im Dunkeln, doch sie sahen es sofort.

«Scheiße», stieß Brenn hervor.

«Das gibt's doch nicht!»

Ihr Mietwagen war weg.

«Wer zum Teufel war das?», fluchte Thierry.

«Jeder», erwiderte Brenn. «Jeder, der hier oben war, kommt in Frage, inklusive der Wirt und seine nette Frau. Das ist Costa Rica. Ein Tico hat mir mal gesagt, dass sich hier sogar Brüder gegenseitig beklauen. Den Wagen kannst du vergessen. Selbst wenn es der Wirt gewesen wäre und wir ihn morgen zur Rede stellten, das brächte nichts. Er wäre freundlich wie immer, während die Karre schon längst bei einem Gebrauchtwagenhändler steht. Mit einer neuen Farbe und einer gefälschten Nummer. Der ist weg – auf Nimmerwiedersehen.»

«Verdammt!», fluchte Thierry und griff nach seinem Mobiltelefon. «Dann müssen die uns holen kommen. Hast du die Nummer des *Marriott*?»

«Nein», erwiderte Brenn. «Ruf die Auskunft an.»

«Scheiße», fluchte Thierry und sah entnervt auf das leuchtende Display seines Telefons.

«Was ist los?»

«Kein Empfang.»

Brenn versuchte seinen Rollstuhl im Kies anzuschieben. «Mit diesem Ding komme ich doch hier nicht runter.»

Thierry blickte sich frustriert um. «Bleibt uns wohl nichts anderes übrig, als hier zu übernachten. Auf der Terrasse vielleicht.»

Brenn schüttelte den Kopf. «Du hast ja gehört, wie kalt es wird.»

«Vielleicht gibt es da irgendwo Decken», erwiderte Thierry und lief zur Terrasse. Kurz darauf war er wieder zurück. «Nichts. Alles weggeräumt und abgeschlossen.»

«Verdammt!» Brenn schlug wieder auf die Armlehne. «Dann aber nichts wie runter.»

Thierry schob den Rollstuhl an.

Was bei der Hinfahrt noch ein Feldweg war, hatte sich in der Zwischenzeit in ein Bachbett verwandelt. Der Schotter war lose und vom Regen rutschig. Andauernd glitt Thierry aus, stieß in der Dunkelheit gegen große Steine oder geriet mit dem Rollstuhl in Löcher. Nasse Zweige schlugen ihm ins Gesicht. Nach kürzester Zeit war er vollkommen durchnässt. Er fror und schwitzte zugleich. Seine Hände verkrampften sich um die Griffe, bis sie gefühllos waren.

Auch Brenn war nass bis auf die Haut und schlotterte am ganzen Körper. Mit beiden Händen klammerte er sich an seinen Rollstuhl, um nicht in hohem Bogen hinausgeschleudert zu werden.

«Geht's?», fragte Thierry.

«Bring uns einfach hier runter. Ich friere wie ein Schlosshund.»

Thierry biss die Zähne zusammen und stolperte weiter.

Er spürte förmlich, wie Brenns Stimmung mit jedem Meter Abstieg weiter sank.

Thierry beschloss, nichts mehr zu sagen. Bis er weit vorne in der Dunkelheit die geteerte Straße glänzen sah.

«Wir haben es bald geschafft!», keuchte er und blieb schwer atmend stehen.

Auch Brenn keuchte, als ob er selber gelaufen wäre.

Jetzt spürten sie, dass es hier unten deutlich wärmer war als oben im Restaurant. Und gleich würden sie die Straße erreichen. Vielleicht hatten sie sogar Glück und es kam ein Auto vorbei, das sie mitnehmen würde.

Thierry erholte sich rasch.

«Also vorwärts, auf in die Zivilisation.» Er umfasste die Griffe des Rollstuhls und legte sich ins Zeug.

Sein Handy klingelte plötzlich.

«Wo steckst du denn?», rief Catherine, als er das Telefon aus der nassen Hosentasche gefingert und abgenommen hatte. «Ich suche dich schon den ganzen Tag.»

«Die ganze Nacht meinst du.»

«Warum schaltest du das Handy denn aus?»

«Ich habe es gar nicht ausgeschaltet. War bloß an einem etwas abgelegenen Ort spazieren», antwortete er sarkastisch.

«Hier läuft die Sache heiß.»

«Hier auch, kann man sagen.»

«Wir wissen jetzt, was das für ein ominöses Gerät ist, das man in Brüssel gefunden hat.»

«Sag schon!»

«Ich gebe dir jemanden, der es dir besser erklären kann», erwiderte Catherine. Dann knackte es in der Leitung.

«Ich habe der Frau Beniston bei der Interpretation des kriminaltechnischen Untersuchungsberichts etwas geholfen», nuschelte die Stimme von Professor Beuret.

Thierry drückte die Lautsprechertaste, damit Brenn mithören konnte.

«Interessantes Gerät», sagte Beuret. «Wirklich sehr interessant.»

«Was ist es?»

«Eine Gen-Kanone.»

«Eine Gen-Kanone?»

«Ein Gerät, das in der Pflanzenbiotechnologie gebräuchlich ist. Man braucht es, um Pflanzenzellen genetisch zu verändern. Man gibt reine DNA zu einer Zellkultur, feuert einen Stromstoß ab, wodurch sich in den Zellwänden feinste Poren öffnen, und die DNA dringt in die Zellen ein. Nur sind diese Gen-Kanonen natürlich viel kleiner als das Ding hier. Damit, so würde ich schätzen, kann man Rinder behandeln – oder Menschen.»

«Scheiße», stieß Thierry hervor. «Na, warten Sie mal mit Ihrer Beurteilung, bis Sie sich alles angehört haben», brummte Beuret. «Vorne an diesem Gerät gibt es diesen feinen Kanal, wo man eine Injektionsnadel aufsetzen kann.

Sie erinnern sich. In diesem Kanal fand die Polizei feinste Spuren einer Flüssigkeit. Sonst gab es an dem Gerät rein gar nichts zu entdecken: keine Fingerabdrücke, keine DNA-Spuren. Aber die Substanz in diesem Kanal ist ein ganz besonderer Saft: siRNA.»

«Was für ein Saft?»

«Short inhibiting RNA.»

«Und was ist das für ein Zeug?»

«Stellen Sie sich einen Bremsklotz vor, mit dem man ein Auto am Wegrollen hindert. So funktioniert siRNA. Das sind kurze Stücke genetischen Materials, die ganz selektiv die Wirkung eines Gens ausschalten. Und damit sind wir wieder bei Ihrer Maus, Herr Velan. In der Kanone war der Bremsklotz für das Myostatin-Gen.»

«Mein Gen! Die tun es tatsächlich!» Brenn sackte in seinem Rollstuhl zusammen und verbarg das Gesicht in den Händen.

«Und was macht das Ding? Menschen genmanipulieren?», rief Thierry.

«Viel raffinierter», sagte Beuret. «Viel raffinierter. Diese Manipulation wäre örtlich und zeitlich begrenzt, weil die siRNA nicht ins Genom eingebaut, sondern von der Zelle langsam verdaut wird. Mit siRNA können Sie ein Gen ausschalten, wo und wann immer Sie wollen. Ausschalten, einschalten, ausschalten, wie es beliebt.»

«Aber wozu das Ganze?»

«Ich würde sagen, das Ding ist ein Muskel-Reparaturgerät. Mit einem Schuss Myostatin-Blocker heilt ein verletzter Muskel wohl über Nacht. Raffinierte Idee.»

«Aber das ist viel zu früh!», rief Brenn. «Das ist doch noch nicht so ausgereift, um es bei Menschen anzuwenden.»

«Wem gehörte das Gerät?», fragte Thierry.

«Wie gesagt: keine Fingerabdrücke, keine DNA-Spuren. Keine Hinweise. Leider.»

Thierry ballte verzweifelt die Faust.

Plötzlich erklang wieder Catherines Stimme aus dem Telefon. «Da ist noch was: Luc hat die Liste mit allen verstorbenen Sportlern der letzten fünf Jahre. Ich geb ihn dir.»

Luc sprach nüchtern und sachlich. Doch Thierry hatte das Gefühl, in einem Kreuzfeuer zu stehen. Jede einzelne Information war ein Geschoss, das bei Thierry einschlug wie eine Granate.

Der finnische Speerwerfer war ebenfalls genetisch manipuliert. Unter seinen zahlreichen Tattoos hatten die Gerichtsmediziner in Brüssel kleine Narben gefunden, die von chirurgischen Eingriffen stammten. Jemand hatte ihm dort genveränderte Muskelstammzellen eingepflanzt. Diese Zellen produzierten IGF-1, einen Wachstumsfaktor, der dem Mann diese unglaublichen Muskeln wachsen ließ. Bloß der Herzmuskel, der prinzipiell anders aufgebaut war als die Skelettmuskulatur, zeigte offenbar eine Reaktion, mit dem die Urheber der Manipulation nicht gerechnet hatten: Er wehrte den Wachstumsfaktor ab.

«Eine klassische Autoimmunreaktion», sagte Luc. «Der Herzmuskel wurde im Gegenteil immer schwächer und der Speerwerfer starb tatsächlich an Herzversagen.

Aber nun weiter auf der Liste der unerklärlichen Todesfälle: ein russischer Diskuswerfer mit Brustkrebs. Jeder weiss, dass diese Krankheit bei Männern praktisch nicht vorkommt. Trotzdem hat sich niemand groß Gedanken darüber gemacht, als der Mann starb. Wir nehmen an, dass er einen Wachstumsfaktor verpasst gekriegt hat. Der hat dann aber nicht nur die Muskeln wachsen lassen, sondern auch einen Tumor.»

Luc schilderte Todesfall um Todesfall: junge Leichtathleten, die an seltsamen Infektionen gestorben waren, an tödlichen Immunreaktionen und im Fall einer jungen amerikanischen Weitspringerin sogar an einem allergischen

Schock. Vermutlich ausgelöst durch die Viren, die ihr für den Gentransfer verabreicht worden waren. «Entweder war die Injektion verunreinigt oder die Dosis zu hoch. Ihr Immunsystem kollabierte augenblicklich», sagte Luc. «Und ganz neu noch ein Toter, bei dem ich mir aber nicht sicher bin, ob er auch auf diese Liste gehört.»

«Warum nicht?»

«Weil – wie soll ich sagen – weil sein Tod keine medizinische Ursache hat.»

«Sondern?»

«Er hat sich vom Balkon des Hotelzimmers gestürzt.»

«Wer?», fragte Thierry tonlos.

«Henri Wanjiku.»

Thierry bekam weiche Knie. Henri Wanjiku, tot.

Mechanisch gab er Luc Anweisungen, was zu tun sei. Dann brach er die Verbindung ab. Um ihn herum begann sich alles zu drehen. Er suchte Halt am Rollstuhl.

«Das ergibt Sinn», hörte er sich zu seiner eigenen Überraschung sagen. «Das ergibt alles Sinn. Es hat Konzept. Sie haben drei eminent wichtige Gene: Myostatin für Kraft, Epo für Ausdauer, Endorphin für Willen. Es fehlt nur noch eines für Geschwindigkeit. Dann haben sie alle Zutaten für den perfekten Athleten.»

Er schob den Rollstuhl an, der geteerten Straße entgegen. «Jetzt schalten wir die Polizei ein!»

«Vergiss es», entgegnete Brenn.

Thierry hielt abrupt an. «Wie bitte?»

Brenn zeigte ins Tal hinunter, wo zwischen den letzten vereinzelten Bäumen nun wieder die Lichter der Stadt zu sehen waren. «Welches ist das größte Licht da unten?»

Thierry sah sofort, was Brenn meinte. Inmitten der Lichtpunkte von Gebäuden und umwogt von den Leuchtspuren des nie zur Ruhe kommenden Verkehrs strahlte ein riesiges Quadrat hell in die Nacht: GeneTica.

«So wie dieses Gebäude das Tal dominiert, so beherrscht die Firma den Staat», sagte Brenn. «GeneTica ist wirtschaftlich dermaßen stark, dass Costa Rica die Staatsrechnung doppelt führt. Einmal mit GeneTica, einmal ohne. Allein die Erfolgszahlen dieser Firma bestimmen, ob das Bruttoinlandprodukt des Landes im Minus oder im Plus liegt. Ohne GeneTica schrumpft Costa Ricas Wirtschaft; mit GeneTica ergibt sich ein Wachstum von satten zehn Prozent. Glaubst du, dass die Polizei, die Staatsanwaltschaft oder wer sonst auch immer gegen GeneTica vorzugehen wagt?»

Als sie die asphaltierte Straße erreichten, zeigte sich am östlichen Horizont der erste rosa Schimmer des neuen Tages. In den Bäumen begannen die ersten Vögel zu zwitschern. Hohe und schrille Laute. Dann tiefe und gurrende. Bis daraus rasch ein ganzes Konzert aus den verschiedensten Vogelstimmen wurde. Eine Schar kleiner grüner Papageien flog an ihnen vorbei. Zwei Tukane mit riesigen gelben Schnäbeln wippten durch den Morgenhimmel. Doch Brenn und Thierry hatten keine Augen für die Schönheit der Natur.

Schweigend und verbissen hetzten sie weiter abwärts, der Stadt entgegen, die in der Ferne brummend erwachte. Plötzlich ertönte hinter ihnen das Geräusch eines Motors.

Thierry drehte sich um. Das Fahrzeug kam in zügigem Tempo den Berg herab.

Ein goldener Nissan Pathfinder.

Eines jener Modelle, die auf Understatement machten, vom Kenner aber als Luxuskarossen erkannt wurden. Ein Modell, wie sie eines im Hotel gemietet hatten.

Thierry hielt den Rollstuhl an und hob die Hand, um dem Fahrer zu signalisieren, dass sie mitgenommen werden wollten.

Dann erkannte er das Nummernschild. Es war ihr Wagen!

Thierry entspannte sich. Ein blödes Versehen also! Jemand hatte ihren Wagen unabsichtlich mitgenommen und brachte ihn jetzt zurück.

Im selbem Moment, in dem er das dachte, realisierte Thierry jedoch, wie absurd das war. Und gleichzeitig sah er, dass der Fahrer, der eine Sonnenbrille trug, nicht abbremste. Im Gegenteil. Mit heulendem Motor schoss der Pathfinder direkt auf ihn und Brenn zu.

Thierry fuhr herum, packte den Rollstuhl, stieß ihn vorwärts.

Ein gewaltiger Schlag traf ihn. Schmerz durchzuckte ihn. Er spürte, wie er in die Luft geschleudert wurde, wie sein Oberkörper vornüberkippte, wie die Beine über den Kopf stiegen, die Arme in der Luft ruderten und die Hände ins Leere griffen.

Wie damals. Als Tété, sein Großvater, Thierry an jenem Sonntagmorgen auf dem Pferd mitgenommen hatte. Tété hatte gesagt, er wolle ihm einen geheimen Ort zeigen; er sei der Einzige, dem er das Geheimnis verraten würde. Sie waren noch vor dem Morgengrauen losgeritten. Direkt hinter ihrem Hof durch den Weinberg, dann dem von Büschen umsäumten Bach entlang bis zu dessen Quelle. Weiter bis zur Kuppe hoch, wo sie angehalten hatten, um zu warten, bis die Sonne hinter den Bergketten aufstieg. Der Großvater hatte nicht viel gesprochen. Erst als Thierry bemerkte, dass diese Stelle überhaupt nicht geheim war und dass er schon oft hier oben gewesen sei, hatte Tété ihn gefragt: «Hast du hier schon einmal die Sonne begrüßt?»

Jener Morgen hatte sich in Thierrys Gedächtnis eingeprägt. Denn er hatte begriffen, dass es nicht nur darauf ankam, *was* man sah, sondern auch *wie.* Und gleichzeitig war es das letzte Mal gewesen, dass er auf einem Pferd gesessen hatte. Nach Sonnenaufgang hatten sie ihre mitgebrachten Brote verzehrt und heißen Tee aus der Thermosflasche getrunken. Dann hatte Tété ihn an Orte geführt, an denen Thierry wirklich noch nie gewesen war. Hinter einem kleinen Dorf, an dessen Namen sich Thierry später nicht mehr erinnern konnte, waren sie vom Weg abgebogen und quer über die Wiese galoppiert. Der Großvater voraus, Thierry ihm nach. «Schneller!», hatte Thierry gebrüllt und Tété überholt. Er hatte sein Pferd angetrieben, den Wind in den Haaren gespürt und war der Sonne entgegengeprescht, direkt auf den Wiesenbach zu. Tété hatte ihm etwas hinterhergebrüllt, während Thierry seinem Pferd in die Flanken getreten hatte für den großen Sprung.

Danach hatte er nur noch registriert, wie sein Kopf plötzlich unter dem Körper war, wie Arme und Beine ruderten und die Hände ins Leere griffen.

Genau wie jetzt.

Thierry erfasste die wahre Absurdität seiner Situation: Niemand würde sich erklären können, wie zwei Ausländer, einer davon im Rollstuhl, im Morgengrauen und weitab der nächsten Siedlung von ihrem eigenen Mietwagen überfahren werden konnten. Im Wagen würden nur seine eigenen Fingerabdrücke und die von Brenn zu finden sein, weil der Fahrer mit der Sonnenbrille auch Latexhandschuhe getragen hatte. Es würde keine DNA-Spuren geben, keine Textilfasern. Außer seine eigenen und die von Brenn. Denn der Fahrer hatte auch eine Kopfhaube und einen Overall getragen.

Ob er sich später an all diese Details erinnern würde? Dann fragte Thierry sich noch dumpf, ob der Aufprall schon vorüber war.

Drei

«Ich kann nicht für diese Resultate verantwortlich gemacht werden, weil ich nie wissentlich verbotene Substanzen verwendet habe oder jemandem erlaubt habe, sie mir zu verabreichen.»

Justin Gatlin am 30. Juli 2006 auf CNN daily, nachdem seine A- und B-Proben positiv auf Steroide getestet worden waren.

35

Das Licht war warm, seine Seele leicht. Es roch nach Nelken. Bunte Vögel flatterten umher, bis ein großer weißer Vogel kam und sie vertrieb. Das Jenseits hatte Thierry sich nicht so vorgestellt. Aber es war hier durchaus angenehm.

«Geht's, Chérie?», fragte eine Stimme, die keinesfalls dem lieben Gott gehörte. Und sofort verflüchtigten sich Wärme, Leichtigkeit und Nelkenduft.

Schmerz durchfuhr ihn.

Und der Traum war vorüber.

Thierry hob den Kopf. «Sylvie?», stöhnte er.

«Bonjour», begrüßte ihn seine Frau und strich ihm mit der Hand über seine schweißnasse Wange. Sie lächelte. «Du hast ziemlich wirres Zeug geredet. Da dachte ich, es sei besser, wenn ich dich wecke.»

Thierry blinzelte. «Wo bin ich?»

«Zu Hause.»

Erst jetzt bemerkte Thierry, dass er bei sich daheim im Wohnzimmer auf seiner Lieblingsliege lag. Im Kamin knisterte ein Feuer. Und es roch intensiv nach Nelken.

«Und die bunten Vögel?», fragte Thierry.

Sylvie lächelte. «Das waren wohl Maurice und Maxim, die dich ziemlich unsanft wecken wollten.»

«Dann warst du der große weiße Vogel», sagte Thierry lächelnd und griff nach dem Glas, das seine Frau ihm hinhielt. Schmerz schoss wieder durch seinen rechten Arm. Er ließ ihn sinken und sah, dass er geschient war.

«Vorsicht», sagte Sylvie. «Deinen Arm musst du noch etwas schonen.» Sie führte das Glas an seine Lippen.

Das Wasser tat Thierrys trockener Kehle gut.

«Was ist passiert?», fragte er.

«Ihr hattet einen Unfall in Costa Rica», sagte Sylvie geduldig, als hätte sie ihm das schon mehrfach erklärt. «Du hattest Glück im Unglück.»

«Costa Rica!» In Thierrys Kopf formten sich Gedankenfetzen zu einer Erinnerung: die Kaffeelandschaft, der weiße Kubus darin, das Labor, GeneTica.

«Und ich war die ganze Zeit ohnmächtig?»

«Nein, nein», lächelte Sylvie. «Aber du hast ein paar Gedächtnislücken und vergisst laufend, was gerade passiert. Dein Gehirn wurde anscheinend ordentlich durchgerüttelt. Aber der Arzt meint, das sei bald wieder in Ordnung.»

Langsam dämmerte es Thierry: Nach dem Besuch im Labor waren sie zu einem Restaurant am Fuß des Vulkans gefahren. Gewaltiger Regen, das gestohlene Auto, der mühsame Abstieg vom Berg hinunter, er schob den Rollstuhl mit …

«Und Steffen?», fragte Thierry besorgt. «Wie geht es ihm?»

«Frag ihn selbst», lächelte Sylvie und zeigte zum Kamin hinüber. «Ihr entschuldigt mich einen Moment.»

Thierry drehte den Kopf, so gut er konnte. Auf der Kaminbank saß Steffen Brenn und grinste.

«Ich bin okay», sagte er. «Außer ein paar Schrammen. Du warst ja so nett, mich vorsorglich in den Straßengraben zu kippen. Das hat mir vermutlich das Leben gerettet. Ich danke dir.»

Thierry lächelte. Ein Schmerz über dem Auge zwang ihn aber, das sofort wieder bleiben zu lassen. Er tastete mit den Fingern über seine Stirn – und spürte ein großes Pflaster.

«Eine zünftige Platzwunde», meinte Brenn. «Mit fünf Stichen genäht.»

«Ach so», stöhnte Thierry. «Ich war ja im Spital. Und wie bin ich dorthin gekommen?»

«Lange Geschichte», meinte Brenn und begann dann zu erzählen, was sich in jenen frühen Morgenstunden am Hang des Volcán Poás zugetragen hatte. Je länger er redete, desto mehr geriet er in ein Feuer, als erlebte er das Ganze noch einmal.

Noch bevor der Geländewagen Thierry erfasst hatte, war Steffen Brenn aus dem Rollstuhl geschleudert worden. Er stürzte die steile Böschung hinunter, versuchte sich irgendwo festzuklammern, an Ästen, Steinen, großen Blättern. Doch er fand keinen Halt, bis ihn endlich ein großer Felsblock stoppte.

Er blieb liegen, das Gesicht gegen den nasskalten Stein gedrückt, unfähig, sich zu rühren. Schrammen und Wunden überall. Nicht eine Stelle war an seinem Körper, die nicht unerträglich schmerzte. Sämtliche Glieder mussten gebrochen sein.

Er konnte nur warten, bis Thierry ihm zu Hilfe kam. Doch es tauchte kein Thierry auf, der besorgt zu ihm herunterrief, ob alles in Ordnung sei.

«Thierry!», rief Brenn verzweifelt.

Keine Antwort.

«Thierry!»

Oben auf der Straße blieb es still.

Auch vom Auto war nichts mehr zu hören.

Da begriff Brenn langsam, was geschehen war: Der Wagen hatte nicht gebremst. Er war ihnen auch nicht ausgewichen. Im Gegenteil: Der Fahrer hatte absichtlich auf sie zugesteuert.

Und plötzlich durchfuhr es ihn wie ein Stromschlag: Es hatte Thierry erwischt!

Brenn versuchte, Arme und Beine zu bewegen.

Es tat höllisch weh. Aber offenbar war doch nicht alles gebrochen.

Er begann auf allen vieren zu kriechen. Versuchte, die Böschung hochzukommen, wobei ihn zu seinem eigenen Erstaunen sein gelähmter Fuß nicht mal so sehr behinderte. Es war so steil, dass man ohnehin nur kriechen konnte. Aber die spitzen Lavabrocken waren kaum zu sehen, zugedeckt unter großen Blättern und Gestrüpp. Immer wieder griff Brenn auf Steine scharf wie Klingen. Nach wenigen Metern waren seine Hände blutig, die Hose zerfetzt, die Haut an den Knien aufgescheuert.

Brenn biss auf die Zähne, ignorierte allen Schmerz, kämpfte sich hoch, Meter um Meter. Und schaffte es bis auf die Straße.

Dort lag Thierry mit einem bizarr verdrehten Arm auf dem Asphalt. Regungslos. Das war der Moment, in dem sein Instinkt die Führung übernahm. *Autopilot* hatten das die Kollegen während der Ausbildungszeit auf der Notfallstation immer genannt. In Situationen, in denen andere die Nerven verloren, war Brenn die Ruhe selbst, er legte jede Emotion ab, sein Verstand arbeitete vollkommen analytisch und ließ ihn instinktiv das Richtige tun. Eine äußerst nützliche Gabe für einen Arzt.

So schnell er konnte, kroch er zu Thierry. Und sah sofort die Platzwunde über dessen rechtem Auge. Weitere Verletzungen fand er keine, doch der Puls war sehr schwach. Thierry brauchte sofort Hilfe.

Brenn suchte sein Handy. Es war nicht da.

Es lag irgendwo am Abhang unter Gestrüpp. Es zu suchen war zwecklos.

Brenn tastete in Thierrys Hosentasche.

Da war der Autoschlüssel – und sein Telefon!

Als er es herauszog, fielen einzelne Tasten und Kunststoffsplitter auf die Straße.

«Verdammt!» Brenn warf das Telefon ins Gebüsch.

Dann wurde er sofort wieder ruhig. Und ihm wurde klar, dass er Hilfe holen musste. Koste es, was es wolle.

So vorsichtig er konnte, brachte er Thierry in Seitenlage, dann kroch er zum Rollstuhl, der etwas weiter oben am Straßerand lag. Er schien intakt zu sein.

Brenn stellte ihn auf und hievte sich hinein.

Die Straße vor ihm ging abwärts, also brauchte er ihn nur rollen zu lassen – und zu bremsen. Unmöglich mit seinen zerschundenen Händen. Hastig durchsuchte Brenn die Beintaschen seiner Hose. Der Leatherman war noch da! Er klappte die Klinge auf, packte das Ende eines der Hosenbeine, schnitt zwei Fetzen Stoff ab und wickelte sie sich um die wunden Hände.

Dann ließ er den Rollstuhl den Berg hinuntersausen. Nach wenigen hundert Metern hatte das Blut die Stofffetzen durchtränkt. Doch er musste weiter, er musste einen Rettungswagen für Thierry organisieren – so schnell wie möglich.

Dann, als ob es das Normalste der Welt wäre, stand hinter der vierten Kurve der Pathfinder. Ordentlich geparkt. Niemand saß drin.

Was hatte das zu bedeuten?

Wartete der Verrückte irgendwo versteckt? Mit einer Knarre? Hatte er ihn im Visier?

Brenns Hände begannen zu zittern.

Doch es gab kein Zurück mehr. Und zu fliehen war sinnlos. Langsam ließ er sich vorwärtsrollen. Erreichte den Pathfinder und öffnete die Tür.

«Und der Schlüssel steckte!», rief Brenn, als könnte er es noch immer nicht glauben. Seine Wangen glühten. «Ich also nichts wie rein in den Wagen und dann zu dir hinauf. Du immer noch am Boden. Ich packe dich auf die Ladefläche – frag mich nicht wie – und rase los. Gleich in der ersten Kurve erwische ich die Kupplung statt der Bremse, weil ich ja nur den linken Fuß benutzen konnte», fuhr Brenn fort. «Im letzten Moment schaffe ich die Kurve. Und bis wir im Krankenhaus sind, geht es schon ganz passabel. Alles mit links, sozusagen», lachte Brenn. «Und kaum unten angekommen, erwachst du aus deiner Ohnmacht.

Weil du so gut trainiert wärst, meinen die Ärzte, habe dir der Zusammenprall mit dem Wagen außer dem gebrochenen Arm und den Prellungen nichts gemacht. Aber die Kopflandung müsstest du wohl noch etwas üben.»

«Werde mir Mühe geben», erwiderte Thierry grinsend. Dann wurde er plötzlich ernst. «Moment mal. Den Autoschlüssel. Den hatte ich doch in der Hosentasche.»

Brenn nickte grimmig. «Siehst du: Die wussten, dass wir da oben im Restaurant waren; die wussten, mit was für einem Auto wir dahin gefahren sind; und die konnten sich auch problemlos einen Zweitschlüssel besorgen. Ich sage ja: Unser Gegner ist zu allem fähig.»

«Die wollten uns umbringen», sagte Thierry erschrocken.

Brenn dachte nach. «Glaube ich nicht. Da gäbe es effektivere Methoden. Die wollten uns lediglich zeigen, dass sie Bescheid wissen, dass sie uns unter Kontrolle haben, dass sie mit uns machen können, was sie wollen. Vielleicht kamen sie auch zu dem Schluss, dass ein toter Dopingfahnder und ein toter Kunde ein zu großes Risiko darstellen. Besser also, man bringt zwei wie uns durch Einschüchterung zum Schweigen.»

«Krasse Fehleinschätzung», knurrte Thierry. «Das beweist, dass wir auf der richtigen Spur sind.»

«Das sehe ich genauso. Bloß haben wir keinerlei Beweise, dass unsere Spur zu GeneTica führt.»

Sylvie kam ins Wohnzimmer zurück. «Wer mag *Tarte au vin cuit*?» Mit zwei dicken Ofenhandschuhen bewaffnet stellte sie ein großes Kuchenblech auf den Kaminsims.

«Mein Lieblingsgebäck!», rief Thierry. «Von meiner Lieblingsbäckerin.»

«Heute läuft das unter Medizin», sagte Sylvie und küsste Thierry. Sie verteilte den Kuchen und schenkte Tee ein.

«Lasst's euch schmecken.»

Noch bevor sie den ersten Bissen nehmen konnten, hupte es draußen im Hof.

Sylvie lief zum Fenster.

«Ein Wagen!»

«Und, wer ist's?» fragte Thierry.

«Nie gesehen.»

Schon lief Sylvie aus dem Haus.

Nach Thierrys Einschätzung hätte sie längst beim Wagen sein müssen, doch die Hupe verstummte nicht.

Und plötzlich hörten sie Sylvies Stimme voller Panik: «Thierry!»

Brenn und Thierry schossen gleichzeitig auf. Brenn packte die Krücken. So schnell sie konnten, liefen sie in den Hof.

Direkt in gleißend helles Scheinwerferlicht.

Die Hupe heulte in die Nacht hinaus.

Sie liefen auf den kleinen Wagen zu. Ein Peugeot. Neben der geöffneten Fahrertür stand Sylvie und starrte mit vor Entsetzen geweiteten Augen Thierry und Brenn an. «Schnell!»

Im Auto saß eine dunkelhaarige Frau. Sie war vornüber auf das Lenkrad gesackt.

Brenn trat zum Wagen und berührte die Frau an der Schulter. «Madame!»

Die Frau rührte sich nicht.

Brenn zog sie vom Lenkrad weg. Endlich gab die Hupe Ruhe.

Langsam wandte die Frau ihnen das Gesicht zu. Angst und Verzweiflung verzerrten ihre Züge zu einer grausigen Fratze.

«Wer sind Sie?», rief Brenn. «Was ist passiert?»

Er beugte sich zu der Frau hinunter und sah ihr in die Augen. «Hören Sie mich, Madame?»

Die Frau stieß einen röchelnden Laut aus.

«Schnell, einen Krankenwagen!», rief Brenn zu Sylvie.

Sie rannte ins Haus zurück.

Thierry starrte die Frau im Auto an. Ihr Gesicht hatte eine ovale Form, ihre Haut die Farbe von Milchkaffee: eine Latina, die man unter anderen Umständen zweifellos als hübsch bezeichnet hätte. Ihre dunklen Augen waren mandelförmig. Diese Augen hatte er schon einmal gesehen. Aber wo?

«Sie wollen mich töten», keuchte die Frau.

«Wer?», fragte Brenn mit fester Stimme. «Wer will Sie töten?»

Die Frau öffnete den Mund, wollte etwas sagen. Aber sie brachte nur einen kehligen Laut hervor.

Sylvie kam angerannt, hinter ihr die aufgeregten Zwillinge. «Der Krankenwagen ist unterwegs!», rief Sylvie.

«Gut», sagte Brenn und wandte sich wieder der Frau zu. «Wer will Sie töten?»

Ihr Mund öffnete sich wieder. Ein bizarres Pfeifen war zu hören, dann ein Wort, das wie *Firma* klang.

«Eine Firma?»

Ein Hustenanfall schüttelte die Frau, dann brachte sie mühsam hervor: «Sie haben gestern Ruth getötet.»

«Wer ist Ruth?»

«Ruth», keuchte die Frau, «Ruth.» Wieder hustete sie. «Gómez Delgado»

Ihre Augen flackerten und weiteten sich flehend.

Und plötzlich wusste Thierry, wo er diese Augen gesehen hatte: bei GeneTica, im Labor, die Frau mit der Maus.

«Wer sind Sie?», rief Thierry.

Doch anstelle einer Antwort brachte die Frau nur ein Röcheln hervor. Dann sackte ihr Kopf nach vorn.

«Bleiben Sie wach!», sagte Brenn und tätschelte ihr die Wangen. «Halten Sie durch. Gleich kommt Hilfe.»

«Hey, hört mal!», rief Sylvie aufgeregt. Sie hatte die hintere Tür des Wagens geöffnet und unter dem Fahrersitz die Handtasche der Frau gefunden. Sie hielt ihren Personalausweis in der Hand. «Rosa Luz Gómez Delgado. Sekretärin bei der costaricanischen UNO-Delegation in Genf.»

«Die Schwester!», rief Thierry. «Das ist die Schwester der Frau im GeneTica-Labor.»

Plötzlich bäumte sich die Verletzte auf, sog gierig Luft in ihre Lungen. Ein Pfeifen und Quietschen drang aus ihrem Mund. Sie spuckte Blut bis an die Windschutzscheibe, dann quoll hellroter Schaum zwischen ihren Lippen hervor. Die Frau hustete erneut. Ihr ganzer Körper zuckte. Wobei ihre Jacke verrutschte und den Blick auf ihre weiße Bluse freigab.

Im Stoff klaffte ein dunkelrotes Loch.

Entsetzt starrte Thierry darauf und begriff sofort: Lungendurchschuss.

«Warmes Wasser, Gazetücher und Desinfektionslösung», orderte Brenn, als gäbe er Befehle im Operationssaal.

Sylvie rannte abermals los.

«Und einen Schlauch!», rief Brenn ihr nach. «Einen dünnen!»

Dann riss er der Frau die Bluse auf.

Der Einschuss befand sich knapp unterhalb der linken Brust – der Killer hatte wohl aufs Herz gezielt. Ein kreisrundes Loch mit scharfen Rändern. Da aus dem Rücken kein Blut drang, musste das Projektil noch in der Lunge stecken.

Sylvie kam mit einem Eimer und Gazetüchern angerannt. Sofort nahm Brenn ein Tuch, benetzte es und reinigte den Mund der Frau.

«Druckverband», wies er Thierry an. «Direkt ins Loch.»

Thierry schnappte sich Gazetücher, rannte um das Auto herum, riss die Tür auf, kniete auf den Beifahrersitz, legte ein zusammengeknotetes Tuch direkt auf die Einschussstelle und drückte mit aller Kraft darauf.

«Den Schlauch», befahl Brenn.

«Ich habe keinen», rief Sylvie völlig außer sich.

«Ich brauche sofort einen Schlauch», erwiderte Brenn ungerührt. «Die Frau erstickt uns sonst.»

«Maxim!», schrie Thierry, während er noch immer den blutgetränkten Stoffknoten in die Wunde der Frau presste. «Die Aquariumpumpe!»

Sofort liefen die Zwillinge los.

Die Schwerverletzte bäumte sich auf. Sie rang nach Luft. Mit einem Tuch versuchte Brenn ihre Mundhöhle, so gut es ging, zu reinigen.

Dann kamen die Zwillinge zurück. «Geht der?», rief Maxim. In seiner Hand hielt er einen transparenten Silikonschlauch.

«Und ob der geht!» Brenn nahm den Schlauch, streckte ihn Sylvie hin. «Desinfizieren. Einfach voll drüber.»

Sylvie kippte die Desinfektionslösung über den Schlauch.

Brenn blies ihn aus.

«Jetzt nicht bewegen», wies er die Frau an und sah ihr eindringlich in die Augen. Er fasste sie an der Stirn und drückte ihren Kopf ins Genick. Dann führte er den Schlauch in den offenen Mund ein und schob ihn weiter bis in die Luftröhre.

Die Frau hustete nass. Wehrte sich.

Thierry ließ den Druckverband fallen, packte ihre Schultern und hielt sie fest. Brenn nahm das andere Ende des Schlauchs in seinen Mund und sog daran.

Langsam kroch der rosa Schaum durch den transparenten Schlauch hoch und verschwand in Brenns Mund.

Er spuckte ihn aus.

Nahm den Schlauch wieder in den Mund und sog.

Die Frau gurgelte.

Brenn spuckte wieder Blut aus.

Schob den Schlauch tiefer.

Sie wollte sich ihm entwinden.

Thierry hielt sie mit aller Kraft fest.

Brenn sog.

Und spuckte aus.

Dann zog er den Schlauch heraus.

«Weiter runter darf ich nicht.» Er wischte sich den blutigen Mund mit einem Tuch sauber.

Die Augen der Frau weiteten sich, als endlich wieder Luft in ihre Lungen drang.

«Ich …» Sie hustete. Keuchte. «Ich … habe die … Mäuse hingelegt.»

Thierry starrte sie an. «Was wissen Sie von den Mäusen?»

«Ruth … hat sie … geschickt.» Ein neuer Hustenanfall bahnte sich den Weg aus der kollabierenden Lunge. Wieder spuckte die Frau rosa Schaum. Dann presste sie einzelne Worte hervor: «Ruth … wollte … nicht …»

Ihr Kopf fiel vornüber.

«Durchhalten!,» beschwor sie Brenn. «Was wollte Ruth nicht?»

Plötzlich fiel zuckend blaues Licht in den Hof.

Reifen knirschten im Kies.

Polizisten und Sanitäter kamen herbeigerannt. Sie hoben die Frau auf eine Trage und brachten sie zum Rettungswagen.

Thierry lief ihnen nach.

«Was wollte Ruth nicht?», flehte er die Verletzte an.

Die Frau sah ihn mit schreckensweiten Augen an.

Röchelnd nahm sie ihre letzten Kräfte zusammen und presste mühsam hervor. «Experimente … Sportler … sterben.»

Ein Sanitäter schob Thierry zur Seite und stülpte der Frau eine Sauerstoffmaske über.

Ein Polizist bat Brenn, im Streifenwagen mitzukommen.

Dann rasten die Autos los, dass die Kieselsteine in alle Richtungen spritzten.

Ebenso entsetzt wie erschöpft blieben Thierry, Sylvie und die Zwillinge zurück.

Als der Motorenlärm schon lange verklungen war, standen sie noch immer im Hof und schauten zur Ausfahrt. Dann ging Thierry langsam zum Wagen der Frau. Er setzte sich auf den Beifahrersitz und betrachtete fassungslos die Blutspritzer an der Windschutzscheibe.

«Jetzt haben wir eine Zeugin», sagte er leise.

Dann löschte er die Scheinwerfer.

36 Lene saß auf einem Klappstuhl im Hintergrund des Fotostudios und beobachtete durch ein Dickicht aus Stativen, Lampen und Reflektoren Jesse bei der Arbeit. Sie war fasziniert, wie locker und sicher er sich am Set bewegte. Als hätte er nie etwas anderes gemacht, als hätte er schon immer Modell gestanden. Er scherzte mit dem Art Director über Belangloses, folgte den Anweisungen der Fotografin, wenn sie seine Körperhaltung korrigierte, ließ die Stilistinnen an sich herumhantieren und gab so ganz nebenbei auch noch Antwort auf die Fragen einer Reporterin. Er war umgänglich und geduldig gegenüber allen Leuten am Set. Und trotzdem ließ er nie den geringsten Zweifel aufkommen, wer das Sagen hatte.

«Okay», meinte die Visagistin und legte einen großen Pinsel in ihren Kosmetikkoffer zurück.

Der Art Director trat einen Schritt zurück und inspizierte über den Rand seiner schwarzen Hornbrille hinweg sein Werk: Jesse – bis auf einen kleinen schwarzen Tanga nackt – in lauernder Stellung, so wie kurz vor dem Start. Jeder seiner Muskeln gespannt bis zum Äußersten. Das Licht fiel von schräg oben über seinen Körper, zeichnete jeden einzelnen Muskel plastisch nach und brach sich in sorgsam auf der dunklen Haut platzierten Wasserperlen. Jesse glich kaum noch einem Menschen, sondern einer bravourös inszenierten Rennmaschine.

Der Art Director war sichtlich zufrieden. Klarer konnte die Botschaft nicht sein: der menschliche Körper als perfektes Design. Der Inbegriff von *Power* und *Performance*. Werte, die der weltgrößte Sportartikelhersteller für sich in Anspruch nahm. Und weil Jesse diese Werte ohne jede Zugabe verkörperte, würde auf dem Kalender kein Fetzen Stoff und kein Logo zu sehen sein. Lediglich eine dezente Schrift unter den edlen Aktaufnahmen würde klarmachen, worum es ging: *«Pure Perfection.»*

Der Art Director nickte der Fotografin zu.

Sie schoss die erste Bildserie.

«Sehr gut», rief sie und drückte noch ein paarmal ab.

Sie veränderte ihre Position.

«Komm, jetzt gib's mir!», forderte sie mit kehliger Stimme und drückte wieder ab.

Langsam spannte Jesse die Muskeln am Oberschenkel, sodass sie noch stärker hervortraten.

«Jaaa!», rief die Fotografin ekstatisch.

Die Frau flirtete mit Jesse, lobte ihn und feuerte ihn an, schoss Bild um Bild, bis der Art Director «Danke!» rief.

Er erhob sich aus seinem Regiestuhl, wischte sich über den kahlrasierten Schädel. «Gestorben», befand er und meinte damit, dass er hatte, was er wollte.

«Nächste Einstellung: Sixpacks», befahl er. Sofort waren wieder die Frauen mit Puder, Pinseln und Pomade zur Stelle. Sie trugen Pasten auf, verwischten sie. Trugen eine nächste Schicht auf und verrieben sie. Sie pinselten und pützelten an seinem Bauch herum und gaben dem Kunstwerk so den letzten Schliff.

Quer durchs Studio warf Jesse Lene einen Blick zu. «Alles okay?»

Lene zwinkerte zurück. «Alles okay.»

Sie wusste: Auch wenn ein halbes Dutzend Frauen an Jesses nacktem Körper herumhantierten, war keine ihm so nah wie sie. Keine wusste, was in diesem weltgewandten Showman vor sich ging. Niemandem außer ihr gewährte der gnadenlose Kämpfer und unbezwingbare Sieger Einblick in sein Herz und seine Seele. Niemand außer ihr hatte erfahren dürfen, wer dieser Mensch wirklich war.

Niemand, außer ihr.

Seit sie zusammen in das zerschmetterte Gesicht von Henri Wanjiku geblickt hatten, der mit gebrochenen Gliedern in einem Aluminiumsarg lag, waren sie sich wirklich nah. In jenem Moment war zwischen ihnen etwas geschehen, das sie mehr verband als tausend Liebesschwüre. Seit diesem Moment waren sie wirklich ein Paar. Zwischen ihnen gab es keine Geheimnisse mehr.

Lene lächelte.

«Voilà», sagte die Visagistin.

Jesses Bauch war fertig präpariert.

Zwei Reihen praller Muskelpakete glänzten im Licht. Die Schweißperlen glitzerten wie Morgentau auf einer Statue im Park.

Der Art Director prüfte das Bild am Monitor. «Mehr Schweiß», orderte er. «Auf diesem Bild muss die ganze Anstrengung des Athleten sichtbar werden. Hier muss es geschehen. Hier vereinigen sich Kraft und Erotik.»

Sofort sprühte die Maskenbildnerin Schweiß nach.

Jesse spannte und entspannte die Muskeln in rascher Folge, bis sich ein Tropfen löste und langsam über den Bauch nach unten rann.

«Und action!», rief der Art Director und sank erschöpft in seinen Regiestuhl.

Bis Jesse und Lene die steile Treppe vom Fotostudio in den Innenhof hinaufstiegen, war es Nachmittag. Die Sonne reichte gerade noch über die Dächer und beschien einen üppigen Knöterich, der sich an der Fassade emporrankte. Die Luft war lau. Im Café an einer Ecke des Hofes saßen junge Leute und schwatzten; Touristen ließen sich von einem Reiseführer die Geschichte des Häuserblocks erklären.

Seit der Wiedervereinigung Deutschlands waren die Häuser am Prenzlauer Berg aufwendig saniert worden. Das ganze Viertel hatte in kürzester Zeit den DDR-Mief abgestreift und war zum szenigsten Viertel von Berlin avanciert: schicke Boutiquen, Galerien für moderne Kunst, Antiquitätengeschäfte waren eröffnet worden. Werber, Filmleute und Fotografen hatten sich hier angesiedelt. Doch bei aller Modernisierung hatte man die Spuren der Vergangenheit ganz bewusst nicht vollständig getilgt. Im Gegenteil: Das Bewahren des Hässlichen war Mittel der Bewältigung. So hatte man den Durchgang zur Straße mit zerbrochenen und abgeschlagenen grauen Kacheln im alten Zustand belassen. Davor war eine dicke Glasscheibe angebracht worden, die die Verlotterung zum Denkmal erhob. Zwischen und auf den Kacheln prangten Kritzeleien, die eine wütende DDR-Jugend kurz vor der Wende mit dünnen Filzstiften angebracht hatte.

«Nicht mal Spraydosen hatten die», meinte Jesse.

Als er und Lene auf den Gehweg traten, überkam ihn wieder dieses Gefühl von Freiheit: eben noch der Megastar im Fotostudio, drehte sich hier auf der Straße kein Mensch nach ihm um. Ein Gefühl, das er seit langem vermisst und erst hier in Berlin wiedergefunden hatte.

Er genoss es.

«Lass uns U-Bahn fahren», rief er und fasste Lenes Hand.

Eine Viertelstunde später stiegen sie am Potsdamer Platz aus.

Vor ihnen erhoben sich Wolkenkratzer aus Glas und Stahl in den Himmel. Die futuristische Rundkuppel des Sony-Centers, das monumentale Carlton Ritz, der weite Platz mit viel Verkehr, Scharen von Menschen.

«Wie zu Hause», sagte Jesse unvermittelt und blieb stehen.

«Zu Hause?» Im ersten Moment verstand Lene nicht. Dann folgte sie seinem Blick, der den Glasturm der Deutschen Bahn fixierte. Eine moderne Skyline vor dem weiten Himmel, in dem der Wind eine Schar versprengter Schäfchenwolken vor sich her trieb. «Du denkst an New York?», fragte sie. «Ist das für dich immer noch *zu Hause*?»

«Wird es wohl immer bleiben.»

«Möchtest du wieder dort leben?»

«Nein.» Jesse schüttelte den Kopf. «Aber manchmal habe

ich das Gefühl, ich hätte als kleiner Junge dort schon alles gesehen, was das Leben sonst noch bereithält.» Er zeigte zum Hotel. «Sieht doch aus wie das Rockefeller Center.» Er betrachtete lange das Hochhaus mit seiner sandfarbenen Fassade, den Reihen hoher Fenster. «Aber eigentlich geht es ja nicht um Häuser und Plätze. Es geht um Gefühle. Kann es sein, dass man schon als Kind alle Stimmungen und Empfindungen durchlebt, die einem das Leben zu bieten hat?»

«Wie meinst du das?»

«Damals war ich der Schnellste in meiner Gang. Heute bin ich der Schnellste der Welt. Aber das, was ich jetzt nach einem Sieg fühle, unterscheidet sich in nichts von dem, was ich damals empfunden habe, wenn ich den Bullen entwischt bin. Glück fühlt sich offenbar immer gleich an.»

Als sie engumschlungen auf den Eingang des Hotels zusteuerten, wurde die Fassadenbeleuchtung eingeschaltet. Das Gebäude wirkte geradezu festlich. Festlich auch die Stimmung in der Eingangshalle. Mächtige Leuchter spiegelten sich in den vergoldeten Kapitellen der weißen Marmorsäulen.

«Mr. Brown.»

Jesse drehte sich um.

Hinter der Rezeption winkte ihm ein Angestellter in schwarzem Jackett zu. Als sie zu ihm traten, sagte er mit diskret gedämpfter Stimme: «In der Regel weisen wir Personen ab, die hier auf unsere werten Gäste warten wollen. Aber da ist ein Herr, der sich ausgewiesen hat und Sie dringend sprechen möchte.» Mit seiner behandschuhten Hand zeigte er quer durch die Halle, wo sich in diesem Moment neben dem offenen Kamin eine mächtige Gestalt aus einem der tiefen Plüschsofas erhob.

«Das darf doch nicht wahr sein!», stieß Jesse hervor.

«Soll ich den Sicherheitsdienst rufen?», fragte der Rezeptionist sofort.

«Danke, ist schon gut», lehnte Jesse ab und wandte sich dem Mann zu, der mit dynamischen Schritten auf sie zukam. «Sag bloß nicht, schon wieder eine Kontrolle!»

«Leider doch», erwiderte Hans Berger.

«Jetzt übertreibt ihr's aber langsam», knurrte Jesse ihn an und wandte sich dann an Lene. «Das ist Hans Berger. Ich habe dir von ihm erzählt. Hans, das ist Lene, meine Partnerin.»

Berger reichte ihr die Hand. «Ich habe viel von Ihnen gehört.»

Es folgte ein Moment peinlichen Schweigens.

«Nun denn» sagte Jesse. «Wo soll das Ganze stattfinden?» Er wollte die Sache möglichst rasch hinter sich bringen.

«Es ist diesmal etwas komplizierter», sagte Berger und suchte nach den richtigen Worten. «Ich muss dich auffordern mitzukommen.» Er streckte Jesse ein Dokument entgegen.

Jesse überflog das Papier und hob erstaunt die Augenbrauen. «Und was soll das für ein Test sein?»

Berger hob bedauernd die Hände und warf einen Seitenblick auf Lene: «Das darf ich in Anwesenheit Dritter leider nicht sagen.»

«Komm schon», meinte Jesse halb im Scherz und halb verärgert. «Ich habe keine Geheimnisse vor Lene.»

Berger seufzte, hob wieder die Hände. «Es wird nicht lange dauern. Eine Stunde – höchstens.»

«Und wenn ich mich weigere?»

«Jesse», seufzte Berger abermals. «Du weißt, das hätte eine Sperre zur Folge.»

Jesse schluckte trocken. «Was liegt denn überhaupt gegen mich vor?»

«Das steht alles im Anhang der Vorladung. Ich erkläre dir alles. Unter vier Augen.»

Jesses Blick glitt unschlüssig von Lene zu Berger. Und wieder zurück. «Liebes, wartest du oben auf mich?»

Lene sah ihn an. In ihrem Gesichtsausdruck eine Mischung

aus Enttäuschung und Entrüstung. «Dann laufe ich lieber noch ein wenig durch die Stadt. Bis dann.» Sie machte auf dem Absatz kehrt und zog in Richtung Ausgang davon.

«Lene!» So war es doch nicht gemeint. «Lene!» Jesse wollte ihr nachlaufen.

Berger hielt ihn am Arm zurück. «Das gilt nicht dir. Sie ist doch eigentlich auf mich sauer, weil ich euch den Abend verdorben habe. Das bin ich gewohnt. Bis du wieder zurück bist, hat sich das gelegt.»

Als Jesse mit dem Kontrolleur vor das Hotel trat, sah er Lene mitten im Gewühl davoneilen. Kaum hatte er sie entdeckt, war sie auch schon weg. Dann tauchte ihr Kopf etwas weiter vorne wieder auf, um gleich darauf erneut zu verschwinden. Wie ein Ball im aufgewühlten Meer hüpfte ihr blonder Schopf durch die wogende Menge, bis Jesse sie endgültig aus den Augen verlor.

«Komm», sagte Berger. «Bringen wir es hinter uns.»

37

Ihre Zeugin war tot. Rosa Luz Gómez Delgado hatte die Fahrt ins Krankenhaus von Lausanne nicht überlebt. Und es gab keinerlei Hinweise dafür, dass GeneTica irgendetwas mit dem Tod der Frau zu tun gehabt hätte. Es gab auch sonst keine Spur, die auf irgendeine Täterschaft hätte schließen lassen. Das Verbrechen trage eindeutig die Handschrift des kolumbianischen Drogenkartells, meinte der Staatsanwalt. Wenn in Europa scheinbar unbescholtene Personen südamerikanischer Herkunft ohne erkennbares Motiv getötet würden, sei es immer dieselbe Geschichte: Profikiller räumten nutzlos gewordene Drogenkuriere beiseite. Gestützt sahen die Ermittlungsbehörden diese These durch den Umstand, dass praktisch gleichzeitig auch Rosa Luz' Schwester in

Costa Rica umgebracht worden war. Offenbar funktionierten die beiden Frauen als «Luftbrücke». Der Fall war klar und damit abgeschlossen.

Frustriert hieb Steffen Brenn die Krücken auf den Boden, als er durch den langen Krankenhauskorridor ging. Wieder zurück in der Charité, zog er es vor, sich nicht mehr im Rollstuhl fortzubewegen. Es war Training. Die Krücken hielten die Muskulatur des Oberkörpers und des gesunden Beins bei Kräften, und auch dem Bein mit dem gelähmten Fuß tat es gut, gebraucht zu werden.

Er ging zum Ende des Korridors und öffnete die Tür zum Treppenhaus neben dem Aufzug. Dann begann er die Stufen hinunterzuhumpeln.

Mehr noch als die Untätigkeit der Ermittlungsbehörden frustrierte ihn die Tatsache, dass GeneTica seine Entdeckung gestohlen hatte. Was er für kranke Menschen entwickeln wollte, missbrauchte die Firma bei gesunden Sportlern. Und er konnte es weder beweisen noch verhindern.

Diese Erkenntnis machte ihm schwer zu schaffen. Aber sie hatte in ihm auch eine langgehegte Absicht zum festen Entschluss reifen lassen.

Mit sich herumgetragen hatte er die Idee schon seit Jahren. Von dem Moment an, in dem er von seiner Krankheit erfahren hatte, war für ihn klar gewesen, dass er nicht einfach zusehen würde, wie sich sein Körper langsam zersetzte; dass er nicht bei klarem Verstand in einem kranken Leib gefangen sein wollte; und dass es einen letzten und für ihn logischen Ausweg aus dem Leiden gab. Wann aber der richtige Zeitpunkt dafür war, wollte er ganz allein bestimmen.

Doch jetzt diktierten plötzlich die äußeren Umstände den Takt. Er war in Zugzwang geraten. Darum würde er es tun. Noch diese Nacht.

Brenn erreichte keuchend das Erdgeschoss der Poliklinik. Und schlüpfte wieder in die Rolle des pflichtbewussten, routinierten Arztes. Denn bevor er sein Vorhaben in die Tat umsetzen konnte, gab es noch etwas anderes zu erledigen.

Er humpelte die lange Reihe blauer Türen entlang, hinter denen sich die Untersuchungszimmer befanden, bis zur Nummer 27.

Jesse staunte, als die Tür aufging. Angekündigt hatte Berger einen Arzt, der diesen speziellen Dopingtest vornehmen würde. Doch der Mann, der jetzt das Untersuchungszimmer betrat, sah eher aus wie ein Abenteurer: zerzauster Lockenkopf, T-Shirt und olivgrüne Worker-Hose. Nur die Krücken passten nicht so recht ins Bild.

Mit einem offenen Lächeln streckte der Mann Jesse die Hand entgegen. «Ich bin Steffen Brenn.»

Obschon Jesse stinksauer war – er hatte mit Berger kein Wort mehr gewechselt, seit sie im Untersuchungszimmer saßen –, fand er diesen Arzt nicht unsympathisch. Er hatte etwas Verwegenes an sich, schien einer jener Typen zu sein, die es immer weiterzog, die Neues entdecken wollten, die sich für eine Sache einsetzen und kämpfen konnten. Das gefiel Jesse.

Er schüttelte Brenn die Hand. «Jesse Brown.»

Der Arzt setzte sich ihm gegenüber auf einen Stuhl.

Berger hielt sich im Hintergrund. Ebenso die Krankenschwester, die in einer Ecke des Untersuchungszimmers damit beschäftigt war, medizinische Instrumente auf einem Rollwagen zu sortieren.

«Sie wissen, warum Sie zu diesem Test vorgeladen wurden?» fragte Brenn.

«Nicht ganz», antwortete Jesse zögernd, obwohl er es in der Vorladung gelesen hatte.

«Okay», sagte Brenn. «Ich bin Spezialist für Muskelerkrankungen. Darum hat mich die Welt-Anti-Doping-Agentur gebeten, einen etwas besonderen Test an ihnen durchzuführen.» Er drehte den Kopf zu Hans Berger. «Herr Berger sorgt dafür, dass alles mit rechten Dingen zugeht.»

Dann erklärte er Jesse, dass die Dopingfahnder einem außergewöhnlichen Fall auf der Spur seien. Er erwähnte die jungen Athleten, die in den letzten Jahren auf mysteriöse Art verstorben waren. Er nannte all die Anwärter auf die Golden League, die in diesem Jahr gestorben waren: Airimu Ngugi, deren Leichnam von ihrer Familie verkauft worden war; Bikila Asserate und Mikki Hämäläinen, bei denen die Obduktion gezeigt hatte, dass sie genetisch verändert worden waren; und schließlich Henri Wanjiku, der in den Tod gesprungen war, und bei dem man gerade erst an diesem Morgen ebenfalls hatte nachweisen können, dass er genetisch manipuliert war.

«Genetisch manipuliert. Ich verstehe nicht», sagte Jesse. Dabei hatte er längst kapiert, worum es ging: *das Experiment.* Der Arzt sprach von diesem Experiment, von dem schon Henri geredet hatte.

Aber was hatte das mit ihm zu tun?

Jesse wusste nichts von einem *Experiment.*

Ja, er hatte die anderen gekannt. Ja, sie hatten sich jeweils im medizinischen Zentrum getroffen. Ja, man hatte sie angewiesen, in der Öffentlichkeit nicht darüber zu sprechen.

Aber ein Experiment?

Es gab kein Experiment.

Jesse wollte gerade Luft holen, um dem Arzt genau das zu sagen, als ihm klar wurde: Sie verdächtigten ihn.

Ihm wurde gleichzeitig heiß und kalt, ihm war schwindlig zumute.

Und als der Arzt langsam weitersprach, hörte Jesse alles nur noch wie aus weiter Ferne.

«Aus den molekularbiologischen Untersuchungen, die wir an den Verstorbenen durchgeführt haben, schließen wir, dass jemand mit Genen experimentiert, die für Sportler wichtig sind: Gene für Kraft, Ausdauer, Wille. Was noch fehlt, ist Geschwindigkeit.»

Jesse starrte den Arzt an, als hätte dieser ihm sein Todesurteil eröffnet.

Mit trockener Zunge versuchte er, seine Lippen zu benetzen. Dann flüsterte er leise: «Ich weiß nichts von einem Experiment.»

«Das glaube ich Ihnen gern», erwiderte Brenn ruhig. «Wahrscheinlich wusste niemand etwas davon. Genau darum müssen wir diesen Test mit Ihnen machen. Um Klarheit zu schaffen.» Er hielt einen Moment inne, als überlegte er, ob er das Folgende sagen sollte. «Vielleicht ist es auch zu Ihrem Schutz.»

«Zu meinem Schutz?»

«Ja. Die anderen Fälle zeigen, welche dramatischen Nebenwirkungen die genetische Manipulation von Menschen haben kann.»

Jesse blickte ihn entsetzt an. «Ich fühle mich gesund.»

«Trotzdem möchte ich jetzt gerne eine Probe nehmen» insistierte Brenn. «Wir brauchen ein kleines Stückchen Gewebe aus Ihrem Muskel.»

«Ein Stück … aus meinem … ?»

«Zwanzig Milligramm. Etwa so viel wie ein halbes Streichholz», erklärte Brenn geduldig und nahm vom Instrumentenwagen, den die Krankenschwester zu ihm herangerollt hatte, einen Apparat. Weiß, in der Form einer Pistole, aus der eine furchteinflößend dicke Nadel herausragte. «Wir führen diese Kanüle durch die Haut ein – genau bis an die Oberfläche des Muskels. Dann schießt im Innern der Kanüle eine Hohlnadel nach unten und stanzt eine Probe aus dem Muskel.»

Jesse zuckte zusammen.

«Keine Bange, wir betäuben die Haut oberflächlich. Und der Muskel selbst empfindet keinen Schmerz.»

«Das können Sie mir nicht weismachen», protestierte Jesse,

der allmählich seine Sprache wiederfand. «Meine Muskeln empfinden Schmerz.»

«Ich weiß: Muskelkater oder Schmerzen nach einer Zerrung. Aber das ist etwas anderes. Von dieser Nadel werden Sie rein gar nichts spüren.»

«Aber danach. Das letzte Rennen steht an.»

«Ich weiß.» Brenn redete im Ton eines Arztes, der schon manchem Patienten eine unangenehme Untersuchung hatte schmackhaft machen müssen. «Und Sie werden dieses Rennen laufen wie eh und je. Wie gesagt: Sie spüren nichts, und ich gebe ihnen jede Garantie, dass es auch keine Nachwirkungen gibt.»

«Jesse», räusperte sich Hans Berger, der die ganze Zeit still auf seinem Stuhl gesessen und die Szene beobachtet hatte. «Vertrau uns. Die Wada ordnet bestimmt keinen Test an, der dir schadet.»

Jesse holte tief Luft. «Ich sage es noch einmal: Ich weiß nichts von irgendwelchen Experimenten. Ich habe nie eine illegale Substanz eingenommen, gespritzt oder sonst wie angewendet. Ich bin sauber – verdammt nochmal!»

Berger seufzte und schüttelte bedauernd den Kopf. «Das sind genau die Worte, die ich immer wieder höre, wenn wir Proben nehmen. Und ich garantiere dir, jeder Dopingsünder hat genau so geredet, bis ihm die A-Probe, die B-Probe und womöglich auch noch das Gericht oder gleich mehrere Gerichte eindeutig Doping nachweisen konnte. Alle behaupteten, sie seien unschuldig. Aber weißt du was, Jesse?» Er hielt inne, als ob er eine Antwort von Jesse erwartete. Sein Gesicht spiegelte halb Mitleid, halb Verzweiflung wider. «Dir glaube ich, dass du unschuldig bist. Aber beweisen kannst du es nur mit dieser Probe.»

Als Jesse endlich mit heruntergezogener Hose bäuchlings auf dem Untersuchungstisch lag, desinfizierte die Krankenschwester seine Pobacke und setzte eine Spritze zur Lokalanästhesie. Dann legte sie ein grünes OP-Tuch mit einem Loch auf die Stelle, wo die Probe entnommen werden sollte.

«Spüren Sie das noch?», fragte Brenn.

«Was?»

«Ich zwicke Sie mit einer Pinzette.»

Jesse spürte nichts.

Brenn griff nach dem Biopsie-Apparat. «Ich durchstoße jetzt die Haut», erläuterte er.

Jesse empfand nicht mehr als einen dumpfen Druck, so als würde ihm jemand mit dem Finger auf den Hintern drücken.

«Wir sind an der Muskeloberfläche», sagte Brenn. «Ich zähle jetzt bis drei, dann steche ich. Sie müssen ganz stillhalten. Bereit?»

Jesse nickte stumm.

«Eins, zwei ...»

Im selben Moment, in dem Brenn *zwei* sagte, hörte Jesse das feine *Zipp-zipp* der Nadel, die in seinen Muskel schnellte und wieder zurückfuhr.

«... und drei. Hat es wehgetan?»

38

Das dunkelrote Würmchen, das vor Steffen Brenn in einer flachen Glasschale auf dem Tisch lag, sah aus wie ein Stück rohes Hackfleisch. Vorsichtig fasste er es mit einer Pinzette. Ein kleines Stückchen nur, aber von unschätzbarem Wert. Es enthielt das Geheimnis des schnellsten Mannes der Welt. Und es war womöglich der Schlüssel zu der ganzen Affäre. Wenn die histologischen und molekularbiologischen Untersuchungen dieses Muskelgewebes ergaben, dass auch Jesse Brown genetisch manipuliert war, wäre das ein handfester Beweis für Gen-Doping. Und sie hätten einen lebendigen Zeugen.

Oder einen Täter?

Vielleicht ein Opfer, überlegte Brenn, während er die Gewebeprobe auf eine mit Kochsalzlösung getränkte Gaze legte, sie ausrichtete und mit einer zweiten, feuchten Kompresse zudeckte.

Die Begegnung mit dem Athleten hatte ihn tief beeindruckt. Weniger wegen seiner Persönlichkeit. Der junge Mann war nervös gewesen, geradezu schockiert, als Brenn ihm eröffnete, worum es ging. Doch das war wohl normal, wenn man vom Dopingfahnder aus dem Hotel geholt und zu einem Test ins Krankenhaus gebracht wurde.

Beeindruckt hatte Brenn vielmehr die schier unglaubliche Perfektion dieses Körpers. Es war ein so gewaltiger Unterschied zu dem, was er sonst den ganzen Tag lang zu sehen bekam. Und ausgerechnet in dem Moment, als Brenn die Stanznadel in den mächtigen *Glutaeus maximus* des Sportlers hatte sausen lassen, war in ihm die Frage aufgestiegen, ob diese Perfektion tatsächlich ein Produkt der Gentechnik sein konnte.

Brenn legte den Deckel auf die Schale und beschriftete das Etikett mit allen nötigen Angaben. Als Letztes schrieb er mit rotem Filzstift EXPRESS darauf.

Er war sich bewusst, dass er diesen Athleten womöglich idealisierte, weil er sich als Arzt sonst nur mit schwachen, kranken und behinderten Menschen befasste und weil er selbst … Brenn wünschte sich, dass dieser junge Mann kein Betrüger war.

Er stellte die Petrischale in einen mit Eis gefüllten Styroporbehälter, griff zum Telefon und wählte die Nummer des Labors.

«Hier Brenn. Die Probe ist bereit.»

Als Brenn das Untersuchungszimmer verließ, verspürte er plötzlich den Wunsch, nach Paul zu sehen. Es war, als zwänge ihn eine Macht, sich mit einem Besuch bei dem Duchenne-Jungen wieder auf den Boden der Realität zurückzubringen. Er sah auf die Armbanduhr: Wenn er Glück hatte, war Paul noch nicht im Bett.

Jetzt nahm er den Aufzug, um zur Krankenstation für Kinder und Jugendliche zu gelangen. Er fand Paul dort, wo er ihn erwartet hatte: im Computerraum.

Der Junge hatte seinen schweren elektrischen Rollstuhl vor einem Bildschirm geparkt, auf dem es flimmerte und flackerte. Aus den Lautsprechern knallte und krachte es, und martialisches Kampfgeschrei erfüllte den Raum.

Paul saß regungslos da.

Doch Brenn registrierte, dass sich der Kopf des Jungen fast unmerklich bewegte. Er hatte die Steuerkonsole der Playstation dicht vor seinem Gesicht positioniert – den Joystick mit dem Zungentouchpad zwischen den Zähnen – und steuerte eine Schar Monsterkämpfer durch eine wüste Schlacht.

Paul war so sehr in sein Spiel vertieft, dass er den Arzt nicht hatte kommen hören.

Brenn blieb in der Tür stehen und sah ihm zu.

Der Junge, fast schon ein Mann und fast schon tot, bot einen Anblick, an den selbst Brenn sich stets aufs Neue gewöhnen musste. Ein unförmiger Berg aus Fett, der immer mehr aus seinem Rollstuhl herausquoll. Wie eine Amöbe, die sich über einen Fremdkörper stülpte.

Doch hätte Brenn ihn jetzt gefragt, wie es ihm gehe, Paul hätte mit seinem Sprechcomputer geantwortet: «Danke, Doc, es geht.»

Paul klagte nie.

Wie lange würde er noch durchhalten?

Oder müsste die Frage vielmehr lauten: Wann würde der Tod ihn erlösen?

Was wollte Paul? Durchhalten oder erlöst werden?

Brenn hatte ihm diese Frage noch nie gestellt. Doch jetzt, als er sah, wie der vollständig gelähmte Junge die virtuellen Muskelprotze aufeinander loshetzte, kannte er die Antwort.

Leise zog er die Tür des Computerzimmers zu.

Im Korridor des Bürotraktes flammten vor Brenn der Reihe nach die Lampen auf, wenn er in den Bereich des nächsten Bewegungssensors kam. Das metallische Klicken der Krücken hallte von den Wänden wider. Um diese nachtschlafende Zeit war hier oben außer ihm niemand mehr unterwegs.

Das Bild des Superathleten wollte Brenn nicht aus dem Kopf. Das des gelähmten Paul auch nicht. Missbrauchte der eine, was er, Brenn, für den anderen hatte entwickeln wollen? Die beiden Begegnungen hatten seinen Entschluss nur noch gefestigt.

Er würde es tun.

Er würde sein Schicksal jetzt selbst in die Hand nehmen. Er, der schon als Grundschüler den Wannsee der Länge nach durchpaddelt und als Student den Yucon-Fluss allein mit dem Kajak bezwungen hatte, er, der auf den höchsten Gipfeln jedes Kontinenten gestanden hatte und sich den Mount Everest für seinen fünfzigsten Geburtstag hatte aufsparen wollen – nein, er würde sich nicht im Rollstuhl durch die Landschaft karren lassen.

Brenn bog um die Ecke und erreichte sein Büro. Er stieß die Tür auf, humpelte zum Schreibtisch, lehnte die Krücken daran und ließ sich in seinen Bürosessel fallen. In diesem alten, abgewetzten, unendlich bequemen Ding hatte er ganze Nächte lang gesessen und nachgedacht: über seine Patienten, seine Arbeit, die Wissenschaft – und über die Grausamkeit der Gene.

Noch bevor ein Mensch geboren wurde, wussten die Gene alles über sein Leben. Sie wussten, welche Krankheiten später einmal ausbrechen würden, aber auch welche Talente in einem Menschen schlummerten, welche Neigungen. Es gab Gene, die man mit geistigen Fähigkeiten in Zusammenhang brachte oder mit Gewalttätigkeit. Wurde ein Mensch also nicht nur mit dem Schicksal seiner Krankheit geboren, sondern auch mit jenem, Nobelpreisträger zu werden oder Mörder?

Gegen eine genetisch bedingte Krankheit konnte man sich nicht wehren. Konnte man es gegen die Vorbestimmung zum Mörder? Was lag in den Genen, was an der Umgebung? Was hatte man trotz seiner Gene noch selbst in der Hand? Wer bestimmte das Leben eines Menschen?

Wer bestimmt meines?, fragte sich Brenn.

Hatte er sein Leben selbst bestimmt?

Hatte er seine Talente genutzt?

Was hatte er erreicht in seinem Leben?

Er hatte eine weltweit anerkannte medizinische Abteilung aufgebaut. Hatte vielen Patienten die schlimmsten Jahre ihres kurzen Lebens erträglicher gemacht und war dafür geliebt worden. Er hatte große Forschungserfolge gefeiert und stand mit der Gentherapie kurz vor dem Durchbruch.

Und seine Therapie würde nicht nur einem, zwei Patienten mit einer extrem seltenen Erbkrankheit zugutekommen, sondern Tausenden, die an Muskelschwund litten. Die Entdeckung würde Furore machen.

Doch war das alles noch etwas wert, wenn ihm jetzt jemand so kurz vor dem Ziel alles aus den Händen riss?

Er hatte viel gearbeitet. Sehr viel. Hatte sich auf sein Ziel konzentriert. Verbissen?

Sie hatte es ihm vorgeworfen.

Ella.

Mit ihr hatte er sein Leben verbringen wollen. Mit ihr hatte er sich gut gefühlt, war bei sich gewesen. Obwohl sie so verschieden waren. Oder vielleicht gerade deswegen? Sie die Künstlerin, er der Naturwissenschaftler.

Aber dann war plötzlich noch etwas dazugekommen. Der Wunsch nach Kindern. Mit Ella hatte er sich welche gewünscht. Doch erst mit diesem Wunsch war ihm wirklich bewusstgeworden, wie dunkel der Schatten war, der über ihm schwebte. Diese Krankheit, die er in sich trug, die ihn früher oder später zum Pflegefall machen würde. Und die er auch an seine Kinder weitergeben würde.

Würde er damit umgehen können? Dürfte er es ihnen verschweigen? Wäre er verpflichtet, es ihnen zu sagen? Könnte er ihnen beim Spielen zusehen, ohne dabei andauernd daran denken zu müssen, dass auch sie eines Tages im Rollstuhl enden würden?

Zu viele Fragen, auf die er keine Antwort gefunden hatte.

Darum hatte er sich gegen Kinder entschieden.

Und Ella gegen ihn.

Von da an hatte er sich tatsächlich verbissen in seine Arbeit gestürzt. Hatte gegen die Krankheit angekämpft, die einen Teil seines Lebens zerstört hatte, noch bevor sie ausgebrochen war. Und jetzt – kurz bevor er am Ziel seiner Arbeit war – hatte sie ihn eingeholt.

Und GeneTica hatte ihm sein Lebenswerk gestohlen.

Wütend stieß er sich mit dem gesunden Bein vom Schreibtisch ab und rollte auf seinem Sessel quer durch den Raum. Ein schlichtes Büro von staatlich grauer Zweckmäßigkeit. Der Schreibtisch, der Besprechungstisch, die beiden Besucherstühle – alles bedeckt mit Büchern, Zeitschriften und Tausenden von Papieren.

Vor dem Kühlschrank kam er zum Stehen. Er zog einen Schlüsselbund aus seiner Hosentasche und schloss den Kühlschrank auf. Fein säuberlich aufgereiht und beschriftet standen sie da, die Fläschchen, Proberöhrchen, Petrischalen und Ampullen. Vorsichtig schob Brenn die vorderste Reihe zur Seite, griff nach ganz hinten und holte eine kleine Ampulle hervor, die kein Etikett trug. Ein einziges Wort war mit blauem Filzstift direkt aufs Glas geschrieben: SIRNA. Er hob die Ampulle gegen die Lampe und drehte sie langsam zwischen den Fingern. Die Flüssigkeit war glasklar und glitzerte im Licht. Es konnte alles Mögliche sein: lebensrettende Medizin, todbringendes Gift.

Schweiß trat ihm auf die Stirn.

Er konnte die Ampulle einfach wieder zurücklegen, nach Hause gehen und sich schlafen legen. Einfach schlafen, bis der Albtraum vorüber war.

Doch er würde nie vorüber sein. Denn es war kein Traum, sondern die Realität. Harte Realität.

GeneTica war schneller gewesen. Weil sie skrupelloser waren. Aber sie hatten eine medizinische Methode weiterentwickelt. Berechtigte einen der Erfolg im Nachhinein, skrupellos gewesen zu sein?

Brenn schüttelte den Kopf. Was kümmerte ihn das noch angesichts des eigenen Schicksals?

Was kümmerten ihn die schöngeistigen Debatten, die ethischen Diskurse und die endlosen Diskussionen über *gut* und *recht*? Was kümmerte ihn die Frage, ob ein bestimmtes Experiment einer Ratte zuzumuten sei? Was kümmerte einen die Würde einer solchen Kreatur, wenn man seine eigene langsam verlor?

Brenn blickte auf seine Armbanduhr.

Als ob es jetzt noch eine Rolle gespielt hätte, wie viel Uhr es war.

Es war einfach Zeit.

Er steckte die Ampulle in eine Beintasche seiner Hose, rückte die Fläschchen und Schalen im Kühlfach wieder sorgfältig an ihren Platz und schloss den Kühlschrank mit dem Schlüssel ab.

Dann rollte er mit dem Bürostuhl zum großen Aktenschrank und öffnete die Tür; zögernd, als erwartete er, dass ihn irgendetwas stoppte, dass ihn irgendjemand von seinem Vorhaben abbrächte.

Er horchte in den Raum.

Und in sich hinein.

Da war nichts, was ihn zurückhielt.

Er beugte sich mit dem Oberkörper bis auf die Oberschenkel vor und versuchte, mit den Händen ganz nach unten in den Schrank zu greifen. Es reichte nicht. Er fuhr mit dem Stuhl seitwärts heran, lehnte sich hinunter, so weit er konnte, und bekam endlich zu fassen, was er haben wollte. Er zerrte einen abgewetzten schwarzen Behälter aus dem Schrank, hob ihn hoch, legte ihn in seinen Schoß und rollte damit zurück zum Schreibtisch.

Er stellte den Behälter auf die Tischplatte. Dann zog er die Ampulle aus der Hosentasche und legte sie vorsichtig daneben. Aus einer Schublade holte er einen Einwegrasierer, einen Packen Gazekompressen, ein Fläschchen Desinfektionslösung. Als alles auf dem Tisch lag, kontrollierte er die richtige Reihenfolge.

Erneut verharrte er und lauschte.

Irgendwo weiter weg brummte ein Aggregat. Draußen auf der Straße heulte die Sirene eines Krankenwagens auf und verklang.

Er öffnete den schwarzen Behälter.

Das Gerät aus Lausanne mitzunehmen – dessen war er sich bewusst – war illegal. Es war ein Beweisstück. Man würde ihn belangen. Doch juristische Konsequenzen kümmerten ihn jetzt nicht. Und Thierry würde es verstehen.

Brenn griff nach der kleinen Ampulle.

SIRNA. Sein Blick hing an diesen fünf Buchstaben. Eigentlich hieß es siRNA – ein genetisches Wundermittel. Mit *short inhibiting RNA* konnte man zielgenau in die genetische Regulation einer Zelle eingreifen. RNA-Interferenz nannten das die beiden Wissenschaftler.

Auf die Idee, damit Muskelschwund zu bekämpfen, war Brenn durch den kleinen Michel mit den riesigen Muskeln gekommen. Und es funktionierte tatsächlich – im Tierversuch. Bloß am Menschen hatte er es noch nie ausprobiert. Ein solches Experiment wäre von der Ethikkommission auch niemals bewilligt worden, so lange nicht alle Resultate aus den Tierversuchen vorlagen. Aus jenen Tierversuchen, die GeneTica für ihn durchführte. Aber die Firma war – ohne sein Wissen – viel weiter gegangen; da war Brenn sich mittlerweile ganz sicher. GeneTica hatte die winzige Genkanone für Mäuse für die Anwendung am Menschen weiterentwickelt und an Sportlern ausprobiert. Welchen Sinn ergab es sonst, das Gerät im Hotel, wo die Athleten abstiegen, dabeizuhaben?

GeneTica hatte ihn bestohlen. Stoppen konnte er sie nicht mehr. Aber er konnte sie wieder überholen. Ihre illegalen Versuche bewiesen zwar, dass seine Idee funktionierte. Aber sie konnten die Resultate nicht veröffentlichen, also auch nie legal nutzen.

Das war seine Chance.

Brenn brauchte dies nur noch legal nachzuvollziehen. An einem einzigen Patienten. Das war der *Proof of concept.* Dann konnte er damit an die Öffentlichkeit.

Er brauchte nur einen einzigen Patienten.

Brenn lächelte.

Er erhob sich, zog die Hose aus und betrachtete seine Beine. Kräftige Beine. Die Muskeln an den Oberschenkeln waren gut ausgebildet. Darunter die Waden. Pralle Muskeln, die zeigten, dass ihn diese Beine schon auf manchen Berg getragen hatten. Sein Blick verharrte an der rechten Wade. War sie nicht schon etwas dünner als die linke? Das erste äußerliche Anzeichen des Muskelzerfalls?

Brenn lehnte sich zurück.

Er hob das rechte Knie, so hoch er konnte, packte den gelähmten Unterschenkel mit beiden Händen und platzierte den Fuß mit der Ferse auf der Tischplatte. Er griff sich den Rasierer. Entfernte sorgfältig alle Haare von der Wade und legte den Rasierer zurück. Er benetzte ein Stück Gaze mit Desinfektionslösung und reinigte die glattrasierte Haut.

Er brach das Siegel an der Ampulle.

Und legte sie in den dafür vorgesehenen Schacht der Genkanone.

Er nahm den gelähmten Fuß vom Tisch, rollte mit dem Bürostuhl einen halben Meter nach rechts und zwängte dort den Fuß zwischen den Schubladenkorpus und einen metallenen Aktenschrank.

Würde es wehtun?

Er wusste es nicht.

Aber er wusste, dass er den Fuß nicht einen Millimeter bewegen durfte. Sonst machte er sich das Bein kaputt.

Steffen Brenn atmete tief durch.

Er setzte die Genkanone an der Wade an. Biss die Zähne zusammen. Legte den Finger auf den Auslöser – und drückte.

39

Jesse stieg in eines der Taxis, die vor der Klinik warteten, und ließ sich stöhnend auf den Rücksitz fallen.

«War 'n harte Tach, wa?», sagte der Taxifahrer in seinem besten Türkisch-Berlinerisch.

«*Carlton Ritz*», gab Jesse mit übertrieben amerikanischem Akzent zur Antwort. Er hatte absolut keine Lust, mit einer tiefschürfenden Unterhaltung nun auch noch einem Taxifahrer die Nachtschicht zu verkürzen oder sich mit Belanglosigkeiten vollquatschen zu lassen. Betont desinteressiert blickte er aus dem Fenster, während sie zügig die Luisenstraße entlangfuhren, die Spree überquerten. Beim hellerleuchteten Reichstag bogen sie nach links. Als sie nach der weitausholenden S-Kurve das Brandenburger Tor hinter sich gelassen hatten, sah Jesse von weitem die Hochhäuser des Potsdamer Platzes in den Nachthimmel aufragen.

Er griff zum Mobiltelefon und drückte die Taste, unter der er die direkte Nummer in die Suite abgespeichert hatte.

Er ließ es klingeln. Fünfmal, achtmal …

Lene wartete doch im Hotel.

Draußen glitt das Holocaust-Denkmal vorbei.

… zehnmal.

Jesse legte auf. Dann wählte er Lenes Mobilnummer.

Geh ran, Liebes.

Nervös tippte Jesse mit den Fingern an das Seitenfenster.

«Hallo, hier Lene Korpijaakko. Ich rufe Sie gerne zurück, wenn Sie …»

Er unterbrach die Verbindung.

Was war mit Lene los? Sie hatte doch wirklich keinen Grund, sauer auf ihn zu sein. Er konnte ja nichts dafür, dass er zu diesem Test musste. Und viel länger als eine Stunde hatte es ja nicht mal gedauert.

Als das Taxi vor dem *Carlton Ritz* anhielt, streckte Jesse dem Fahrer einen Zwanzig-Euro-Schein hin, ohne nach dem Preis zu fragen. «Der Rest ist für Sie», rief er schon halb auf dem Gehweg, lief auf den Hoteleingang zu und eilte durch die Halle zum Aufzug.

Wie sollte er damit umgehen, wenn sie nun schmollte? Ihre Laune ignorieren oder gleich darauf zu sprechen kommen? Jesse hoffte, dass der Abend noch zu retten war.

Oberste Etage. Beim Aussteigen beschloss Jesse, erst mal abzuwarten, ob sie wirklich beleidigt war.

Doch als er die Tür zur Suite öffnete, war drinnen alles dunkel.

«Lene?»

Jesse machte kein Licht an. Vielleicht schlief sie.

Langsam gewöhnten sich seine Augen an die Dunkelheit, und er konnte die Umrisse der Möbel erkennen. Er streifte die Schuhe ab und ging in Richtung Bett. In Gedanken malte er sich aus, wie sie unter dem dünnen Satinlaken lag. Wie sich ihr Körper durch den zartglänzenden Stoff abzeichnete. Wie das Licht des Mondes, das durch die Fenster fiel, ihre Gestalt umspielte. Im Gehen zog er sich das T-Shirt über den Kopf.

Ganz sachte würde er ihr das Laken wegziehen, sich über sie beugen und sie küssen. Vom Nacken das Rückgrat hinunter bis zu der Stelle, wo sich ihr Po wölbte. Dort würde er die vom Kuss feuchte Stelle sachte anhauchen und mit den Lippen fühlen, wie sich die feinen Härchen über Lenes Steiß vor Erregung aufstellten. Dann würde er sich zu ihr legen.

Er öffnete den Gürtel und die Knöpfe seiner Jeans.

«Verdammt!», schrie er laut.

Er war mit dem Schienbein voll gegen den Salontisch gestoßen. Er verbiss sich den Schmerz und starrte aufs Bett.

Es war leer.

Er sprang zum Nachttisch und machte Licht.

Der Raum war perfekt aufgeräumt. Jedes Kissen, jedes Laken, jedes Kleidungsstück, jedes Papier so sorgfältig platziert, wie es nur die Zimmermädchen in einem Luxushotel tun.

Lene war nicht hier gewesen.

Verwirrt setzte Jesse sich auf die Bettkante, zog das T-Shirt wieder an und wählte noch einmal Lenes Mobilnummer.

Sie hatte doch im Zimmer auf ihn warten wollen.

Er hatte sich so sehr auf sie gefreut.

Und er wollte mit ihr reden. Wollte ihr berichten, was das für ein Experiment war, woran die anderen wirklich gestorben waren und was das alles mit ihm zu tun haben sollte.

Wieder wählte er ihre Mobilnummer.

«Hallo, hier Lene …»

«Scheiße.» Er warf das Telefon aufs Bett.

Mit hängendem Kopf saß er da und überlegte, was er tun sollte.

Ihm fiel nichts ein.

Er konnte nur warten, bis sie zurückkam.

Er erhob sich und nahm eine Dose Cola aus dem Kühlschrank. Setzte sich damit in einen Sessel und schaltete den Fernseher an.

Nach fünf Minuten hatte er alle Kanäle durchgezappt, überall lief der gleiche Schrott.

Entnervt schaltete er den Kasten wieder aus.

Seine Gedanken überschlugen sich. War es wirklich möglich, dass im Trainingszentrum mit allen Sportlern Experimente durchgeführt worden waren und niemand etwas gemerkt hatte? Hatten es die anderen vielleicht sogar gewusst? Nur er nicht? Jesse schüttelte den Kopf. Das konnte er nicht glauben. So lange würden doch nicht alle dichthalten, ohne ein Sterbenswörtchen darüber zu verlieren.

Experimente mit Genen?

Und die Fahnder vermuteten, auch er sei Teil des Experiments gewesen. So ein Quatsch – verdammter Mist! Er war doch nicht blöd! Er wusste haargenau, was dort gemacht wurde.

Jesse stöhnte.

Wo blieb Lene? Er musste mit ihr reden. Er musste auf andere Gedanken kommen. Er brauchte sie.

Das Handy klingelte.

«Ja!», rief er hastig in den Hörer.

«Jesse.» Lenes Stimme klang heiser.

«Lene! Wo bist du?»

«Jesse», sagte sie noch einmal.

Erst jetzt hörte er, dass sie weinte.

«Ist ja gut, Liebes», versuchte er sie zu beruhigen. «Ich bin wieder im Hotel. Und du brauchst auch nicht mehr böse zu sein. Sag mir einfach, wo du bist, und ich hole dich ab. Alles ist gut.»

«Sie haben mich …» Der Rest ging in Schluchzen unter.

«Lene! Was ist los?»

«Sie haben mich entführt.»

«Entführt?» Jesse rang nach Luft. «Wer? Wer hat dich entführt?»

«Zwei Männer.»

«Was für Männer?»

«Ich weiß es nicht.»

«Wo bist du?»

«Ich weiß es nicht.»

«Bis du verletzt?»

«Nein.»

«Haben sie dich geschlagen?»

«Nein», schluchzte sie. Doch Jesse hörte, dass sie log.

«Okay, hör gut zu.» Er versuchte einen klaren Kopf zu bekommen. «Ich ruf jetzt sofort die Polizei an.»

«Nein!», schrie Lene entsetzt.

«Was, nein?»

«Sie töten mich.»

«Keine Polizei», wimmerte Lene. «Sie töten mich sonst.»

In Jesse zog sich alles zusammen. Er spürte, wie sich sein Magen umdrehen wollte, wie seine Lungen keine Luft mehr kriegten, sein Herz für Sekunden stockte.

Als er sprach, war es kaum mehr als ein Flüstern. «Was wollen sie?»

«Die Million.»

«Die …» Er schluckte. «Ich habe keine Million!»

«Sie wollen den Jackpot.»

«…»

«Sie töten mich sonst.»

Jesse starrte ins Leere. Unfähig, auch nur einen Laut aus seiner trockenen Kehle hervorzuquetschen.

«Sie werden mich gut behandeln», sagte Lene mechanisch. «Bis nach dem Rennen. Dann wollen sie die Million.»

«Und wenn ich nicht …», krächzte Jesse. Zum ersten Mal beschlich ihn ein Gedanke, der für ihn bisher nie existiert hatte. «Wenn ich nicht gewinne?»

Lene schluchzte auf. «Dann werden sie mich töten!»

«Ich kann doch nicht …»

«Jesse!», flehte Lene kaum mehr hörbar. «Lauf um mein Leben!»

40

«Das darf doch nicht wahr sein!» Entnervt schmiss Steffen Brenn die Akte auf den Schreibtisch, griff nach dem Telefon und wählte die Nummer des Neuropathologischen Labors.

«Britta», rief er in den Hörer, als sich eine resolute Frau meldete. «In Ihrem Bericht fehlt die Hälfte. Ich brauche alle Informationen sofort. Die Wada will von mir noch heute ein Resultat.»

«Habe mir schon gedacht, dass Sie sich melden, Doktor Brenn», antwortete die Frau. «Wirklich ein unglaubliches Resultat, oder?»

«Nicht unglaublich, Britta, unmöglich», insistierte Brenn. «Wo sind denn die ganzen Typ-I-Fasern?»

«Wie gesagt: Ich habe auch gestaunt, Doktor. Aber ich versichere Ihnen bei meinen fünfunddreißig Jahren Laborerfahrung: Der Bericht ist vollständig, so wie er ist.»

«Das kann nicht sein. Irgendetwas muss da mit den Kryosektionen oder der Immunzytochemie schiefgegangen sein.

«Wie gesagt, Doktor, ich stand schon in diesem Labor, als Sie noch an der Uni studiert haben.»

«Verdammt!», rief Steffen Brenn und meinte damit nicht die Laborantin, wenngleich er von niemandem im Krankenhaus eine derart vorlaute Bemerkung akzeptiert hätte. Außer von Britta Möller. Denn erstens hatte sie recht, was Alter und Erfahrung betraf, und zweitens war noch nie ein Bericht aus ihrem Labor falsch gewesen. Diese Einsicht machte Brenn die wahre Tragweite des Befundes bewusst.

«Das will ich mit eigenen Augen sehen», sagte er. «Und wir prüfen nochmal alles durch. Trotz Ihrer fünfunddreißig Jahre im Labor.»

Er klemmte sich das schnurlose Telefon an den Gürtel und schnappte seine Krücken.

Im Labor erwartete ihn Britta Möller bereits. Die hagere Frau mit grauem Pferdeschwanz stand am Mikroskop. «Liegt alles parat», sagte sie und wies auf ein Holzgestell, auf dem eine Reihe vorbereiteter Objektträger lagen.

Mit bloßem Auge war auf den Glasplättchen gerade mal ein durchscheinender, violetter Punkt zu erkennen. Brenn legte das erste unter das Mikroskop. Er stellte scharf, schob mit den Mikrometerschrauben das Präparat hin und her – und blickte gebannt durchs Okular. Es war nicht zu glauben.

Er nahm das Glasplättchen vom Objekttisch und legte das zweite ein. Er fokussierte und schaute es sich wieder lang und schweigend an, .

Er legte das dritte ein.

Und noch eins.

Und wie schon in dem Moment, als er an dem Athleten die Biopsie vorgenommen hatte, machte sich in ihm wieder der Wunsch breit, dass der junge Mann kein Betrüger sei. Warum er so empfand, wusste er nicht und verdrängte den Gedanken. Er löste den Blick vom Präparat und sah die Laborantin an. «Unglaublich.»

Sie lachte kehlig. «Sag ich ja.»

Auch Stunden später konnte Steffen Brenn noch immer nicht glauben, was er vor sich sah. Das Genick schmerzte, die Augen brannten, doch er zwang sich, immer wieder durch das Okular zu schauen. Er prüfte Probe um Probe und zählte nach. Erst als er das allerletzte Glasplättchen unter das Mikroskop geschoben und geprüft hatte, beendete er die Arbeit. Britta Möller war längst nach Hause gegangen. Um ihn herum herrschte Stille im Labortrakt. Brenn rieb sich die Augen, streckte den verspannten Rücken, dann griff er zum Telefon und wählte Thierry Velans Nummer.

«Wie geht es deinem Kopf?», fragte Brenn, als Thierry sich meldete.

«Es geht», brummte Thierry verschlafen. «Wieso rufst du mich denn mitten in der Nacht an, ja wohl kaum, um mich das zu fragen, oder?»

«Ich meine: Bist du reisefähig?»

«Nein, ich bin hundemüde.»

«Und wenn ich dir sage, dass es bei mir im Labor etwas zu sehen gibt, das die Welt noch nicht gesehen hat?»

«Dann würde ich den Kopf sogar unterm Arm nach Berlin tragen.»

«Also dann, nimm den ersten Flug morgen in der Früh.»

«Was? So dringend ist es?»

«Noch viel dringender.»

Als Brenn den Hörer aufgelegt hatte, nahm er die Krücken, humpelte zur Tür und löschte das Licht im Labor.

41 Jesse stand am Fenster. Am selben Fenster, an dem er mit Lene gestanden hatte. Die Lichter der Stadt waren für sie beide die Sterne des Universums gewesen, die ihnen zu Füßen lagen. Jetzt war jeder einzelne dieser glühenden Punkte ein Feuer, das ihm in der Seele brannte.

Es war die Hölle.

Er löste sich vom Fenster und ging im Zimmer auf und ab. Griff dann zum Telefon. Wählte die Notrufnummer der Polizei.

«Keine Polizei», hatte Lene gesagt.

Jesse legte wieder auf. Wie bereits unzählige Male zuvor. Den ganzen Tag über und inzwischen schon die halbe Nacht.

Er machte sich Vorwürfe. Man hatte sie doch schon vor Wochen am Telefon bedroht. Hatte er das zu leicht genommen? Hätten sie da schon die Polizei einschalten sollen?

Wer steckte dahinter? Ein Irrer? Ein Gegner? Jemand, den er gekränkt hatte? Es gab tausend Möglichkeiten. Die ganze Welt wusste, dass sie ein Paar waren. Alle Zeitungen hatten darüber berichtet, in welchem Hotel sie abgestiegen waren.

Vielleicht hatte man Lene unter irgendeinem Vorwand von der Straße weggelockt und dann überwältigt.

Der Gedanke machte ihn krank.

Er musste etwas unternehmen.

Er griff erneut zum Telefonhörer – und legte ihn wieder auf.

«Verdammt!»

Dann nahm er den Hörer erneut und wählte.

«Rezeption, was kann ich für Sie tun?»

Jesse fragte nach der Nummer der Charité, notierte sie auf einem Zettel und bedankte sich.

«Ich möchte Doktor Brenn sprechen», sagte er, als sich im Krankenhaus eine junge Frauenstimme meldete. «Steffen Brenn, glaube ich. Muskelspezialist.»

Der Arzt war ihm spontan in den Sinn gekommen. Er war

die letzte vertrauenswürdige Person, zu der er Kontakt gehabt hatte, bevor die Katastrophe geschah. Jesse wusste zwar nicht auf welche Art und Weise, aber vielleicht konnte der Arzt ihm ja helfen.

«Tut mir leid», sagte die Frau am Telefon. «Doktor Brenn ist um diese Zeit nicht mehr im Haus. Handelt es sich um einen Notfall?»

«Ja, ein Notfall», sagte Jesse.

«Dann stell ich Sie zur Notaufnahme durch.»

Es knackte in der Leitung.

Jesse legte auf.

Sein Herz raste. Er atmete flach und schwitzte. Er wollte Lene helfen und sollte eigentlich schlafen. Das Rennen stand an. Das Rennen, von dem alles abhing. Alles.

Wer kam überhaupt auf eine so absurde Idee, etwas von ihm zu fordern, das er gar noch nicht besaß? Warum erpresste man ihn nicht erst, nachdem er die Million sicher hatte? Waren die Entführer so überzeugt davon, dass er die Million holen würde?

«Und wenn ich es nicht schaffe?» Jesse zuckte zusammen. Daran durfte er gar nicht denken.

Lene hatte gesagt: «Sie behandeln mich gut.» Konnte er das glauben? Jesse starrte auf das Telefon und hoffte, dass sie noch einmal anrief.

Sie rief nicht an.

Er stellte sich ans Fenster, lief wieder auf und ab, warf sich aufs Bett und stand wieder auf. Er wusste nicht mehr weiter.

Erst im Morgengrauen begriff er, dass es nur einen Weg gab. Und er begriff, dass er sich an diesem Tag, der vor dem Fenster anbrach, mehr als an jedem anderen auf ein einziges Ziel zu konzentrieren hatte.

Und das war das Rennen.

Lange hatte ihm Emilio dabei geholfen. Dann hatte ihm

Lene Kraft gegeben. Jetzt war er auf sich allein gestellt. Er musste es schaffen.

«Und ich werde es schaffen.»

Er kleidete sich an und ging zum Joggen in den Tiergarten.

Das Olympiastadion von Berlin lag am Westrand von Charlottenburg und sprengte jeden Rahmen der sonst für Leichtathletikanlässe üblichen Stadien. Erbaut von Hitler, der damit der Welt die Überlegenheit des Nationalsozialismus auch im Sport hatte beweisen wollen, strahlte es noch immer den Geist imperialistischen Größenwahns aus.

Die zwei mächtigen grauen Säulen, die den Eingang mit den Olympiaringen markierten, schienen geradewegs in den Himmel zu wachsen. Die Fassade des Stadions war so wuchtig konstruiert, dass sie nur für die Ewigkeit gedacht sein konnte. Und der Vorplatz zwischen Eingang und Stadion war so riesig, dass darauf ohne weiteres ganze Truppenparaden abgehalten werden konnten.

Doch an diesem warmen Septembernachmittag bestach das Stadion vor allem durch seine festliche Aufmachung. Das ganze Gelände war mit bunten Flaggen, Wimpeln und Spruchbändern geschmückt. Der Slogan «Berlin verdient Olympia» in über einem Dutzend Sprachen machte unweigerlich klar, dass sich die Stadt mit dem Finale der Golden League als Austragungsort für die übernächsten Olympischen Spiele empfahl.

Schon den ganzen Nachmittag über war rund um das Stadion ein riesiges Volksfest im Gange. Bands spielten unter freiem Himmel, Scharen von Verkäufern boten ihre Waren wie auf einem Jahrmarkt feil, Tausende von Zuschauern aßen und tranken, kauften Souvenirs und Fan-Artikel.

Bis zum Beginn der Wettkämpfe hatte sich das Stadion in einen Hexenkessel verwandelt. 75 000 Zuschauer füllten das

Oval bis auf den letzten Platz – was sonst nur bei Spielen von Hertha BSC der Fall war. Sie quittierten die Darbietungen von Akrobatikgruppen und Cheerleader mit frenetischem Applaus.

Der Platzsprecher heizte der Menge ein. «Heute Abend, meine Damen und Herren, zeigen wir der Welt, dass Berlin Olympia verdient. Und hier in Berlin krönen wir auch Jesse Brown, den größten Leichtathleten aller Zeiten. Und Sie – meine Damen und Herren – sind live mit dabei. Hier in Berlin setzt sich der König von Olympia eine weitere Krone auf: den Jackpot der Golden League. Und der ist immerhin eine Million Dollar wert.»

Die Menge johlte.

Laute Rockmusik dröhnte durch das Stadion. *The Final Countdown* brachte die Leute zum Hüpfen, Tanzen und ins Schwitzen.

Dann kam wieder der Sprecher: «Der Hundert-Meter-Lauf mit Jesse Brown wird der Höhepunkt und Schlusspunkt des heutigen Abends sein. Und – meine Damen und Herren – ich kann Ihnen versichern, wir haben alles unternommen, um diesen Abend zu einem unvergesslichen Fest werden zu lassen. Die Lufttemperatur beträgt zweiundzwanzig Grad. Es weht ein leichter Wind aus Richtung Ost, der bis auf die Bahn hinunter als Rückenwind zu spüren ist. Das bedeutet: ideale Sprint-Bedingungen. Jetzt sind Sie gefordert – meine Damen und Herren»

Dröhnende Rockmusik.

Dann wieder der Sprecher, der zum vertraulicheren Du übergegangen war: «Ihr habt es in der Hand, ob Berlin dem schnellsten Mann der Welt eine würdige Kulisse bietet. Ich frage deshalb: Seid ihr bereit?»

«Jaaa!», brüllte die Menge.

«Ich höre nichts! Seid ihr bereit?»

«Jaaaaa!»

«Gebt es mir nochmal!», schrie der Sprecher. «Seid ihr bereit?»

Ein ohrenbetäubendes «Jaaaaaaahhh!» brachte das Stadion zum Beben. Johlen, Schreien, Pfeifen. Die Leute kreischten, heulten, tobten, bis der Sprecher brüllte: «Jawoooooooohl!»

Noch einmal heizte *The Final Countdown* ein, bis der Sprecher ekstatisch brüllte: «Meine Damen und Herren! Hier ist er! Der schnellste Mann der Welt! *The one and only!* Jesse! Brown!»

Tosender Applaus empfing Jesse, als er ins Stadion einlief.

Er trug die insektenartige Sonnenbrille, die goldenen Schuhe und einen Trainingsanzug. Und darüber sein uraltes, ausgeblichenes Shirt der *New York Giants.*

Er trabte zum blumengeschmückten Podest, das, flankiert von zwei Bodyguards, in der Mitte des Stadions stand. Darauf aufgeschichtet: Goldbarren im Wert von einer Million Dollar.

Nach der Begrüßungszeremonie lief Jesse zum Trainingsplatz hinter dem Stadion, um sich vorzubereiten. Wie immer hatte er dabei die Klänge von Enya im Ohr. Bis die Welt nur noch aus dem Hier und Jetzt bestand. Bis Raum, Zeit und Energie eins waren.

Fünfzehn Minuten vor dem Rennen fand er sich im Call Room ein.

Die Athleten trugen dicke Jacken, um die Muskeln warm zu halten. Einige liefen hin und her, andere saßen träge auf den Bänken und meditierten, machten Dehnungsübungen oder redeten miteinander.

Jesse war bei sich.

Ein Mann in Weiß gab das Zeichen: *Ten minutes to go.*

Die Läufer folgten ihm auf die Bahn hinaus.

Jesse stellte sich am Startblock mit der Nummer vier auf und fixierte mit dem Blick das Ende der Bahn.

Hundert Meter trennten ihn vom Ziel.

Hundert Meter.

«Und ich.»

Der Starter gab das Zeichen, sich bereit zu machen.

Ein letzter Blick zum Ziel.

Jesse begann seine Trainingshose auszuziehen.

Und plötzlich war er da. Der Fettfleck.

Jesse nahm die Brille ab und wischte das Glas an seinem Pullover sauber.

Nochmals hinstellen – das Ende der Bahn fixieren.

Der Mann auf Bahn drei trug auch goldene Schuhe.

Der Lautsprecher gab die Namen der Athleten durch. «… Bahn drei: Melvin Fagan, Trinidad, Bahn vier: Jesse Brown, Schweiz.»

Jesse hob grüßend die Hand und winkte dem Publikum zu. Eine Fernsehkamera stand vor ihm und filmte ihn frontal.

Fagan bekreuzigte sich.

Der Starter-Assistent signalisierte, dass die Läufer bereit waren.

Der Starter stellte sich auf sein Podest.

Jesse winkte ab.

Der Fettfleck war noch immer da.

Startabbruch.

Jesse ging zu seinem Kleiderkorb und wischte die Brille noch einmal ab, während der Sprecher etwas von Konzentration schwafelte, die Zuschauer mahnte, ruhig zu sein und vorschlug, dass sie alle zusammen den Atem anhalten sollten, bis der Start vorüber sei.

Jesse hob die Hand.

«Auf die Plätze!»

Vier kurze, nervöse Schritte nach vorne zum Startblock, niederknien, Füße in die Blöcke, zuerst den linken, dann den rechten, ein letztes Mal tief durchatmen.

«Fertig!»

Jesse spannte jeden Muskel.

Schuss.

Noch bevor das Nervensignal aus der Großhirnrinde in der Muskulatur des rechten Oberschenkels angekommen war, um sie zur Kontraktion zu bringen, durchfuhr es Jesse: Er lief nicht für sich. Zum ersten Mal lief er nicht für sich.

Ob im Central Park mit der Beute unter dem Arm, in den Hinterhöfen auf der Flucht, beim Sportfest im Heim oder später als Profi auf der Jagd nach Titeln und Rekorden – immer war er nur für sich gelaufen.

Jetzt lief er für Lene.

Das Bein gab Schub.

Der Körper schoss nach vorne.

Der linke Oberschenkel fuhr nach unten, rammte den Fuß auf den Boden und gab Schub. Dann wieder Schub rechts, Hochziehen links.

Schub links, Hochziehen rechts.

Schub rechts. Hochziehen links.

Fagan war verdammt gut aus den Blöcken gekommen. Sein goldenes Halskettchen klimperte bei jedem Schritt auf der Brust.

Auch Dads Kettchen hatte geklimpert, wenn er Football spielte. Dad war bei den *New York Giants.* In der dritten Mannschaft. Er war ein guter Footballer, und Jesse hatte immer so werden wollen wie sein Dad. Er hätte ihm so gern geholfen. Doch er hatte sich nicht hinter seinem Vorhang hervorgetraut.

Jesse stieß geräuschvoll die Luft aus, um die Lungen gleich wieder zu füllen und dann langsam in die aufrechte Laufposition überzugehen. Fagan lag leicht vor ihm und schwitzte stark. Der Typ roch animalisch.

«Du Schwein», schrie die Mutter seinen Dad an. «Lässt mich einfach im Stich. Rück endlich die Kohle raus.»

«Ich lass dich nicht im Stich», erwiderte sein Dad. «Genau

darum gebe ich dir kein Geld. Weil ich nicht will, dass du dir noch mehr von dem Gift reinpumpst.»

«Dann besorge ich mir die Kohle eben anderswo», schrie die Mutter.

Bahn fünf lief ebenfalls ein gutes Rennen, schloss zu Fagan auf. Links zog das Podest mit der Million vorbei.

Dad hatte immer gesagt: «Geld ist nicht alles. Es kommt auf die inneren Werte an – und die Liebe.»

Hinter dem Vorhang sah Jesse nicht, was Dad tat, als er der Mutter lange keine Antwort gab. Doch er wusste haargenau, wie Dad am Tisch saß: die Stirn in die Hände gelegt, den Blick gesenkt, die breiten Schultern schlaff. So saß Dad immer da, wenn er nicht mehr weiterwusste.

Die Markierung auf dem Boden zeigte, dass es noch zehn Meter waren bis ins Ziel. Nicht mehr weit.

Als Dad weiterredete, lag in seiner Stimme ein Ton, den Jesse an ihm noch nie gehört hatte.

«Die Kohle holst du dir ja sowieso irgendwo», sagte Dad. Dann überlegte er nochmals, bis er schließlich fortfuhr. «Meinst du, ich merke es nicht, wenn du nach anderen Kerlen riechst? Du machst die Beine breit.»

Was Dad damit meinte, hatte Jesse damals nicht begriffen. Doch er hatte sofort gespürt, dass es etwas Schlimmes war.

Die weißen Markierungen vor dem Zieleinlauf glitten unter ihm vorbei. Er schob die Brust nach vorn.

Als Jesse den Vorhang aufzog, saß Dad am Tisch und hatte die Stirn auf die Unterarme gelegt. Jesse lief zu ihm hin und schüttelte ihn. Dann sah er das Loch in seinem Kopf. «Dad!», schrie er.

Dad hob den Kopf noch einmal. Seine Lippen formten die Worte: «Ich liebe dich.»

Und Jesse wusste, er hatte versagt.

42

Die Läufer kreuzten die Ziellinie.
Das Publikum erstarrte.

Über das ganze Stadion legte sich eine regungslose Stille. Erst als das Klicken einer Kamera durch die Arena hallte, löste sich der Krampf.

Zuerst nur zaghaft, dann immer lauter, ließen die 75 000 Menschen ihren Gefühlen freien Lauf. Überraschung, Verblüffung, Ungläubigkeit, aber auch Enttäuschung, Mitgefühl und Trauer mischten sich zu einem dumpfen Lärm.

Gleichzeitig scharten sich sämtliche Reporter, Kameraleute und Fotografen um einen einzigen Athleten – den Verlierer. Keiner seiner unzähligen Siege hatte Jesse so viel Aufmerksamkeit beschert wie diese Niederlage. Die Medienleute prügelten sich um die besten Plätze, sie schrien durcheinander, verlangten nach Erklärungen und Antworten. Die Jesse selbst nicht hatte.

Er fühlte nur noch eine unendliche Leere in sich. Und ließ die Medienleute achtlos stehen.

Golden-League-Champion Jesse Brown stand auf dem Zettel, der an der Tür zu seiner Garberobe hing. Er zerknüllte ihn und schloss die Tür hinter sich ab.

Er fühlte nichts.

Seine Sinne waren taub, tot.

Er stellte sich unter die Dusche und drehte das Wasser auf. Erst kalt – er spürte nichts. Dann heiß – noch immer nichts. Minutenlang ließ er das Wasser auf sich niederprasseln, bis es in seinem Kopf dröhnte.

Und plötzlich wusste er: Da war kein Fettfleck auf der Brille gewesen. Es war etwas gewesen, das er im Stadion gesehen hatte. Ein Gesicht. Ein einziges Gesicht unter 75 000. Ein Gesicht, so vertraut, aber so völlig unerwartet.

Emilio.

Jesse schauderte bei der Erinnerung.

Warum war Emilio im Stadion gewesen? Doch sicher

nicht, weil er den Triumph seines ehemaligen Schützlings beklatschen wollte. Nein, niemals. Emilio war ein schlechter Verlierer.

Während Jesse noch immer unter dem Wasserstrahl stand, formten sich einzelne Gedanken wie die Teile eines Puzzles zu einem Bild. Ein Bild, das plötzlich Sinn ergab.

Emilio war ein Despot. Er wollte bestimmen, wie die Dinge zu laufen hatten. Und wenn nicht das passierte, was er wollte, flippte er aus. Wie damals, als sich Jesse ein eigenes Bild über die Dopingereignisse hatte machen wollen, als Mikki und Airimu gestorben waren und als der Reporter in Brüssel zu aufdringlich geworden war.

Als Jesse sich von Emilio getrennt hatte, hatte dieser zunächst überraschend gefasst gewirkt. In Wahrheit musste das für ihn aber der absolute Tiefschlag gewesen sein.

Er musste hinter der Erpressung stecken.

Emilio wollte die Million.

Er hatte Lene entführt!

Und dieser Sadist war ins Stadion gekommen, um sich an Jesses Leiden zu weiden. Das passte zu Emilio.

Abrupt stellte Jesse das Wasser ab, sprang aus der Dusche und rannte zum Garderobeschrank.

Er musste Emilio stoppen. Nur so konnte er Lene retten.

Jesse wählte eine Nummer auf dem Handy.

«Telefonische Auskunft, Sie wünschen?»

«Welches ist das beste Hotel in Berlin?», rief Jesse. «Nein, nicht das beste. Das mondänste, das teuerste.»

«Sie meinen eines, in dem die ganz Großen absteigen?»

«Ja, genau.»

Die Dame von der Auskunft überlegte. «Also Leute wie Mariah Carey, Tom Cruise, Hillary Clinton, Nelson Mandela …»

«Ja, ja, ja. Genau, das meine ich.»

«Also, solche Leute logieren in der Regel im *Adlon* am Pariser Platz.»

«Geben Sie mir die Nummer», rief Jesse. «Nein, verbinden Sie mich gleich.»

Es war reine Vermutung, dass Emilio in diesem Hotel war. Aber es würde ihm entsprechen. Nur das Beste war ihm gut genug, und je wichtiger die Umgebung war, in der er sich bewegte, desto wichtiger fühlte er sich selbst. Jesse kannte ihn.

Es piepte in der Leitung.

Endlich meldete sich eine Männerstimme in distinguiertem Tonfall. «Hotel *Adlon*, wie kann ich Ihnen dienen?»

Jesse atmete tief durch. «Ich möchte Herrn Emilio Batista sprechen.»

«Wen darf ich melden?», fragte der Mann am Telefon.

«John Bannister», sagte Jesse. Dann hörte er im Hintergrund das Tippen auf einer Tastatur.

Endlich sagte der Hotelangestellte: «Ich stelle durch.»

Jesse legte auf.

Schlüpfte hastig in Jeans und Turnschuhe und wollte loslaufen. Doch er hielt noch einmal inne. Begann in seiner Sporttasche zu wühlen. Und zog das ausgeblichene Shirt der *Giants* heraus und hielt es einen Moment in seiner Hand. Dad hatte dieses Shirt getragen. Dad, der immer für ihn da gewesen war. Dad hatte versucht, den ganzen Scheiß der Bronx von ihm fernzuhalten, hatte alles getan, um Jesse eine halbwegs normale Kindheit zu ermöglichen.

Jesse zog das Shirt über und strich es glatt.

«Hotel *Adlon*. Es eilt.»

Der Taxifahrer trat aufs Gas und fuhr zügig in Richtung Stadtzentrum. Am großen Kreisel bog er in eine breite Allee ein, die in beide Richtungen je drei Fahrspuren hatte.

Jesse lehnte sich im Polster zurück, senkte die Lider und versuchte sich auf das zu konzentrieren, was er jetzt gleich tun würde.

Plötzlich wurde er nervös. Hatte Emilio seine Komplizen

schon über den Ausgang des Rennens informiert? Hatte er ihnen schon befohlen, sie sollten Lene …

«Schneller», rief Jesse dem Fahrer zu.

Gleichzeitig klingelte sein Handy.

«Ja?», meldete er sich hastig.

«Jesse!»

Seine Kehle schnürte sich zusammen. Sein Magen verkrampfte sich. «Lene …»

Sie weinte.

«Lene!», rief er voller Angst und gleichzeitig erleichtert. Sie lebte! «Lene, wo bist du? Wie geht es dir?»

«Sie sagen …», brachte Lene endlich heraus, doch dann erstickte ein Weinkrampf ihre Stimme.

«Lene, Liebes!»

«Sie sagen …», fuhr sie kaum hörbar fort. «… es sei aus.»

Jesse hatte das Gefühl, sich jeden Moment übergeben zu müssen. Er würgte. Er sah Lene vor sich. Er sah, wie sie gefesselt war. Wie man ihr eine Waffe an den Kopf drückte. Wie man sie zwang, ihm ihr Todesurteil zu überbringen.

Und mit einem Schlag war Jesse klar: Es ging gar nicht um die Million. Es ging um Rache. Es war keine Erpressung, es war Vergeltung.

Emilio hatte gewollt, dass er in diesem Rennen versagte. Er hatte genau gewusst, wie er den dafür nötigen Druck aufbauen musste. Er wollte ihn nicht einfach nur sportlich fertigmachen. Er wollte ihm Lene entreißen, so wie sie ihm Jesse entrissen hatte. Lene sollte dafür büßen.

Sie beide sollten büßen.

Jesse brachte keinen Ton heraus. Tränen schossen ihm in die Augen.

«Schneller», wollte er den Taxifahrer noch einmal antreiben, biss sich aber im letzten Moment auf die Zunge. Bestimmt hörten die Entführer mit. Nichts durfte darauf schließen lassen, dass er etwas unternahm.

Erst jetzt wurde ihm bewusst, wie gefährlich der Anruf war. Reflexartig wollte er die Verbindung unterbrechen, doch dann stockte ihm das Herz. Er konnte Lene nicht einfach abklemmen. Er musste ihr Mut machen, bei ihr bleiben, ohne sich dadurch selbst zu verraten. Und so lange sie telefonierte, konnten sie ihr nichts antun.

Draußen zog der Tiergarten an ihm vorüber, dann der Kreisel mit der Siegessäule.

«Lass mich mit ihnen reden», sagte Jesse.

Lene gab keine Antwort.

«Ich will verhandeln. Hol mir jemanden ans Handy.»

Lene weinte.

«Sag ihnen, sie bekämen die Million. Ich besorge sie.»

«Verdammt nochmal», schrie er. «Die kriegen ihr Geld!»

Lene schluchzte. «Sie sagen: nein.»

Es zerriss ihm fast die Brust, und er schluchzte leise: «Lene.» Und nochmals: «Lene.»

«Wir sind gleich da», sagte der Taxifahrer unvermittelt.

«Scheiße!», schrie Jesse.

Panisch unterbrach er die Verbindung und wurde sogleich vom Gefühl gewürgt, er hätte Lene ans Messer geliefert.

«Scheiße, nochmal!»

Sie waren am Brandenburger Tor.

«Das *Adlon* ist gleich dahinten», sagte der Taxifahrer. «Möchten Sie hier aussteigen, oder soll ich außen rum?».

«Hier!», bellte ihn Jesse an. «Lassen Sie mich raus.»

Er griff in die Sporttasche, fand, was er suchte und steckte es sich hastig in den Hosenbund. Seit Jahren besaß er das Ding, hatte sich aber nie vorstellen können, es jemals zu gebrauchen. Es stammte von seinem Dad und war ihm deshalb heilig. Jesse zweifelte, dass es ein Glücksbringer war. Doch jetzt würde es ihm gute Dienste leisten.

Er warf dem Fahrer einen Geldschein hin, ließ die Tasche auf dem Rücksitz liegen und sprang aus dem Wagen.

Im Laufschritt überquerte er die Straße, lief am Brandenburger Tor an Touristengruppen vorbei und überquerte den Pariser Platz.

Rechts: das *Adlon.*

Scheinwerfer beleuchteten den Prunkbau.

Die Pagen in ihren roten Livrees verzogen keine Miene, als der selbstbewusste Mann in Jeans und Schlabber-Shirt über den roten Teppich an ihnen vorbeimarschierte. Jesse nahm die Stufen zum Eingang mit zwei großen Schritten.

Die Herrschaften, die in der Lobby in Fauteuils saßen, bedachten ihn mit wesentlich kritischeren Blicken. Und der Concierge hatte Mühe, seine Irritation zu verbergen.

«Sie wünschen?», fragte er.

Jesse erkannte die Stimme vom Telefon. «Hier bin ich», sagte er. «Herr Batista erwartet mich.»

«Wen darf ich melden?»

«Wie gesagt, er erwartet mich», sagte Jesse. «Wie war doch gleich die Nummer seiner Suite?»

«422», erwiderte der Concierge säuerlich. «Soll ich Sie nicht doch anmelden?»

Doch Jesse war schon auf dem Weg zum Fahrstuhl.

43

Vierte Etage. Suite Nummer 422. Jesse klopfte an die Tür.

Nichts geschah.

Er klopfte ein zweites Mal. Trat zurück. Im selben Moment, in dem sich die Tür einen Spaltbreit öffnete, warf sich Jesse mit voller Wucht dagegen. Die Tür schlug Emilio gegen den Kopf, sodass er rückwärtstaumelte. Blitzschnell drängte sich Jesse ins Zimmer, stieß die Tür hinter sich zu, packte Emilio und nahm ihn in den Schwitzkasten. Gleichzeitig presste er ihm mit der anderen Hand eine kleine Pistole an die Schläfe. Im Magazin steckten noch sieben der acht Kugeln, die seine Mutter einst eingefüllt hatte.

«Wo ist Lene?»

«Was soll der Scheiß?», keuchte Emilio und versuchte, sich aus der Umklammerung zu befreien.

Jesse zog den Würgegriff fester. «Wo ist Lene?»

Emilio ächzte. «Ich weiß nicht, wovon du sprichst.»

Jesse stieß die Beretta hart gegen Emilios Schläfe. «Sag schon.»

«Nimm das Ding weg.»

Mit einer einzigen Bewegung wuchtete Jesse den schweren Mann herum, schob ihn vor sich her zur Sitzecke und versetzte ihm einen Tritt in die Kniekehlen, sodass Emilio wie ein nasser Sack auf das dunkelbraune Ledersofa klatschte.

Jesse zielte mit der Waffe auf ihn.

«Ich leg dich um.»

Schwerfällig rappelte sich Emilio aus den Kissen hoch. «Traust du dich gar nicht.»

«So?»

«Junge, was ist denn los mit dir?»

«Spar dir die Sprüche.» Jesse zielte weiter auf Emilio. «Du hast mich ausgenutzt, missbraucht.»

«Junge, du weißt, dass ich immer alles für dich getan habe.»

«Halt's Maul!»

«Ich habe dir immer all den Scheiß vom Leib gehalten. Immer für dich gesorgt. Ich war wie ein Vater zu dir.»

«Ein Vater?» Jesse lachte abschätzig. «Ja, du hast alles von mir ferngehalten, aber ganz bestimmt nicht, weil du für mich sorgen wolltest. Du wolltest mich von dir abhängig machen. Du wolltest, dass *dein Junge* nicht erwachsen wird, selbständig denkt.» Er trat noch näher zum Sofa und hielt Emilio den Lauf der Pistole zwischen die Augen. «Glaub mir, ich weiß, was ein richtiger Vater ist. Er handelt aus Liebe. Du aus Gier.»

Emilio drückte sich ins Sofa, seine Stimme wurde weinerlich. «Ich habe dich nie schlecht behandelt.»

«Ach so? Ich weiß alles über dein scheiß Experiment. Ich weiß, was ihr im medizinischen Zentrum treibt. Ihr habt Mutanten aus uns gemacht. Zombies. Alles aus reiner Liebe?» Wieder lachte Jesse höhnisch. «Ich bin genmanipuliert. Ich bin gedopt. Die Fahnder sind hinter mir her, und sie werden mich kriegen. Ich werde nie mehr laufen können. Du hast mein Leben zerstört. Und das aus Liebe?»

Emilio winselte.

«Wie war das mit den anderen? Bikila? Airimu? Mikki? Henri? Verdammt, sie sind alle daran krepiert.»

«Ehrenwort. Ich habe dir nichts getan.»

«Ich glaube dir», erwiderte Jesse kalt, «kein Wort. Und jetzt raus mit der Sprache: Wo ist Lene?»

Emilio begann am ganzen Körper zu zittern. Schweiß trat auf seine Stirn.

Jesses Stimme wurde bedrohlich leise. «Hast du immer noch nicht kapiert? Meine Karriere ist zerstört. Das Geld ist weg. Wenn Lene stirbt, habe ich nichts mehr zu verlieren. Meine letzte gute Tat wird dann sein, die Welt von einem Ungeziefer wie dir zu befreien.»

Er krümmte den Finger am Abzug.

«Ist ja gut», winselte Emilio. «Ja, ja, ja, ich sage dir, was du wissen willst. Aber leg das verdammte Ding weg.»

«Wo ist Lene?»

«Bitte», flehte Emilio.

«Wo?»

«Bitte!»

«Wo!», schrie Jesse ihm ins Gesicht.

Emilio wimmerte, seine Antwort war kaum zu verstehen. «In der … Humboldt-Universität.»

Jesse war irritiert. «In der Uni?»

«In der Veterinärmedizin.»

Mit einem wütenden Aufschrei packte Jesse ihn am Kragen und hob Emilio aus den Kissen, als wäre er eine Daunenfeder. «Du Schwein!», schrie er ihm ins Gesicht. «Was hast du mit ihr gemacht?»

«Nichts», stieß Emilio hervor. «Sie lebt. Sie lebt. Ich bring dich hin.»

Wie ein Stück Abfall warf ihn Jesse zurück aufs Sofa. Seine Augen verengten sich zu zwei schmalen Schlitzen, seine Stimme war scharf wie ein Skalpell. «Ich sage dir jetzt genau, was wir tun werden. Und ich warne dich: keine krummen Touren. Ich lege dich sofort um: im Hotel, auf offener Straße, egal wo. Wenn ich Lene nicht zurückbekomme, ist mein Leben nichts mehr wert. Und damit auch deins. Verstanden?»

«Verstanden», wimmerte Emilio.

«Wie weit ist es?»

«Einen Kilometer … etwa.»

Jesse nickte. «Okay. Jetzt bestellst du ein Taxi. Dann ziehst du dir was Anständiges an. Lässt alle Ausweise, Kreditkarten, Schlüssel, Handy hier. Nimmst nur einen Zwanzig-Euro-Schein mit. Wir gehen zusammen runter. Du steigst als Erster ins Taxi, rutschst auf die andere Seite und machst mir Platz. Erst wenn ich drin bin, nennst du dem Fahrer die Adresse. Während der Fahrt hältst du die Hände gefaltet auf den Knien. Redest kein Wort. Wenn wir ankommen, gibst du dem Fahrer den Geldschein, sagst, *der Rest ist für Sie*, kein Wort mehr. Und steigst als Erster aus. Verstanden?»

Emilio nickte stumm.

«Und noch was: Weglaufen ist zwecklos», fügte Jesse an, steckte die Beretta unter dem Football-Shirt in den Hosenbund und grinste das dreckigste Grinsen, das er je hervorgebracht hatte. «Du weißt, wie schnell ich bin.»

44

Emilio spielte mit. Der Concierge schöpfte keinen Verdacht, und der Taxifahrer hielt ihnen die Wagentür auf. Emilio ließ sich ächzend auf den Rücksitz fallen, rutschte auf die andere Seite hinüber, und als Jesse eingestiegen war, nannte er eine Adresse.

Sie überquerten die Spree über die Marschallbrücke – links die Bibliothek des Bundestages –, dann fuhren sie unter der S-Bahn durch und die Luisenstraße hoch.

Emilio hielt die Hände auf den Knien gefaltet und den Blick auf die Straße geheftet.

Kurz darauf bog das Taxi rechts ab, rollte durch eine dunkle Straße und hielt auf einem Parkplatz.

«Da wären wir», sagte der Fahrer.

Emilio streckte ihm den Zwanzig-Euro-Schein hin. «Der Rest ist für Sie.»

Alles wie abgemacht.

Emilio stieg aus.

Jesse öffnete die Wagentür und stieg ebenfalls aus. *Verdammt!* Das hatte er nicht bedacht. Das Taxi stand zwischen ihnen. Wenn Emilio jetzt türmte, würde Jesse zuerst um das Auto herumlaufen müssen. Oder sollte er ihn einfach über den Wagen hinweg erschießen? Er umfasste die Beretta unter dem Shirt und zischte: «Keine Mätzchen.»

«Nein, hier gibt's keine Mädchen», rief der Fahrer aus dem Taxi.

Scheiße! Den Fahrer hatte er vergessen.

«Sie hätten mir sagen sollen, dass Sie so was suchen», rief der Fahrer. « Ich weiß da ein paar ganz hübsche Orte. Wollen Sie wieder einsteigen?»

«Nein, wollen wir nicht!», rief Jesse dem Fahrer zu. Etwas zu laut vielleicht. Etwas zu aufgebracht.

«Sie können fahren», schob er in höflicherem Ton nach. Dann schlug er die Tür zu und hoffte, dass der Taxifahrer endlich Gas geben würde.

In diesem Moment schritt Emilio mit apathischem Gesichtsausdruck vor den Wagen. Im Scheinwerferlicht wirkte er wie betäubt, seine Knie zitterten. Fahrig zeigte er auf einen verwahrlosten Toreingang unter Bäumen und blieb dann unschlüssig stehen.

Mit einer Kopfbewegung bedeutete ihm Jesse, weiterzugehen. Emilio bewegte sich zögernd in Richtung Tor, dicht von Jesse gefolgt.

Der Taxifahrer sah den beiden Männern nach: ein schwitzender Dicker in einem dunklen Anzug. Er wirkte krank oder stand unter Drogen. Ein junger Schwarzer, sehr kräftig und nervös. Er hielt die Hand dauernd unter seinem T-Shirt verborgen. Was wollten die auf dem verlassenen Gelände? Dort war zu dieser Stunde alles dunkel, kein Mensch unterwegs, und die Schwulen trafen sich auch nicht hier.

Der Fahrer wendete den Wagen und wählte den Notruf.

«Wo ist sie?», sagte Jesse barsch.

Emilio schlotterte am ganzen Körper. Er wankte, suchte Halt an einem Baum. «Ich weiß es nicht», keuchte er.

«Was!», schrie Jesse und zückte die Pistole. «Willst du mich verarschen?»

«Nein», wimmerte Emilio. «Sie ist hier. Hier, auf diesem Gelände Aber ich weiß nicht genau wo.»

Jesses Hand, die mit der Beretta auf Emilio zielte, zitterte.

«Dann lass dir was einfallen» presste er zwischen den Zähnen hervor, zerrte Emilio vom Baum weg und trieb ihn vorwärts in die Dunkelheit. Die Äste der Bäume hingen tief über den Weg. Es roch nach Laub. Der schmale Weg war voller Löcher und aufgeworfener Steinplatten.

Emilio stolperte.

«Weiter!», zischte Jesse.

Der Weg führte zwischen niedrigen Backsteingebäuden

hindurch, die von wild wuchernden Bäumen umgeben waren. Die Fenster dunkel, viele Scheiben eingeschlagen. Nichts deutete auf die Anwesenheit von Menschen hin.

Vor ihnen tat sich ein Platz auf, mehr eine Wiese. In der Mitte liefen sternförmig verschiedene Wege zusammen. Rundherum standen ein- und zweigeschossige Backsteinbauten.

Hinter einigen Fenstern sah Jesse Licht, trübe Funzeln an den Häuserecken beleuchteten schwach die nächtliche Szenerie.

«Was sind das für Gebäude?»

«Das gehörte alles mal zur Uni.»

«Wo ist Lene?»

«Ich weiß es nicht … in einem Labor.»

«In einem Labor?», schrie Jesse fast hysterisch. «Verdammt nochmal, wo ist dieses Labor?»

«Ich weiß es nicht», entgegnete Emilio mit erstickter Stimme. «Ehrenwort.»

«Ehrenwort!», fauchte Jesse. «Auf dein Ehrenwort scheiß ich.» Er wies auf ein Gebäude, stieß Emilio die Mündung der Beretta in die Rippen und trieb ihn vor sich her zu einem niedrigen, langgestreckten Bau. Eine Tür stand offen, und er schubste Emilio hinein.

In dem schwachen Licht, das von draußen durch die Fenster hereinfiel, erkannte Jesse Boxen für Pferde oder Rinder. Links eine Treppe, die ins Obergeschoss führte. Oben war Licht. Die Wände des Aufgangs waren mit Postern beklebt: Ballettszenen. Gedämpfte Klaviermusik war zu hören.

«Hier nicht», sagte Jesse und zerrte Emilio wieder ins Freie. «Vorwärts, mach schon.» Er trieb ihn auf ein nächstes Gebäude zu, bei dem in einem Kellerfenster Licht zu sehen war. Keuchend stolperte Emilio voran, doch Jesse ging das alles viel zu langsam. Einen Moment lang dachte er daran, das fette Schwein vor sich einfach zu erschießen. Es wäre so einfach. Aber er brauchte seinen einstigen Betreuer noch. Das Gefühl von ohnmächtiger Enttäuschung, von Hass, drohte Jesse immer wieder zu überwältigen.

Sie erreichten das Gebäude. Die Tür war nur angelehnt.

Im Treppenhaus brannte eine schwache Glühbirne. Eine Treppe führte ins Untergeschoss. Jesse deutete mit der Pistole auf die Treppe.

«Da runter!»

Schwer atmend begann Emilio, die Treppe hinabzusteigen. Er stützte sich mit beiden Händen links und rechts an den Wänden ab. Als er endlich unten war, drückte ihm Jesse die Pistole in den schweißnassen, feisten Nacken. «Hinsetzen!»

Emilio ließ sich ächzend auf die unterste Stufe sinken.

Jesse drängte sich an ihm vorbei und richtete die Pistole auf Emilios Stirn.

«Bitte nicht.» Emilio starrte ihn mit weitaufgerissenen Augen an. Das durchgeschwitzte Hemd hatte er sich bis zum Bauchnabel aufgeknöpft, das Jackett war staubig, die Hosen mit Grasflecken übersät. Einfach jämmerlich.

«Du bleibst hier», sagte Jesse barsch. «Versuch gar nicht erst abzuhauen. Die ist noch schneller als ich.»

Dann ging Jesse vorsichtig durch den engen, dunklen Korridor. Spinnweben verfingen sich in seinem Haar. Weiter vorne drang Licht durch einen Türspalt. Jesse setzte geräuschlos einen Fuß vor den anderen. Gespannt bis zum Äußersten. Jederzeit bereit, anzugreifen oder zu schießen. Er hielt die Pistole in beiden Händen vor sich gestreckt. Leise öffnete er die Tür.

«Lene?»

In einer Ecke des kahlen Raumes lag eine schäbige Matratze. Ein paar zerfetzte Zeitungen davor. Jesse sprang auf die Matratze zu, als könne er nicht glauben, dass Lene nicht dort lag. Er blickte um sich. Der Kellerraum war leer. Seine Schuhe hatten auf dem staubigen Boden deutlich sichtbare Spuren hinterlassen. Hier war seit Ewigkeiten niemand mehr gewesen, die nackte Glühbirne beleuchtete schon lange sinnlos dieses triste Loch.

Jesse machte kehrt und fand den heftig atmenden Emilio immer noch auf derselben Stufe sitzen, wo er ihn zurückgelassen hatte. «Los, rauf!»

Er bugsierte den Fettsack die Stufen hoch.

Draußen bewegten sie sich auf das nächste Gebäude zu. Auch dieses ein Backsteinhaus, aber etwas größer als die anderen: dreigeschossig und mit einem kleinen Türmchen an einer Ecke. Im Turmzimmer brannte Licht, und auch im Keller.

Plötzlich tauchten zwei dunkle Gestalten auf dem Platz vor dem Gebäude auf. Sie kamen direkt auf Jesse und Emilio zu, schienen die beiden aber noch nicht entdeckt zu haben.

Jesse hielt Emilio am Ärmel zurück.

Zu spät.

«Halt, Polizei!»

Jesse glaubte zu erkennen, dass sie keine Waffen in den Händen hielten. Mit aller Kraft versetzte er Emilio einen Stoß, sodass dieser vorwärtstaumelte, über eine Steinplatte stolperte und der Länge nach hinfiel.

Damit zog der Dicke für einen kurzen Moment die Aufmerksamkeit der Polizisten auf sich, und Jesse tat, was die beiden am wenigsten erwartet hätten: Er lief los, sprang über Emilio hinweg und rannte geradewegs auf die Polizisten zu.

«Stehen bleiben!»

Dann setzten sich die Uniformierten in Bewegung und liefen Seite an Seite Jesse entgegen. Er durchschaute die Taktik. *Sandwich* nannte man diese Formation im Football. Und er wusste, wie sein Dad reagiert hatte, wenn ihn die gegnerischen Verteidiger auf diese Weise zu stoppen versucht hatten. «Voll auf die Mitte zu», hatte er immer gesagt. «Nie auf den Mann. Versuche nie, sie zu umlaufen. Dort kann dich ein einzelner abfangen. In der Mitte müssen sie zusammenarbeiten. Dort sind sie am schwächsten.»

Jesse schoss direkt auf die Polizisten zu. Im Laufen schob er die Schulter vor, legte den Oberarm schützend an die Rippen und rammte die beiden. Der eine schlug hart gegen eine Sitzbank und blieb liegen. Der andere landete im Gras, rappelte sich aber schnell wieder auf und war hinter Jesse her.

«Stehen bleiben!»

Jesse rannte auf eine Gruppe von Gebäuden zu, bog um die Ecke. Dahinter führte der Weg über eine kleine, geschwungene Brücke. Jesse stützte sich auf das schmiedeeiserne Geländer und spähte in den Graben hinunter. Eine Art Entwässerungskanal. Jetzt aber trocken. Jesse schwang sich über das Geländer, ließ sich in den Graben fallen und ging unter der Brücke in Deckung.

Kaum war er im Schatten verschwunden, wurde er sich bewusst, dass er einen Fehler begangen hatte. Er hatte sein Pfand aus der Hand gegeben. Er konnte Emilio nicht mehr gegen Lene tauschen.

Schon hörte er über sich schwere Schuhe poltern. Der Polizist blieb stehen. Jetzt hörte Jesse sogar dessen keuchenden Atem. Der Lichtstrahl einer starken Taschenlampe tastete wie ein Finger Bäume und Büsche ab und huschte suchend über die Gebäudefassaden.

Jesse drückte sich noch stärker an die bemooste Mauer.

Dann polterten die Schritte weiter.

Geduckt huschte Jesse in dem Entwässerungskanal vorwärts wie in einem Schützengraben. Seine Turnschuhe machten keinerlei Geräusch. Vorsichtig streckte er den Kopf über den Rand des Grabens. Er sah ein Haus, in dem ein paar Fenster im Obergeschoss beleuchtet waren. Wo war die Tür? Jesse richtete sich auf, um besser sehen zu können. Da war die Tür. Er musste es wagen.

Geschmeidig wie eine Katze zog er sich auf die brusthohe Mauer, sprang über das Geländer und lief auf das Gebäude zu.

Der Schein der Taschenlampe erfasste ihn.

«Halt!»

Jesse dachte nicht daran. Er schlug einen Haken, lief in eine andere Richtung, rannte hinter ein dunkles Gebäude.

Er hatte den Polizisten abgehängt und stand jetzt direkt vor dem Haus.

Er riss die Tür auf und schlüpfte hinein. Das Gebäude war offenbar renoviert worden und wurde genutzt. Auf einem Schild stand VetechLab, ein Pfeil zeigte die Treppe hinauf. Mit wenigen Sprüngen war Jesse oben. Er befand sich in einem Vorraum. An einer Glastür warnte ein gelbes Schild: Biosafety. Dahinter sah Jesse einen langgestreckten, hellerleuchteten Laborraum. Reihen klinisch sauberer Arbeitsplätze. Geräte, Gestelle mit Flaschen und anderen Behältern. Kein Mensch war zu sehen.

Emilio hatte gesagt, Lene sei in einem Labor.

Sie musste hier sein.

Jesse drückte auf die Türklinke. Abgeschlossen! Er sah sich im Korridor um. Kartons und ein paar Bürostühle standen herum. Er schnappte sich einen Stuhl und knallte ihn mit den metallenen Füssen voran gegen die Tür.

Es hallte im Treppenhaus. Doch die Tür hielt stand.

Sicherheitsglas.

Sie überstand auch den zweiten Angriff. Jesse holte noch mehr Anlauf und hieb den Stuhl ein drittes Mal gegen die Tür. Endlich! Ein feiner Riss im Glas. Er trat zurück, schwang den Stuhl und zielte auf den Riss.

Es krachte.

Tausend Sprünge trübten das Glas, aber die Tür hing noch immer in den Angeln. Jesse trat mit dem Fuß dagegen. Und noch einmal.

Im selben Moment, in dem das Glas zersplitterte und klirrend in sich zusammensackte, hörte Jesse unten den Polizisten die Tür aufstoßen.

Er sprang über den Scherbenhaufen ins Labor, lief an den Arbeitsplätzen vorbei. Glasapparaturen, elektronische Geräte. Alles sauber aufgeräumt und geputzt.

«Lene?»

Er hörte nur das Piepen eines Gerätes.

Jesse war im hinteren Teil des Labors angelangt.

Eine weitere Tür gab es in diesem Raum nicht.

Verflucht!

Er hörte den Polizisten die Treppe herauflaufen.

Nochmals sah sich Jesse hastig um. Es gab wirklich keinen anderen Ausgang aus diesem verdammten Labor als die Tür, durch die er hereingekommen war. Einen Moment dachte er daran, aus dem Fenster zu springen. Gab die Idee aber sofort wieder auf und duckte sich hinter einem Labortisch.

Dann hörte er den Polizisten eintreten.

Jesse überlegte fieberhaft: Wenn er ihn fassen würde, war Lene verloren. Nie würde der Bulle ihm seine Geschichte glauben. Er würde ihn verhaften, abführen, und Lene wäre endgültig verloren. Es gab nur einen Weg, sie zu retten. Er musste zu ihr. Er *musste* einfach. Was danach geschehen würde, spielte keine Rolle.

Vorne polterten die Stiefel des Polizisten über den Boden. Gleich hatte er ihn.

Jesse entschied sich wieder für die Überrumpelungstaktik. Er steckte die Pistole in den Hosenbund und stand hinter dem Labortisch auf.

Gleich vier Mündungsöffnungen starrten ihm entgegen. Der Polizist hatte Verstärkung gerufen. Vier Kerle, breit wie Schränke, standen auf der Höhe des übernächsten Labortisches.

Jesse hob die Hände über den Kopf und ging langsam auf sie zu.

«Stehen bleiben!»

Jesse blieb stehen.

Blitzschnell versperrten die Polizisten ihm den Weg.

«Eine Abwehrkette ist nur so stark wie ihr schwächstes Glied», hatte sein Dad immer gesagt. Und: «Genau so wichtig wie deine Kraft ist dein Kopf. Überlege, wo die Schwachstelle ist.»

Die Schwachstelle bestand in diesem Fall aus einem Gestell mit einem großen Monitor darauf. Zwischen Jesse und den Polizisten. Das Ding hatte Rollen.

Unvermittelt sprang Jesse vor und krachte gegen das Gestell. Der Monitor flog in hohem Bogen davon, knallte einem der Polizisten an den Kopf. Der schrie auf, ging zu Boden. Scherben, Funken. Ein zweiter Polizist stürzte, riss dabei ein Chemikalienregal um, stieß Glasflaschen zu Boden, die klirrend zersprangen. Augenblicklich breiteten sich beißende Dämpfe im Labor aus.

Jesse strauchelte, versuchte sich im Chemikaliennebel zu orientieren. Ahnte den Ausgang mehr, als dass er ihn sah, und hetzte blindlings durch die ätzenden Schwaden.

So schnell er konnte, lief er durch den langen Laborraum. Bis ihm die Polizisten nachjagten, war er schon vorne an der Treppe. Dann unten vor dem Haus.

Der menschenleere Platz. Gegenüber war ein weiteres Gebäude mit Licht in einem der Kellerfenster.

Jesse visierte sein Ziel an.

Distanz: hundert Meter.

Los!

Schon nach sieben Schritten schallte es über den Platz: «Stehen bleiben, oder wir schießen!»

Jesse lief weiter.

Ein Schuss krachte.

Das Projektil zischte Zentimeter an seinen Beinen vorbei.

Jesse preschte weiter.

Er musste es schaffen. Wollte sich nie den Vorwurf machen müssen, es nicht wenigstens versucht zu haben.

Nicht noch einmal.

Jesse gab alles.

Er sprintete über den holprigen Platz, schneller als je zuvor über die Tartanbahn. Die Beine rotierten, die Lungen pumpten, das Herz raste. Jesse flog.

Er lief den Lauf seines Lebens. Er lief um Lenes Leben.

Ein weiterer Schuss krachte. Gras und Erde spritzten neben Jesse auf.

Er erreichte das Gebäude. Die Tür war abgeschlossen.

Eine Kugel bohrte sich ins Mauerwerk, sodass der Mörtel auf ihn herunterrieselte.

Jesse trat drei Schritte zurück und warf sich gegen die Tür. Holz splitterte, das Schloss wurde aus dem Rahmen gerissen, die Tür schwang auf, und Jesse war drin.

Am Kellerabgang hing ein Schild: LAMPARSKY.

Zwei Sprünge und Jesse war unten. Er prüfte gar nicht erst, ob die Tür offen war. Aus vollem Lauf ließ er sich dagegenkrachen und hob sie als Ganzes aus den Angeln. Wieder fand er sich in einem Laboratorium. Allerdings war dieses um einiges älter als das andere. Zahlreiche Geräte waren eingeschaltet. Lämpchen blinkten rot und grün. Ein Ventilator hing an der Decke und drehte sich müde. Kein Mensch war zu sehen.

«Lene?»

Ein Kühlschrank brummte, der Luftabzug über einem Arbeitsplatz summte.

«Lene?»

Ein Geräusch schreckte Jesse auf. Er fuhr herum, sah zur Tür.

Wieder das Geräusch.

Ein Poltern, mehr ein Rumpeln. Es kam von der anderen Seite des Raumes. Jesse entdeckte dort eine weitere Tür. Er raste durch das Labor, drückte die Klinke herunter. Knarrend ging die Tür auf, und Jesse sah in einen Raum, der eingerichtet war wie ein Operationssaal. Überwachungsapparate,

Gasflaschen, Schläuche, OP-Leuchte. In der Mitte des Raumes stand ein Operationstisch. Darauf lag ein Mensch, mit Riemen festgebunden und mit einem grünen Operationstuch bedeckt. Ein Stöhnen drang dumpf unter dem Tuch hervor. Der Kopf schlug heftig gegen das Polster.

Mit einem einzigen Sprung war Jesse dort und riss das OP-Tuch weg.

«Lene!»

45

Bis auf den am Boden festgeschraubten Tisch, zwei Stühle und die deutlich sichtbar montierte Überwachungskamera war der Raum leer. Und eng – drei mal drei Meter höchstens. Die Wände waren weiß – oder es zumindest früher mal gewesen. Ein grober Schuhabdruck fast auf Augenhöhe an einer der Wände ließ einen unweigerlich darüber nachdenken, wie und warum er da oben hingekommen war.

Zeit zum Nachdenken hatte, wer in dieser Zelle saß.

Doch Jesse war nicht mehr fähig zu denken. Er legte den Kopf in die verschränkten Arme auf der Tischplatte und versuchte zu dösen. Er wusste nicht, wie lange man ihn schon auf das Verhör warten ließ. Die Armbanduhr war ihm wie alle anderen persönlichen Gegenstände abgenommen worden.

Kaum war Jesse eingenickt, wurde die Tür aufgestoßen. Er schreckte hoch.

Ein Mann stand vor ihm. Schmächtig, schütteres Haar, dunkler Anzug, wuchtige Brille. «Tag», sagte er und setzte sich Jesse gegenüber an den Tisch. «Brodbek, Staatsanwalt. Ich leite die Untersuchung.»

Jesse blinzelte, während der Staatsanwalt ihn über seine Rechte aufklärte.

«Haben Sie Fragen?»

«Wo ist meine Freundin?», sagte Jesse. «Wie geht es ihr?»

Es waren dieselben Fragen, die er zuvor schon unzählige Male unzähligen Polizisten gestellt hatte und die ihm von niemandem beantwortet worden waren. Weder von den Polizisten, die ihn auf die Wache gebracht hatten, noch von denen, die seine Personalien aufgenommen, ihn gefilzt und in die Zelle gebracht hatten. Und auch die Beamtin, die ihm vorhin einen Pappbecher mit Wasser hingestellt hatte, war nicht bereit gewesen, ihm Auskunft über Lenes Verbleib zu geben.

Das machte Jesse rasend.

«Es geht ihr den Umständen entsprechend gut», sagte der Staatsanwalt.

«Na, super», erwiderte Jesse gereizt. «Das kann man auch über Schwerkranke sagen. Allen geht es *den Umständen entsprechend* gut, weil es ihnen *unter Umständen* ja auch noch viel schlechter gehen könnte. Ich will jetzt endlich wissen, wo Lene ist und wie es ihr geht.»

«Na, na», meinte Staatsanwalt Brodbek und fuhr dann in offiziellerem Ton fort: «Man hat Frau Korpijaakko aus dem Kellerlabor befreit und in ein Krankenhaus gebracht. Und es geht ihr gut.»

«Ich muss sie anrufen»

«Ist vor dem Verhör leider nicht möglich.» Brodbek wischte mit der Hand über die Tischplatte. «Nun aber zu Ihnen, beziehungsweise zu dem, was sich in der Veterinärmedizin abgespielt hat. Die Befragung des Opfers, Herrn Emilio Batista, ist so weit abgeschlossen; jetzt möchten wir noch von Ihnen hören, wie Sie das Ganze sehen. Bitte beantworten Sie meine Fragen so präzise wie möglich. Okay?»

Jesse nickte.

«Was hatten Sie mit Herrn Batista letzte Nacht in der Veterinärmedizin vor?»

«Meine Freundin retten.»

Brodbek zog die Augenbrauen hoch.

«Lene war entführt worden. Ich musste sie finden, bevor sie ihr etwas antun konnten.»

«Hm», machte der Staatsanwalt. «Entführt. Von wem?»

«Wer das genau war, weiß ich nicht. Es war ja auch kein Mensch mehr in diesem Labor. Aber Emilio, ich meine Batista, ist der Drahtzieher.»

«Herr Batista sieht das etwas anders. Sie hätten ihn an diesen verlassenen Ort gebracht, um ihn dort umzubringen.»

«So ein Schwachsinn!», rief Jesse. «Er hatte Lene entführt oder entführen lassen, was weiß ich, und auf diesem Gelände versteckt.»

«Hm», machte der Staatsanwalt wieder. «Gehen wir mal von den Fakten aus: Der Concierge im *Adlon* sagt aus, Sie hätten Herrn Batista im Hotel abgeholt, dieser hätte dabei äußerst nervös gewirkt. Ähnlich die Aussage des Taxifahrers, der die Polizei alarmiert hat. Ihm fiel auf: ein gutgekleideter Fahrgast, verwirrt, am ganzen Körper zitternd, in Todesangst sozusagen. Ein zweiter Fahrgast: jung, kräftig, dunkelhäutig. Dieser zweite Mann hielt unter seiner schäbigen Sportbekleidung etwas verborgen. Eine Waffe, vermutete der Taxifahrer. Und offenbar zwang der junge Mann den älteren, das verlassene Gelände der Veterinärmedizin zu betreten.»

Der Staatsanwalt beobachtete Jesses Reaktion.

«Kommt Ihnen das irgendwie bekannt vor, Herr Brown?»

Bevor Jesse antworten konnte, fuhr Brodbek fort: «Also: haben Sie heute beziehungsweise gestern, gegen Mitternacht, Herrn Batista im Hotel *Adlon* abgeholt?»

«Ja.»

«Haben Sie mit ihm zusammen ein Taxi genommen?»

«Ja.»

«Sind sie zusammen zur Veterinärmedizin gefahren?»

«Ich wusste nicht einmal, wohin wir fuhren. Emilio …»

«Beantworten Sie einfach meine Fragen», unterbrach ihn

der Staatsanwalt. «Sie fuhren also zusammen dorthin. Haben Sie Herrn Batista gezwungen, das Gelände zu betreten?»

«Ich habe ihn zu gar nichts gezwungen. Er sollte mir ganz einfach zeigen, wo Lene war.»

«Hat Herr Batista freiwillig das dunkle, verlassene Gelände betreten. Ja oder nein?»

«Also gut», sagte Jesse gedehnt. «Ich … musste etwas nachhelfen. Aber das war Notwehr.»

«Notwehr? Jemanden aus dem Hotel abzuholen, ihn in ein Taxi zu setzen und dann mit Waffengewalt dazu zu zwingen, nach Mitternacht ein dunkles, menschenleeres Gelände zu betreten? Das nennen Sie Notwehr?»

«Herrgott nochmal! Ich kann es nur wiederholen: Lene war entführt worden. Ich hatte herausgefunden, dass Batista dahintersteckte. Er hat das zugegeben und ist damit herausgerückt, wo sie Lene versteckt hielten. Dann brachte er mich dorthin. Es war die einzige Möglichkeit, Lene zu retten.»

Brodbek verzog den Mund. «Also gut. Nehmen wir mal an, Ihre Freundin sei tatsächlich entführt worden: Warum haben Sie nicht die Polizei eingeschaltet?»

«Ich durfte nicht. Lene hat mich angerufen und gesagt, sie würden sie sofort töten, wenn ich die Polizei einschalte.»

«Ja, so klingt es bei jeder Entführung», meinte der Staatsanwalt. Sein Tonfall machte deutlich, was er davon hielt. «Sehen Sie: Bei meinen Ermittlungen stütze ich mich auf Fakten, und nur auf Fakten. Tragen wir also mal alle Fakten zusammen, die für Ihre Geschichte sprechen.» Er schaute Jesse in die Augen. «Haben Sie einen Erpresserbrief erhalten? Eine E-Mail, eine SMS oder sonst etwas mit den Forderungen … *dieser Entführer*?»

Die Art und Weise, wie er *dieser Entführer* betonte, machte Jesse rasend. Aber er zwang sich zur Ruhe. «Nein, nur einen Anruf.»

«Nur einen Anruf», wiederholte der Staatsanwalt gedehnt

und ließ seine Worte einen Moment wirken. «Auf dem Mobiltelefon, nehme ich an.»

«Ja.»

«Wir haben Ihr Telefon überprüft, Herr Brown. Die einzigen Anrufe in den letzten achtundvierzig Stunden kamen von Frau Korpijaakkos Handy.»

«Das ist doch klar. Sie haben Lene dazu gezwungen!», rief Jesse aufgebracht.

«Hm», machte der Staatsanwalt abermals, dann holte er tief Luft. «Warum haben Sie dann nicht die beiden Streifenpolizisten, die Sie auf dem Gelände gestellt haben, um Hilfe gebeten?»

Jesse schwieg.

«Das wäre doch die beste Gelegenheit gewesen, Hilfe zu erhalten. Sie taten aber nichts dergleichen. Ganz im Gegenteil: Sie haben die Beamten angegriffen und sind dann geflüchtet.»

«Ich bin nicht geflüchtet!», stieß Jesse hervor. «Ich wollte Lene retten!»

«Wovor denn?»

«Sie wollten sie umbringen!»

Brodbek seufzte wieder. «Wofür es keine Hinweise gibt. Wir drehen uns im Kreis. Es rückte dann ja sogar noch polizeiliche Verstärkung aus. Sie wären zu fünft gewesen, um Frau Korpijaakko zu … *retten.*»

Wieder diese Betonung auf dem letzten Wort!

«Verdammt nochmal!» Jesse sprang vom Stuhl auf. «Das hätte doch viel zu lange gedauert. Es ging um jede Minute. Verstehen Sie denn nicht? Niemals hätten diese Polizisten mir geglaubt. Genau wie Sie mir jetzt nicht glauben.»

«Wissen Sie, warum?», sagte der Staatsanwalt und bedeutete Jesse mit einer knappen Handbewegung, sich wieder hinzusetzen. «Wissen Sie, warum es mir so schwerfällt, Ihnen zu glauben?»

Jesse setzte sich widerstrebend.

«Weil Sie für Ihre Geschichte keinen einzigen konkreten Beweis haben. Aber es gibt Zeugen, die beobachteten, wie Sie Batista nötigten mitzukommen, wie sie ihn zwangen, das Gelände zu betreten. Weiter spricht Ihr Verhalten gegen Ihre Version der Geschichte: Sie sind geflüchtet, Sie haben Polizisten bedroht und tätlich angegriffen Und zu guter Letzt hat man bei Ihnen eine Waffe gefunden. Nicht bei Herrn Batista. Und er ist auch nicht geflüchtet, sondern hat sofort die Polizei um Hilfe gebeten.» Brodbek sog die Luft ein, wie ein Kämpfer, der zum alles entscheidenden Schlag ausholt. «Und noch etwas macht mich äußerst skeptisch, Herr Brown: An Ihrer … *entführten und mit dem Tod bedrohten* Freundin ließen sich bei der medizinischen Untersuchung keinerlei Hinweise entdecken, die Ihre Version der Geschichte stützten. Keine Zeichen von Hunger oder Durst. Keine Spur von Schlägen, Folter oder gar Vergewaltigung. Nichts.»

«Lene hat am Telefon ja gesagt, sie würde gut behandelt.»

«Ja, auch das höre ich immer wieder bei Entführungen.»

«Worauf wollen Sie eigentlich hinaus? Reden Sie doch mit ihr. Fragen Sie Lene, was geschehen ist!»

«Das haben wir natürlich getan», sagte Brodbek beiläufig. «Aber das bringt uns Ihrer Geschichte leider auch nicht näher. Die Aussage von Frau Korpijaakko ist höchst unpräzise. Ein Mann hätte sie auf der Straße angesprochen. Sie kann ihn aber nicht beschreiben. Man hätte sie in ein Haus gebracht. Sie erinnert sich aber auch hier an keinerlei Details. Kurz: Ihre entführte Freundin erinnert sich selbst kaum an diese … *Entführung*. Wie erklären Sie sich das, Herr Brown?»

Jesses Kiefer klappte herunter.

«Verstehen Sie jetzt, warum ich Mühe habe, Ihre Geschichte zu glauben?»

Jesse starrte ihn an.

Brodbek wechselte das Thema. «Batista hat mir von diesem

Rennen erzählt. Von diesem alles entscheidenden Rennen, in dem Sie eine Million Dollar hätten gewinnen können. Aber Sie hätten versagt und seien danach völlig außer sich gewesen – geradezu von Sinnen. Sie hätten einen Schuldigen gesucht. Hätten diese ganze Geschichte inszeniert, um Ihren Betreuer auf elegante Weise – in Notwehr sozusagen – loszuwerden. Batista sagt, Sie seien komplett durchgedreht.»

«Durchgedreht?», echote Jesse fassungslos. Dann schrie er plötzlich: «Durchgedreht?» Er sprang wieder vom Stuhl auf. «Verdammt nochmal, ja! Ja, ja, ja! Ich bin fast durchgedreht. Aber nicht erst nach dem Rennen, sondern schon davor. Weil Batista Lene entführt hat und sie gegen die Million eintauschen wollte. Können Sie sich vorstellen, was das bedeutet? Was für ein Druck das ist? So kann man kein Rennen gewinnen. Und das wusste Batista ganz genau. Und er wollte es genau so.» Jesse wurde immer lauter, er tobte, lief in der Zelle hin und her, hieb mit den Fäusten auf den Tisch.

«Hinsetzen!», brüllte der Staatsanwalt.

«Leck mich am Arsch!» Jesse trat gegen seinen Stuhl, der in eine Ecke flog. «Es ging gar nicht um die Million. Er wollte Lene loswerden. Und er wollte sich an mir rächen.»

Plötzlich knallte die Zellentür auf. Zwei Polizisten stürzten herein, warfen sich auf Jesse, drückten ihn zu Boden. Einer drehte ihm den Arm brutal nach hinten. Jesse schrie auf. Wand sich. Der zweite Arm wurde gepackt und mit aller Kraft nach hinten gedreht. Dann schnappten die Handschellen zu.

Keuchend lag Jesse auf dem Bauch. Das Kinn gegen den Boden gedrückt, die Arme auf dem Rücken in Handschellen, die Füße gefesselt. Dicht vor seinen Augen die schwarzen Stiefel eines Polizisten.

«Danke», sagte der Staatsanwalt ungerührt. Und zu Jesse: «Brauchen Sie vielleicht etwas zur Beruhigung, Herr Brown?»

Jesse versuchte das Kinn vom Boden zu heben. Auf den Lippen schmeckte er Blut. «Nein.»

Der Staatsanwalt machte eine Handbewegung. Die Polizisten lösten Handschellen und Fußfesseln. Einer holte den Stuhl aus der Ecke.

Jesse rappelte sich hoch und setzte sich hin, während er sich die schmerzenden Handgelenke rieb.

«Ich rufe Sie, wenn ich Sie wieder brauche», sagte Brodbek zu den Polizisten.

Sie gingen.

«Trinken Sie», sagte er zu Jesse und füllte den Pappbecher mit Wasser nach. Als er weitersprach, lag in seiner Stimme ein neuer Ton. Ein versöhnlicher. Aber auch ein trügerischer. «Ich war auf so etwas gefasst. Sie seien ein impulsiver Mensch, hat Batista gesagt. Das muss ja nicht unbedingt schlecht sein, gerade in Ihrer Sportart. Da ist Impuls entscheidend. Nur sollte man wissen, wann dafür der richtige Moment ist.» Er blickte Jesse an, überlegte, bevor er weitersprach. «Irgendwie kann ich Sie aber auch verstehen – nach all dem, was ich über Ihre Jugend erfahren habe: die Familie, die Bronx, das Heim, die Nähe zu Drogen und Gewalt. Das prägt.»

Jesse rang nach Luft. «Wollen Sie sagen, ich sei gewalttätig?»

Brodbek ging nicht weiter darauf ein. «Sie hätten auch eine geradezu phänomenale Fähigkeit, bestimmte Dinge aus Ihrer Wahrnehmung auszublenden. Auch das ist nicht unbedingt ein Fehler. Gerade im Wettkampf ein Zeichen mentaler Stärke. Aber im *realen Leben*? Es besteht die Gefahr, dass man sich eine Realität zurechtlegt, die nichts mehr mit der Wirklichkeit gemein hat.» Er wischte wieder über die Tischplatte, dann fuhr er fort. «Es tut Herrn Batista offenbar sehr leid, dass es ihm bei Ihrem entscheidenden Rennen nicht geglückt ist, Sie psychisch in die richtige Verfassung zu bringen. Er sieht in Ihrem Versagen ein Stück weit auch sein eigenes. Das schmerzt ihn. Aber noch viel mehr schmerzt ihn, dass Sie deshalb gleich versucht haben, ihn so rigoros loszuwerden.»

Brodbek sah Jesse lange an. «Trotzdem ist er bereit, Ihnen zu verzeihen, Herr Brown. Er glaubt an Sie. Ich kann nur sagen: Seien Sie froh, dass Sie so einen Betreuer haben.»

«Aber …» Jesse war perplex. «Er ist ja gar nicht mehr mein Betreuer.»

«Sehen Sie», meinte der Staatsanwalt ruhig. «So gut kennt Sie Herr Batista. Genau diese Antwort hat er vorausgesehen. Ich frage Sie trotzdem, womit Sie Ihre Aussage stützen können.»

«Wie stützen?»

«Können Sie belegen, dass Herr Batista nicht mehr ihr Betreuer ist?»

Jesse starrte den Staatsanwalt an. Es gab keine Beweise. Weil Emilio es so gewollt hatte. Es war seine Idee gewesen, auf eine schriftliche Kündigung zu verzichten. Er wollte weder die Öffentlichkeit noch die Sponsoren informieren, damit Jesse – wie er vorgab – die Rennsaison trotz allem noch in Ruhe beenden konnte.

Jesse sah Emilio vor sich, wie er auf der Dachterrasse gestanden und die Trennung scheinbar gefasst aufgenommen hatte. Ich wünsche dir viel Erfolg, hatte er gesagt. Hatte er da schon seinen Rachefeldzug geplant gehabt?

«Haben Sie solche Beweise?», fragte Brodbek noch einmal.

Jesse wurde schwindlig. Emilio, dieser verfluchte Drecksack. Jahre lang hatte er ihn glauben lassen, er sei wie ein Vater für ihn. Und ihn dabei auf perfide Art und Weise für seine eigenen Interessen missbraucht. Und jetzt verdrehte Emilio ebenso perfide alle Tatsachen, um ihn als jemanden darzustellen, der an Realitätsverlust leidet. Als einen, der ausrastet, unberechenbar ist, gefährlich. Er wollte ihn zum Psychopathen stempeln. Versuchte, ihn in den Untergang zu treiben.

Jesse realisierte plötzlich, dass es nur einen Ausweg aus

diesem Teufelskreis gab. Er musste Emilio mit seinen eigenen Waffen schlagen.

Jesse holte tief Luft, bevor er sagte: «Batista ist der Kopf einer Organisation, die Athleten von sich abhängig macht, genetisch manipuliert und wie Rennpferde für sich laufen lässt.»

«Hm», machte der Staatsanwalt und wischte wieder über die Tischplatte. «Eine völlig neue Geschichte.»

«Es ist die Wahrheit.»

«Na gut: der Vollständigkeit halber und fürs Protokoll: Gibt es dafür Beweise?» Ein spöttisches Lächeln umspielte seine schmalen Lippen.

«Ja», sagte Jesse. Und noch bevor das Wort verklungen war, merkte er, wie absurd das Ganze plötzlich wurde. Mit diesem kurzen und entschiedenen *Ja* war er angetreten, etwas zu beweisen, von dem er selbst nicht wollte, dass es so war. Und doch war es der einzige Ausweg, der ihm noch blieb.

«Ja», wiederholte Jesse mit fester Stimme. «Der Beweis bin ich.»

Brodbek runzelte die Stirn.

Jesse sagte: «Sehen Sie die persönlichen Gegenständen durch, die man mir abgenommen hat. Darunter muss ein Zettel mit einer Telefonnummer sein. Die Nummer gehört Doktor Brenn. Steffen Brenn von der Charité. Der hat in der Sache offenbar auch schon ermittelt. Er glaubt, dass Athleten genetisch manipuliert werden. Und dieser Doktor Brenn hat einen Gentest an mir durchgeführt. Fragen Sie ihn nach dem Resultat.»

46

Steffen Brenn und Thierry Velan saßen über die Gewebeproben von Jesse Brown gebeugt. Zusammen hatten sie noch einmal alles sorgfältig überprüft, um ganz sicher zu sein. Und sie waren zu denselben Ergebnissen gekommen wie Brenn am Tag zuvor.

Das Telefon klingelte.

«Brenn», meldete sich der Arzt. «Sehr gut. Bringen Sie sie bitte gleich ins Labor herauf. Wir sind bereit.»

Kurze darauf klopfte es an der Tür.

Thierry beeilte sich zu öffnen.

Vor der Tür standen vier Männer. Jesse Brown, zwei bullige Polizisten in Uniform und ein schmächtiger Mann in einem dunklen Anzug.

«Brodbek, Staatsanwalt», stellte dieser sich vor und gab Thierry die Hand.

Die vier Männer traten ein.

«Und das ist Herr Brown», sagte Brodbek mit einem Blick auf Jesse.

«Wie könnte ich Sie nicht erkennen», sagte Thierry. «Auch wenn wir uns noch nie persönlich begegnet sind.» Er streckte Jesse die Hand entgegen.

«Hallo», sagte Jesse geknickt und hob die Hände mit den Handschellen.

«Verstehe», erwiderte Thierry und führte Jesse und den Staatsanwalt zum Labortisch, wo Steffen Brenn am Mikroskop wartete. Die Polizisten postierten sich an der Tür.

«Dass wir uns so wieder begegnen würden, hätte ich nicht erwartet», meinte Brenn. «Was ist denn vorgefallen?»

«Keine Fragen», ging Brodbek dazwischen. «Ich habe Ihnen das schon am Telefon gesagt: Sie werden als Zeuge befragt. Herr Brown ist hier lediglich anwesend, weil Sie mir aus Gründen der ärztlichen Schweigepflicht seinen Befund nicht bekanntgeben dürfen. Andere Themen als diese medizinischen Befunde stehen nicht zur Diskussion.» Er wandte sich an Jesse. «Fürs Protokoll muss ich Sie nochmals fragen: Sind Sie einverstanden, wenn Doktor Brenn Ihnen das Resultat der Muskelbiopsie in meiner Anwesenheit mitteilt?»

«Darum sind wir ja hier», erwiderte Jesse missmutig.

«Also», sagte Brodbek und nickte Brenn zu.

Brenn drehte seinen Monitor so, dass Jesse und Brodbek daraufschauen konnten. Dann sagte er zu Jesse: «Ich habe vom Rennen gehört. Es tut mir sehr leid.»

«Ist schon gut», sagte Jesse matt.

Brenn hatte verstanden. «Also», sagte er. «Hier sehen Sie einen Querschnitt Ihres Muskels. Diese Strukturen hier sind Muskelfaserbündel.» Er tippte mit dem Kugelschreiber auf eine Ansammlung hellvioletter Flecken, die jeweils durch einen schmalen, farblosen Zwischenraum getrennt waren. «Jeder dieser Flecken ist eine einzelne Muskelfaser. Das hier sind die Zellkerne, von denen jede Muskelzelle mehrere hat.»

Jesse nickte, ohne genau hinzuhören. Er wartete nur auf die eine Aussage, die seinem Leid ein Ende machen würde. Egal, wie sie lautete.

«Es gibt zwei verschiedene Arten von Muskelfasern», fuhr Brenn fort. «Typ I und Typ II heißen sie, und sie unterscheiden sich grundlegend in Aufbau und Funktionsweise. Typ-I-Fasern sind langsame Fasern. Sie kontrahieren langsam, und sie reagieren auch nur relativ langsam auf Nervensignale. Dafür sind sie ausdauernd. Und zwar aus mehreren Gründen: Sie enthalten viel Myoglobin, das ist ein Stoff, der Sauerstoff bindet; sie haben viele Mitochondrien, das sind kleine Strukturen, die die Energie in den Zellen bereitstellen; und sie nutzen als Energiequelle Fett, das sie mit Sauerstoff verbrennen. Und da Fett in Form von winzigen Triglycerid-Tröpfchen in den Muskeln reichlich eingelagert ist, können Typ-I-Fasern über lange Zeit Kraft entwickeln.»

«Alles in allem also die idealen Muskelfasern für Langstreckenläufer», erklärte Thierry.

Jesse nickte abwesend.

«Ganz anders die Typ-II-Fasern», fuhr Brenn fort. «Die sind schnell. Sowohl bei der Kontraktion als auch bei der Reaktion. Ihre Energie beziehen sie aus Zucker, den sie ohne Sauerstoff verbrennen. Da der Muskel selbst aber über keine Zuckerreserven verfügt, machen die Typ-II-Fasern schnell schlapp.»

«Das sind also die Sprinter-Fasern», fügte Thierry hinzu.

«Unterscheiden können wir die beiden Fasertypen, indem wir sie mit spezifischen Antikörpern markieren», fuhr Brenn fort und schob einen anderen Objektträger unter das Mikroskop. Auf dem Bild, das jetzt auf dem Monitor zu sehen war, waren sämtliche Zellen orange gefärbt. «Hier sehen Sie Ihren Muskel mit der Färbung für die schnellen Fasern. Das ist der reine Sprintermuskel.» Er legte eine andere Probe ein. «Und das sind Ihre langsamen Fasern.»

«Ich sehe keine», sagte Jesse.

«Weil keine da sind», meinte Brenn. «Und das ist sehr seltsam. Wir haben den Test dreimal durchgeführt, jedes Mal zwei Dutzend solcher Schnitte analysiert und auf jedem Schnitt hundert Fasern ausgezählt. Überall dasselbe: In Ihrem Muskel gibt es keine langsamen Fasern.»

Jesse sagte nichts.

«Das Problem ist: So etwas kann es nach dem Lehrbuch gar nicht geben. Jeder Mensch besitzt Fasern von beiden Typen. Der eine hat etwas mehr von den einen, der andere mehr von den anderen. Darum ist der eine Mensch mehr für Ausdauersport geschaffen, der andere mehr für Sprint. Diese Veranlagung ist genetisch festgelegt. Aber es gibt keinen Menschen, dessen Muskeln ausschließlich Fasern des einen oder des anderen Typs enthalten. Was wir hier sehen, ist nicht normal.»

«Training», sagte Brodbek. «Könnte Training diese Veränderung des Muskels bewirken?»

Brenn und Thierry sahen den dürren Staatsanwalt gleichzeitig an.

«Ich laufe auch», sagte dieser beinahe verlegen. «Marathon.»

Tatsächlich: Wenn Thierry sich bei diesem Mann die Brille und den dunklen Anzug wegdachte, konnte er ihn sich als Marathonläufer vorstellen. Sicherlich kein Genussläufer, eher einer, der sich verbissen über die zweiundvierzig Kilometer kämpft. Aber einer, der immer ins Ziel kommt.

Darum verstand er vermutlich mehr von Sport, als es bisher den Anschein hatte, überlegte Thierry und sagte: «Das stimmt, Training verändert den Muskelaufbau. Und wir haben auch lange darüber diskutiert, ob Jesse Browns Muskelbild durch exzessives Training so hätte verändert werden können. Die Antwort lautet: Nein. Ausdauertraining, wie Sie es offenbar auch betreiben, erhöht die Zahl der langsamen Ausdauerfasern. Aber Sprint- oder Krafttraining, wie es Herr Brown betreibt, verändert die Faseranteile im Muskel nicht. Es steigert lediglich den Querschnitt der schnellen Fasern.»

«Also Manipulation?», folgerte Brodbek.

«Wir haben Tag und Nacht durchgearbeitet, um den Grund für diese Veränderung zu finden», sagte Brenn und sah aus müden Augen zu Jesse hinüber. «Es ist eine genetische Veränderung.»

Jesse hatte es erwartet, trotzdem traf ihn der Befund wie ein Schlag. Er war unfähig, in irgendeiner Art zu reagieren. Der schnellste Mann der Welt, der bis vor wenigen Tagen auf einem beispiellosen Höhenflug war, den scheinbar nichts und niemand aufhalten konnte, brach lautlos in sich zusammen. Kein Aufschrei, kein Wutausbruch, kein Schluchzen.

Nichts.

Der Staatsanwalt räusperte sich. «Eine genetische Veränderung?» Die Frage klang mehr nach Bestätigung.

«Ja», sagte Brenn.

«Dann … stimmt die Aussage von Herrn Brown also? Batista hat ihn genetisch verändert.»

Brenn ließ Brodbeks Frage im Raum stehen und blickte zu Jesse, der noch immer wie betäubt dasaß. «Es tut mir leid», sagte Brenn.

Kaum merklich schüttelte Jesse den Kopf. «Warum?», fragte er leise «Warum kann ich mich an nichts erinnern? An rein gar nichts.»

Thierry und Brenn wechselten vielsagende Blicke, als hätten sie sich auch über diese Frage schon Gedanken gemacht.

«Es gibt vielleicht eine Erklärung», begann Thierry vorsichtig. «Es gibt gewisse Substanzen, die Erinnerungen auslöschen können. Sie werden eingesetzt, um Menschen mit traumatischen Erlebnissen bei deren Bewältigung zu helfen. Man nennt sie auch Vergessensdrogen. In letzter Zeit werden sie auch immer häufiger im kriminellen Umfeld eingesetzt. Sie haben sicherlich schon mal von K.-o.-Tropfen gehört. Menschen werden damit gefügig gemacht und erinnern sich später an nichts mehr. Das Zeug brennt ihnen regelrecht ein Loch ins Gedächtnis.»

Jesse sah ihn verzweifelt an. «Aber dieses Loch müsste ich doch bemerken. Es müsste etwas in meiner Erinnerung fehlen. Ich hätte eine Gedächtnislücke.»

«Nicht unbedingt», sagte Thierry. «Wenn die Teile vor und nach der Lücke nahtlos zusammenpassen.»

«Ich verstehe nicht.»

«Als Wissenschaftler sollte ich nicht spekulieren», sagte Thierry mit einem Seitenblick auf den Staatsanwalt. Und wieder zu Jesse gewandt: «Ich tue es jetzt trotzdem: Ich nehme an, Sie sind im Verlauf Ihrer Karriere gewissen medizinischen Tests unterworfen worden, wie es üblich ist bei Spitzensportlern. Darunter waren sicherlich auch Untersuchungen im Tomographen?»

Jesse nickte.

«Angenommen, man verabreicht Ihnen die Droge kurz vor einer Tomographie, dann schlafen Sie in der Röhre ein. Wenn

Sie erwachen, liegen Sie noch immer dort. Können Sie aber ausschließen, dass man Sie zwischenzeitlich herausgezogen und Ihnen etwas verabreicht oder einen Eingriff vorgenommen hat, von dem Sie nichts wissen sollen?»

«Nein», sagte Jesse. «Nein, das kann ich nicht.»

«Ich habe genug gehört», sagte der Staatsanwalt und richtete sich kerzengerade auf. «Ihre Überlegungen scheinen mir einigermaßen plausibel. Ich bin gespannt, was Herr Batista zu sagen hat. Wenn Sie recht haben, könnte es eng werden für ihn.» Er eilte zur Tür, wo er sich noch einmal umdrehte. «Wenn Sie noch einen Moment brauchen, Herr Brown, lassen Sie sich Zeit.» Zu den beiden Polizisten: «Sie bleiben hier und bringen Herrn Brown dann zurück.»

Die Polizisten nickten, und Brodbek rannte zur Tür hinaus.

Betretenes Schweigen breitete sich im Raum aus.

Bis Jesse den Kopf hob und Brenn ansah. «Doktor?»

«Ja?»

«Die anderen … ich meine, die anderen Athleten … sind sie daran gestorben?»

Brenn überlegte. «Ja.»

«Wie lange …» Jesse brach ab.

«Sie meinen …»

«… wie lange ich noch habe.»

«Ich weiß es nicht», sagte Brenn. «Immerhin zeigen Sie noch keine Nebenwirkungen.»

«Also … habe ich noch eine Chance?»

«Zu überleben?», führte Brenn den Gedanken weiter. «Ja. Diese Chance haben Sie. Aber …»

«Aber?»

«Das Gen ist eingebaut – und wird es bleiben. So gesehen … bleiben Sie Ihr Leben lang genetisch gedopt.»

Jesse sah ihn entsetzt an. Dann vergrub er das Gesicht in den Händen.

Er schien wie ausgelöscht.

Steffen Brenn wartete lange. Er rang mit sich. Dann legte er Jesse eine Hand auf die Schulter.

«Vielleicht gibt es noch einen Ausweg.»

Jesse rührte sich nicht.

«Es gibt seltene Fälle von Menschen mit genetischen Anomalien», fuhr Brenn fort. «Das sind natürliche Genveränderungen. So was macht die Natur. Sie verändert unsere genetische Information andauernd. Rein zufällig. Meistens kommt dabei nichts Schlaues heraus, die Genveränderungen sind eigentlich Defekte, und die Nachkommen sterben noch als Embryo. Doch es gibt auch Veränderungen im Erbgut, die ihrem Träger einen Vorteil bringen. Das sind zwar sehr seltene Ereignisse. Aber sie sind es, die die Evolution weiterbringen. Normalerweise entwickeln sich solche Veränderungen sehr langsam, in äußerst kleinen Schritten, über Jahrtausende oder Jahrmillionen. Dazwischen kann es aber auch mal einen genetischen Fehler geben, der seinen Träger wahrlich zu etwas Besonderem macht. Das ist in etwa so selten der Fall, wie eine Präzisionsuhr durch einen Hammerschlag noch präziser wird. Mit anderen Worten: sehr unwahrscheinlich, aber nicht unmöglich.

Wissen Sie, ich habe so einen Fall selbst entdeckt. Bei einem Jungen. Der hat Kraft für zwei. Man könnte meinen, er hätte Anabolika mit der Muttermilch bekommen. Aber es ist ein Gendefekt, der ihn so stark macht. Ein genetischer Fehler, der eben ein Vorteil ist.»

Brenn legte eine Pause ein.

«Wir haben herausgefunden, dass bereits der Vater des Jungen die Genveränderung hatte. Und auch die Mutter. Bei ihnen hat es aber nicht so gewirkt, weil wir ja von jedem Gen zwei Ausführungen haben. Aber der Junge hat den Defekt, der eben keiner ist, vom Vater geerbt und auch von der Mutter. Und das macht ihn zum Herkules.»

Er hielt wieder inne.

«Wenn wir also Ihren Vater oder Ihre Mutter testen und das Gen finden, wäre das der Beweis, dass Sie eine sehr seltene genetische Variante sind. Auch Geschwister oder sonst ein Verwandter würde gehen. Sie wären dann rehabilitiert.»

Ganz langsam hob Jesse den Kopf und sah Brenn an. «Ich habe niemanden.»

Vier

«Vielen Fans ist doch egal, ob gedopt wird oder nicht!»

Katrin Krabbe im *Sonntagsblick* vom 24. Juli 1994

Am 23. Juli 1992 war bei ihr das Dopingmittel Clenbuterol nachgewiesen worden, woraufhin der Deutsche Leichtathletik-Verband sie für ein Jahr sperrte. Der Internationale Leichtathletikverband verlängerte die Sperre wegen unsportlichen Verhaltens um weitere zwei Jahre. Der Comeback-Versuch scheiterte.

47

Steffen Brenn schlug die Augen auf. Er blinzelte und sah zum Fenster hinaus. Draußen war es schon hell. Die Nächte waren einfach immer verdammt kurz auf diesen Interkontinentalflügen Richtung Osten. Er gähnte verstohlen, schnupperte. Das war es, was ihn geweckt hatte: Kaffeeduft. Ein paar Reihen vor ihm hatte der Frühstücksservice begonnen.

Brenn streckte seine Glieder und stellte die Rückenlehne gerade.

Als eine Tasse dampfenden Kaffees vor ihm stand, wurde er allmählich munter.

Es waren zwei anstrengende Wochen gewesen in Costa Rica. Gleich in drei Funktionen war er zur Durchsuchung der Räumlichkeiten von GeneTica vorgeladen worden – als betroffener Kunde, als Zeuge und als Sachverständiger. Er hatte die Laboratorien inspiziert, Dokumente aus den Archiven studiert und bei unzähligen Befragungen Auskunft gegeben. Und das von morgens früh bis abends spät. Sieben Tage die Woche.

Die ganze Aktion war ins Rollen gekommen, nachdem Steffen Brenn Jesse Brown den Befund des Gentests überbracht hatte. Sofort hatte der Staatsanwalt Jesses ehemaligen Coach in Gewahrsam nehmen lassen. Hatte Thierry und ihn selbst detailliert über alles, was sie herausgefunden hatten, befragt. Und dann eine internationale Ermittlung in die Wege geleitet.

Alle Spuren führten zu GeneTica.

So eindeutig, dass nach langem Sträuben auch die costaricanischen Behörden schließlich nicht mehr anders gekonnt hatten, als die Firma hochgehen zu lassen.

Was Brenn bei GeneTica zu sehen bekommen hatte, hatte im Wesentlichen Thierrys und seine Schlussfolgerungen bestätigt. Aber nicht einmal im Traum hätte er sich vorstellen können, in welchem gewaltigen Umfang dieser weltweit tätige Gendoping-Ring agierte.

Die Firma hatte neben ihrer Arbeit als seriöses und mit hervorragenden Referenzen dekoriertes Dienstleistungslabor für medizinische Entwicklungen noch ein Schattenunternehmen geführt. Dieses hatte überall auf der Welt wissenschaftliche Daten und Methoden ergaunert und damit ein gigantisches Projekt aufgezogen, das an Wahnsinn grenzte.

Zwei Etagen unter der Laborhalle, die Thierry und er zu sehen bekommen hatten, war eine sportmedizinische Klinik mit allen Schikanen verborgen, inklusive mehreren Operationssälen und einem perfekt eingerichteten Zentrum für Leistungstests.

Das Geheimprojekt, das dort unten lief, wurde mit der gleichen Seriosität und Professionalität durchgeführt wie alles anderen in dieser Firma. Dazu gehörte, dass jeder einzelne Arbeitsschritt genauestens dokumentiert und sämtliche Laborunterlagen und Versuchsprotokolle lückenlos archiviert waren.

Das war das große Glück der Ermittler.

Aus diesen Aufzeichnungen ließen sich die ganzen Machenschaften von GeneTica rekonstruieren. Das Prinzip war immer dasselbe gewesen: Gentherapeutische Verfahren, die eigentlich zur Heilung von Krankheiten dienten, wurden zur Leistungssteigerung von Sportlern missbraucht. Dafür hatte GeneTica nicht nur ihre Kunden bestohlen, sondern auch eigene Forschung betrieben. Es wurden viele neue Gene identifiziert, die zur Steigerung der sportlichen Leistungsfähigkeit in Frage kamen. Diese Gene wurden dann im Tiermodell erforscht und später auf Menschen transplantiert. Dabei kamen alle Arten von Gentransfers zur Anwendung: die direkte Injektion von nackter DNA in den Körper eines Athleten oder die Übertragung mittels Viren. Auch außerhalb des Körpers wurden Genmanipulationen vorgenommen. Dazu hatte man den Probanden Stammzellen entnommen, diese in der Zuchtschale genetisch verändert und den Athleten wieder eingesetzt.

Das Einzige, was die Ermittlungen noch nicht schlüssig belegen konnten, war die Frage, an welchen Probanden was genau getestet worden war. Die Unterlagen waren alle mit Codenamen verschlüsselt, sodass die Auswertung wohl noch Wochen, wenn nicht Monate dauern würde.

Doch diese Arbeit würden nun andere übernehmen.

Steffen Brenn seufzte und ließ sich Kaffee nachschenken.

Die graue Eminenz hinter GeneTica war Emilio Batista. Er hatte die Probanden für die Menschenversuche rekrutiert. Jugendliche waren es, viele fast noch Kinder. Alle mit großem Talent, aber ohne Zukunft.

Es waren Jungen und Mädchen, die niemand vermissen würde. Sie alle verfügten über gute natürliche Voraussetzungen. Denn Batista wusste nur zu gut, dass man selbst mit modernster Gentechnologie aus einem Sportmuffel keine Sportskanone machen konnte. Dass aber Gendoping die Leistung um jenes Quäntchen steigerte, das aus einem guten Athleten einen Superathleten machte.

Batista hatte seine Objekte aus Kinderheimen geholt oder armen Familien für ein paar lumpige Dollar abgekauft. Dann hatte er sie genetisch «verbessern» lassen. Und sie schließlich in verschiedenen Ländern bei Pflegefamilien untergebracht und jedem einen persönlichen Betreuer zugeteilt. Nur Jesse hatte er für sich behalten.

Alles war so geschickt arrangiert, dass niemand gemerkt hatte, wie die Sportler alle vom selben Labor in Costa Rica gesteuert waren. Und wann immer einer seiner Gen-Athleten gewann, hatte Batista mitkassiert.

Das war es, was ihn interessiert hatte: Geld.

Für Sport oder die Athleten hatte er nie etwas übriggehabt. Sie waren für ihn nicht mehr als Versuchskaninchen. An ihnen hatte er Produkte entwickeln wollen, nach denen die Menschen gierten. Produkte, die die Jugend erhielten und das Leben verlängerten. Im Jugendwahn, dem die ganze Gesellschaft verfallen war, hatte Batista das große Geschäft gewittert.

Steffen Brenn sah aus dem Fenster.

Weit unten rückte das europäische Festland näher.

Was für ein Irrer, dachte er.

Gleichzeitig fragte er sich aber: Habe nicht auch ich von diesem Irren profitiert?

Brenn seufzte.

Ja, er hatte von ihm profitiert. Er hatte davon profitiert, dass diese Kriminellen seine Entdeckung, das Myostatin-Gen, zu einem Zeitpunkt an Menschen ausprobiert hatten, zu dem keine Behörde ihre Bewilligung gegeben hätte. Dank dieser Kriminellen wusste er, dass seine Gentherapie funktionierte.

Durfte er dieses Wissen anwenden?

Durfte man eine medizinische Methode, die illegal entwickelt worden war, guten Gewissens anwenden?

Brenn holte tief Luft.

Hatte er nicht geradezu die Pflicht, sie anzuwenden? Er war doch Arzt! Er hatte einen Eid geschworen, all sein Wissen und seine Kraft dafür einzusetzen, Leiden zu lindern; Leben zu retten.

Brenn streckte die Beine und sah wieder zum Fenster hinaus.

Die Zeit würde das Dilemma lösen. Und der Erfolg.

Hunderte von geheilten Patienten würden das Leiden der missbrauchten Opfer vergessen machen.

Seine Arbeit mit der Gentherapie würde weitergehen.

Die Akte Gendoping hingegen war für ihn mit dieser Reise abgeschlossen. Er hatte seinen Teil zur Aufklärung beigetragen.

Nun würde er noch einmal mit Thierry zusammentreffen, um die Geschichte gemeinsam zu beenden. Denn ohne den unerschrockenen Dopingfahnder, der ihm ein guter Freund geworden war, wäre der Skandal um das Gendoping gar nicht aufgeflogen. Und Thierry wusste noch gar nicht, dass seine Gentherapie funktionierte.

Als das Flugzeug im Landeflug Genf ansteuerte, freute sich Steffen auf das Treffen mit dem Freund. Und war gespannt auf dessen Gesicht, wenn er die neusten Neuigkeiten erfuhr.

48

Lenes Blick glitt über die Dächer der Stadt, schweifte dann über den See. Die Wolken hingen tief. Doch am Horizont hatte der Föhn ein Fenster in die dunkle Decke gerissen: Darin konnte man die Alpen sehen, zum Greifen nah.

Lene liebte es, hier oben ihren Gedanken nachzuhängen. Mehrmals täglich stand sie am Geländer der Dachterrasse von Jesses Wohnung – ihrer Wohnung.

Seit gut einem Monat lebte sie hier – zusammen mit Jesse.

Sie war glücklich darüber. Und dankbar.

Allein zu sein, hätte sie nicht ertragen,

Seit Berlin war sie völlig aus dem Gleichgewicht. Doch es waren nicht Albträume, die sie verfolgten, auch keine Panikattacken, die sie heimsuchten. Es war nichts. Und das war es, was Lene Angst machte. An all das, was in Berlin geschehen war, konnte sie sich nicht erinnern.

Natürlich wusste sie, dass sie entführt worden war. Rein intellektuell wusste sie das. Man hatte es ihr ja oft genug gesagt. Denn auch für die Ermittlungsbehörden hatten schon bald keinerlei Zweifel mehr bestanden, dass es eine Entführung gewesen war. Und Emilios Behauptung, Jesse hätte sich die ganze Geschichte nur ausgedacht, um sich an ihm zu rächen, hatte man nur kurze Zeit Glauben geschenkt. Nach dem Besuch bei Brenn hatte der Staatsanwalt alles getan, um Jesses Glaubwürdigkeit wiederherzustellen.

Lene strich sich das vom Wind zerzauste Haar aus dem Gesicht und ging zurück in die Wohnung. Sie bereitete sich in der Wohnküche einen Tee zu, setzte sich aufs Sofa, nahm die Beine hoch und umfasste die Tasse mit beiden Händen. Nachdenklich starrte sie in den Dampf, der aus der Tasse aufstieg.

Dann fiel ihr Blick auf den Aktenordner, der aufgeschlagen auf dem Salontisch lag. Sie stellte die Tasse ab, nahm den Ordner und begann ihn Seite um Seite durchzublättern: handschriftliche Notizen, Dokumente, Protokolle, Bilder, Zeitungsausschnitte. Alles feinsäuberlich geordnet. Seit Wochen blätterte sie das Material immer wieder durch und hoffte, dass ihre Erinnerung zurückkehren würde. Dass sich aus den Fragmenten irgendwann etwas Zusammenhängendes ergeben würde.

So wie es mit dem Bild dieses Mannes geschehen war, das ihr jetzt wieder in die Hände fiel. Die Ermittler hatten es ihr bei der Befragung vorgelegt, später war es in allen Zeitungen abgedruckt worden. Der Mann war um die sechzig, hager, mit schütterem Haar. Er trug einen weißen Kittel und blickte mit ausdruckslosen grauen Augen in die Kamera: Hubert Lamparsky. Der Besitzer des Labors, in dem sie festgehalten worden war.

Als Lene dieses Bild zum ersten Mal gesehen hatte, war plötzlich eine Erinnerung aufgeflackert: Der Mann beugt sich zu ihr herunter und sagt: «Damit werden Sie sehr tief schlafen.»

Wahrscheinlich war es nicht einfach eine Beruhigungs- oder Betäubungsspritze gewesen, die er ihr verabreicht hatte. Es war diese Vergessensdroge, wie die Psychologin sie nannte, die Lene seit Berlin betreute. Es war dieselbe Droge, die man vermutlich auch Jesse und den anderen Sportlern verabreicht hatte, bevor man sie genetisch manipulierte.

Lene blätterte weiter.

«Professor nach illegalen Geschäften abgetaucht», titelte eine Zeitung. Gemeint war Lamparsky, der immer noch unauffindbar war. Er sei nach Paraguay geflüchtet, vermutete das Blatt und schilderte detailliert Lamparskys Vergangenheit und Verwicklung in den Fall.

Er war an der Humboldt-Universität Professor für Veterinärmedizin gewesen – und linientreuer Kommunist. Als solcher hatte er sich nie mit dem Untergang der DDR abfinden können und erst recht nicht mit der Tatsache, dass nach der Wiedervereinigung die Veterinärmedizinische Fakultät der Humboldt- mit jener der Freien Universität Berlin zusammengelegt wurde. Er und einige andere Professoren weigerten sich, ihre Laboratorien in den alten Backsteinhäusern aufzugeben. Also quittierten sie den Dienst an der Uni und versuchten ihr Glück mit eigenen Firmen, blieben aber in ihren Räumlichkeiten.

In seinem Labor hatte Lamparsky weiterhin Tierarzneien entwickelt. Unter anderem ein gentherapeutisches Medikament gegen Blutarmut. Und er hatte das Potenzial eines solchen Medikaments erkannt. Zum Beispiel für Frauen, die durch starke Menstruation viel Blut verloren und dadurch an chronischer Anämie litten. Doch Lamparsky war Wissenschaftler, nicht Verkäufer. Es gelang ihm nicht, finanzkräftige Partner zu finden, mit deren Hilfe er das Medikament für den Einsatz am Menschen zu Ende entwickeln konnte. Schließlich ging ihm das Geld aus. Er stand vor dem Bankrott, als eine große Firma aus Costa Rica auftauchte und ihm seine Erfindung für ein Butterbrot abluchste.

Seither war der Professor am Gängelband der GeneTica, wie die Firma hieß. Und er hatte das zu tun, was die Zentrale befahl. Offenbar nicht nur, was die Forschung betraf.

Lene blätterte weiter.

Das Bild von Emilio Batista.

Sie schauderte.

Die Polizei hatte ihn sofort verhaftet, nachdem das Resultat von Jesses Gentest bekanntgeworden war. Doch Emilio Batista hatte alles abgestritten. Bis er nach tagelangen Verhören einen Zusammenbruch erlitten hatte.

Er sei in eine hysterische Paranoia gefallen, wussten die Zeitungen zu berichten. Einige spekulierten, ob die Psychose echt oder bloß vorgetäuscht war. So oder so waren ihm keine Details mehr zu entlocken gewesen. Und erst recht kein Geständnis.

Nur bei einer Aussage war er bis zum Schluss standhaft und klar geblieben: Jesse sei nicht genetisch manipuliert.

Doch der Gentest sagte etwas anderes. Und die Dopingbehörden glaubten diesem wissenschaftlichen Test.

Sofort hatte man Jesse bis auf weiteres gesperrt. Definitiv abgeschlossen waren die Verfahren, mit denen ihm sämtliche Rekorde, Titel und Medaillen aberkannt werden sollten, jedoch noch nicht. Offenbar gab es in den Gremien, die darüber entschieden, die eine oder andere Stimme, die für Milde plädierte, da Jesse zwar genetisch gedopt war, aber gegen seinen Willen.

Lene ließ den Aktenordner sinken.

Kam es auf diese Medaillen noch an?

So oder so würden sie ein völlig neues Leben beginnen. Sie und Jesse. Wie das genau aussehen würde, wussten sie noch nicht. Nur dass sie es zusammen anpacken würden, stand für beide außer Frage.

Lene nahm die Tasse wieder in die Hand, nippte an ihrem Tee.

Allen Widrigkeiten zum Trotz würden sie als Erstes zusammen in den Urlaub fahren.

Ein Lächeln huschte über ihr Gesicht.

Sie sah auf die Uhr.

Höchste Zeit, einkaufen zu gehen. Bald würde Jesse vom Training kommen. Noch immer ging er täglich laufen, auch wenn er kein Programm mehr hatte. Er musste einfach den Körper bewegen, um seine innere Ruhe zu finden.

Auch Lene ging ab und zu mit – zum Joggen in den Wald. Aber heute hatte sie sich zu müde gefühlt. Und abgesehen davon hatte sie eine Überraschung für ihn.

Mit der Straßenbahn fuhr Lene in die Innenstadt, wo es in einem der Kaufhäuser eine hervorragende Delikatessenabteilung gab. Für ein *Kalakukko* brauchte sie frischen Fisch.

Das Rezept an sich war einfach: ein Felchenfilet, eine Scheibe Speck, ein Felchenfilet, eine Scheibe Speck und so weiter, in Lagen aufeinandergetürmt, etwas Gewürzsalz, eingewickelt in einen Teig aus Roggen- und Weizenmehl. Das Ganze in Alufolie gewickelt im Backofen backen. Fertig war die Fischpastete, die als finnisches Nationalgericht galt.

Lene atmete schwer, als sie aus dem Geschäft trat und wieder zur Haltestelle ging. Die Tasche mit den Einkäufen war schwerer geworden, als sie gedacht hatte.

Als sie sich immer öfter müde fühlte, hatte Lene zuerst geglaubt, es seien die Nachwirkungen der Entführung. Aber seit ein paar Tagen wusste sie, was es wirklich war. Noch sah man ihrem Körper nichts an. Dafür war es noch zu früh. Aber sicher würde Jesse bald bemerken, dass ihre Brüste größer wurden. Darum wollte sie es ihm heute Abend sagen. Wie er wohl reagieren würde?

So steil wie heute war Lene die Straße zur Wohnung hinauf noch nie vorgekommen. Nach knapp zweihundert Metern stellte sie die Einkaufstasche auf eine Gartenmauer und schöpfte Atem.

Sie hätte nicht gedacht, dass die Nebenwirkungen gleich von Beginn an derart heftig sein würden. Übelkeit – ja, das hatte sie schon von Freundinnen gehört. Manche hatten auch ganz seltsame Gelüste entwickelt – eine Leidenschaft für Essiggurken, eine Schwäche für rosarote Kleider oder dergleichen. Aber Atemnot?

Im Hauseingang blieb sie am Fuß der Treppe noch einmal stehen, um auszuruhen. Lene seufzte und griff nach dem Geländer. Einen Aufzug gab es in den wenigsten dieser alten Häuser im Stadtviertel. Stufe um Stufe quälte sie sich die Treppe hoch. Jeder Schritt kostete mehr Überwindung.

Nepal kam ihr in den Sinn, wo sie vor Jahren auf einer Trekking-Tour gewesen war. Wie hieß das Gebirge nochmal? Der höchste Gipfel, den sie erklommen hatte, war über sechstausend Meter hoch.

Und jetzt diese Treppe.

Die anderen Teilnehmer der Tour hatten von unbeschreiblichen Glücksgefühlen geschwärmt, von denen sie trotz enormer Anstrengung in der dünnen Luft erfüllt gewesen seien und deretwegen es sie immer wieder ins Gebirge ziehe. Lene hatte nichts von diesem Höhenglück empfunden, keinen Höhenrausch genossen. Beklemmung war es. Und Angst, sie bekomme nicht mehr genügend Luft.

Genau wie jetzt.

Die Angst wuchs mit jeder Stufe.

Lene umfasste das Geländer fester und zog sich noch eine Stufe höher.

Damals hatte sie zu lange gewartet, jemandem etwas von ihrer Atemnot zu sagen. Weil sie nicht als Memme gelten wollte. Sie war gestiegen und gestiegen, bis Angst und Sauerstoffmangel sie so sehr gelähmt hatten, dass sie nicht mehr weiterkonnte. Erst da hatte der Expeditionsleiter erkannt, wie es um sie stand, und hatte ihr eine Atemmaske übergestülpt. Ein Sherpa hatte sie in einen Schlafsack gepackt und ihr über eine Stunde Sauerstoff zugeführt. Danach war er mit ihr langsam ins Basislager abgestiegen. Was sie allerdings nur aus den Erzählungen der anderen wusste.

Auf dem Treppenabsatz des zweiten Stockwerks stellte Lene ihre Einkaufstasche ab.

Dieser Druck in der Brust.

Sie ging ohne die Tasche weiter.

Dieses Hämmern des Herzens.

Sie machte noch einmal halt.

Dieses Pumpen der Lungen.

Bis zur Wohnungstür – noch zehn Tritte.

Dieses Japsen nach Luft.

Sie erreichte die Wohnung. Schleppte sich ans Fenster und riss es auf. Luft!

Entspannen!, fuhr es ihr durch den Kopf. Ich muss mich entspannen.

Sie sank aufs Sofa und schloss die Augen. Es würde vorübergehen. Ganz bestimmt würde es vorübergehen. Dann würde sie mit Kochen beginnen. Eine Lage Fisch, eine Lage Speck. Jesse kam sicher bald.

Plötzlich empfand sie am ganzen Körper Wärme. Eine seltsame Wärme, wie sie sie noch nie gefühlt hatte. Nicht wie von Sonnenstrahlen, die die Haut erwärmten. Auch nicht wie Fieber, das den Körper zum Glühen brachte. Es war, als fräße sich die Hitze zwischen Fleisch und Haut hindurch. Wie ein gieriger Wurm, der sie bei lebendigem Leib verzehrte.

Keuchend wankte Lene ins Bad, riss sich die Kleider vom Leib, trat unter die Dusche. Das Wasser prasselte ihr kochend heiß ins Gesicht. Lene schrie auf. Sie packte den Hebel und wollte ihn auf kalt stellen. Der Hebel war schon am Anschlag. Kälter ging es nicht. Und trotzdem brannte ihr das Wasser im Gesicht, verbrühte ihre Brust, rann kochend heiß über ihren Rücken.

Lene glühte vor Hitze und schlotterte vor Angst.

Luft!, wollte sie rufen. Luft! Doch aus ihren Lungen drang nur ein Geräusch, das wie ein brüchiger lederner Blasebalg klang.

Lene schaute an sich herunter.

Ihr Brustkorb hob und senkte sich so heftig, als wäre sie am Ziel eines Dauerlaufs. Trotzdem bekam sie keine Luft.

Sie schleppte sich vor den Badezimmerspiegel.

Das Gesicht, das ihr entgegenstarrte, konnte nicht ihres sein. Die Augen weit aufgerissen, rote Äderchen im Weißen. Rote Flecken auf Stirn und Wangen. Die Lippen blau.

«Hilfe», formten diese Lippen tonlos. «Jesse!»

Lene wankte aus dem Badezimmer. Die Glieder schwer wie Blei. Die nassen Füße schlurften über das Parkett.

Ihre Knie knickten ein.

Auf allen vieren schleppte sie sich zum Telefon, drückte mit klammen Fingern die Kurzwahltaste. Jesses Voicebox meldete sich.

«Hilfe», röchelte Lene. «Ich ersticke!»

Ihre Hände fühlten sich plötzlich taub an, das Telefon entglitt ihr.

Verzweifelt tastete Lene mit beiden Händen umher. Aber sie spürte tatsächlich nichts mehr. Sie fuhr mit den Händen über den rauen Wandverputz. Keine Empfindung.

Das heißt: doch!

Sie spürte ein Kribbeln. Wie von Ameisen. Aber die Ameisen waren nicht auf der Haut. Sondern darunter.

Lene torkelte in die Küche. Sie riss die Besteckschublade auf, nahm eine Gabel heraus, drückte die spitzen Zacken auf die Finger.

Nichts. Keine Empfindung.

Nun krochen die Ameisen von den Fingern in die Unterarme.

Lenes Hände wühlten in der Schublade. Sie spürte nichts. Sie brauchte etwas Spitzeres. Etwas Schärferes.

Die Reibe.

Sie legte sie auf die Küchenablage. Sie drückte die flache Hand darauf. Und spürte nichts.

Sie schlug auf die Reibe. Irgendetwas musste sie doch spüren!

Immer wieder schlug sie auf das scharfe Metall.

Sie spürte nichts.

Lene hielt die Reibe mit der einen Hand fest, zog die andere mit Druck über die scharfen Zähne.

Ein Krächzen entfuhr ihrem Mund.

Der Schmerz war Erlösung. Das Zeichen, dass sie noch lebte.

Doch der Schmerz war dumpf. Gedämpft wie durch einen dicken Handschuh. Irgendwie unwirklich.

Lene hob die Hand. Die Reibe hatte tiefe Kratzer in ihre Haut gefurcht. Vom Handballen bis zu den Fingerspitzen.

Gebannt sah Lene zu, wie in den Wunden langsam dunkelrote Tröpfchen erschienen. Rund und glänzend. Keines floss.

Ihr Blut war zäh wie Honig.

Das konnte nicht von der Schwangerschaft kommen!

Die Müdigkeit der letzten Tage, die Kraftlosigkeit, der schwere Atem, die blauen Lippen, die Ameisen in den Gliedern, die Wunde ohne Schmerz, das Blut, das nicht floss. Irgendwo in ihrem Inneren formte sich die Erkenntnis: Ihr Blut war am Gerinnen.

Bald würde es sich als Pfropfen in ihren Lungen festsetzen, sich als Gerinnsel im Gehirn verkeilen, sich als Thrombus im Herzen verklumpen. Oder in sämtlichen Gefäßen auf einmal zum Stillstand kommen.

Eine dunkle Ohnmacht drohte sie zu überwältigen.

Nicht jetzt!, schrie es in Lene.

Nicht jetzt, wo sie und Jesse ein neues Leben beginnen wollten.

Lene klammerte sich mit beiden Händen an die offene Schublade. Beugte sich hinunter, um besser sehen zu können.

Das Fleischmesser.

Sie packte es am Griff.

Aber ihre Hand war zu schwach.

Lene klemmte den Griff in die Schublade, sodass nur noch die blanke Klinge herausragte.

Sie fixierte das Messer, indem sie mit der Hüfte gegen die Schublade drückte.

Sie legte das linke Handgelenk auf die blitzende Klinge. Sie würde das ganze Gewicht ihres Oberkörpers brauchen.

Dann fühlte sie, wie eine warme, stille Schwärze sie umhüllte wie ein dunkles Tuch.

49

Thierry Velan stand in der Empfangshalle des Flughafens Genf und wartete. Während er bei der Welt-Anti-Doping-Agentur, dem Internationalen Olympischen Komitee und dem Welt-Leichtathletik-Verband zu Gendoping Rede und Antwort hatte stehen müssen, war Steffen Brenn dabei gewesen, als man GeneTica hochgehen ließ. Was da wohl alles an den Tag gekommen war?

Brenns Maschine hatte Verspätung. Thierry vertrieb sich die Zeit damit, herumzuschlendern und nachzudenken.

Das letzte Mal hatte er in Miami auf Steffen gewartet. Wie lange war das schon her? Zwei Monate … drei?

Als er auf diesem Elektrofahrzeug angefahren kam, einen Rollstuhl im Gepäck; der Arzt, der sich derart engagiert für seine Patienten einsetzte, der so hart daran arbeitete, eine Gentherapie für sie zu entwickeln und der nun selbst an unheilbarem Muskelschwund litt.

Es war ein Schock gewesen.

Thierry erinnerte sich daran, als wäre es gestern gewesen. Und doch war es längst schon Vergangenheit.

Seither hatten sie gemeinsam den größten Dopingskandal der Sportgeschichte aufgedeckt und gezeigt, dass die Dopingmafia den Fahndern nicht nur um einen Schritt, sondern um ganze Bahnlängen voraus war.

Thierry seufzte. Er war sich bewusst, dass er die Sache anfangs unterschätzt hatte. Er hatte sich auf einen Gegner eingelassen, der zu allem fähig war – wirklich zu allem.

Und Thierry war sich auch bewusst, dass er die Autoattacke in Costa Rica ohne Steffen nicht überlebt hätte,. Der gelähmte Arzt rettet dem sportlichen Marathonläufer das Leben – welche Ironie.

Thierry freute sich darauf, ihn zu sehen.

Er warf einen Blick auf die große Anzeigetafel.

Die Maschine war unterdessen gelandet. Kurz darauf drängten die Passagiere durch die gläsernen Schiebetüren. Zuerst Geschäftsleute in zerknitterten Anzügen, dann Touristen mit sperrigem Gepäck, und ganz zum Schluss: Steffen Brenn. Auch er einen großen Gepäckwagen vor sich her schiebend.

Thierry lief auf ihn zu.

Sie umarmten sich herzlich.

«Toll siehst du aus», lachte Brenn. «Völlig überarbeitet.»

«Na, dieses Kompliment gebe ich gern zurück», feixte Thierry und klopfte seinem Freund auf die Schulter.

Dann fiel sein Blick auf den Berg von Gepäck, der auf Brenns Rolli aufgetürmt war. Ganz oben zwei …

«Tierkäfige?», fragte er erstaunt.

«Tierkäfige», bestätigte Brenn. «Hat mich ein Heidengeld gekostet, all die veterinärmedizinischen Zertifikate für die Ausfuhr zu besorgen. Und jede Menge Geduld.» Er griff nach dem Deckel eines Käfigs, schob vorsichtig seine Hand hinein und hob eine piepende Maus am Schwanz heraus. «Das ist ein spezieller Stamm dieser Myostatin-knock-out-Mäuse, die es bei uns im Labor noch nicht gibt», sagte er. «Und die gehören ja eigentlich mir. Das haben die Costaricaner anfänglich zwar nicht so gesehen.»

«Sag bloß, die hast du illegal …!»

«Nein, nein! Ich sag ja: mit etwas Überzeugungskraft …», Brenn hob die freie Hand und rieb Daumen und Zeigefinger gegeneinander, «… hat es dann geklappt.»

«Bring uns bloß nicht am Ende wegen so ein paar Mäusen in Schwierigkeiten », sagte Thierry.

«Aber nein», erwiderte Brenn mit gespielter Entrüstung und legte die Maus wieder in ihren Käfig zurück. «Ich sag doch: Ich habe alle nötigen Papiere. Sonst hätten mich die gestrengen Schweizer Beamten wohl gar nicht einreisen lassen. Eine Dame übrigens, die Mitleid mit einem Straßenköter hatte, aber leider keine Papiere für das Tier, diskutiert dahinten noch immer mit den Zollbeamten und will nicht begreifen, dass ihr Liebling jetzt in Quarantäne muss.»

Er grinste. «Meine Mäuschen sind klinisch sauber, kerngesund und amtlich geprüft. Fünf Paare sind es insgesamt. Damit können wir eine schöne Zucht beginnen. Und glaub mir: Schon die Kinder dieser Tierchen hier werden nie fragen, wie Mami und Papi über die Grenze gekommen sind.»

Thierry knuffte ihn in die Seite. «Ich lerne dich immer wieder neu kennen. Aber sag mal: Wenn ich richtig sehe, sind es zwei Käfige.»

«Nun ja, auch diese Tiere gehören mir – irgendwie.»

«Irgendwie?»

«Keine Bange, auch die haben Papiere.» Brenn klopfte an den zweiten Käfig. «Das hier ist Charlie. Das heißt: alle sind Charlie. Charlie-237 bis Charlie-246. Es gab da auch Stämme, die hießen Alpha oder Beta. Aber Charlie ist die neueste Version.» Er legte eine bedeutungsschwangere Kunstpause ein. «Er ist der Schnellste.»

«Ui, ui, mir schwant da was», machte Thierry. «Die Charlies haben das Gen für schnelle Muskeln, das du bei Jesse Brown nachgewiesen hast?»

«Erraten», sagte Brenn. «Ich habe mir dieses Gen geholt. Die Tiere von GeneTica sind alle konfisziert worden. Die gelten jetzt sozusagen als Hehlerware. Werden vermutlich getötet. Ist doch schade um die ganze Arbeit, die da drinsteckt. Und das Wissen. Ich konnte einfach nicht widerstehen.»

Thierry sah ihn fragend an. «Und was sollen diese Tiere dir bringen? Du willst doch Muskelschwund heilen, nicht Sprinter züchten.»

«Stimmt», sagte Brenn. «Aber die schnellen Muskelfasern sind eben nicht nur für Geschwindigkeit zuständig, sondern für alle kurzen Muskelkontraktionen, die ohne Sauerstoffzufuhr ablaufen. Wenn ich mich also am Kopf kratze, sind das die schnellen Fasern, nicht die ausdauernden. Diese Schnellen haben auch wichtige Funktionen bei der Stabilisierung der Muskeln. Schon beim aufrechten Stehen zum Beispiel. Wenn ich diese Charlies irgendwie mit der Myostatin-Familie kombiniere ... das bringt vielleicht was für die Therapie.»

«Nicht zu fassen», rief Thierry und knuffte Brenn nochmal in die Seite. «Komm, jetzt machen wir aber, dass wir hier rauskommen. Sonst überlegen es sich die Zollbeamten dahinten noch anders. Und Sylvie hat eine *Tarte au vin cuit* im Ofen. Dieses Mal werden wir nicht gestört.»

Er fasste die Griffe des Gepäckwagens und schob ihn an. «Und dieses Ding übernehme ich», sagte er. «Dann hast du die Hände frei für die ...»

Er hielt inne.

Blieb stehen.

Starrte Steffen Brenn an.

Brenn erwiderte den Blick. Und lächelte verschmitzt.

«Was ... », stotterte Thierry. «Was ... hat das zu bedeuten? Du gehst ohne Krücken!», rief er fassungslos. «Du hast nicht mal Krücken dabei?!»

Brenns Mundwinkel begannen zu zucken.

Dann strahlte er über das ganze Gesicht. Gleichzeitig schossen ihm Tränen in die Augen.

«Wie ... wie kommt das?» fragte Thierry.

Brenn wischte sich mit dem Handrücken über die Augen und holte tief Luft. «Gentherapie … ich hab mir den Myostatin-Blocker injiziert.»

Thierry blickte ihn entgeistert an. «Und das … funktioniert?»

«Ich wusste immer, dass es funktioniert.»

50

Die Reifen quietschten, als der Rettungswagen scharf nach rechts abbog. Jesse klammerte sich an den Haltegriff und ließ Lene nicht aus den Augen. Sie war mit Gurten auf der Bahre fixiert. Ihr Gesicht sah schrecklich aus. Die Lippen blau, Wangen und Stirn feuerrot. Im Mund steckte ein dicker schwarzer Schlauch, der mit Gummibändern an ihrem Kopf festgezurrt war. Unzählige, verschiedenfarbige Kabel kamen unter der wärmenden Decke hervor und liefen zu einem Apparat mit Digitalanzeigen und blinkenden Lämpchen.

Die Sirene der Ambulanz heulte nervös.

Wie immer um diese Zeit war die Rämistraße in beiden Richtungen hoffnungslos verstopft. Kurzerhand schwenkte der Fahrer auf die Trasse der Straßenbahn und jagte auf den Tramschienen zwischen stehenden Autokolonnen hindurch den Hügel hoch Richtung Universitätskrankenhaus.

Jesse drückte Lenes Hand.

Sie reagierte nicht.

Der Notarzt, der auf der anderen Seite der Bahre saß, kontrollierte die Anzeige am Überwachungsgerät und stellte ein Ventil am Beatmungsgerät nach.

Jesse hatte Lene nackt und bewusstlos auf dem Küchenboden gefunden. Das große Fleischmesser neben ihr. Und eine Reibe. Bis auf die seltsamen Kratzer auf der linken Handfläche hatte sie keine Verletzungen. Aber sie atmete kaum noch. Bis der Notarzt eingetroffen war, hatte es knapp zehn Minuten gedauert. Er hatte ihr sofort ein Medikament gespritzt und einen Tubus in die Luftröhre eingeführt, durch den sie seither beatmet wurde.

Wieder bog der Rettungswagen scharf ab. Dann kam er brüsk zum Stehen. Die Türen wurden aufgerissen, zwei Sanitäter fassten die Trage und zogen Lene aus dem Wagen.

Scheppernd rastete die Trage auf einem Rollwagen ein. Einer der Sanitäter nahm das mobile Beatmungsgerät, der andere schob die Trage vor sich her. Sie preschten auf den Eingang der Notfallaufnahme zu.

Jesse und der Notarzt hinterher.

Drinnen am Ende des Korridors ging eine Flügeltür auf. Eine Ärztin winkte sie herein.

«Massive Hypoxie», rief ihr der Notarzt entgegen. «Atmung nicht selbständig. Blutdruck 120 – 200. Blutfluss stockend. Ursache unbekannt.»

«Okay», rief die Ärztin dem Team zu, während die Trage mit Lene auf die Intensivstation geschoben wurde. «Beatmung fortführen. Sofort Blutwerte.»

Noch bevor Lene von der Trage umgelagert wurde, war eine Krankenschwester zur Stelle, suchte nach der Vene an ihrem rechten Unterarm und steckte eine Kanüle hinein. Das daran angeschlossene Röhrchen füllte sich langsam mit dunkelrotem Blut.

«Mach schon!», drängte ein junger Assistenzarzt, der sich am Beatmungsschlauch in Lenes Mund zu schaffen machte.

«Ich tu, was ich kann», erwiderte die Krankenschwester. «Das Blut will überhaupt nicht richtig fließen.»

Endlich war das Röhrchen voll. Die Schwester verließ damit eilig die Intensivstation.

«Zur Seite», sagte der Assistent zu Jesse, der noch immer neben Lene stand und ihre schlaffe Hand hielt.

«Ich …», sagte er.

«Das ist ein Angehöriger», rief der Notarzt, während sich der Assistenzarzt mit einem Stethoskop über Lene beugte, und streckte Jesse einen zusammengefalteten Operationskittel hin. «Ziehen Sie das über und setzen Sie sich dahinten hin.»

Jesse streifte sich den Kittel über und verzog sich, wie angeordnet, auf einen Stuhl, der zwischen technischen Apparaturen in einer Ecke stand.

Unterdessen war Lene in ein Krankenhausbett gelegt, mit unzähligen Sonden ausgerüstet und an ein Überwachungsgerät angeschlossen worden. Ein Signal piepte, Lämpchen blinkten, auf einem Monitor zog ein Leuchtpunkt eine rhythmische Spur. Lenes Herzschlag, vermutete Jesse. Hoffte er.

Die Ärztin trat neben ihn. «Sie sind der Mann der Patientin?»

Jesse nickte. «Der Freund.»

«Mein Name ist Stoll», sagte die Ärztin und reichte Jesse die Hand. «Wissen Sie, was geschehen ist?»

Jesse schüttelte den Kopf. «Sie hat mich angerufen, hat gesagt, sie ersticke. Ich bin sofort losgerast und habe sie zu Hause bewusstlos gefunden.»

«Leidet sie an irgendeiner Krankheit? Etwas im Blut vielleicht?»

«Nein», sagte Jesse. «Sie ist kerngesund. In den letzten Tagen war sie etwas müde.»

«Okay. Wir müssen herausfinden, warum sie ohnmächtig geworden ist.» Die Ärztin hob die Stimme und rief in die Runde. «Wir sehen uns das Gehirn an. Bringt sie zum CT!»

Eine Krankenschwester trat zu Jesse. «Die Ohnmacht könnte Folge eines Hirnschlags sein», erklärte sie. «Wir machen jetzt eine Computertomographie. Da können wir so etwas sehen. Möchten Sie so lange hier warten?»

Jesse nickte wie benommen und sagte leise: «Lene darf nicht sterben.»

«Wir tun alles, was in unserer Macht steht», sagte die Krankenschwester und schenkte Jesse einen aufmunternden Blick.

«Ich kümmere mich inzwischen um IPS2», rief die Ärztin. «Piept mich an, wenn ihr so weit seid.» Sie verschwand durch die Tür.

Der Assistenzarzt und zwei Krankenschwestern schoben das Bett mit Lene aus der Intensivstation.

Jesse blieb sitzen.

Regungslos.

Mit einem Mal war es still auf der Station.

Jesse fühlte sich wie in einem Vakuum.

Dann drangen dumpfe Geräusche durch die geschlossene Tür. Ein Kind schrie. Jemand rief etwas. Irgendein Gefährt klapperte vorbei.

Jesse wartete.

Er wusste nicht, wie viel Zeit bereits vergangen war.

Plötzlich waren alle wieder da.

Die leitende Ärztin, der Assistenzarzt, eine Schwester, die das Bett mit Lene in den Raum schob. «Hirn-Tomogramm ohne Befund. Alles in Ordnung», meldete der Assistent.

Die Ärztin runzelte die Stirn.

In diesem Moment stürmte auch die Krankenschwester, die Lene Blut genommen hatte, herein. «Massive Polyzytämie», rief sie. «Hämatokrit achtundsechzig.»

«Elektrolyte?»

«In Ordnung.»

Im notfallmedizinischen Telegrammstil fragte die Ärztin noch weitere Parameter ab, die von der Schwester ebenso knapp beantwortet wurden.

«Okay», rief die Ärztin dann und blickte entschlossen in die Runde. «Sofort Aderlass und Infusion von Ringerlaktat.»

Während sich das Team hektisch an Lene zu schaffen machte, trat die Krankenschwester wieder zu Jesse und erklärte: «Im Blut Ihrer Frau sind viel zu viele rote Blutkörperchen. Fast doppelt so viele wie normal. Dadurch fließt es nicht mehr richtig. Wir müssen also einen beträchtlichen Teil davon ablassen, sonst verstopfen die Gefäße.»

«War es das, was sie wollte?», fragte Jesse.

«Ich verstehe nicht.»

«Ich fand sie mit einem großen Messer. So, als hätte sie sich die Pulsschlagader aufschneiden wollen. Und ich verstand nicht, warum sie so etwas hätte tun wollen.»

Die Krankenschwester sah ihn mit erschrockenen Augen an. «Das war kein Selbstmordversuch, Herr Brown. Ihre Freundin hat gemerkt, was mit ihr geschah. Und sie wollte das Richtige tun. Aderlass. Aber zum Glück ist sie vorher zusammengebrochen.»

Sie wandte sich schaudernd ab.

Unterdessen war an die Kanüle, die in Lenes Unterarm steckte, ein Silikonschlauch angeschlossen worden. Am Ende des Schlauchs hing ein Plastikbeutel. Die Krankenschwester befestigte ihn an einem Haken unter dem Bett. Dann öffnete sie den Hahn der Kanüle.

Träge begann das Blut durch den Schlauch zu kriechen. Eine dunkelrote Schlange, die sich durch ein viel zu enges Rohr zwängt. Gebannt sah Jesse zu, wie am Ende des Schlauchs langgezogene Tropfen in den Plastikbeutel fielen. Träge Tropfen, die fast Fäden zogen.

Jesse zählte sie.

«Zwanzig, einundzwanzig, zweiundzwanzig …»

So widerlich sie waren, jeder dieser Tropfen gab ihm Hoffnung. Obwohl er nicht wusste, ob Hoffnung überhaupt angebracht war.

«Hundert.»

Lene war noch immer bewusstlos.

«Schafft sie es?» fragte Jesse.

Die Krankenschwester presste die Lippen zusammen und steckte eine Infusionsnadel in Lenes linken Unterarm. Daran schloss sie einen weiteren Schlauch an, der zu einem Beutel mit klarer Flüssigkeit führte. Sie hängte den Beutel an einen Metallbügel über Lenes Kopf.

Jemand leuchtete Lene mit einer kleinen Taschenlampe in die Augen. Jemand hörte ihre Atemgeräusche ab. Jemand entnahm Lene nochmals Blut.

«Dreihundert.»

Apparate piepten. Die Beatmungsmaschine schnaufte. Anweisungen hallten durch den Raum.

Bei tausend hörte Jesse auf zu zählen.

Oder war er eingenickt?

Er schreckte auf: Der Beutel unter Lenes Bett war voll.

«Sie kommt zu sich!», rief eine Krankenschwester.

Jesse schoss vom Stuhl hoch.

In Lenes Mund steckte noch immer der dicke Schlauch, aber sie hatte die Augen jetzt geöffnet.

Die Ärztin leuchtete wieder mit der Taschenlampe hinein.

«Vor wenigen Minuten hat sie die Augen geöffnet», raunte sie Jesse zu. «Aber sie ist noch immer nicht richtig da.»

«Wird sie überleben?»

Die Ärztin sah Jesse an. Müde, aber auch erleichtert sagte sie: «Ja.»

Dann wandte sie sich wieder Lene zu.

«Frau Korpijaakko, hören Sie mich?»

Lene reagierte nicht.

Die Ärztin wiederholte die Frage in regelmäßigen Abständen.

«Frau Korpijaakko, können Sie mich hören?»

Lene rührte sich nicht.

Plötzlich …

Jesse fuhr zusammen. Hatte er richtig gesehen?

«Wenn Sie mich hören, Frau Korpijaakko», sagte die Ärztin, «brauchen Sie bloß zu zwinkern.»

Jesse fasste Lenes Hand. «Lene!»

Er wartete.

Dann sah er es deutlich: Lene zwinkerte.

«Lene!»

Ihre Augen bewegten sich suchend. Und fanden Jesse.

Er fühlte eine leichte, kaum wahrnehmbare Bewegung ihrer Finger.

Jesse sank neben dem Bett auf die Knie und lehnte seinen Kopf zärtlich an ihren. «Liebes», flüsterte er. «Liebes.»

Wieder spürte er einen sanften Druck ihrer Hand.

Jesse wischte sich eine Träne aus den Augen.

Bis Lene selbständig zu atmen begann und man ihr den Tubus entfernen konnte, vergingen Stunden. Draußen vor dem Fenster begann es zu tagen.

«Mögen Sie?», fragte eine Schwester und stellte neben Jesse ein Tablett mit einem Kännchen Kaffee, einem Fruchtsaft, etwas Brot, Butter und Marmelade auf ein Tischchen.

Jesse rieb sich die Augen und blinzelte die Schwester an. «Gerne», sagte er und griff dankbar nach dem Fruchtsaft, den er in einem Zug leerte.

Dann trat er an Lenes Bett.

Sofort suchte sie seine Hand.

«Wie geht es dir?», fragte er.

Lene nickte matt.

Kurze Zeit später betrat die Ärztin die Station.

«Guten Morgen», sagte sie und lächelte Lene und Jesse aufmunternd zu. «Wir können Sie noch heute in ein Krankenzimmer verlegen, Frau Korpijaakko. Sie haben es geschafft.»

Lene nickte.

«Das hier», die Ärztin zeigte auf den Beutel am Ständer, «nehmen sie aber fürs Erste noch mit. Sie brauchen Flüssigkeit. Und wir ernähren sie auch hierüber.»

Lene nickte wieder und brachte sogar den Anflug eines Lächelns zustande.

«Und wie geht es Ihnen?», fragte die Ärztin Jesse.

«Gut», sagte er und rieb sich die Augen.

Die Ärztin wandte sich wieder Lene zu. «Sie hatten eine extrem erhöhte Anzahl roter Blutkörperchen», sagte sie, während Lene mit gesenkten Lidern zuhörte. «Das sind die Zellen, die den Sauerstoff im Blut transportieren. Dadurch wurde das Blut dick und konnte nicht mehr richtig zirkulieren. Darum Ihre Atemnot, die Ohnmacht. Was aber der Grund für diese sogenannte Polyzytämie war, wissen wir noch nicht. Vielleicht können Sie uns weiterhelfen, wenn Sie sich etwas erholt haben und uns erzählen, was vorgefallen ist.» Sie hielt inne und blickte Lene und Jesse freundlich an. «Eins können wir aber mit Sicherheit jetzt schon ausschließen. Da müssen Sie sich keine Sorgen machen: Der Grund war sicherlich nicht Ihre Schwangerschaft.»

Lene schlug die Augen auf und lächelte.

Jesse starrte sie an, wie vom Donner gerührt.

51

Thierry Velan stellte eben eine Schale mit frischgepflückten Trauben auf den massiven Steintisch unter der Pergola als er hinter sich hörte, wie die Haustür aufging. Er wandte sich um.

Steffen Brenn trat in den Garten.

«Guten Morgen!», rief ihm Thierry über den Rasen zu.

Brenn streckte sich, stöhnte genüsslich und rief zurück. «Selten so gut geschlafen.»

Es war spät geworden letzte Nacht – bis sie einander alles erzählt hatten, bis sie Sylvies Festmenü inklusive der versprochenen *Tarte au vin cuit* verputzt hatten und bis sie sich die dritte Flasche von Thierrys Eigenkelterung genehmigt hatten.

Brenn schlenderte über den Rasen zur Pergola, wo Thierry auf den gedeckten Tisch zeigte.

«Setz dich, Frühstück ist fertig», sagte er. «Sylvie ist bereits im Atelier, die Jungs sind in der Schule.»

«Herrlich, wie im Urlaub», sagte Brenn,

«Nicht *wie*», entgegnete Thierry. «Du *hast* Urlaub.»

Sie setzten sich in die bequemen Korbsessel, Thierry schenkte Kaffee ein, und beide genossen den ersten Schluck in der Morgensonne.

Brenns Handy läutete.

Noch bevor das erste Klingelzeichen verklungen war, hatte er schon das Telefon am Ohr. Gleichzeitig warf er Thierry einen schuldbewussten Blick zu. «Entschuldigung, eine Ärztekrankheit», flüsterte er. Dann mit forscher Stimme ins Telefon: «Hier Brenn – beim Frühstück.»

Er lauschte einen Moment.

Dann richtete er sich in seinem Sessel kerzengerade auf und deckte das Telefon mit einer Hand ab. «Jesse Brown», raunte er.

«Stell laut.» Thierry beugte sich vor, um besser zu hören.

Jesses Stimme quäkte aus dem Telefon und überschlug sich dabei immer wieder vor Aufregung, sodass sie nur bruchstückhaft zu verstehen war. «Gentest …», rief er. «Rehabilitiert» – «Kind» – «Lene»

«Jesse, bitte …», versuchte ihn Thierry zu unterbrechen.

Doch Jesse redete weiter, geradezu hysterisch. «Gendoping», war zu verstehen. «Lene ist schwanger» – «Sie wäre fast gestorben.»

«Jesse, beruhigen Sie sich doch», rief Brenn. «Man versteht ja kein Wort.»

«Doktor! Helfen Sie uns!»

«Ja, Jesse», gab Brenn zurück. «Aber erzählen Sie zuerst der Reihe nach: Was ist passiert?»

«Lene ist zusammengebrochen, meine Freundin. Sie war

die ganze Nacht ohnmächtig. Ich habe Angst, dass es wieder passiert.»

«Dass was wieder passiert?»

«Mit ihrem Blut stimmt etwas nicht. Die Ärzte sagen, es sei dick geworden, aber sie wissen nicht, warum. Vielleicht weil sie schwanger ist. Und das Kind, Doktor, Sie haben doch gesagt, man könne mit einem Verwandten beweisen, ob ich wirklich genetisch gedopt bin. Man könne mich so rehabilitieren.»

«Jesse …»

«Ich weiß, das sollte ich jetzt nicht denken, wo es Lene so schlecht geht. Aber … ach Scheiße, Doktor, helfen Sie uns!»

«Ich helfe Ihnen», wiederholte Brenn. «Ich habe also richtig verstanden: Ihre Freundin ist schwanger. Das Kind ist von Ihnen.» Er sprach ruhig, obgleich er innerlich vibrierte. Hatte er nicht gehofft, dass Jesse unschuldig sei? War er nicht enttäuscht gewesen, dass der Sprinter keine Verwandten hatte, bei denen man das Gen hätte nachweisen können. Das Gen, das ihn so schnell machte und das zusammen mit dem Myostatin-Gen auch noch bei der Therapie der muskelkranken Kinder helfen könnte?

Jetzt bot sich die Gelegenheit!

Brenn zwang sich zur Ruhe. «Jesse, wir werden den Gentest an Ihrem Kind machen. Doch das ist jetzt nicht das Wichtigste. Wichtig ist das Leben Ihrer Freundin. Und wichtig ist auch noch Folgendes, Jesse: Egal, was Lene so krank macht, schuld daran sind nicht Sie. Was für Gene auch immer man Ihnen verabreicht hat, sie können weder auf die Mutter noch auf das Kind übertragen werden. Gendoping wirkt nur auf die Muskelzellen – allenfalls noch auf andere ganz bestimmte Körperzellen – niemals aber auf die Keimzellen, die Spermien. Darum kann eine künstliche Genveränderung nicht vererbt werden. Deshalb, Jesse: Sie sind auf keinen Fall schuld an Lenes Zustand. Hören Sie?»

«Ja», erwiderte Jesse, klang aber wenig überzeugt.

In Brenns Kopf überschlugen sich die Gedanken: Lenes Blut hatte sich verdickt. Mehrere Athleten waren an Blutverdickung gestorben. Alle waren mit dem Epo-Gen präpariert gewesen. Die Frage drängte sich auf: «Ist seine Freundin Sportlerin?», raunte Brenn Thierry zu.

Dieser schüttelte den Kopf. «Nein, Physiotherapeutin. Aber ich denke dasselbe wie du: Epo. Aber warum sollte man eine Therapeutin dopen?»

«Ergibt keinen Sinn», sagte Brenn und sprach dann wieder zu Jesse.

«Wo befinden Sie sich jetzt?»

«Im Universitätskrankenhaus in Zürich.»

«Ist jemand bei Ihnen, der mir über den genauen Befund von Lene Auskunft geben kann?»

«Ja, die Ärztin, die sie die ganze Zeit behandelt.»

«Holen Sie sie mir ans Telefon.»

«Moment.»

Im Hintergrund waren Stimmen zu hören.

Dann: «Hier Doktor Stoll. Ich bin die leitende Ärztin der Intensivmedizin.»

Brenn stellte sich ebenfalls vor und erklärte, warum er sich einschaltete. Er ließ sich die genaue Diagnose geben und sagte dann nachdenklich: «Eine Polyzytämie also, die sich fortlaufend wieder aufbaut. Haben Sie Hinweise auf die Ursache?»

«Wir haben alles, was auch nur halbwegs denkbar wäre, durchgetestet», sagte die Ärztin. «Alles negativ. Außer Epo. Sie hat einen extrem hohen Spiegel.»

Brenn überlegte. «Und die Vorgeschichte?»

«Kaum Hinweise. Herr Brown hat erwähnt, die Patientin sei in letzter Zeit häufiger müde gewesen. Logische Folge der sich aufbauenden Polyzytämie, denke ich.»

«Möglich», sagte Brenn. «Kann ich nochmals mit Herrn Brown sprechen?»

Die Ärztin rief Jesse.

«Sie war über mehrere Wochen hinweg müde», antwortete dieser, als Brenn ihn nach Lenes Zustand vor dem Zusammenbruch fragte. «Genauer gesagt: seit der Entführung.»

«Diese Entführung», sagte Brenn. «Ich habe davon gehört, kenne aber keine Details und durfte Sie bei unserem letzten Treffen ja auch nicht danach fragen. Gleich darauf musste ich nach Costa Rica, wo mich andere Dinge auf Trab gehalten haben. Erzählen Sie mir alles, was Sie über diese Entführung wissen.»

«Viel weiß ich nicht», sagte Jesse. «Selbst Lene kann sich nur an wenige Details erinnern.»

Brenn und Thierry lauschten aufmerksam, während Jesse die Ereignisse in der Nacht nach dem verhängnisvollen Rennen in Berlin schilderte.

Plötzlich unterbrach ihn Brenn: «Und wo, sagen Sie, haben Sie Ihre Freundin gefunden?»

«In der ehemaligen Veterinärmedizin. In der Humboldt-Uni.»

«Gleich neben der Charité?», fragte Brenn. «Wo ich die Biopsie gemacht habe?»

«Ja. In einem Labor. In einem Keller.»

«Was für ein Labor? War es von einer Firma? Wie sah es aus?»

«An viel kann ich mich nicht erinnern», sagte Jesse. «Kaum war ich drinnen, war ja auch schon die Polizei da. In der Zeitung stand, es gehörte einem Lamparsky. Der ist aber auf der Flucht, er ist untergetaucht und …»

«Lamparsky?», fiel ihm Brenn ins Wort.

Er stutzte. Überlegte. «Lamparsky.»

Dann starrte er Thierry an.

«Mist!», stieß er hervor und rief ins Telefon: «Jesse, was hat Lamparsky mit Lene gemacht? Hat er ihr etwas injiziert?»

«Ja», sagte Jesse. «Soviel ich weiß, ja.»

«Wissen Sie, was das war? Hat man das abgeklärt?»

«Ein Beruhigungsmittel war es, glaube ich. Und diese Vergessensdroge.»

«Wohin hat man ihr das gespritzt?», fragte Brenn hastig.

«In den Oberschenkel.»

«Okay. Geben Sie mir bitte noch einmal Doktor Stoll.»

Als sich die Ärztin meldete, sagte Brenn: «Ich weiß, was der Patientin fehlt.»

Keine halbe Stunde später bestiegen Brenn und Thierry den Intercity nach Zürich. Sie hatten in aller Eile das Nötigste eingepackt, und Sylvie hatte sie in einer halsbrecherischen Fahrt zum Bahnhof nach Lausanne gebracht.

«Geschafft», sagte Thierry, als er sich in einem Erste-Klasse-Abteil in die Sitzpolster fallen ließ. «Und nun erklär mir bitte nochmal in aller Ruhe, warum du plötzlich kapiert hast, was bei Lene abgelaufen ist.»

«Sofort», erwiderte Brenn, während er sein Notebook aus der Umhängtasche holte. «Zuerst will ich noch kurz das Büro einrichten. Wie lange dauert die Reise?»

«Zwei Stunden, elf Minuten», sagte Thierry.

«Die werden wir brauchen», meinte Brenn und setzte sich.

«Lamparsky war das Stichwort», erklärte er dann. «Ich wusste sofort, dass ich den Mann kenne. Brauchte aber eine Weile, bis ich mich erinnern konnte, woher. Dann merkte ich, dass ich viel zu weit gedacht hatte. Der Typ arbeitete direkt in meiner Nachbarschaft, ich habe ihn auch auf Kongressen über Gentherapie getroffen. Schräger Typ, aber ein guter Wissenschaftler, und vor allem: der Erfinder des Repoxygens. Ein gentherapeutisches Mittel gegen Blutarmut. Aber GeneTica hat es den Langstreckenläufern verabreicht. Daher habe ich sofort die Verbindung zu Lenes Symptomen hergestellt. Es kann nur eins bedeuten: Auch Lene hat man Epo-Gene verabreicht.»

«Moment», sagte Thierry. «Auf Epo bin ich auch gekommen. Aber die Zeit seit der Entführung war doch viel zu kurz, als dass bereits derart massive Nebenwirkungen hätten auftreten können.»

«Stimmt im Prinzip», sagte Brenn. «Aber ich vermute, Lene hat das Epo-Gen nicht in derselben Form gekriegt wie die Sportler. Repoxygen besteht aus zwei Teilen: dem eigentlichen Epo-Gen, plus einer Regulatoreinheit, dem sogenannten *Hypoxia Response Element*, HRE. Dieses HRE schaltet das Gen nur bei Sauerstoffmangel ein, also wenn der Körper mehr rote Blutkörperchen braucht. Wenn man diese Regulatoreinheit aber weglässt, kurbelt das Epo die Blutbildung an, ohne jegliche Regulation.»

«Warum sollte dieser Lamparsky so etwas tun?»

«Weil man ihn dazu zwang. Er war von GeneTica abhängig. Er hat der Firma das Medikament ja nicht freiwillig verkauft, sondern nur, weil er vor dem Ruin stand. Danach hatten die ihn in der Hand. Er musste tun, was sie befahlen.»

«Diese Schweine! Das ist Auftragsmord. Das gehört zur Rache dieses Batista an Jesse und Lene.»

«Und es ist Mord mit Zeitverzögerung. Das Opfer stirbt, wenn die Täter längst über alle Berge sind.»

Grimmig blickte Thierry in die liebliche Hügellandschaft des Freiburgerlandes, die vor dem Fenster an ihnen vorüberzog und die so gar nicht zu seiner Stimmung passen wollte. «Aber Lenes Körper hat das Gen jetzt eingebaut. Unwiderruflich», sagte er dann. «Die Frau ist verloren.»

«Nein», entgegnete Brenn entschieden.

Auf der Intensivstation in der Universitätsklinik Zürich kontrollierte die leitende Ärztin den Beutel unter Lenes Bett, der sich langsam mit Blut füllte – der dritte mittlerweile. Dann warf sie einen besorgten Blick auf die Anzeige für den Hämatokrit-Wert. Wie festgenagelt hing er auf einer Höhe, die weit über dem Toleranzbereich lag. Die Anzahl der roten Zellen im Blut der Patientin war nach dem ersten Aderlass langsam, aber unaufhaltsam wieder gestiegen. Es war, als wehrte sich ihr Blutbildungssystem wie eine Hydra, der bei jedem abgeschlagenen Kopf gleich zwei neue nachwuchsen.

«Hier ist es», rief eine Krankenschwester. Sie hatte das Laken von Lenes Beinen zurückgeschlagen und deutete auf eine Stelle am Oberschenkel. «Da sehen Sie noch Spuren eines Blutergusses.»

Die Ärztin beugte sich über Lenes Bein und hielt eine Lupe über die betreffende Stelle. «Ja», sagte sie. «Man kann sogar noch die alte Injektionsstelle erkennen.»

Die Schwester verabreichte Lene eine Lokalanästhesie in den Oberschenkel und trat dann zur Seite.

Die Ärztin setzte den pistolenähnlichen Apparat zum Stechen der Muskelbiopsie an und ließ die Stanznadel in den Muskel sausen und zurückschnellen. Dann übergab sie den Apparat der Krankenschwester. Diese stieß die Gewebeprobe in ein Präparatgläschen und lief damit aus der Intensivstation.

Der Mann mit der Minibar war vorbeigekommen, und Thierry hatte einen Espresso vor sich. Brenn trank Mineralwasser, während er erklärte: «Jesse hat gesagt, dass Lene eine Injektion in den Oberschenkel erhalten hat. Also wurde ihr vermutlich nicht nur das Beruhigungsmittel, sondern auch das modifizierte Repoxygen dort injiziert, intramuskulär. Normalerweise wird das Repoxygen mittels Adeno-Viren verabreicht, die das Gen in die Muskelzellen einschleusen. Dabei hinterlassen sie eine verräterische Spur, einen winzigen Teil der Virushülle, der an der Zelloberfläche haften bleibt. Wenn wir also an einer Zelle die Spur dieser Adeno-Viren finden, wissen wir, dass sie infiziert worden ist. Und wir wissen, dass sie das neue Gen hat.»

Mit ruhiger Hand legte die Laborantin das ultradünn geschnittene Stückchen Muskelgewebe auf einen Objektträger. Dann griff sie nach einer Mikropipette. Tauchte sie in ein Reagenzglas mit einer farblosen Flüssigkeit. Nahm etwas davon auf. Und beträufelte die Probe mit einem von bloßem Auge kaum erkennbaren Tröpfchen. Darin gelöst waren Millionen von monoklonalen Antikörpern. Antikörper, die sich ausschließlich auf die Marken hefteten, die Adeno-Viren an der Oberfläche infizierter Zellen hinterlassen. An die Antikörper angedockt wie ein Signallämpchen, war ein Fluoreszenzfarbstoff.

Die Laborantin drückte die Start-Taste an der Stoppuhr.

Dann lehnte sie sich im Stuhl zurück und wartete.

Die Stoppuhr piepte.

Die Laborantin legte den Objektträger in eine kleine gläserne Wanne, träufelte physiologische Kochsalzlösung über das Präparat, ließ es abtropfen und schob die Probe schließlich unter das Mikroskop. Sie löschte das Licht im Labor, schaltete eine UV-Lampe am Mikroskop ein, legte ihre Augen ans Okular.

Und sah es überall.

Auf allen Zellen fluoreszierende Punkte.

Brenn riss das Handy an sein Ohr, als es klingelte, und schnellte von seinem Sitz auf. «Und?»

«Positiv», sagte die leitende Ärztin der Intensivstation. «Da sind genetisch transformierte Zellen zuhauf.»

«Danke», sagte Brenn. Er wusste nicht, ob er erleichtert oder besorgt sein sollte.

«Positiv», sagte er zu Thierry. «Lene ist mit Epo gedopt.» Er raufte sich die Haare. «Wie lange noch bis Zürich?»

Thierry blickte aus dem Fenster. Versuchte, sich an der Landschaft zu orientieren. «Als Nächstes kommt gleich Bern. Das heißt, wir haben noch eine gute Stunde.»

«Doktor Stoll», sagte Brenn ins Telefon. «In gut einer Stunde sind wir bei Ihnen. Konzentrieren Sie sich jetzt auf die akut lebenserhaltenden Maßnahmen. Wir bringen die Methode, um dieses Epo unschädlich zu machen.» Er unterbrach das Gespräch und schob nach: «Hoffentlich.»

Thierry sah ihn entgeistert an. «Du weißt noch gar nicht, wie du das machen willst?»

«Nein», sagte Brenn. «Wir haben noch eine Stunde Zeit.»

«Du bist verrückt.»

«Darüber reden wir später.» Brenn verband sein Notebook drahtlos mit dem Internet. «Wir brauchen also zuerst etwas, um das Epo unschädlich zu machen, das Lene bereits produziert hat. Dann müssen wir in einem zweiten Schritt das Epo-Gen abschießen.»

«Alles klar.» Thierry klappte sein Notebook ebenfalls auf und holte sein Handy hervor. Dann klickten sich die beiden Männer hektisch durch die Websites aller einschlägigen Institute der Universität und der Technischen Hochschule in Zürich. Von der Mikrobiologie über die Pathologie bis zur Virologie. Sie überflogen Forschungsprojekte, lasen Publikationen in allen möglichen wissenschaftlichen Zeitschriften.

Mindestens dreimal stand Thierry auf und eilte zum Speisewagen, um Kaffee zu holen. Dann plötzlich sagte er: «Da, sieh dir das an.»

«Hast du was?», fragte Brenn aufgeregt.

«Könnte sein.» Thierry scrollte sich in einem Dokument nach unten und las halblaut. «Am Tierspital gibt es einen Forscher, Moritz Strasser, der beschäftigt sich mit der Anpassung des Blutbildungssystems an extreme Höhenlagen. Hat auch Untersuchungen an Menschen gemacht: Indiofrauen in Peru und Bolivien. Hat genetisch veränderte Mäuse mit einem permanent erhöhten Hämatokritwert. Und – jetzt kommt es – er hat so was Verrücktes wie einen löslichen Epo-Rezeptor. Der soll Epo aus dem Blut herausfischen.»

«Das ist unser Mann!», rief Brenn und zückte das Handy.

Rasch nannte ihm Thierry die Telefonnummer. Sie hatten Glück, sofort hatte Brenn den Forscher am Apparat.

Er stellte sich vor, schilderte im Telegrammstil den Fall, erkundigte sich nach dem Stoff und fragte: «Können Sie uns davon sofort etwas zukommen lassen?»

Er lauschte. Der andere schien viel zu reden.

«Ja, ich kann mir vorstellen, dass der Stoff ziemlich teuer ist», sagte Brenn. «Ja, es ist mir bewusst, dass er noch nie an Menschen getestet wurde.» – «Ja, ich übernehme die Verantwortung.» – «Hören Sie: Es geht um ein Menschenleben!», rief er schließlich entnervt. Dann endlich entspannten sich seine Gesichtszüge. «Danke.»

Er unterbrach das Gespräch und rief die Notfallstation im Universitätskrankenhaus an. «Wir haben es!», brüllte er in den Hörer. «In Kürze wird ein Forscher vom Tierspital bei Ihnen eintreffen: Moritz Strasser. Er kann die Patientin retten.»

Er hielt inne.

«Nein, ich kann Ihnen jetzt nicht alles erklären.» – «Ja, ich übernehme die volle Verantwortung.»

Er legte auf und ließ sich erschöpft in die Polster zurückfallen.

«Wir sind noch nicht fertig», sagte Thierry.

«Ich weiß.»

«Wie schießt du dann das Gen ab?»

Brenn raffte sich auf. «Wir nehmen dieselben monoklonalen Antikörper gegen die Adeno-Viren-Marken, mit denen sie eben die infizierten Zellen sichtbar gemacht haben. Daran hängen wir aber keinen Farbstoff an, sondern ein Gift: das Bt-Toxin. Diesen Cocktail spritzen wir Lene rund um die Stelle, wo Lamparsky ihr das Epo-Gen injiziert hat. Die Antikörper haften an jene Zellen an, die mit dem Epo-Gen transformiert sind. Das Bt killt die Zellen.»

Thierry runzelte die Stirn. «Und das funktioniert?»

«Ich denke schon.»

«Hast du … hat irgendjemand so etwas schon mal gemacht?»

Brenn zuckte mit den Schultern. «Nein, aber es ist Lenes einzige Chance.»

52

Frau Doktor Stoll, die leitende Ärztin der Intensivstation am Universitätskrankenhaus in Zürich, pflegte ihre eigene Leistung nicht an die große Glocke zu hängen. Doch es machte sie glücklich, wenn sie nach Tagen des Kämpfens, Bangens und Hoffens einem Patienten gegenübertreten durfte, der dank ihrer Hilfe überlebt hatte. In solchen Momenten wusste die Ärztin, dass es sich lohnte, die Strapazen des Lebens als Intensivmedizinerin zu ertragen.

Sie rieb sich die Müdigkeit aus den Augen, klopfte an die Tür des Krankenzimmers und trat ein.

«Guten Tag», grüßte sie die Patientin.

«Guten Tag», sagte Lene Korpijaakko. Ihre Stimme klang heiser. Sie war bleich im Gesicht, aber sie lächelte sanft. Sie saß mit hochgestellter Rückenlehne im Bett, sämtliche Sonden und Schläuche waren weg. Neben ihr Jesse auf einem Stuhl. Er hatte eine weitere Nacht bei ihr im Krankenhaus verbracht. Im Zimmer war es hell. Es roch nach Blumen.

«Ich bringe gute Nachrichten», sagte die Ärztin und reichte beiden die Hand. «Ihre Blutwerte normalisieren sich rapide», sagte sie zu Lene. «Das heißt, wir haben diese exorbitante Produktion von roten Blutkörperchen endlich stoppen können.»

Lene und Jesse strahlten die Ärztin an. Wortlos glücklich.

«Das bedeutet», fuhr Doktor Stoll fort, «dass alle Zellen, die mit diesem Epo-Gen infiziert waren, abgetötet worden sind.»

«Und ich brauche keine Medikamente mehr?», frage Lene ungläubig.

«Bald nicht mehr», lächelte die Ärztin. «Sicherheitshalber verschreibe ich Ihnen noch für vierzehn Tage ein Mittel zur Blutverdünnung. Und danach machen wir bis zum Geburtstermin monatlich ein Blutbild. Sie können das auch bei Ihrer Frauenärztin machen. So läuft das dann parallel zu den normalen Untersuchungen während der Schwangerschaft. Und wir haben Gewissheit, dass sich alles normal weiterentwickelt.» Die Ärztin lächelte Lene aufmunternd an.

Doch Lene machte ein sorgenvolles Gesicht. Es schien sie noch etwas zu beschäftigen. «Frau Doktor?»

«Ja?»

«Ich … ich wäre fast gestorben.»

«Ja, Frau Korpijaakko.» Die Ärztin wurde ernst. «Jetzt, wo es vorüber ist, darf ich es ja sagen: Es war knapp. Sehr knapp.»

«Und unser Kind?»

Die Ärztin sah Lene mit festem Blick an. «Ihrem Baby geht es gut. Wir haben nicht nur Sie permanent überwacht, sondern auch das Kind. Ultraschall, Herztöne, Blutfluss und so weiter. Da war immer alles in Ordnung. Heikel wäre es gewesen, wenn das Kind zu wenig Sauerstoff bekommen hätte. Doch Sie hatten davon ja nicht zu wenig im Blut. Sie hatten viel zu viele von den Sauerstoff transportierenden Zellen. Sie hatten ein Problem mit dem Blutfluss, dem Blutdruck und so weiter. Der Körper einer Schwangeren kann damit umgehen. Das weiß man aus Forschungen mit Indiofrauen im Hochland von Peru.

Und das Kind hat ja bereits seinen eigenen Blutkreislauf. Es war immer gut versorgt. Es ist gesund.» Die Ärztin warf einen Blick auf das Dokument, das sie auf ihrem Klemmbrett festgemacht hatte. «Ich habe übrigens auch noch die Resultate der vorgeburtlichen Tests, die wir mit Ihrem Einverständnis durchgeführt haben. Und hier kann ich Sie ebenfalls beruhigen: alles in Ordnung. Sie müssen sich keine Sorgen machen.»

Erleichtert sank Lene in die Kissen.

«Nun, dann lasse ich Sie beide jetzt allein», sagte die Ärztin und wollte schon gehen. «Ach ja», sagte sie dann und wandte sich zu Jesse um. «Ein Teil der pränatalen Untersuchung betraf Sie ja auch persönlich. Diese Resultate werden Ihnen direkt von der Dopingbehörde mitgeteilt.» Sie warf einen Blick auf ihre Armbanduhr. «Soviel ich weiß, haben Sie ja gleich den Termin.»

Jesse verkrampfte sich.

Den Gedanken an den Gentest hatte er in den vergangenen Tagen und Nächten konsequent verdrängt. Das Einzige, was gezählt hatte, war Lene. Und ihr Kind, ihr gemeinsames. Aber jetzt hatte die Bemerkung der Ärztin alles wieder schlagartig aufgerührt: seine Vergangenheit. Seine Zukunft. Sein Schicksal, das von seinem Kind abhing, noch bevor es auf der Welt war.

Jesse starrte auf den blanken grauen Linoleumboden.

«Ich …», räusperte sich Lene. «Ich habe vorhin mit meiner Mutter telefoniert. Sie hat gesagt, sie werde wieder in die Schweiz kommen. Damit das Kind eine Oma hat.»

«Eine Oma!», wiederholte Jesse.

Es klopfte an der Tür.

Thierry Velan und Steffen Brenn traten ein. Velan beladen mit einer riesigen Aktentasche, Brenn wie immer mit zerzaustem Haar und ausgebeulter Worker-Hose.

Nachdem Frau Doktor Stoll gegangen war und sich alle miteinander bekannt gemacht hatten, legte Thierry einen Dokumentenordner auf den kleinen Tisch am Fenster und sagte in betont offiziellem Ton: «Wir kommen in doppelter Mission: im Auftrag von Antidoping Schweiz, das ist die Nationale Antidoping-Agentur, und von der Wada, der Welt-Anti-Doping-Agentur.» Weiter nannte er Namen und Ziffern von

Reglements und Paragraphen, auf die sich der Gentest stützte, der mit Einverständnis von Jesse Brown und Lene Korpijaakko, den leiblichen Eltern des noch ungeborenen Kindes, an ebendiesem durchgeführt worden war, zwecks Überprüfung eines positiven Dopingbefundes des Kindsvaters.

Jesse rutschte nervös auf der Kante seines Stuhls hin und her.

«Es ging bei diesem Gentest, genau wie bei einem Urintest mit A- und B-Probe, darum, einen ersten Befund zu verifizieren oder zu entkräften. Durchgeführt hat den Test an Ihnen wie auch an Ihrem Kind im Auftrag der Schweizerischen Dopingbehörde Doktor Steffen Brenn von der Charité Berlin. Er wird Ihnen nun das Resultat mitteilen.»

Thierry und Brenn tauschten einen vielsagenden, vergnügten Blick, den Jesse jedoch nicht bemerkte.

Brenn räusperte sich. «Wir haben also Ihr persönliches Genmuster mit dem Ihres Kindes verglichen.»

In diesem Moment ertönte ein hohes Piepsen. Brenn verzog verärgert das Gesicht, griff in die Hosentasche und sagte kurz angebunden: «Keine Anrufe jetzt.»

Dann fuhr er fort: «Bei Ihnen zeigt sich eine Anomalie bei einem Gen, das für die schnellen Muskelfasern zuständig ist. Wir nennen es das Speed-Gen.» Auch Brenns Tonfall war ausgesprochen offiziell, was Jesse irritierte; bisher hatte der Arzt mit ihm immer einen sehr persönlichen Umgangston gepflegt.

Brenn griff den Aktenordner und begann darin zu blättern, nahm eine transparente, bläuliche Folie heraus und hielt sie gegen das Licht.

«Hier sehen Sie das Genmuster aus ihrer Muskelbiopsie», sagte er und zeigte auf eine bestimmte Stelle auf der Folie.

Jesse erkannte nichts als kurze, dunkelblaue Striche.

«Und dies ist das Genmuster aus der Fruchtwasseruntersuchung.»

«Sagen Sie's mir einfach», sagte Jesse und starrte zu Boden.

«Sehen Sie einen Unterschied?», fragte Brenn grinsend.

Jesse blickte auf. «Absolut keinen.»

«Spann ihn nicht länger auf die Folter», lachte Thierry.

Auch Brenn lachte jetzt. «Jesse, Ihr Genmuster und das Ihres Kindes sind absolut identisch.»

«Sie sind nicht genetisch gedopt», rief Thierry euphorisch. «Sie sind eine natürliche Mutante. Ihre Schnelligkeit ist ein Geschenk der Natur.»

Jesse schaute die beiden Männer entgeistert an. Er schien nicht zu verstehen.

«Dieser Test beweist Ihre Unschuld», sagte Thierry. «Sie sind rehabilitiert! Und können Ihre Karriere fortsetzen.»

Noch immer schien Jesse nicht zu begreifen.

«Jesse!», rief Lene und packte ihn am Arm. «Du bist unschuldig!»

Endlich schnellte Jesse von seinem Stuhl auf und schloss Lene in die Arme.

Beide weinten.

Und lachten.

Brenn und Thierry grinsten zufrieden.

«Es ist der …», stammelte Jesse, als er sich schließlich aus Lenes Umarmung löste und die Tränen aus den Augen wischte. «Es ist der schönste Tag in meinem Leben.» Er ließ sich erschöpft auf seinen Stuhl fallen. «Danke!»

«Sie brauchen sich nicht zu bedanken», sagte Brenn, Und wieder piepste es in einer der Taschen seiner Worker-Hose. Diesmal griff er amüsiert in seine Tasche und ….

Lene stieß einen spitzen Schrei aus.

In Brenns Hand kam eine Maus zum Vorschein.

«Darf ich vorstellen: Charlie. Die schnellste Maus der Welt.»

Verdutzt starrten Lene und Jesse auf das Tier.

«Charlie hat uns Ihr wahres Geheimnis verraten», antwortete Brenn. «Dank Charlie haben wir herausgefunden, was mit Ihnen bei GeneTica geschehen ist.»

«Ich verstehe nicht.»

«Ich habe Charlie aus den Laboratorien von GeneTica mitgenommen», erklärte Brenn. «Und bei der genetischen Analyse hat sich herausgestellt, dass er das Speed-Gen in sich trägt. Ein Gen, das ganz eindeutig von Ihnen stammt, Jesse. GeneTica hat es offenbar bei Ihnen gewonnen. Eine einfache Speichelprobe genügte dazu. Aus den darin enthaltenen Zellen der Mundschleimhaut wurde das Gen isoliert und in Mäuse eingesetzt. Es gab in dem Labor mehrere Generationen dieser Speed-Mäuse. GeneTica hat an den Tieren das genaue Verhalten dieses Gens studiert, um es später auf Athleten zu übertragen und diese Sportler genetisch zu dopen. Aber Sie sind nicht gedopt, Jesse. Sie sind der Ursprung dieses höchst interessanten Gens. Sie waren auf diese Art in das große Experiment eingebunden: nicht als Versuchsperson, sondern als Lieferant eines sehr wichtigen Gens. Emilio hat Sie als Ausnahmetalent entdeckt, man hat Sie genetisch untersucht und herausgefunden, dass Sie wirklich etwas ganz Besonderes sind.»

Er erhob sich und trat mit der Maus in der Hand zu Jesse und Lene ans Bett.

«Ich möchte Ihnen Charlie als Glücksbringer schenken. Er hat auch mir Glück gebracht. Und wenn Sie ihm eine Freude bereiten wollen, können Sie gerne auch noch ein Weibchen dazu haben.» Er grinste und setzte Lene die Maus auf die Hand. «Keine Angst, er ist den Umgang mit Menschen gewohnt.»

Lene ließ das putzige Tierchen, das tatsächlich keinerlei Scheu zeigte, über ihre Hände spazieren. Sie kitzelte und streichelte es und kicherte dabei vergnügt. Brenn und Thierry sahen ihr zu und strahlten vor Zufriedenheit.

Nur Jesse stand verlegen daneben.

«Doktor», sagte er schließlich zu Brenn. Wandte sich dann aber gleich an Thierry. «Oder vielleicht geht das mehr Sie etwas an.»

«Was denn?», meinte Thierry, während er das Mäuschen auf Lenes Hand streichelte.

«Ich glaube, Sie täuschen sich.»

In Jesses Worten lag so viel Sorge und Trauer, dass alle sofort verstummten.

«Ich glaube, Sie täuschen sich», wiederholte Jesse langsam. Und sah dann Thierry fest in die Augen: «Emilio hat mich gedopt.»

«Wie kommen Sie darauf?»

«In Zürich habe ich mich doch am Muskel verletzt», begann Jesse und erzählte dann, was sich am Tag danach im Hotelzimmer abgespielt hatte. Er beschrieb den Apparat, den Emilio aus einem Kasten, ähnlich einem Geigenkasten, geholt hatte. Schilderte, wie sein Betreuer darin eine Ampulle mit einer klaren Flüssigkeit eingesetzt hatte. Erklärte, wie er ihm damit den Muskel behandelt hatte. Beschrieb den Summton, die vibrierende Empfindung ganz tief im Innern des Muskels.

Jesse redete gefasst und ruhig, während Thierry, Brenn und Lene ihm zuhörten und nicht wagten, ihn zu unterbrechen.

«Und Emilio hat gesagt, für diese Behandlung gebe es keinen Dopingtest. Die Fahnder wüssten noch nicht einmal, dass es so etwas überhaupt gibt. Das muss Doping gewesen sein.»

Erschöpft sank er auf seinem Stuhl zusammen, als hätte er endlich einen zentnerschweren Brocken, den er schon viel zu lange mit sich herumgeschleppt hatte, abgeworfen.

Die drei sahen ihn sprachlos an.

«Von Ihnen stammt das Ding also», rief Thierry unvermittelt.

Jesse nickte. «Dann haben sie es also gefunden, nicht wahr?»

Brenn legte Jesse die Hand auf die Schulter. «Jesse, ich bewundere Sie. Und ich danke Ihnen für Ihre Ehrlichkeit. Sie hätten das niemals zugeben müssen. Denn diese Behandlung ist tatsächlich nicht nachzuweisen. Und niemand hätte Sie jemals danach gefragt.»

«Ich hab's nicht mehr ausgehalten», erwiderte Jesse und warf Lene einen verzweifelten Blick zu.

Sie biss sich auf die Lippen. Ihre Augen füllten sich mit Tränen. Und sie nickte stumm.

«Das war aber kein Doping», sagte Brenn.

Jesse sah ihn ungläubig an.

«Ich weiß, was es war», fuhr Brenn fort. «In der Genkanone war ein Stoff, der siRNA heißt. Die englische Abkürzung für *small inhibiting RNA*. Dabei handelt es sich um winzige Stücke genetischen Materials, die fähig sind, ganz gezielt ein Gen zu blockieren. Die Genkanone, die man bei Ihnen angewendet hat, enthielt siRNA, die sich gegen das sogenannte Myostatin-Gen richtet. Ein Gen, das normalerweise das Muskelwachstum begrenzt. Wenn man es ausschaltet, beginnen die Muskeln rasch zu wachsen. Jesse, das ist das Geheimnis ihrer schnellen Genesung nach der Verletzung von Zürich.» Brenn holte Luft. «SiRNA ist eine großartige Entdeckung und wird in den nächsten Jahren noch für Schlageilen sorgen. Denn man kann sie auf jedes beliebige Gen maßschneidern und dieses somit von außen regulieren. SiRNA selbst ist jedoch kein Gen, und sie wird darum auch nicht in das Erbgut des Empfängers eingebaut. Sie wird nach Erfüllung ihrer Funktion einfach vom Körper abgebaut.»

Thierry schaltete sich ein. «Es ist ein genetisches Medikament, das Sportlern im Falle von Verletzungen zur Verfügung steht. Wer siRNA nicht dauernd spritzt, gilt nicht als gedopt.»

«Nicht als gedopt», wiederholte Jesse fassungslos.

«Nein», sagte Brenn. «Und noch etwas, Jesse. Wir beide, Sie und ich, sind von GeneTica bestohlen worden. Die Idee, siRNA als Heilmittel zu verwenden, stammt ursprünglich von mir. Nur habe ich sie nie angewendet. Erst nach diesem unrühmlichen Umweg über GeneTica weiß ich, dass es funktioniert. Und wir werden meine Erfindung zum Heilen von Kranken einsetzen. Ich habe es bereits ausprobiert. An mir selbst. Aber diese Geschichte erzähle ich Ihnen ein andermal.» Er lächelte und erhob sich vom Stuhl. «Noch etwas verbindet Sie und mich. Denn auch das Gen, das Ihnen entrissen wurde, kann Patienten helfen. Die Muskelfasern, die es produziert, machen nicht nur schnell, sondern sind auch für vieles andere gut. Jesse, Sie helfen mir damit, kranke Kinder zu heilen!»

Brenn ging auf Jesse zu, drückte ihn freundschaftlich an sich und sagte: «Herzlichen Dank.»

Jesse war überwältigt.

Brenn sah ihn gerührt an.

Lene streckte ihre Hand mit der Maus Jesse entgegen. Das Tierchen nahm Witterung auf, seine Schnauzhaare vibrierten.

«Charlie bringt dir Glück», sagte Lene.

Jesse legte seine Hand in die ihre.

Sofort wechselte die Maus zu ihm hinüber. Sie lief seinen Arm hoch bis zur Schulter, wo sie sich hinsetzte und keck in die Runde äugte.

Jesse streichelte sie. «Du hast den Speed von mir. Ich von dir das Glück.» Er hielt inne. «Eine Frage hätte ich noch», wandte er sich an Thierry.

«Ja?»

«Wenn sich ein Athlet dieses Speed-Gen spritzt, ist er genetisch gedopt und wird gesperrt – oder?»

«So ist es.»

«Ich aber darf mit diesem Gen laufen.»

«Ja.»

«Ist das fair?»

Thierry überlegte lange. «Das habe ich mich auch schon oft gefragt» Er wandte sich ab und sah aus dem Fenster. «Ein kleingewachsener Mann kann keinen Weltrekord im Hochsprung aufstellen. Ein Kind mit Down-Syndrom kann keine komplexe Rechenaufgabe lösen.» Er hielt inne und blickte schweigend in den Park, wo unter einer Gruppe von Platanen der Rasen mit gelben und braunen Blättern übersät war.

Er wandte sich zu Jesse um. «Ist das fair? Ich glaube, das ist die falsche Frage. Die Frage müsste lauten: Ist die Natur fair?»

Dank

Auch wenn die Handlung dieses Thrillers der Phantasie des Autors entsprungen ist, so basieren doch viele Einzelheiten auf realen Begebenheiten und Begegnungen. Und sämtliche wissenschaftlichen oder medizinischen Details entsprechen der Realität.

So einen Roman zu schreiben ist ohne kompetente Hilfe nicht möglich. Daher möchte ich an dieser Stelle all jenen danken, die dieses Buch möglich gemacht haben:

Dr. Matthias Kamber hat mich während der ganzen Entstehungszeit beraten. Er ist Leiter des Fachbereichs Dopingbekämpfung im Schweizer Bundesamt für Sport und Mitglied der Fachkommission Doping bei Swiss Olympic, dem Schweizer Sportdachverband. Für ihn durfte ich auch eine Aufklärungsbroschüre für Athletinnen und Athleten über Gendoping schreiben, die dank seines Einsatzes nun in mehreren europäischen Ländern als Informationsmaterial an Sportlerinnen und Sportler verteilt wird.

Prof. Sandro Rusconi, der ehemalige Leiter des Nationalen Forschungsprogramms «Gentherapie», hat mir die unerwünschten Nebenwirkungen von Gendoping in den schlimmsten Farben veranschaulicht. Und das bei einem hervorragenden Mittagessen in einem Tessiner Grotto.

Prof. Martin Flück vom Institute for Biophysical and Clinical Research into Human Movement an der Manchester Metropolitan University hat mir gezeigt, wie man eine Elektroporation ausgeführt und eine Muskelbiopsie sticht und analysiert.

Prof. Max Gassmann, der Direktor des Instituts für Veterinärphysiologie an der Universität Zürich, hat mich mit großem Spaß und viel Phantasie beraten – und Lene das Leben gerettet.

Prof. Hans Hoppeler, Leiter der Abteilung für funktionelle Anatomie am Institut für Anatomie der Universität Bern und Präsident der Fachkommission für Dopingbekämpfung von Swiss Olympic, hat mir die Geheimnisse der menschlichen Muskulatur näher gebracht.

Dr. Martial Saugy hat mich am Schweizer Dopinganalyselabor LAD in Lausanne herumgeführt, und seine Mitarbeiterin Catrine Schweizer hat mir die Handhabung von Dopingproben erklärt. Dass just an dem Tag, als ich bei ihnen war, eine der prominentesten Schweizer Sportlerinnen des Dopings überführt wurde, war reiner Zufall.

Prof. Markus Schülke von der Klinik für Pädiatrie an der Charité in Berlin, der diesen besonders starken Jungen entdeckt hat, klärte mich über die Wirkungen und Nebenwirkungen einer Mutation im Myostatin-Gen auf.

Prof. Ulrich Zollinger vom Institut für Rechtsmedizin der Universität Bern hat mir erklärt, wie man bei einer Wasserleiche die Todesursache ermittelt. Die Bilder waren schrecklich.

Hansjörg Wirz, damals Direktor von «Weltklasse Zürich», hat mir das moderne Business hinter dem Spitzensport erklärt, und Ernst Alder, der Dopingbeauftragte von «Weltklasse Zürich», hat mir einen Blick hinter die Kulissen der Dopingkontrolle bei einem großen Sportevent gewährt.

Cedric El Idrissi und Amaru Schenkel, Schweizer Leichtathleten afrikanischer Abstammung, haben mir über ihr Leben und ihre Passion erzählt.

Susanne Hahn und Lukas Tscheu aus Berlin hatten die Idee mit der alten Veterinärmedizin an der Humboldt-Universität. Und auch sonst haben sie mir viel von dieser Stadt gezeigt.

Ein Buch hat erst einen Wert, wenn es gelesen wird. Darum war mir das Urteil der Leser schon während des Schreibens wichtig. Als Testleser und konstruktive Kritiker waren diesmal dabei: Steffen Lukesch, Journalist bei der Tagesschau des Schweizer Fernsehens; Mathis Brauchbar, Wissenschaftskommunikator; Volker Frost, Sales Manager bei Büchi Labortechnik; Sonja Kirk, Technische Redakteurin bei Büchi Labortechnik.

Christian Dittus ist nicht nur mein Agent, der mir Finanzielles und Vertragliches vom Leib hält, sondern er war während des ganzen Entstehungsprozesses ein hochgeschätzter Mitdenker.

Die härteste Kritikerin, aber die wichtigste und mir liebste, ist meine Frau, Monika Klötzli. Sie hat die Geschichte mit mir durchlebt und durchlitten. Wenn eine Szene den psychologischen Härtetest bei ihr nicht bestanden hat, musste sie umgeschrieben werden. Das war hart – aber gut.

Das Manuskript durchkämmt hat auch René Bill, der mich seit «Xenesis» auch auf Lesungen immer wieder als «gute Stimme» begleitet.

Finanziell wurde die Arbeit an diesem Buch unterstützt vom Recherchefonds des Schweizer Klubs für Wissenschaftsjournalismus, von der Stadt Winterthur und von der Schweizer Kulturstiftung Pro Helvetia.

Beat Glogger

Xenesis

rororo 978-3-499-23613-6

Ein tödliches Virus

Zwei Babys sterben qualvoll an einer rätselhaften Grippe. Die junge Ärztin Narcy wird entlassen, als sie der Krankheit auf den Grund gehen will. Zusammen mit dem Fernsehreporter Matthew Gallagher gerät sie auf die Spur eines Virus, das immer mehr Todesopfer fordert. Gleichzeitig verschwinden überall auf der Welt Menschen mit einer transplantierten Niere ...